06/2500

Über 40 Jahre
Heyne Science Fiction
& Fantasy
2500 Bände
Das Gesamt-Programm

Fantasy

Herausgegeben von Friedel Wahren

ROBERT JORDAN

KRIEGSWIRREN

Das Rad der Zeit

Dreiundzwanzigster Roman

Deutsche Erstausgabe

WILHELM HEYNE VERLAG
MÜNCHEN

HEYNE SCIENCE FICTION & FANTASY
Band 06/5531

Titel der Originalausgabe
THE PATH OF DAGGERS
3

Übersetzung aus dem amerikanischen Englisch
von Karin König
Das Umschlagbild malte Darrell K. Sweet
Die Innenillustrationen zeichnete Johann Peterka
Die Karte auf Seite 6/7 zeichnete Erhard Ringer

Umwelthinweis:
Dieses Buch wurde auf chlor- und
säurefreiem Papier gedruckt

2. Auflage

Deutsche Erstausgabe 1/2000
Redaktion: Ralf Oliver Dürr
Copyright © 1998 by Robert Jordan
Erstausgabe bei Tom Doherty Associates (TOR BOOKS), New York
Copyright © 2000 der deutschen Ausgabe und der Übersetzung
by Wilhelm Heyne Verlag GmbH & Co. KG, München
http://www.heyne.de
Printed in Germany 2000
Umschlaggestaltung: Nele Schütz Design, München
Technische Betreuung: M. Spinola
Satz: Schaber Satz- und Datentechnik, Wels
Druck und Bindung: Elsnerdruck, Berlin

ISBN 3-453-16229-3

INHALT

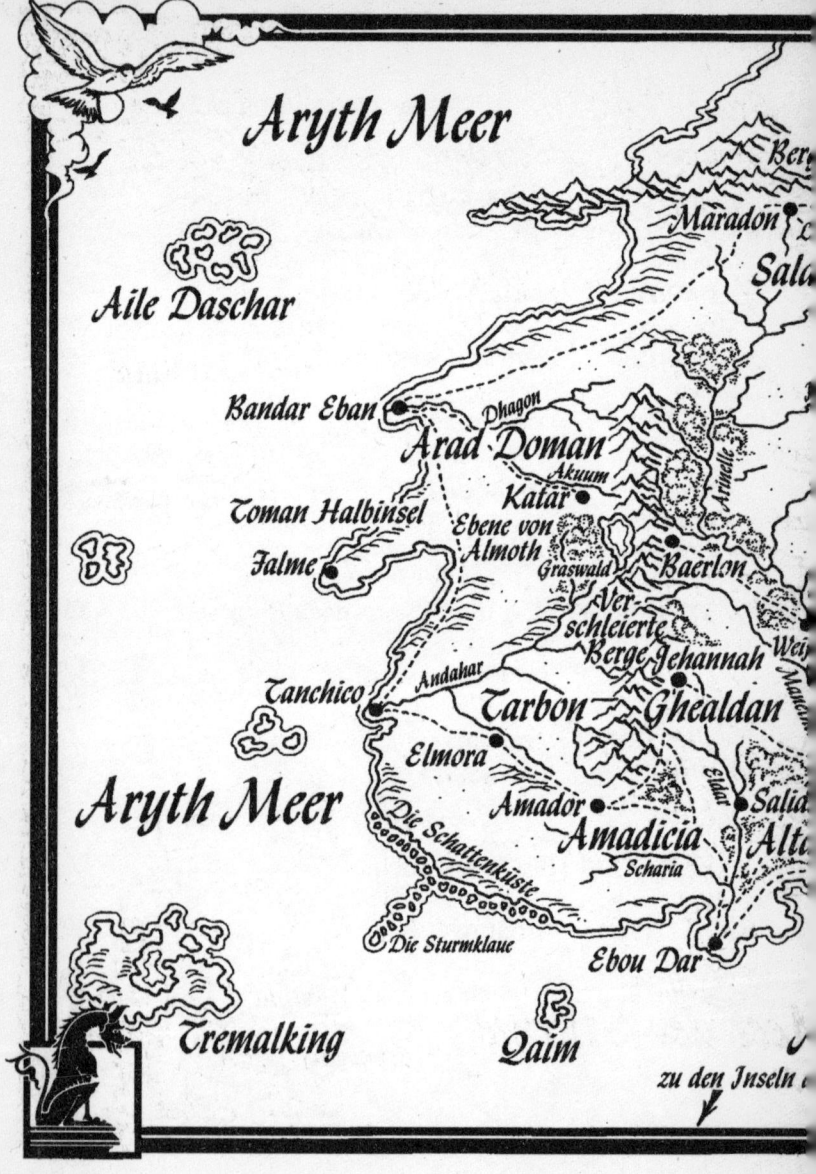

Ein Vorwort
von Andreas Decker

*Das Rad der Zeit dreht sich, Zeitalter kommen und ver-
gehen und lassen Erinnerungen zurück, die zu Legenden werden. Legenden verblassen zu Mythen, und sogar der
Mythos ist lange vergessen, wenn das Zeitalter ihres Ur-
sprungs wiederkehrt.*

Mit diesen Worten beginnt jede Chronik aus der Welt
des Rades, eines Universums, in dem das Rad der Zeit
und das Große Muster, das es webt, das oberste Prinzip sind.

Am Anfang steht eine Prophezeiung, die Prophezeiung des Drachen. Sie verkündet die Befreiung des
Dunklen Königs, des Bösen schlechthin, und die Wie-
dergeburt Lews Therin Telamons, des Drachen, der
einst vor Jahrtausenden sein Gefängnis versiegelte
und dafür den höchsten Preis bezahlen mußte. Sie berichtet von einem Mann, der sowohl der Vernichter als
auch der Erlöser der Welt sein soll. Er kann die *Eine
Macht* lenken, und er ist der Wiedergeborene Drache,
der *Tarmon Gai'don* schlagen soll, die Letzte Schlacht
gegen den Dunklen König.

Rand al'Thor ist der Wiedergeborene Drache.

Man schreibt das Dritte Zeitalter seit der Zerstörung
der Welt. Wieder strecken der Dunkle König und seine
Vertrauten, die dreizehn Verlorenen, die ihm schon in
tiefer Vergangenheit zur Seite standen, die Hand nach
der Welt aus. Horden nichtmenschlicher Trollocs und

9

Myrddraals überziehen das Land mit Verwüstung, gelenkt von den Verlorenen, die nahezu unerkannt unter den Menschen wandeln, wo sie Unruhe schüren und Kriege auslösen.

Allein Rand al'Thor ist laut den Prophezeiungen dazu bestimmt, die Letzte Schlacht zu schlagen. Er beherrscht die *Eine Macht*, kann die Welt nach seinen Wünschen formen, und die Welt fürchtet ihn. Er hat treue Freunde um sich geschart, Nationen besiegt und Throne gestürzt. Er hat mächtige Feinde und zweifelhafte Verbündete, aber die größte Bedrohung ist die *Eine Macht*. Denn wie alle Männer, die sich der Macht bedienen, kämpft er gegen den Makel des Wahnsinns an, der die mystische Energie beschmutzt.

Wie die Eingeweihten wissen, besteht sowohl die *Eine Macht* als auch die Wahre Quelle, der sie entspringt, aus zwei widerstreitenden und sich dennoch ergänzenden Teilen: *Saidin*, der männlichen Hälfte, und *Saidar*, der weiblichen Hälfte. Die Energie versetzt einige wenige Menschen in die Lage, die Elemente Erde, Wind, Feuer, Wasser und Geist nach ihrem Willen zu beeinflussen und Heldentaten zu vollbringen. Im untergegangenen Zeitalter der Legenden nannte man diese Männer und Frauen Aes Sedai, was in der Alten Sprache ›Diener aller‹ bedeutet.

Als der Dunkle König, der im Augenblick der Schöpfung von dem Schöpfer des Universums außerhalb von Zeit und Schöpfung gefangengesetzt wurde, aus seinem Gefängnis auszubrechen drohte und von Lews Therin Telamon, dem stärksten Aes Sedai seiner Zeit, besiegt wurde, geriet der triumphale Sieg zugleich zur verheerenden Niederlage. Im Augenblick der Versiegelung wurde *Saidin*, die männliche Quelle der *Einen Macht*, mit einem Makel versehen. Jeder Mann, der nach der Macht griff – was für ihn so natürlich war wie das Atemholen –, wurde wahnsinnig. Das hat sich bis auf den heutigen Tag nicht geändert.

Bei den meisten vollzieht sich das als schleichender Prozeß. Bei Lews Therin Telamon, dem Drachen, war dies anders. Blindwütig in seinem Wahn, wandten er und seine Helfer sich mit der Macht gegen alle und jeden und schließlich gegen die Welt selbst. Erdbeben erschütterten das Land, Stürme fegten darüber hinweg, Vulkane brachen aus, der Ozean überschwemmte das Land. Reiche gingen unter, und ganze Völker wurden ausgelöscht.

Nach dem Neubeginn hat sich das Antlitz der Welt verändert. Nun benutzen nur noch die weiblichen Aes Sedai die *Eine Macht*. Sie haben die Weiße Burg gegründet, und seit jenen dunklen Tagen wachen sie unerbittlich darüber, daß sich kein Mann der *Einen Macht* bedient. Sie spüren einen jeden auf und ›dämpfen‹ ihn, schneiden ihn vom Zugang zur Wahren Quelle ab, um Unheil zu verhindern.

Rand al'Thor hatte schon immer ein zwiespältiges Verhältnis zu den Aes Sedai, die von vielen als die wahren Herrscher der Welt gefürchtet und gehaßt werden. Aber er ist der Wiedergeborene Drache, der wie kein zweiter über die *Eine Macht* gebietet; er ist der *Car'a'carn* der Aiel, der Wüstennomaden, deren Stämme ihm fast alle bis in den Tod ergeben sind; er ist der Begründer der Schwarzen Burg und der *Asha'man*, der Männer, die ungeachtet aller gegenteiligen Bemühungen der Aes Sedai gelernt haben, mit der *Einen Macht* umzugehen. Und er hat treue Verbündete, die in seinem Namen handeln.

Zermürbend bleibt der Kampf dennoch. So müßte er seine ganzen Kräfte darauf konzentrieren, sich auf *Tarmon Gai'don*, die Letzte Schlacht, vorzubereiten. Doch für jeden Schritt, den er vorankommt, wird er zwei zurückgeworfen. Überall kommt es zu Aufruhr und Unruhe, verfolgen Menschen ihre eigenen Pläne – sei es aus Arroganz, Habgier oder Opportunismus. Oder aus Angst.

So wie Königin Alliandre von Ghealdan. Seitdem der Prophet des Wiedergeborenen Drachen in das kleine Land kam, herrschen hier Chaos und Anarchie. Im Zeitraum von einem halben Jahr saßen vier Herrscher auf dem Thron. An den Grenzen warten die Kinder des Lichts, jener Orden von Fanatikern, auf einen Vorwand, um einmarschieren zu können, während der Prophet weiterhin Anhänger um sich schart. Perrin Aybara, einer der ältesten Freunde des Drachen, ist nach Ghealdan gekommen, um zu helfen und dem Land neue Stabilität zu bringen. Der Wolfsbruder ist entschlossen, seinen Auftrag zu erfüllen und sich von niemandem beirren zu lassen. Königin Alliandre schwört Perrin und damit auch Rand al'Thor die Treue, womit er zumindest das erreicht hat. Nun muß er nur noch den Propheten stellen und auf die Seite des Drachen ziehen.

Rand al'Thor hat ganz andere Sorgen. Zwar gehört ihm nun die Schwerterkrone Illians, aber das Land ist noch lange nicht befriedet. Das Heer hat die Waffen gestreckt, doch überall gibt es noch kleine Gruppen von Männern, loyale Illianer, die nicht wissen, wie sie sich verhalten sollen. Wenn Rand nicht will, daß Terror und Gesetzlosigkeit in Illian Einzug halten, muß er behutsam vorgehen, aber ihm läuft die Zeit davon. Denn die Invasoren aus Seanchan rücken unaufhaltsam näher. Sie haben Ebou Dar eingenommen und beginnen mit der Eroberung des Kontinents. Ein scheinbar hoffnungsloses Unterfangen, aber entschlossene Männer können erstaunliche Dinge vollbringen, vor allem wenn sie glauben, daß das Recht auf ihrer Seite steht.

Seit der Zerstörung der Welt war Seanchan, das fast

dreitausend Meilen jenseits des Aryth-Meeres liegt, ein zerrissenes Land, in dem Krieg an der Tagesordnung war. Adel und Aes Sedai hatten den Verrat zu einer Kunstform entwickelt. Aber dann kam Luthair Paendrag Mondwin, der Sohn des Hochkönigs Arthur Falkenflügel, und eroberte ganz Seanchan. Er schuf aus den zahllosen Kleinstaaten eine vereinte Nation, die dem Reich seines Vaters in Übersee einverleibt werden sollte. Aber dann starb Falkenflügel plötzlich. Als die Nachrichten aus der Heimat ausblieben, wollte Paendrag sich mit Hilfe seiner Eroberung sein Erbe sichern. Dazu kam es nicht mehr, aber sein Vermächtnis lebte bis zum heutigen Tage fort; es besteht darin, sein Heimatland zurückzuerobern.

Die Kultur der Seanchaner unterscheidet sich in vielerlei Hinsicht von den Gesellschaftsordnungen auf dem Kontinent. Nicht nur gilt hier die Sklaverei als etwas völlig Natürliches, auch die Rolle der Aes Sedai ist radikal anders. Denn Luthair Paendrag, der die Aes Sedai haßte, entdeckte eine Möglichkeit, sie für alle Zeiten zu unterjochen. Das System von *Sul'dam* und *Damane* wurde im Laufe der Jahrhunderte perfektioniert. Mit Hilfe eines *A'dam,* einem Artefakt in Form einer silbernen Halskette und dem dazugehörigen Armband, werden Frauen, die über die *Eine Macht* gebieten, als rechtlose Sklavinnen gehalten. Diese *Damane* stehen unter der Herrschaft der *Sul'dame,* Frauen, die zwar Zugang zur *Einen Macht* haben, sie aber nicht lenken können. *Damane* werden wie Hunde zum Gehorsam abgerichtet. Kein Wunder, daß die stolzen Aes Sedai der Weißen Burg die Invasoren fürchten.

Rand al'Thor, der Wiedergeborene Drache, hat die Seanchaner schon einmal vertreiben können. Aber diesmal stehen die Vorzeichen anders, und das weiß er auch. Denn er steht im Mittelpunkt zahlloser Intrigen und Interessen, und er muß ständig darauf achten, daß ihm niemand in den Rücken fällt.

Genau wie Egwene, die neue Anführerin der Aes Sedai, die mit einem Heer von 30000 Mann auf Tar Valon und die Weiße Burg zumarschiert, um Elaida a'Roihan abzusetzen, jene Aes Sedai, von der behauptet wird, daß sie den Amyrlin-Sitz und damit die Führung über die Machtlenkerinnen unrechtmäßig an sich gebracht hat. Egwene fühlt sich wie ein Spielball in den Händen der mächtigen Schwestern, die glauben, mit der jungen Frau leichtes Spiel zu haben. Aber als sich dem Heer besorgte Andoraner und Murandianer entgegenstellen, die einen Bürgerkrieg unter den Aes Sedai noch mehr als den Dunklen König fürchten, ergreift sie die Initiative und klärt endgültig ihre Position, indem sie den Saal, die Ratsversammlung der Aes Sedai, durch geschicktes Taktieren dazu zwingt, Elaida offiziell den Krieg zu erklären, um ein Zeichen zu setzen. Unter dem Kriegsrecht obliegt dem Amyrlin-Sitz aber der Oberbefehl über die Truppen, und damit hat Egwene alle Trümpfe in der Hand. Ob sie sie auszuspielen weiß, wird die Zukunft zeigen…

Das Rad dreht sich, und die Letzte Schlacht rückt immer näher. Die Heere sammeln sich, und der Wiedergeborene Drache muß kämpfen, wenn die Welt kein zweites Mal untergehen soll.

KAPITEL 1

Nach Andor

Elayne hoffte insgeheim, daß die Reise nach Caemlyn reibungslos verlaufen würde. Vollkommen erschöpft kauerte sie neben Aviendha und Birgitte in den von ihrer Kleidung übriggebliebenen Lumpen, die vor Dreck und Staub und dem Blut der Verletzungen starrten, die sie bei der Explosion des Wegetors davongetragen hatte. Sie wäre bestenfalls in zwei Wochen imstande, ihre Ansprüche auf den Löwenthron anzumelden. Auf dem Hügelkamm heilte Nynaeve Elaynes zahlreiche Verletzungen, sprach kaum ein Wort und schalt sie vor allem nicht aus. Das war sicherlich ein erfreuliches Zeichen, wenn auch ungewöhnlich. Ihre Miene spiegelte den Kampf zwischen der Erleichterung darüber, daß sie alle am Leben waren, und der Sorge wider.

Lans Kraft war nötig, um den seanchanischen Armbrustpfeil aus Birgittes Oberschenkel zu ziehen, bevor sie von dieser Wunde Geheilt werden konnte, aber obwohl ihr Gesicht bleich wurde und Elayne durch den Bund einen stechenden Schmerz empfand, der in ihr das Bedürfnis erweckte aufzuschreien, stöhnte ihre Behüterin nur durch zusammengebissene Zähne.

»*Tai'shar*, Kandor«, murmelte Lan, als er die vierkantige Eisenspitze, die eigentlich dafür gedacht war, Rüstungen zu durchschlagen, neben sich auf den Boden warf. Das wahre Blut Kandors. Birgitte blinzelte, und er hielt inne. »Verzeiht, wenn ich mich geirrt habe. Aus Eurer Kleidung habe ich geschlossen, daß Ihr eine Kandori wärt.«

»O ja«, hauchte Birgitte. »Kandori.« Sie lächelte, vielleicht aufgrund ihrer Verletzungen, nur schwach. Nynaeve scheuchte Lan ungeduldig aus dem Weg, damit sie sich um Birgitte kümmern konnte. Elayne hoffte, daß die Frau mehr über Kandor wüßte als nur den Namen des Landes. Als Birgitte geboren wurde, hatte Kandor noch nicht existiert. Das hätte sie als Omen nehmen sollen.

Birgitte ritt die fünf Meilen bis zu dem kleinen Gutshaus mit dem Schieferdach hinter Nynaeve auf deren stämmiger brauner Stute, und Elayne und Aviendha ritten Lans großen schwarzen Hengst. Zumindest Elayne saß auf Mandarbs Sattel, Aviendhas Arme um ihre Taille, während Lan das temperamentvolle Tier führte. Ausgebildete Schlachtrosse waren ebenso gute Waffen wie Schwerter und für Fremde gefährliche Reittiere. *Sei deiner selbst sicher, Mädchen*, hatte Lini ihr stets gesagt, *aber nicht* zu *sicher*, und sie versuchte es. Sie hätte erkennen sollen, daß sie die Ereignisse nicht besser unter Kontrolle hatte als Mandarbs Zügel.

Bei dem dreistöckigen Steingebäude hatten der stämmige und grauhaarige Meister Hornwell und seine etwas weniger rundliche und etwas weniger grauhaarige Frau, die aber ihrem Mann ansonsten bemerkenswert ähnlich sah, alle auf den Ländereien arbeitenden Knechte und Mägde sowie Merililles Dienerin Pol und die grün-weiß livrierten Bediensteten aus dem Tarasin-Palast umhergescheucht, um Schlafgelegenheiten für über zweihundert Leute, zumeist Frauen, zu schaffen, die in der Dämmerung aus dem Nichts aufgetaucht waren. Die Vorbereitungen schritten überraschend schnell voran, obwohl die Landarbeiter immer wieder stehenblieben, um das alterslose Gesicht einer Aes Sedai, den die Farbe verändernden

Umhang eines Behüters, der ihn teilweise verschwinden ließ, oder eine Angehörige des Meervolks in all ihrer bunten Seide und mit ihrem ungewöhnlichen Schmuck anzustarren. Frauen der Schwesternschaft kamen überein, daß es jetzt angebracht sei, sich zu fürchten und zu weinen, gleichgültig, was Reanne und der Frauenzirkel ihnen sagten. Die Windsucherinnen murrten darüber, wie weit sie sich vom Meer entfernt hätten – gegen ihren Willen, wie Renaile din Calon lauthals behauptete. Und Adlige und Handwerkerinnen, die nur zu bereitwillig vor dem geflohen waren, was auch immer in Ebou Dar zurückgeblieben war, und bereitwillig das Bündel mit ihren Habseligkeiten auf dem Rücken trugen, schimpften jetzt darüber, daß ihnen ein Heuboden zum Schlafen angeboten wurde.

All das war im Gange, als Elayne und die übrigen eintrafen, während die Sonne am westlichen Horizont versank – Trubel und Geschrei rund um das Haus und die strohgedeckten Außengebäude, aber Alise Tenjile, die liebenswürdig und gleichzeitig verbissen lächelte, schien die Situation besser im Griff zu haben als selbst die fähigen Hornwells. Frauen der Schwesternschaft, die trotz Reannes tröstenden Versuchen jetzt noch heftiger weinten, trockneten auf eine gemurmelte Bemerkung von Alise hin ihre Tränen und setzten sich mit der entschlossenen Haltung von Frauen, die sich in einer feindselig gesinnten Welt viele Jahre lang um sich selbst gekümmert hatten, in Bewegung. Hochmütige Adlige mit Hochzeitsdolchen in den ovalen Ausschnitten ihrer spitzengesäumten Leibchen und Handwerkerinnen, die fast ebenso viel Anmaßung und Busen zeigten, wenn sie auch keine Seide trugen, schreckten beim Anblick der herannahenden Alise zurück und eilten auf die großen Scheunen zu, während sie ihre Bündel umklammerten und laut verkündeten, sie hätten es sich schon immer gewünscht, auf Stroh zu schlafen. Selbst die Windsucherinnen, von denen viele unter den Atha'an Miere bedeutende und mächtige Frauen waren, äußerten ihre Beschwerden verhaltener, wenn Alise sich näherte. Sareitha, welche die Alterslosigkeit noch nicht erlangt hatte, sah Alise fragend an und berührte ihre Stola mit den braunen Fransen, wie um sich zu vergewissern, daß diese noch vorhanden war. Merilille, die durch nichts zu erschüttern war, beobachtete die Frau mit einer Mischung aus Anerkennung und offener Verwunderung bei ihrer Arbeit.

Nynaeve stieg vor der Eingangstür des Hauses aus dem Sattel, schaute zu Alise, zog einmal wohlerwogen und angemessen an ihrem Zopf, was die andere Frau vor Geschäftigkeit nicht bemerkte, und schritt ins Haus, wobei sie ihre blauen Reithandschuhe abstreifte und vor sich hin murmelte. Lan lachte leise, während er ihr nachsah, erstickte sein Lachen aber sofort, als Elayne abstieg. Licht, wirkten seine Augen kalt! Sie hoffte um Nynaeves willen, daß der Mann vor seinem Schicksal bewahrt werden konnte, aber sie glaubte es nicht, wenn sie in diese Augen sah.

»Wo ist Ispan?« flüsterte sie, während sie Aviendha beim Absteigen half. Viele der Frauen wußten, daß eine Aes Sedai – eine Schwarze Schwester – gefangengehalten wurde, daher würde sich die Nachricht wie ein Lauffeuer auf den Ländereien verbreiten, aber es war besser, wenn die Bewohner des Gutshofs ein wenig vorbereitet waren.

»Adeleas und Vandene haben sie zu einer kleinen Holzfällerhütte ungefähr eine halbe Meile von hier gebracht«, erwiderte er ebenso leise. »Ich glaube nicht, daß jemand in all diesem Durcheinander eine Frau mit einem Sack über dem Kopf bemerkt hat. Die Schwestern sagten, sie würden heute nacht bei ihr bleiben.«

Elayne erschauderte. Die Schattenfreundin sollte anscheinend erneut befragt werden, sobald die Sonne untergegangen war. Sie waren jetzt in Andor, daher empfand sie noch stärker das Gefühl, sie hätte den entsprechenden Befehl gegeben.

Schon bald saß sie in einer kupfernen Badewanne, genoß parfümierte Seife und saubere Haut, lachte und bespritzte Birgitte mit Wasser, die sich in einer weiteren Wanne rekelte und zurückspritzte, woraufhin sie beide über Aviendhas schlecht verhülltes Entsetzen kicherten, daß sie bis zur Brust im Wasser saß. Aviendha meinte jedoch, einen sehr guten Scherz gemacht zu haben und erzählte daraufhin eine höchst unpassende Geschichte über einen Mann, der sich *Segade*stacheln im Hinterteil zuzog. Dann erzählte Birgitte eine noch unpassendere Geschichte über eine Frau, die mit dem Kopf zwischen Zaunlatten feststeckte, die sogar Aviendha erröten ließ. Sie hatten jedoch *wirklich* Spaß dabei. Elayne wünschte, sie könnte ebenfalls eine solche Geschichte beitragen.

Sie und Aviendha kämmten und bürsteten einander das Haar – ein allabendliches Ritual von Nächstschwestern –, dann kuschelten sie sich müde in die mit einem Baldachin versehenen Betten in einem kleinen Raum, in dem glücklicherweise nur sie und Aviendha, Birgitte und Nynaeve schliefen. In größeren Räumen bedeckten Feldbetten und Strohlager den Boden, auch in den Wohnräumen, den Küchen und auf den meisten Gängen. Nynaeve murrte die halbe Nacht über die Ungehörigkeit, eine Frau zu zwingen, von ihrem Mann getrennt zu schlafen, und die andere Hälfte der Nacht weckten ihre Ellbogen Elayne anscheinend jedes Mal, wenn sie einschlief. Birgitte weigerte sich schlicht, den Platz zu tauschen, und Aviendha konnte sie nicht bitten, die heftigen Stöße der Frau zu erdulden, so daß sie nicht viel Schlaf fand.

Elayne fühlte sich noch immer angeschlagen, als sie sich am nächsten Morgen, als die aufgehende Sonne wie eine schmelzende Goldkugel am Himmel stand, zum Aufbruch bereitmachten. Es gab nur wenige Reittiere auf dem Gutshof, die sie zudem nicht alle mitnehmen konnten, so daß diejenigen, die zu Fuß vom Bauernhof der Schwesternschaft geflohen waren, auch weiterhin zu Fuß gehen mußten, wohingegen Elayne einen schwarzen Wallach namens Feuerherz und Aviendha und Birgitte ebenfalls frische Pferde ritten. Auch die meisten Frauen der Schwesternschaft waren zu Fuß, während die Diener die Packpferde führten wie auch die ungefähr zwanzig Frauen, die ihren Besuch auf dem Bauernhof der Schwesternschaft in der Hoffnung auf Frieden und besinnliche Betrachtung offensichtlich nicht mehr bedauerten. Die Behüter ritten voraus und erkundeten den Weg um die welligen, mit verdorrten Bäumen bestandenen Hügel. Alle übrigen bildeten eine höchst eigenartige Kolonne, angeführt von Nynaeve, Elayne und den anderen Schwestern. Und natürlich Aviendha.

Die Gruppe konnte kaum unbemerkt bleiben – so viele Frauen, die mit so wenigen Männern als Beschützer reisten, ganz zu schweigen von zwanzig dunklen Windsucherinnen, die unbeholfen auf ihren Pferden saßen und bunt wie exotisch gefiederte Vögel gekleidet waren, sowie neun Aes Sedai, von denen sechs für jedermann erkennbar waren, der wußte, worauf er achten mußte. Als zöge nicht schon die eine Frau, die mit einem Ledersack über dem Kopf ritt, neugierige Blicke auf sich. Elayne hatte gehofft, Caemlyn unbemerkt zu erreichen, aber das schien kaum mehr möglich. Dennoch gab es keinen Grund, warum jemand vermuten sollte, daß Elayne Trakand, die Tochter-Erbin selbst, zu dieser Reisegesellschaft gehörte. Anfangs glaubte sie, die größte bevorstehende Schwierigkeit bestünde darin, daß sich jemand ihren Ansprüchen entgegenstellte, wenn er von ihrer Anwesenheit erführe, und bewaffnete Männer entsandte, die sie in Gewahrsam nehmen sollten, bis die Nachfolge geregelt wäre.

Inzwischen erwartete sie die ersten Schwierigkeiten von den fußkranken Handwerkerinnen und Adligen, allesamt stolze Frauen und keine daran gewöhnt, staubige Hügel zu erklimmen. Besonders, seit Merililles Dienerin ihre eigene gedrungene Stute ritt. Den wenigen Bäuerinnen unter ihnen machte der Fußmarsch anscheinend nicht allzuviel aus, aber fast die Hälfte der Gruppe bestand aus Frauen, die Ländereien und Güter und Paläste besaßen, und die meisten der übrigen hätten es sich zumindest leisten können, unter Umständen sogar mehrere Gutshöfe zu kaufen. Darunter befanden sich zwei Goldschmiedinnen, drei Weberinnen, die zusammen über vierhundert Webstühle besaßen, eine Frau, in deren Manufakturen ein Zehntel aller Lackwaren Ebou Dars gefertigt wurden, und eine Bankhalterin. Sie gingen zu Fuß, ihren Besitz auf den Rücken gebunden, während ihre Pferde mit Proviant beladen waren. Es drohte drückende Not. Die letzten Münzen aus aller Geldbörsen waren gesammelt und Nynaeves strenger Obhut übergeben worden, aber selbst das reichte vielleicht nicht mehr den ganzen Weg nach Caemlyn für Nahrung, Futter und Unterkunft für eine solch große Gruppe aus. Doch die Frauen verstanden anscheinend nicht. Während der ersten Tagesmärsche beschwerten sie sich laut und unablässig. Am lautesten von allen klagte eine schlanke Lady mit einer dünnen Narbe auf der Wange, eine Frau mit starrer Miene namens Malien, die unter dem Gewicht eines gewaltigen Bündels von einem Dutzend oder mehr Kleidern stark gebeugt ging.

Als sie am ersten Abend lagerten, die Herdfeuer im

Zwielicht flackerten und alle von Bohnen und Brot gesättigt, wenn auch nicht zufrieden mit dem Essen waren, versammelte Malien die adligen Frauen um sich, deren Seidengewänder von der Reise stark verschmutzt waren. Die Handwerkerinnen schlossen sich ihnen ebenfalls an wie auch die Bankhalterin, und die Bäuerinnen blieben in der Nähe. Bevor Malien jedoch ein Wort sagen konnte, gesellte sich Reanne zu der Gruppe. Ihr Gesicht wies viele kleine Fältchen auf. In ihrem einfachen braunen Tuch und mit auf der linken Seite hochgenähten Röcken, so daß bunte Schichten Unterröcke zu sehen waren, hätte man sie ebenfalls für eine Bäuerin halten können.

»Wenn Ihr nach Hause zurückkehren wollt«, verkündete sie mit ihrer ungewöhnlich hohen Stimme, »könnt Ihr das jederzeit tun. Ich bedaure jedoch, in diesem Fall Eure Pferde hierbehalten zu müssen. Ihr werdet dafür entschädigt, sobald es möglich ist. Wenn Ihr Euch jedoch entscheidet zu bleiben, denkt daran, daß die Regeln des Bauernhofs noch immer gelten.« Eine Anzahl der Frauen um sie herum sahen sie mit offenen Mündern an. Malien war nicht die einzige, die verärgert den Mund aufsperrte.

Alise tauchte plötzlich an Reannes Seite auf, die Fäuste in die Hüften gestemmt. Sie lächelte jetzt nicht mehr. »Ich sagte, daß die letzten zehn, die zum Aufbruch bereit wären, den Abwasch übernehmen müßten«, belehrte sie die Frauen erneut entschlossen und benannte sie augenblicklich: Jillien, eine rundliche Goldschmiedin, Naiselle, die Bankhalterin mit den kühlen Augen, sowie alle acht adligen Frauen. Sie standen da und starrten Alise an, bis sie in die Hände klatschte und verkündete: »Zwingt mich nicht, die Regel für Versäumnisse anzuwenden, damit Ihr Euren Anteil an den Aufgaben erledigt.«

Malien eilte mit geweiteten Augen und ungläubig

vor sich hin murmelnd als letzte davon, um die Schalen einzusammeln, aber am nächsten Morgen verringerte sie ihr Bündel, indem sie spitzengesäumte Seidengewänder am Fuß des Hügels zurückließ, über die beim Aufbruch hinweggetrampelt wurde. Elayne erwartete weiteren Widerstand, aber Reanne führte die Frauen mit fester Hand und Alise mit noch festerer, und wenn Malien und die übrigen mürrisch dreinblickten und sich über die tagtäglich zunehmenden Schmutzflecken auf ihren Kleidern beklagten, waren nur wenige Worte Reannes nötig, um sie an die Arbeit zu schicken. Alise mußte sogar nur in die Hände klatschen.

Wäre die restliche Reise ebenso friedlich verlaufen, wäre Egwene bereit gewesen, sich diesen Frauen bei ihrer Schmutzarbeit anzuschließen. Dessen war sie sich schon lange sicher, bevor sie in Caemlyn eintrafen.

Als sie einen schmalen, staubigen Pfad erreichten, der kaum mehr als eine Wagenspur war, trafen sie bald auf Bauernhöfe, strohgedeckte Steinhäuser und an den Hügelhängen kauernde oder sich in Mulden schmiegende Scheunen. Von da an verbrachten sie, gleichgültig, ob das Land hügelig oder flach, bewaldet oder kahl war, selten viele Stunden außer Sicht eines Bauernhofs oder Dorfes. Während die Ortsansässigen die seltsamen Fremden anstarrten, versuchte Elayne überall zu erfahren, wieviel Unterstützung das Haus Trakand fand und worüber sich die Menschen am meisten sorgten. Es wäre bedeutsam, diese Sorgen anzusprechen, wenn sie ihren Anspruch auf den Thron hinreichend bestärken wollte – ebenso wichtig wie die Unterstützung durch andere Häuser. Sie hörte vieles, wenn auch nicht immer das, was sie sich zu hören erhofft hatte. Andoraner beanspruchten das Recht, der Königin selbst ihre Meinung kundzutun. Sie hielten sich einer jungen Adligen gegenüber kaum zurück, gleichgültig, welch eigentümliche Reisegefährten sie begleiteten.

In einem Dorf namens Damelien mit drei Mühlen neben einem schmalen, fast ausgetrockneten Fluß bemerkte ein Gastwirt mit kantigem Kinn, daß er Morgase für eine gute Königin gehalten habe, die beste, die man haben konnte, die beste, die es jemals gäbe. »Ihre Tochter wäre vielleicht auch eine gute Herrscherin gewesen«, fuhr er mürrisch fort und rieb mit dem Daumen über sein Kinn. »Schade, daß der Wiedergeborene Drache sie getötet hat. Vermutlich mußte er es tun – vielleicht wegen der Prophezeiungen –, aber er hatte keinen Grund, die Flüsse austrocknen zu lassen, nicht wahr? Wieviel Korn, sagtet Ihr, brauchen Eure Pferde, Lady? Ich fürchte, es ist sehr teuer.«

Eine Frau mit hartem Gesichtsausdruck in einem zerschlissenen braunen Gewand, das ihr offensichtlich zu groß war, begutachtete ein von einer niedrigen Steinmauer umgebenes Feld, von dem der heiße Wind Staub in den Wald fegte. Die übrigen Bauernhöfe um Grabhügel waren in ebenso schlechtem oder noch schlechterem Zustand. »Ich frage Euch – hatte der Wiedergeborene Drache ein Recht, uns das anzutun?« Sie spie aus und sah stirnrunzelnd zu Elayne auf. »Der Thron? Oh, Dyelin ist ebensogut wie jede andere, jetzt, da Morgase und ihre Tochter tot sind. Einige hier in der Gegend treten noch immer für Naean oder Elenia ein, aber ich bin für Dyelin. Doch Caemlyn ist weit entfernt, und meine Sorge gilt der Ernte. Wenn ich jemals wieder etwas ernten kann.«

»Oh, es ist wahr, meine Lady, es ist wahr. Elayne lebt«, belehrte sie ein hagerer alter Tischler in Forel Markt. Er war vollkommen kahl und seine Finger vom Alter verkrümmt, aber die Arbeiten, die in seiner Werkstatt zwischen Hobel- und Sägespänen standen, waren nicht schlechter als alle anderen, die Elayne bisher gesehen hatte. Sie war mit ihm allein in der Werkstatt. Das Dorf machte einen ziemlich verlassenen Eindruck. »Der Wiedergeborene Drache läßt sie nach Caemlyn bringen, um ihr die Rosenkrone eigenhändig aufzusetzen«, wagte er sich weiter vor. »Die Nachricht hat sich schnell verbreitet. Ich finde es nicht richtig. Wie ich hörte, ist er einer dieser schwarzäugigen Aiel. Wir sollten nach Caemlyn marschieren und ihn und alle Aiel dorthin zurücktreiben, woher sie gekommen sind. Dann kann Elayne den Thron selbst beanspruchen. Wenn Dyelin ihr den Thron überhaupt überläßt.«

Elayne hörte vieles über Rand. Man munkelte, daß er Elaida die Treue geschworen habe, und andere wollten wissen, daß er ausgerechnet der König von Illian sei. In Andor wurde er für alles Schlechte verantwortlich gemacht, was während der letzten zwei oder drei Jahre geschehen war, einschließlich Totgeburten und gebrochener Beine, Heuschreckenplagen, zweiköpfiger Kälber und dreibeiniger Hühner. Und selbst Menschen, die glaubten, Elaynes Mutter hätte das Land verwüstet und es sei ein Segen, daß die Herrschaft des Hauses Trakand beendet sei, hielten Rand al'Thor noch immer für einen Eindringling. Der Wiedergeborene Drache solle lieber den Dunklen König in Shayol Ghul bekämpfen und aus Andor vertrieben werden. Das war nicht das, was sie zu hören gehofft hatte, ganz und gar nicht. Aber sie hörte dieses Gerede immer und immer wieder. Es war eine durchwegs unerfreuliche Reise. Es war eine einzige lange Lektion in Linis Lieblingssprichwort: *Nicht der Stein, den du siehst, ist schuld daran, wenn du auf die Nase fällst.*

Sie dachte daran, daß die Adligen Schwierigkeiten machen könnten, und noch an eine Anzahl anderer Dinge, von denen einige gewiß ebenso große Erschütterungen hervorriefen wie das Wegetor. Durch den Vertrag mit Nynaeve und ihr selbst überheblich geworden, traten die Windsucherinnen den Aes Sedai gegenüber aufreizend überlegen auf, besonders nachdem herauskam, daß Merilille zugestimmt hatte, als eine der ersten Schwestern zu den Schiffen zu gehen. Aber obwohl eine Mißstimmung blieb, kam sie niemals ganz zum Ausbruch. Die Windsucherinnen und die Frauen der Schwesternschaft, besonders der Frauenzirkel, schienen ebenso gewiß mit ihrer Geduld am Ende. Sie ignorierten einander, wenn sie sich nicht offen verhöhnten, die Schwesternschaft die ›Meervolk-Wilden, die die Nase hoch tragen‹, und die Windsucherinnen die ›kriecherischen Sandwürmer, die den Aes Sedai die Füße küssen‹. Aber es ging niemals über geschürzte Lippen oder liebkoste Dolche hinaus.

Ispan bot gewiß Anlaß zur Sorge, wie Elayne glaubte, aber nach wenigen Tagen ließen Vandene und Adeleas sie ohne den Ledersack, jedoch abgeschirmt reiten, eine schweigsame Gestalt mit farbigen Perlen in ihren dünnen Zöpfen, das alterslose Gesicht gesenkt und die Zügel in Händen. Renaile erzählte jedermann, der zuhören wollte, daß eine Schattenfreundin unter den Atha'an Miere ihrer Namen beraubt wurde, sobald ihre Schuld bewiesen sei, und dann mit Steinen an den Füßen über Bord geworfen würde. Unter den Frauen der Schwesternschaft erblaßten sogar Reanne und Alise ein jedes Mal, wenn sie der Tarabonerin ansichtig wurden. Ispan hingegen wurde von Tag zu Tag sanfter, suchte eifrig zu gefallen und lächelte den beiden weißhaarigen Schwestern gewinnend zu, gleichgültig, was sie ihr antaten, wenn sie sie nachts von den übrigen fortbrachten. Adeleas und Vandene wurden andererseits immer mißmutiger. Adeleas berichtete Nynaeve in Elaynes Hörweite, daß die Frau ganze Bände über alte Pläne der Schwarzen

Ajah erzählte, sowohl über jene, an denen sie nicht beteiligt war, wie auch über jene, die sie sehr wohl mit Begeisterung verfolgt hatte, aber selbst als sie sie hart bedrängten – Elayne mochte sich nicht überwinden zu fragen, wie dies geschah – und sie Namen von Schattenfreunden preisgab, waren es überwiegend Namen von Toten, unter denen kein Name einer Schwester war. Vandene äußerte ihre allmähliche Befürchtung, sie habe einen Eid geschworen, ihre Komplizen nicht zu verraten. Sie schirmten Ispan weiterhin so weit wie möglich von den anderen ab und fuhren mit ihren Befragungen fort, aber es war offensichtlich, daß sie sich blind und vorsichtig vorantasten mußten.

Und da waren Nynaeve und Lan, wobei sie bei dem Bemühen fast platzte, ihr Temperament in seiner Nähe zu zügeln. Nynaeve verträumte die Zeit mit Gedanken an ihn, wenn sie getrennt schlafen mußten – was bei der Einteilung der Unterkünfte fast immer der Fall war – und schwankte zwischen Begierde und Angst, wenn sie sich mit ihm auf einen Heuboden davonstehlen konnte. Elaynes Einschätzung nach war es ihr eigener Fehler, sich eine Meervolk-Hochzeit erwählt zu haben. Die Meervolkleute glaubten ebenso an Hierarchie wie an das Meer, und sie wußten, daß bei einem Ehepaar vielleicht viele Male in ihrem Leben einmal der eine und einmal der andere überwog. Ihre Hochzeitsriten trugen dem Rechnung. Wer auch immer das Recht hatte, offiziell zu befehlen, mußte privat gehorchen. Nynaeve behauptete, daß Lan niemals Nutzen daraus zog. »Nicht wirklich«, sagte sie, was immer das bedeuten sollte, und bei diesen Worten errötete sie stets. Aber sie wartete weiterhin darauf, daß er es täte, und ihn belustigte dies anscheinend in zunehmendem Maße. Diese Belustigung schürte natürlich wiederum Nynaeves Zorn. Und Nynaeve explodierte tatsächlich –

von allen Wutausbrüchen, die Elayne erwartet hatte, der erste. Sie fauchte jeden an, der ihr in den Weg geriet, außer Lan, bei dem sie butterweich war, und Alise. Ein oder zwei Mal hätte sie beinahe die Beherrschung verloren, aber selbst Nynaeve konnte sich wohl nicht dazu bringen, Alise anzufauchen.

Elayne hegte Hoffnungen, nicht Sorgen, da auch die anderen Artefakte zusammen mit der Schale der Winde aus dem Rahad herausgebracht worden waren. Aviendha half ihr beim Suchen und auch Nynaeve das eine oder andere Mal, aber sie war viel zu langsam und unbeholfen und zeigte wenig Geschick darin, das, was sie suchten, zu finden. Sie entdeckten keinen *Angreal* mehr, aber die Sammlung von *Ter'angrealen* wuchs. Nachdem aller Unrat beseitigt worden war, füllten die Gegenstände, die man mit Hilfe der Einen Macht benutzen konnte, fünf ganze Tragkörbe der Packpferde.

Da Elayne sehr vorsichtig vorging, schritt ihr Studium der Artefakte nicht allzu schnell voran. Hierbei war die Anwendung der Macht Geist die sicherste – es sei denn natürlich, daß zufällig Geist die Macht war, die den Gegenstand auslöste! –, aber hin und wieder mußte sie auch andere Stränge benutzen, die sie dann so sanft wie möglich verwob. Manchmal ergab ihr vorsichtiges Sondieren nichts, aber ihre erste Berührung eines Gegenstands, der wie ein gläsernes Geduldsspiel aussah, machte sie benommen und hielt sie die halbe Nacht wach, und ein Faden Feuer, der einen aus flaumigen Metallfedern gefertigten Helm berührte, verursachte jedermann innerhalb zwanzig Schritten rasende Kopfschmerzen. Außer ihr selbst. Und dann war da die karmesinrote Rute, die sich irgendwie heiß anfühlte.

Sie saß auf dem Rand ihres Bettes im Gasthaus *Wilder Eber* und untersuchte die glatte Rute im Licht zweier polierter Messinglampen. Von gleichem Umfang wie ihr Handgelenk und einen Fuß lang, schien sie aus Stein, fühlte sich aber eher nachgiebig an. Elayne war allein. Seit dem Vorfall mit dem Helm hatte sie versucht, ihre Studien fern von den übrigen zu betreiben. Die Hitze der Rute ließ sie an Feuer denken ...

Sie öffnete blinzelnd die Augen und setzte sich im Bett auf. Sonnenlicht strömte zum Fenster herein. Sie trug ihr Nachthemd, und Nynaeve stand vollständig angezogen da und blickte stirnrunzelnd auf sie herab. Aviendha und Birgitte beobachteten die Szene von der Tür aus.

»Was ist geschehen?« fragte Elayne, doch Nynaeve schüttelte grimmig den Kopf.

»Das willst du nicht wissen.« Ihre Lippen zuckten.

Aviendhas Miene verriet nichts. Birgittes Mund war vielleicht ein wenig angespannt, aber ihre stärkste Empfindung, die sich Elayne vermittelte, war eine Mischung aus Erleichterung und – Heiterkeit! Es kostete die Frau Mühe, sich nicht lachend auf dem Boden zu wälzen!

Das schlimmste daran war, daß *niemand* ihr erzählen wollte, was geschehen war. Was hatte sie nur gesagt oder getan? Sie war sicher, daß es das war, dem rasch versteckten Grinsen der Frauen der Schwesternschaft, der Windsucherinnen und auch der übrigen Schwestern nach zu urteilen. Aber niemand wollte es ihr sagen! Danach beschloß sie, das Studium der *Ter'angreale* an einen behaglicheren Ort zu verlegen. Irgendwohin, wo sie entschieden ungestörter war!

Neun Tage nach ihrer Flucht aus Ebou Dar erschienen hier und da Wolken am Himmel, und vereinzelte dicke Regentropfen ließen auf der Straße Staub aufstieben. Am nächsten Tag nieselte es mit Unterbrechungen, und am nachfolgenden Tag hielt sie strömender Regen in den Häusern und Scheunen von Forel Markt. In der Nacht verwandelte sich der Regen in Graupel, und am Morgen schwebte dichtes Schneegestöber von einem von dunklen Wolken verhangenen Himmel. Nachdem sie mehr als die Hälfte des Weges nach Caemlyn zurückgelegt hatten, hegte Elayne Zweifel, ob sie die restliche Strecke in zwei Wochen schaffen würden.

Mit dem Schnee erwies sich die Kleidung als unzureichend. Elayne machte sich Vorwürfe, weil sie nicht bedacht hatte, daß jedermann warme Kleidung benötigen könnte, bevor sie ihr Ziel erreichten. Auch Nynaeve machte sich Vorwürfe, nicht daran gedacht zu haben. Merilille hielt es für ihr eigenes Versäumnis, und Reanne ebenfalls. Tatsächlich standen sie an diesem Morgen auf der Hauptstraße von Forel Markt und stritten darüber, wem die Vorwürfe gebührten, während sich Schneeflocken auf ihren Köpfen niederließen. Elayne war sich hinterher nicht mehr sicher, wem von ihnen die Unsinnigkeit ihres Streits zuerst auffiel, wer als erster lachte, aber schließlich lachten sie alle, als sie sich im *Weißen Schwan* um einen Tisch niederließen, um das weitere Vorgehen zu erörtern. Eine mögliche Lösung ließ ihnen das Lachen jedoch vergehen: Jeden mit einer warmen Jacke oder einem Umhang zu versorgen würde ihre Geldbörse stark schrumpfen lassen, wenn man überhaupt so viele wie nötig auftreiben könnte. Natürlich konnte Schmuck verkauft werden, aber niemand in Forel Markt schien an ihren edlen Halsketten oder Armbändern interessiert.

Aviendha löste dieses Problem, indem sie einen kleinen Beutel voll reinen, perfekten, teilweise recht großen Edelsteinen präsentierte. Seltsamerweise starrten genau die Leute, die nicht allzu höflich erklärt hatten, sie hätten keine Verwendung für juwelenbesetzte Halsketten, mit großen Augen auf die ungefaßten

Steine auf Aviendhas Handfläche. Reanne meinte, das eine sähen sie als Tand und das andere als Reichtum an, aber was auch immer sie bewog, die Leute von Forel Markt waren überaus bereit, im Austausch für zwei Rubine mittelmäßiger Größe, einen großen Mondstein und einen kleinen Feuertropfen so viele dicke, teilweise kaum getragene Kleidungsstücke heranzuschaffen, wie ihre Besucher wünschten.

»Sehr großzügig von ihnen«, murrte Nynaeve verärgert, als die Leute begannen, Kleider aus ihren Kisten und Dachböden auszugraben. Ein beständiger Strom von Menschen marschierte mit Armen voller Kleidung in das Gasthaus. »Mit diesen Steinen könnte man das ganze Dorf kaufen!« Aviendha zuckte die Achseln. Sie hätte eine Handvoll Edelsteine hergegeben, wenn Reanne nicht eingeschritten wäre.

Merilille schüttelte den Kopf. »Wir haben, was sie wollen, aber sie haben auch, was wir wollen. Ich fürchte, das bedeutet, daß sie den Preis bestimmen.« Was nur allzu sehr dem Verhältnis zum Meervolk entsprach. Nynaeve fühlte sich entschieden unwohl.

Als sie in einem Gang des Gasthauses allein waren, fragte Elayne Aviendha, woher sie ein solches Vermögen an Edelsteinen hatte, und noch dazu eines, das sie so eifrig loswerden wollte. Sie erwartete als Antwort von ihrer Nächstschwester, es sei Beute aus dem Stein von Tear oder vielleicht aus Cairhien.

»Rand al'Thor hat mich getäuscht«, murrte Aviendha verdrießlich. »Ich habe versucht, mich von meinem *Toh* ihm gegenüber freizukaufen. Ich weiß, daß das der ehrloseste Weg ist«, begehrte sie auf, »aber ich habe keine andere Möglichkeit gesehen, und er hatte leichtes Spiel mit mir! Warum tut ein Mann, wenn man die Dinge logisch überdenkt, stets etwas vollkommen Unlogisches und gewinnt dennoch die Oberhand?«

»Ihre hübschen Köpfe sind so wirr, daß eine Frau nicht erwarten darf, ihren Gedankengängen zu folgen«, belehrte Elayne sie. Angesichts des Beutels voller wertvoller Edelsteine im Besitz ihrer Nächstschwester fragte sie nicht, welches *Toh* Aviendha freizukaufen beabsichtigt hatte oder wie der Versuch geendet hatte. Es war schon ohne die Vorstellung, wo *dies* hinführen sollte, schwer genug, über Rand zu sprechen.

Der Schnee machte noch mehr als nur warme Kleidung nötig. Gegen Mittag, als das Schneegestöber weiter zunahm, schritt Renaile die Treppe in den Gemeinschaftsraum hinab. Sie verkündete, daß ihr Teil des Handels erfüllt sei, und forderte nicht nur die Schale der Winde, sondern auch Merilille. Die Graue Schwester starrte sie bestürzt an – wie auch viele andere. Die Bänke waren mit den Frauen der Schwesternschaft besetzt, die jetzt an der Reihe waren, ihr Mittagsmahl einzunehmen. Bedienungen liefen umher und versorgten diese dritte Gruppe. Renaile sprach laut und vernehmlich, und aller Augen im Raum wandten sich ihr zu.

»Ihr könnt jetzt mit Eurer Lektion beginnen«, belehrte Renaile die verblüffte Aes Sedai. »Geht in meine Räume hinauf.« Merilille wollte widersprechen, aber die Windsucherin der Herrin der Schiffe stemmte mit kalter Miene die Fäuste in die Hüften. »Wenn ich einen Befehl gebe, Merilille Ceandevin«, sagte sie frostig, »erwarte ich, daß jedermann an Deck springt. Und jetzt springt Ihr!«

Merilille sprang nicht wirklich, aber sie riß sich zusammen und stieg, mehr oder weniger von Renaile gescheucht, die Treppe hinauf. Sie hatte aufgrund ihres Versprechens keine andere Wahl. Reanne bemühte sich um Fassung. Alise und die untersetzte Sumeko, die noch immer ihren roten Gürtel trug, schauten nachdenklich drein.

In den folgenden Tagen behielt Renaile Merilille, außer wenn sie mit einer anderen Windsucherin unterwegs war, in ihrer Nähe, gleichgültig, ob sie sich auf Pferden einen schneebedeckten Weg entlang mühten, durch die Straßen eines Dorfes gingen oder auf einem Bauernhof Quartier zu finden hofften. Das Schimmern *Saidars* umgab die Graue Schwester und ihre Eskorte fast ununterbrochen, und Merilille führte ein Gewebe nach dem anderen vor. Die blasse Cairhienerin war merklich kleiner als jede der dunklen Meervolk-Frauen, aber zunächst gelang es Merilille durch die reine Macht der Gelassenheit der Aes Sedai, größer zu erscheinen. Schon bald wirkte sie jedoch ständig erschreckt. Elayne erfuhr, als sie einmal alle Betten zum Schlafen hatten, was nur selten der Fall war, daß Merilille sich einen Raum mit Pol, ihrer Dienerin, und den Schülern der Windsucherinnen, Talaan und Metarra, teilte. Elayne war sich nicht sicher, was das über Merililles Status verriet. Die Windsucherinnen stellten sie eindeutig nicht auf eine Stufe mit den Schülern. Sie erwarteten einfach, daß sie ohne Verzögerungen oder Ausflüchte tat, was man ihr sagte.

Reanne war nach wie vor über die Wendung der Ereignisse entsetzt, aber Alise und Sumeko waren nicht die einzigen unter den Frauen der Schwesternschaft, die genau beobachteten, und auch nicht die einzigen, die nachdenklich nickten. Und plötzlich bemerkte Elayne noch ein weiteres Problem. Die Frauen der Schwesternschaft sahen Ispan in der Gefangenschaft immer gefügiger werden, aber sie war die Gefangene anderer Aes Sedai. Die Meervolk-Frauen waren keine Aes Sedai und Merilille keine Gefangene, und doch sprang sie, wenn Renaile einen Befehl erteilte oder auch Dorile oder Caire oder Caires Blutsschwester Tebreille. Bei immer mehr Frauen der Schwesternschaft wich entsetztes Staunen nachdenklicher Beobachtung.

Vielleicht waren Aes Sedai doch nicht so verschieden. Wenn Aes Sedai einfach Frauen wie sie selbst waren – warum sollten sie sich dann erneut der Strenge der Burg, der Autorität und Disziplin der Aes Sedai unterwerfen? Hatten sie nicht auch allein sehr gut überlebt, einige weitaus längere Zeit, als irgendeine der älteren Schwestern zu glauben bereit war? Elayne sah es ihnen beinahe an, wie der Gedanke in ihren Köpfen entstand.

Als sie es jedoch Nynaeve gegenüber erwähnte, murrte diese nur: »Es war höchste Zeit, daß einige der Schwestern erfahren, wie es ist, wenn man eine Frau zu lehren versucht, die mehr zu wissen glaubt. Diejenigen, die die Voraussetzungen haben, die Stola zu erlangen, werden sie noch immer erlangen wollen, und was die übrigen betrifft, so kann ich nicht erkennen, warum sie nicht ein wenig Selbstvertrauen gewinnen sollten.« Elayne sah davon ab, Nynaeves Klagen über Sumeko zu erwähnen, die gewiß Selbstvertrauen gezeigt hatte. Sumeko hatte mehrere von Nynaeves Heilgeweben als ›unbeholfen‹ bezeichnet, und Elayne hatte gedacht, Nynaeve würde augenblicklich der Schlag treffen. »Es ist jedenfalls nicht nötig, Egwene irgend etwas davon zu erzählen, wenn sie wieder da ist. Sie hat schon genug Sorgen.« Das ›irgend etwas davon‹ bezog sich zweifellos auf Merilille und die Windsucherinnen.

Sie saßen im Nachthemd auf ihren Betten im zweiten Stock des Gasthauses *Neuer Pflug*, und sie trugen den gedrehten, ringförmigen Traum-*Ter'angreal* um ihren Hals, Elayne an einem einfachen Lederband und Nynaeve neben Lans schwerem Siegelring an einer dünnen goldenen Kette. Aviendha und Birgitte, die noch vollkommen angekleidet waren, saßen auf ihren Kleiderkisten. Sie nannten es ›Wache halten‹, bis Elayne und Nynaeve aus der Welt der Träume zurückgekehrt wären. Beide trugen ihre Umhänge, bis sie unter ihre Decken kriechen könnten. Der *Neue Pflug* war ganz und gar nicht neu. Netzförmige Risse überzogen die getünchten Wände, durch die es obendrein zog.

Das Zimmer selbst war klein, und die Kisten und aufeinandergestapelten Bündel ließen nur für wenig anderes außer Betten und den Waschtisch Platz. Elayne wußte, daß sie in Caemlyn repräsentieren müßte, aber manchmal fühlte sie sich doch schuldig, wenn ihre Habe auf Packpferden transportiert wurde, während die meisten anderen Frauen mit dem auskommen mußten, was sie auf ihren Rücken tragen konnten. Nynaeve zeigte jedoch niemals Reue wegen *ihrer* Kisten. Sie waren bereits seit sechzehn Tagen unterwegs. Der Vollmond am nächtlichen Himmel schien auf eine hohe Schneedecke, die das Reisen morgen erschweren würde, selbst wenn der Himmel klar bliebe, und Elayne hielt es für eine optimistische Einschätzung, wenn man noch eine weitere Woche nach Caemlyn einplante.

»Ich bin klug genug, sie nicht daran zu erinnern«, belehrte sie Nynaeve. »Ich will nicht noch einmal zurechtgewiesen werden.«

Das war milde ausgedrückt. Sie hatten *Tel'aran'rhiod* nicht mehr betreten, seit sie Egwene in der Nacht nach dem Aufbruch vom Gutshof mitgeteilt hatten, daß die Schale der Winde benutzt worden war. Sie hatten ihr auch widerwillig von dem Vertrag mit dem Meervolk berichtet, zu dem sie gezwungen gewesen waren – und fanden sich jäh dem Amyrlin-Sitz mit der gestreiften Stola um die Schultern gegenüber. Elayne wußte, daß es nötig und Rechtens war – die engste Freundin unter den Untertanen einer Königin wußte sehr wohl, daß diese nicht nur eine Freundin, sondern auch die Königin war. Aber es hatte ihr nicht gefallen, daß ihre Freundin ihnen mit zorniger Stimme vorgeworfen hatte, sie hätten sich wie geistlose Tölpel verhalten, die ihnen allen womöglich den Untergang beschert hätten – besonders, da Elayne ihr insgeheim zustimmen mußte. Es hatte ihr auch nicht gefallen zu hören, daß Egwene ihnen beiden nur deswegen keine strenge Buße auferlegte, weil sie es sich nicht leisten konnte, sie ihre Zeit verschwenden zu lassen. Dennoch war es nötig und Rechtens gewesen. Wenn sie den Löwenthron innehätte, wäre sie noch immer eine Aes Sedai und deren Gesetzen, Regeln und Bräuchen unterworfen. Das galt nicht für Andor – sie würde ihr Land nicht der Weißen Burg übergeben –, aber für sie selbst. Daher akzeptierte sie Egwenes Vorhaltungen ruhig, so unerfreulich sie auch waren. Nynaeve hatte sich gewunden und verlegen gestottert, widersprochen und fast geschmollt, sich aber dann so ausgiebig entschuldigt, daß Elayne kaum glauben konnte, sie sei noch dieselbe Frau, die sie schon so lange kannte. Natürlich war Egwene die Amyrlin geblieben, in ihrer Ungehaltenheit kühl, selbst als sie ihr die Fehler verzieh. Heute nacht konnte es bestenfalls noch unerfreulicher oder ungemütlicher werden, wenn Egwene anwesend war.

Aber als sie sich ins Salidar *Tel'aran'rhiods* träumten, in jenen Raum der Kleinen Burg, der das Arbeitszimmer der Amyrlin genannt wurde, war Egwene nicht dort, und der einzige Hinweis darauf, daß sie den Raum seit ihrem letzten Treffen aufgesucht hatte, waren einige wie von einer trägen Hand, die sich nicht viel Mühe machen wollte, grob auf ein wurmzerfressenes Wandpaneel geritzte, kaum sichtbare Worte.

BLEIBT IN CAEMLYN

Und wenige Handbreit daneben:

VERHALTET EUCH RUHIG UND SEID VORSICHTIG

Das waren Egwenes letzte Anweisungen. Sie sollten nach Caemlyn ziehen und dort bleiben, bis sie herausfand, wie man den Saal daran hindern könnte, sie alle zu vernichten. Eine Mahnung, die sie nicht auslöschen konnten.

Elayne umarmte *Saidar* und lenkte die Macht, um ihre Nachricht zu hinterlassen: die Zahl Fünfzehn scheinbar auf den schweren Tisch eingeritzt, der Egwenes Schreibtisch gewesen war. Indem sie das Gewebe umkehrte und abband, würde nur jemand, der seine Finger über die Ziffern gleiten ließ, erkennen, daß sie nicht wirklich vorhanden waren. Vielleicht brauchten sie keine fünfzehn Tage bis Caemlyn, aber gewiß mehr als eine Woche.

Nynaeve schritt zum Fenster und spähte in beide Richtungen hinaus, wobei sie sorgfältig darauf achtete, den Kopf nicht zu weit vorzustrecken. Dort draußen war es ebenso Nacht wie in der wachen Welt, und der helle Schein des Vollmonds schimmerte auf dem Schnee, obwohl sich die Luft nicht kalt anfühlte. Außer ihnen sollte niemand dort sein, und wenn jemand dort war, sollte man ihn tunlichst meiden. »Hoffentlich sind ihre Pläne nicht durcheinandergeraten«, murmelte sie.

»Sie hat uns befohlen, diese Pläne nicht einmal untereinander zu erwähnen, Nynaeve. ›Ein ausgesprochenes Geheimnis bekommt Flügel.‹« Das war ein weiteres von Linis vielen Lieblingssprichworten gewesen.

Nynaeve sah sie über die Schulter mit verzerrter Miene an und betrachtete dann wieder die schmale Gasse. »Für dich ist es anders. Ich habe sie als Kind umsorgt, ihre Windeln gewechselt und ihr gelegentlich den Hintern versohlt. Und jetzt muß ich springen, wenn sie mit den Fingern schnippt. Das ist schwer.«

Elayne konnte nicht anders. Sie schnippte mit den Fingern.

Nynaeve fuhr so schnell herum, daß ihr Anblick verschwamm, die Augen vor Entsetzen geweitet. Ihr Gewand verwandelte sich von einem blauen Reitgewand zunächst in das mit Streifen versehene Weiß der Aufgenommenen und dann in das dunkle, robuste Tuch der Zwei Flüsse. Als sie erkannte, daß Egwene nicht da war, wurde sie vor Erleichterung fast ohnmächtig.

Als sie wieder in ihre Körper zurückkehrten und erwachten, um den anderen zu sagen, sie könnten zu Bett gehen, hielt Aviendha die Geschichte gewiß für einen guten Scherz, und Birgitte lachte ebenfalls. Nynaeve bekam jedoch ihre Rache. Am nächsten Morgen weckte sie Elayne mit einem Eiszapfen. Elaynes Schreie weckten auch alle übrigen im ganzen Dorf auf.

Drei Tage später erfolgte die erste Erschütterung.

KAPITEL 2

Dem Ruf folgen

Die *Cemaros* genannten großen Winterstürme tobten weiterhin vom Meer der Stürme heran und rauher, als selbst die Alten sich erinnerten. Einige meinten, die Cemaros wollten in diesem Jahr ihre monatelange Verspätung wettmachen. Blitze rissen den Himmel auf, so daß die Dunkelheit in Licht getaucht wurde. Wind peitschte das Land, und Regen prasselte darauf ein und verwandelte die ausgetrockneten Wege in Schlammströme. Manchmal gefror der Schlamm nach Einbruch der Nacht, aber der Sonnenaufgang brachte sogar unter einem grauen Himmel stets Tauwetter mit sich, und der Boden wurde wieder morastig. Rand war überrascht, wie sehr all dies seine Pläne behinderte.

Die Asha'man, nach denen er geschickt hatte, kamen bereits am Morgen des nächsten Tages; sie ritten aus einem Wegetor in strömenden Regen hinein, der die Sonne so stark verdunkelte, daß man meinen konnte, der Abend dämmere bereits. Durch die Öffnung in der Luft fiel aus Andor Schnee. Dicke weiße Flocken wirbelten dicht umher und verbargen, was dahinter lag. Die meisten Männer der kleinen Kolonne waren in schwere schwarze Umhänge gehüllt, aber der Regen mied sie und ihre Pferde anscheinend. Es war nicht offensichtlich, und doch sah jedermann, der es bemerkte, ein zweites, wenn nicht ein drittes Mal hin. Es war nur ein einfaches Gewebe nötig, um trocken zu bleiben, solange man nichts dagegen hatte, damit zu prahlen, was man war. Aber das übernahm ohnehin die schwarz-weiße, auf einen karmesinroten Kreis vorn auf ihren Umhang eingearbeitete Scheibe. Selbst vom Regen halb verborgen, umgab die Männer ein dünkelhafter Stolz, wie sie in ihren Sätteln saßen. Sie waren stolz auf das, was sie waren.

Ihr Befehlshaber, Charl Gedwyn, war einige Jahre älter als Rand und mittelgroß; wie auch Torval trug er das Schwert und den Drachen am Kragen seiner Jacke aus bester schwarzer Seide. Seine Schwertscheide war üppig verziert, und sein aus Silber gefertigter Schwertgürtel war mit einer ebenfalls silbernen Schnalle in der Form einer geballten Faust geschlossen. Gedwyn nannte sich Tsorovan'm'hael, in der Alten Sprache Beherrscher des Sturms, was immer das bedeuten mochte. Es schien zumindest dem Wetter angemessen.

Dennoch stand Gedwyn unmittelbar hinter dem Eingang von Rands reichverziertem grünem Zelt und blickte stirnrunzelnd in den strömenden Regen hinaus. Eine Wache berittener Gefährten umgab das Zelt in nicht mehr als dreißig Schritt Entfernung, die jedoch kaum zu sehen waren. Sie hätten Statuen sein können, da sie dem strömenden Regen trotzten.

»Wie soll ich Eurer Ansicht nach bei diesem Wetter jemanden finden?« murrte Gedwyn und schaute über die Schulter zu Rand. Kurz darauf fügte er hinzu: »Mein Lord Drache.« Sein Blick war unnachgiebig und herausfordernd, aber das war er stets, gleichgültig, ob er auf einen Menschen oder einen Zaunpfahl gerichtet war. »Rochaid und ich haben acht Geweihte und vierzig Soldaten mitgebracht, genügend Männer, um ein Heer zu vernichten oder zehn Könige einzuschüchtern. Wir könnten vielleicht sogar eine Aes Sedai zum Blinzeln veranlassen«, sagte er angespannt. »Verdammt, wir beide allein könnten schon einiges bewirken. Oder Ihr könntet es. Warum braucht Ihr noch jemand anderen?«

»Ich erwarte von Euch, daß Ihr gehorcht, Gedwyn«, erwiderte Rand kalt. Beherrscher des Sturms? Manel Rochaid, Gedwyns Stellvertreter, nannte sich Baijan'm'hael, Beherrscher des Angriffs. Was führte Taim im Schilde, indem er neue Ränge schuf? Wichtig war, daß der Mann Waffen gestaltete. Hauptsache, daß die Waffen lange genug bei geistiger Gesundheit blieben, um noch eingesetzt werden zu können. »Hingegen erwarte ich nicht von Euch, daß Ihr Eure Zeit damit verschwendet, meine Anweisungen in Frage zu stellen.«

»Wie Ihr befehlt, mein Lord Drache«, murmelte Gedwyn. »Ich werde meine Männer sofort ausschikken.« Er salutierte kurz, die geballte Faust an der Brust, und schritt in den Regen hinaus. Die Flut wich vor ihm aus und rann den schmalen Schild herab, den er um sich gewoben hatte. Rand fragte sich, ob der Mann ahnte, wie nahe er dem Tod gekommen war, als er *Saidin* ohne Vorwarnung ergriffen hatte.

Du mußt ihn töten, bevor er dich tötet, kicherte Lews Therin. *Sie werden es tun. Tote können niemanden verraten.* Die Stimme in Rands Kopf nahm einen verwunderten Unterton an. *Aber manchmal sterben sie nicht. Bin ich tot? Und du?*

Rand verdrängte die Stimme, bis sie nur noch ein gerade eben vernehmbares Summen war. Lews Therin schwieg seit seinem Wiedererscheinen in Rands Kopf selten, wenn er nicht dazu gezwungen wurde. Der Mann schien jetzt wahnsinniger und zorniger denn je. Und manchmal auch stärker. Diese Stimme suchte auch Rands Träume heim, und wenn er sich selbst in einem Traum sah, war es nicht immer wirklich er selbst, den er erblickte. Es war auch nicht immer Lews Therin, die Fratze, die er inzwischen als Lews Therins Gesicht erkannte. Manchmal war es verschwommen und doch vage vertraut, und Lews Therin schien davor ebenfalls zu erschrecken. Das war ein Hinweis darauf, wie weit der Wahnsinn bei Lews Therin fortgeschritten war. Oder vielleicht bei ihm selbst.

Noch nicht, dachte Rand. *Ich kann es mir noch nicht leisten, wahnsinnig zu werden.*

Wann dann? flüsterte Lews Therin, bevor Rand ihn wieder zum Schweigen bringen konnte.

Mit der Ankunft Gedwyns und der Asha'man begann die Ausführung seines Plans, die Seanchaner westwärts zu treiben, schritt jedoch sehr zögerlich voran. Rand wechselte unverzüglich sein Lager und bemühte sich nicht, sein Vorgehen zu verbergen. Es hatte wenig Sinn, Geheimhaltung anzustreben. Nachrichten wurden durch Tauben langsam und durch Kuriere noch weitaus langsamer verbreitet, und doch zweifelte Rand nicht daran, daß er beobachtet wurde – von der Weißen Burg, von den Verlorenen, von jedermann, der dort Gewinne oder Verluste vermutete, wohin der Wiedergeborene Drache zog, und es sich leisten konnte, einen Soldaten zu bestechen. Vielleicht sogar auch von den Seanchanern. Wenn er sie auskundschaften konnte – warum sollte es ihnen dann nicht in gleicher Weise gelingen? Aber nicht einmal die Asha'man wußten, warum er weiterzog.

Während Rand müßig zusah, wie Männer sein Zelt auf einen hochrädrigen Karren luden, erschien Weiramon auf einem seiner vielen Pferde, ein stolzer weißer Wallach edelster tairenischer Zucht. Der Regen hatte nachgelassen, obwohl noch immer graue Wolken die Mittagssonne verschleierten und die Luft feucht war. Das Drachenbanner und das Banner des Lichts hingen schlaff und naß an ihren hohen Masten.

Tairenische Verteidiger hatten die Gefährten inzwischen ersetzt, und als Weiramon durch den Kreis der Wächter ritt, betrachtete er mit finsterer Miene Rodrivar Tihera, einen hageren Burschen, der selbst für einen Tairener dunkelhäutig war und einen spitz gestutzten Bart trug. Als völlig unbedeutender Adliger, der sich durch seine Verdienste hocharbeiten mußte, nahm es Tihera besonders genau. Die breiten weißen Federn auf seinem Helm machten seine sorgfältige Verbeugung vor Weiramon überaus eindrucksvoll, woraufhin der Hochlord noch finsterer dreinblickte als zuvor.

Der Befehlshaber des Steins mußte die Verantwortung für Rands Leibwache nicht persönlich übernehmen, aber des öfteren tat er es dennoch, ebenso wie Marcolin häufig die Gefährten selbst befehligte. Eine oft verbitterte Rivalität war zwischen den Verteidigern und den Gefährten über die Frage entstanden, wer Rand beschützen sollte. Die Tairener beanspruchten dieses Vorrecht, weil er länger in Tear regiert hatte, und die Illianer beanspruchten es, weil er immerhin König von Illian war. Vielleicht hatte Weiramon von der Forderung der Verteidiger gehört, Tear müsse einen eigenen König bekommen – und wer wäre dafür besser geeignet als der Mann, der den Stein eingenommen hatte? Weiramon stimmte durchaus zu, daß Tear einen eigenen König haben sollte, aber er war nicht mit der Wahl desjenigen einverstanden, der die Krone tragen sollte, und er war nicht der einzige, der so dachte.

Der Mann glättete seine Züge, sobald er Rands Blick bemerkte, und schwang sich aus seinem goldverzierten Sattel, um eine Tiheras weit überlegene Verbeugung zu vollführen, obwohl er unmerklich das Gesicht verzog, als er seinen polierten Stiefel in den Schlamm setzen mußte. Er trug einen Regenumhang, der die Feuchtigkeit von seiner edlen Kleidung abhielt, aber selbst dieser war mit Goldfäden bestickt und wies einen Kragen aus Saphiren auf. Trotz Rands Umhang aus dunkelgrüner Seide, dessen Saum goldene Bienen zierten, wäre es jedermann zu verzeihen gewesen, wenn er vermutet hätte, Weiramon und nicht Rand müsse die Schwerterkrone tragen.

»Mein Lord Drache«, begann Weiramon. »Ich kann Euch gar nicht sagen, wie froh ich bin, Euch von Tairenern beschützt zu sehen. Die Welt würde gewiß trauern, wenn Euch etwas zustieße.« Er war zu gescheit, um sich so weit vorzuwagen, die Gefährten als nicht vertrauenswürdig zu bezeichnen. Fast zu gescheit.

»Früher oder später wird es geschehen«, sagte Rand trocken. »Und ich weiß, wie sehr Ihr trauern würdet, Weiramon.«

Der Bursche bildete sich tatsächlich etwas darauf ein und strich sich über seinen spitzen, von Grau durchzogenen Bart. Er hörte, was er hören wollte. »Seid meiner Treue versichert, mein Lord, denn sie ist auch der Grund dafür, warum mich die Befehle beunruhigen, die Euer Kurier mir heute morgen überbrachte.« Das war Adley gewesen. Viele der Adligen glaubten, daß ihnen von den Asha'man weniger Gefahr drohte, wenn sie sie lediglich als Rands Diener betrachteten. »Es war klug von Euch, die meisten Cairhiener und natürlich auch die Illianer fortzuschicken. Das versteht sich von selbst. Ich kann sogar verstehen, warum Ihr Gueyam und den übrigen mißtraut.« Weiramons Stiefel machten klatschende Geräusche im Schlamm, als er näher trat, und seine Stimme nahm einen vertrauensvollen Unterton an. »Ich glaube, daß einige von ihnen ... Nun, ich würde nicht sagen, daß sie gegen Euch intrigiert haben, aber ihre Treue war wohl nicht immer so untadelig wie die meine.« Sein Tonfall veränderte sich erneut, wurde fest und zuversichtlich, die Stimme eines Mannes, der sich nur um die Bedürfnisse desjenigen kümmert,

dem er dient. Desjenigen, der gewiß *ihn* zum ersten König von Tear machen würde. »Gestattet mir, alle meine Waffenträger aufzubieten, mein Lord Drache. Mit ihnen und den Verteidigern kann ich mich für die Ehre des Herrn des Morgens und seine Sicherheit verbürgen.«

In jedem der über die Heide verstreuten Lager wurden Wagen und Karren beladen und Pferde gesattelt. Die meisten Zelte waren bereits abgebaut. Die Hochlady Rosana ritt gen Norden, und ihrem Banner folgten genügend Leute, um unter den Banditen Verwüstung anrichten und die Shaido zumindest eine Weile aufhalten zu können. Aber nicht genug, um sie leichtsinnig werden zu lassen, besonders dann nicht, wenn die Hälfte der Männer Gueyams und Maraconns Gefolgsleute waren, die von Verteidigern des Steins unterstützt wurden. Ähnliches galt für Spiron Narettin, der mit ebenso vielen Gefährten und anderen aus dem Konzil der Neun Verschworenen ostwärts über den hohen Bergrücken ritt. Seine Truppe wurde verstärkt durch hundert weitere Fußsoldaten, bei denen es sich um einige der Burschen handelte, die sich am Tag zuvor in den Wäldern jenseits dieses Bergrückens ergeben hatten und nun das Ende der Reihe bildeten. Überraschend viele der Männer hatten die Möglichkeit gewählt, dem Wiedergeborenen Drachen zu folgen, aber Rand traute ihnen nicht genug, um sie zusammenbleiben zu lassen. Tolmeran brach gerade mit derselben Zusammenstellung von Leuten gen Süden auf, und weitere würden abmarschieren, sobald ihre Karren und Wagen beladen waren. Alle in verschiedene Richtungen, und niemand konnte den Männern in seinem Rücken ausreichend trauen, um mehr zu tun, als Rands Befehlen zu folgen. Es war eine wichtige Aufgabe, Illian den Frieden zu bringen, und doch bedauerte es jeder einzelne Lord und jede einzelne

Lady, vom Wiedergeborenen Drachen fortgeschickt zu werden, und fragte sich offensichtlich, ob dies bedeutete, daß sie sein Vertrauen verloren hatten. Obwohl einige wenige vielleicht auch überlegt hatten, warum er jene, die er unter seiner Aufsicht beließ, bei sich behielt. Rosana hatte jedenfalls nachdenklich dreingeschaut.

»Eure Sorge rührt mich«, sagte Rand zu Weiramon, »aber wie viele Leibwächter braucht ein Mann? Ich will keinen Krieg beginnen.« Es war vielleicht ein guter Einwand, aber dieser Krieg war bereits im Entstehen begriffen. Er hatte in Falme begonnen, wenn nicht schon vorher. »Macht Eure Leute marschbereit.«

Wie viele sind für meinen Stolz gestorben? stöhnte Lews Therin. *Wie viele sind für meine Fehler gestorben?*

»Darf ich zumindest fragen, wohin wir ziehen?« Weiramons fast verärgerte Frage erklang unmittelbar nach der Stimme in Rands Kopf.

»In die Stadt«, fauchte Rand. Er wußte nicht, wie viele Menschen durch seine Fehler ums Leben gekommen waren, aber er war sich sicher, daß niemand für seinen Stolz gestorben war.

Weiramon öffnete verwirrt den Mund, da er nicht wußte, ob Rand Tear oder Illian oder vielleicht sogar Cairhien meinte, aber dieser scheuchte ihn mit einer harschen, fast zustechenden Bewegung mit dem Drachenszepter davon, welche die grün-weißen Quasten schwingen ließ. Er wünschte halbwegs, er hätte damit gleichzeitig Lews Therin erstechen können. »Ich beabsichtige nicht, den ganzen Tag hier herumzusitzen, Weiramon! Geht zu Euren Männern!«

Kaum eine Stunde später ergriff er die Wahre Quelle und machte sich bereit, ein Wegetor für das Reisen zu gestalten. Er mußte gegen die Benommenheit ankämpfen, die ihn in letzter Zeit umfing, wann immer er die Macht ergriff oder losließ, und schwankte fast in

Tai'daishars Sattel. Die Quelle zu berühren kam für ihn fast Übelkeit gleich. Wenn er doppelt sah, und sei es auch nur für wenige Augenblicke, wurde das Gestalten von Gewebesträngen schwierig, wenn nicht unmöglich. Er hätte Dashiva oder Flinn oder jemand anderen bitten können, es für ihn zu tun, aber Gedwyn und Rochaid warteten mit ihren Pferden vor ungefähr einem Dutzend Soldaten in schwarzen Jacken, all jene, die nicht auf die Suche gegangen waren. Sie warteten einfach schweigend ab und beobachteten Rand. Rochaid, höchstens eine Handbreit kleiner als Rand und vielleicht zwei Jahre jünger, war ebenfalls ein vollständig ausgebildeter Asha'man, und auch seine Jacke bestand aus Seide. Ein kleines Lächeln umspielte seine Lippen, als wüßte er Dinge, von denen andere nichts wußten. Was wußte er? Gewiß etwas über die Seanchaner – wenn nicht sogar über Rands Pläne mit ihnen. Was noch? Vielleicht nichts, aber Rand würde vor diesen beiden keine Schwäche zeigen. Die Benommenheit schwand rasch, wenn auch die Doppelsichtigkeit wie stets während der letzten Wochen ein wenig langsamer, und dann vollendete er das Gewebe ohne innezuhalten, gab seinem Pferd die Sporen und ritt durch die sich vor ihm entstehende Öffnung.

Die Stadt, von der er gesprochen hatte, war Illian, wobei sich das Wegetor im Norden der Stadt eröffnete. Trotz Weiramons vermeintlicher Besorgnis ging er wohl kaum ungeschützt und allein. Fast dreitausend Mann ritten hinter ihm durch die hohe quadratische Öffnung in der Luft auf das wellige Weideland nicht weit von der breiten, schlammigen Straße, die zum Damm des Nordsterns führte. Obwohl jeder Lord nur eine Handvoll Waffenträger hatte mitnehmen dürfen – für Männer, die sonst tausend, wenn nicht Tausende Leute anführten, waren einhundert Mann nur eine Handvoll –, ergaben alle zusammen eine stattliche Anzahl: Tairener, Cairhiener und Illianer, Verteidiger des Steins unter Tihera und Gefährten unter Marcolin sowie Asha'man, die Gedwyn auf dem Fuße folgten. Die Asha'man, die mit ihm gekommen waren, ohnehin. Dashiva, Flinn und die übrigen hielten ihre Pferde dicht hinter Rand. Alle außer Narishma, der noch nicht zurückgekommen war. Der Mann wußte, wo er ihn finden konnte, aber es gefiel Rand trotzdem nicht.

Jede Gruppe blieb so weitgehend wie möglich für sich. Gueyam, Maraconn und Aracome, die mehr auf Rand als auf ihren Weg achteten, sowie Gregorin Panar mit drei weiteren des Konzils der Neun, die sich in ihren Sätteln seitwärts beugten, um beunruhigt miteinander zu tuscheln, ritten mit Weiramon. Semaradrid, in dessen Gefolge sich einige cairhienische Lords mit angespannten Mienen befanden, beobachtete Rand fast ebenso genau wie die Tairener. Rand hatte jene, die mit ihm ritten, ebenso sorgfältig ausgewählt wie jene, die er fortgeschickt hatte – nicht immer aus den Gründen, die andere vielleicht vermutet hätten.

Beobachter hätten es für eine Zurschaustellung der Kampfentschlossenheit gehalten, mit all den leuchtenden Bannern und Standarten und kleinen *Cons* bei einigen der Cairhiener. Strahlend und tapfer und sehr gefährlich. Einige *hatten* gegen Rand intrigiert, und zudem hatte er erfahren, daß zwischen Semaradrids Haus Maravin und dem Hause Riatin, das in Cairhien offen gegen ihn rebelliert hatte, alte Bündnisse bestanden. Semaradrid leugnete die Verbindung nicht, aber er hatte sie auch nicht erwähnt, bevor Rand davon hörte. Er kannte das Konzil der Neun einfach noch zu wenig, um es zu riskieren, sie zurückzulassen. Weiramon hingegen war ein Narr. Sich selbst überlassen, könnte er vielleicht sehr wohl versuchen, die Gunst des Lord Drachen zu erringen, indem er ein Heer gegen die Seanchaner oder gegen Murandy oder nur das Licht wußte gegen wen oder wohin sonst führte. Zu unbesonnen, um zurückgelassen, zu mächtig, um beiseite geschoben zu werden, ritt er also mit Rand und fühlte sich geehrt. Es war beinahe bedauerlich, daß er nicht so töricht war, etwas zu tun, woraufhin man ihn hätte vernichten können.

Hinter ihnen kamen die Diener und Karren – niemand verstand, warum Rand den anderen alle Wagen mitgegeben hatte, und er würde es auch nicht erklären – und dann die von Pferdeknechten geführten Ersatzpferde und die langen, unregelmäßigen Reihen von Männern in zerschlagenen Brustpanzern, die nicht richtig paßten, oder in Lederwamsen, auf die rostige Stahlscheiben aufgenäht waren, bewaffnet mit Bogen, Armbrusten oder Speeren und sogar einigen wenigen Langspießen, sowie weitere der Burschen, die ›Lord Brends‹ Ruf gefolgt waren und sich dagegen entschieden hatten, unbewaffnet nach Hause zurückzukehren. Ihr Anführer war der Mann, mit dem Rand am Waldrand gesprochen hatte, Eagan Padros genannt und weitaus klüger, als es den Anschein hatte. Es war meistenorts für einen Bürgerlichen schwer, sehr weit aufzusteigen, aber Rand hatte Padros ausersehen. Der Bursche versammelte seine Leute auf einer Seite, die aber keine Ordnung hielten und einander mit den Ellbogen beiseite drängten, um besser südwärts schauen zu können.

Der Damm des Nordsterns erstreckte sich pfeilgerade durch Meilen braunen Sumpflands um Illian, eine breite Straße festgetretener Erde, die nur von flachen Steinbrücken unterbrochen wurde. Der Südwind trug den Geruch von Meersalz und einem Hauch Gerberei heran. Illian war eine weitläufig angelegte Stadt und ebenso groß wie Caemlyn oder Cairhien. Bunte

Dachziegel und Hunderte hoch aufragender Türme, die in der Sonne schimmerten, waren über das Meer aus Schilf und Gras, in dem langbeinige Kraniche umherstelzten und über dem Scharen weißer Vögel im Tiefflug schrille Schreie ausstießen, gerade eben zu sehen. Illian hatte niemals Mauern gebraucht, und gegen Rand hätten sie ohnehin nichts genützt.

Es herrschte allgemeine Enttäuschung, daß er Illian nicht betreten wollte, obwohl sich in seiner Hörweite niemand darüber beklagte. Dennoch gab es viele un-zufriedene Gesichter und verärgertes Murren, wäh-rend eilig Lager errichtet wurden. Wie die meisten großen Städte war auch Illian für fremdartige Zünfte, freigebige Schankmädchen und willige Frauen be-kannt. Zumindest unter den Männern, die noch nie-mals dort gewesen waren, auch wenn es ihre eigene Hauptstadt war. Unwissen steigerte den Ruf einer Stadt für solche Verheißungen stets noch. Aber nur Morr galoppierte über den Damm davon. Die Männer, die gerade Zeltpfähle in die Erde rammten oder Pflockleinen für die Pferde befestigten, richteten sich auf und sahen ihm neiderfüllt nach. Adlige beobachte-ten ihn neugierig, obwohl sie vorzugeben versuchten, dies nicht zu tun.

Die Asha'man bei Gedwyn beachteten Morr nicht, während sie ihr eigenes Lager errichteten, das aus einem pechschwarzen Zelt für Gedwyn und Rochaid und einer Fläche bestand, auf der feuchtes braunes Gras und Schlamm selbstverständlich mit der Macht flach und trocken gepreßt wurden und wo die übrigen Männer in ihre Umhänge gehüllt schlafen würden. Sie machten sich nicht einmal die Mühe, Herdfeuer ohne die Macht aufzuschichten. Einige wenige aus den anderen Lagern beobachteten mit großen Augen, wie sich das Zelt wie von Geisterhand aufstellte und Haltegurte von Packsätteln flogen, aber die meisten schauten woandershin, wenn sie erkannten, was vor sich ging. Zwei oder drei der Soldaten in den schwarzen Jacken führten anscheinend Selbstgespräche.

Flinn und die übrigen schlossen sich Gedwyns Gruppe nicht an – sie hatten zwei Zelte in der Nähe von Rands Zelt errichtet –, aber Dashiva ging zu der Stelle, wo der ›Beherrscher des Sturms‹ und der ›Beherrscher des Angriffs‹ müßig herumstanden und barsch Befehle ausgaben. Ein kurzer Wortwechsel, und er ging kopfschüttelnd und ärgerlich vor sich hin murmelnd wieder zurück. Gedwyn und Rochaid waren keine freundlichen Menschen.

Rand zog sich in sein Zelt zurück, sobald es aufgeschlagen war, legte sich vollkommen angekleidet auf sein Feldbett und starrte an die schräge Decke. Hopwil brachte ihm einen dampfenden Zinnkrug mit Glühwein – Rand hatte seine Diener zurückgelassen –, aber der Wein wurde auf seinem Schreibtisch kalt. Sein Verstand arbeitete fieberhaft. Noch zwei oder drei Tage, und die Seanchaner würden einen herben Schlag erleiden. Dann ginge es zurück nach Cairhien, um nachzusehen, wie weit die Verhandlungen mit dem Meervolk gediehen waren. Außerdem wollte er erfahren, was Cadsuane vorhatte – zwar schuldete er ihr etwas, aber sie hatte ihre eigenen Pläne! Vielleicht gelang es ihm, den Aufstand in Cairhien endgültig zu beenden. Waren Caraline Damodred und Darlin Sisnera in der allgemeinen Verwirrung entkommen? Den Hochlord Darlin in seiner Gewalt zu haben könnte auch das Ende des Aufstands in Tear bedeuten. Bliebe noch Andor. Wenn Mat und Elayne in Murandy waren, wie es den Anschein hatte, würde es bestenfalls noch Wochen dauern, bis Elayne den Löwenthron beanspruchen konnte. Wenn das einträfe, würde er sich von Caemlyn fernhalten müssen. Aber er mußte mit Nynaeve sprechen. *Konnte* er *Saidin* vom Makel befreien? Es mochte vielleicht funktionieren. Es könnte aber auch die Welt zerstören. Lews Therin redete in starrem Entsetzen auf ihn ein. Licht, wo *war* Narishma?

Ein Cemaros brach herein, der so nahe am Meer weitaus stärker war. Regen prasselte wie Trommelwirbel auf Rands Zelt. Blitze erfüllten den Eingang mit blauweißem Licht, und Donner rollte wie einstürzende Berge.

Aus diesem Unwetter trat Narishma ins Zelt, tropfnaß und das dunkle Haar am Kopf klebend. Seine Befehle hatten gelautet, um jeden Preis Aufmerksamkeit zu vermeiden. Seine durchweichte braune Jacke war schlicht und sein dunkles Haar ungeflochten zurückgebunden. Auch ohne Schmuck zog fast hüftlanges Haar bei einem Mann Blicke auf sich. Er schaute finster drein. Unter einem Arm trug er ein zylindrisches, mit einer Kordel verschnürtes Bündel, das dicker war als das Bein eines Mannes.

Rand sprang von seinem Feldbett auf und riß Narishma das Bündel aus der Hand, bevor dieser es ihm reichen konnte. »Hat Euch jemand gesehen?« fragte er. »Was hielt Euch so lange auf? Ich hatte Euch schon gestern abend erwartet!«

»Es dauerte eine Weile, herauszufinden, was zu tun war«, erwiderte Narishma tonlos. »Ihr habt mir nicht alles gesagt. Ihr hättet mich beinahe getötet.«

Das war lächerlich. Rand *hatte* ihm alles gesagt, was er wissen mußte, dessen war er sich sicher. Es hatte keinen Sinn, dem Mann so weit zu vertrauen, wie er es getan hatte, nur damit er starb und alles verdarb. Er steckte das Bündel vorsichtig unter sein Feldbett. Seine Hände zitterten vor Verlangen, die Umhüllung abzureißen, sich zu versichern, daß sie enthielt, wonach er Narishma geschickt hatte. Aber der Mann hätte nicht zurückzukehren gewagt, wenn dem nicht

so wäre. »Zieht Euch eine trockene Jacke an, bevor Ihr Euch zu den übrigen gesellt«, sagte Rand. »Und Narishma ...« Rand richtete sich auf und betrachtete den anderen Mann mit stetem Blick. »Wenn Ihr jemandem hiervon erzählt, *werde* ich Euch töten.«

Töte die ganze Welt, lachte Lews Therin. Ein höhnisches, verzweifeltes Stöhnen. Ich *habe die Welt getötet, und du kannst es auch, wenn du dich bemühst.*

Narishma schlug sich mit der Faust fest an die Brust. »Wie Ihr befehlt, mein Lord Drache«, sagte er mit einem Anflug von Ärger in der Stimme.

Im ersten Morgenlicht des folgenden Tages marschierten tausend Mann der Legion des Drachen aus Illian heraus über den Damm des Nordsterns zum stetigen Klang der Trommeln. Dichte graue Wolken zogen über den Himmel, und eine steife, stark salzige Meeresbrise peitschte Umhänge und Banner und kündigte den nächsten Sturm an. Die Soldaten erregten mit ihren blauen andoranischen Helmen und den langen blauen Umhängen mit dem rot-goldenen Drachen auf der Brust bei den bereits lagernden Waffenträgern einige Aufmerksamkeit. Jede der fünf Kompanien war mit einer blauen Standarte mit dem Drachen und einer Ziffer gekennzeichnet. Die Männer der Legion waren in vielerlei Hinsicht anders. Sie trugen ihren Brustharnisch beispielsweise unter der Jacke, damit der Drache nicht verdeckt wurde, und jeder Mann trug ein Kurzschwert an der Hüfte sowie eine eisenbeschlagene Armbrust über der Schulter. Die Offiziere gingen unmittelbar vor den Trommlern und Standarten zu Fuß, jeder mit einer hohen roten Feder am Helm. Die einzigen Pferde waren Morrs mausfarbener Wallach an der Spitze und Packtiere am Ende der Kolonne.

»Fußsoldaten«, murrte Weiramon und schlug mit den Zügeln gegen eine behandschuhte Hand. »Verdammt, sie nützen uns nichts. Sie werden beim ersten Angriff auseinanderlaufen, wenn nicht schon vorher.«

Die Kolonne schritt auf dem Damm kräftig aus. Sie hatte bei der Einnahme Illians geholfen, ohne auseinanderzulaufen.

Semaradrid schüttelte den Kopf. »Keine Langspieße«, murrte er. »Ich habe gut geführte Fußsoldaten mit Langspießen standhalten sehen, aber ohne ...« Er stieß einen verächtlichen Laut aus.

Gregorin Panar, der dritte Mann, der in Rands Nähe im Sattel saß und die Neuankömmlinge beobachtete, schwieg. Vielleicht hegte er kein Vorurteil gegen Fußsoldaten – obwohl er dann einer von nur einer Handvoll Adligen wäre, denen Rand ohne solche Vorbehalte begegnet war –, aber er bemühte sich mit einigem Erfolg, nicht zu finster dreinzublicken. Jedermann wußte inzwischen, daß die Männer mit dem Drachen auf der Brust Waffen trugen, weil sie dem Wiedergeborenen Drachen zu folgen beschlossen hatten und aus keinem anderen Grund. Die Illianer mußten sich fragen, wohin sie zögen, weil Rand wollte, daß die Legion mitkam und dem Konzil das Ziel nicht anvertraut werden sollte. Daher beobachtete Semaradrid Rand von der Seite. Nur Weiramon war zu töricht, um darüber nachzudenken. Rand wandte Tai'daishar ab. Er hatte Narishmas Bündel teilweise ausgewickelt und unter dem Riemen seines linken Steigbügels befestigt. »Brecht das Lager ab. Wir ziehen weiter«, wies er die Adligen an.

Dieses Mal ließ er Dashiva das Wegetor weben, das sie alle fortbringen sollte. Der Bursche mit dem unscheinbaren Gesicht sah ihn stirnrunzelnd an und murmelte vor sich hin – er schien aus einem unbestimmten Grund tatsächlich beleidigt! –, und Gedwyn und Rochaid, ihre Pferde Schulter an Schulter, verfolgten mit spöttischem Lächeln, wie der silberne Lichtschlitz zu einer Öffnung im Nichts wurde. Die beiden beobachteten eher Rand als Dashiva. Nun, sollten sie ihn doch beobachten. Wie oft konnte er *Saidin* ergreifen und es riskieren, benommen aufs Gesicht zu fallen, bevor er tatsächlich fiel? Es durfte nicht dort geschehen, wo sie es sehen konnten.

Dieses Mal führte sie das Wegetor auf eine breite Straße, die die niedrigen, mit Gestrüpp bestandenen Ausläufer der Nemarellin-Berge im Westen durchschnitt. Nicht den Verschleierten Bergen vergleichbar und kein Flecken auf dem Rückgrat der Welt, aber sie erhoben sich dennoch dunkel und erhaben vor dem Himmel, scharfkantige Gipfel, welche die Westküste Illians umgaben. Dahinter lag der Kabalgraben und wiederum dahinter …

Die Männer erkannten die Gipfel nur allzu bald. Gregorin Panar sah sich einmal um und brummte dann zufrieden. Die anderen drei Ratsmitglieder und Marcolin verhielten ihre Pferde dicht bei ihm, um sich miteinander zu beraten, während noch immer Reiter durch das Wegetor drangen. Semaradrid brauchte nur unwesentlich länger, um herauszufinden, wo sie sich befanden, und Tihera ebenfalls, und beide nickten dann verstehend.

Die Silberstraße führte von der Stadt nach Lugard und diente dem Inlandhandel nach Westen. Es gab auch eine Goldstraße, die nach Far Madding führte. Straßen und Namen stammten gleichermaßen aus der Zeit, bevor es Illian gegeben hatte. In Jahrhunderten hatten Wagenräder, Hufe und Stiefel die Straßen befestigt, und die Cemaros konnten sie nur mit Schlamm verschmutzen. Sie gehörten zu den wenigen zuverlässigen Landstraßen in Illian, auf denen sich auch im Winter große Menschenmengen bewegen konnten. Jedermann wußte inzwischen von den Seanchanern in Ebou Dar, obwohl viele der Gerüchte, die Rand unter den Waffenträgern gehört hatte, behaupteten, die Eindringlinge seien die noch heimtückischeren Vettern der Trollocs. Wenn die Seanchaner die Absicht hatten, Illian anzugreifen, war die Silberstraße ein guter Ort, sich zur Verteidigung zu sammeln.

Semaradrid und die übrigen glaubten zu wissen, was Rand im Sinne hatte: Er mußte erfahren haben, daß die Seanchaner kamen, und die Asha'man waren hier, um sie zu vernichten. Trotz der Geschichten über die Seanchaner schien niemand beunruhigt, daß er nicht zum Zuge käme. Natürlich mußte Tihera es Weiramon letztendlich erklären, der daraufhin beunruhigt *war*, obwohl er es durch eine großartige Rede über die Weisheit des Lord Drache und das militärische Genie des Herrn des Morgens sowie darüber, daß er persönlich den ersten Angriff gegen diese Seanchaner führen würde, zu verbergen suchte. Ein vollkommen törichter Narr. Mit etwas Glück wäre jedermann sonst, der von einer Armee auf der Silberstraße erführe, zumindest nicht wesentlich schlauer als Semaradrid oder Gregorin. Mit etwas Glück würde niemand Wichtiges die Wahrheit erfahren, bevor es zu spät war.

Rand richtete sich auf eine Wartezeit ein und dachte, es würde nur noch ungefähr einen Tag dauern, aber die Zeit dehnte sich und er begann sich zu fragen, ob er vielleicht ein beinahe ebenso großer Narr wie Weiramon war.

Die meisten Asha'man waren ausgezogen, um in ganz Illian und Tear und den Ebenen von Maredo jene anderen zu suchen, die Rand bei sich haben wollte. Sie suchten in den Cemaros. Wegetore und das Schnelle Reisen waren schön und gut, aber selbst Asha'man mußten sich Zeit für die Suche nehmen, wenn Regengüsse die Sicht behinderten und Morast Gerüchte fast zum Stocken brachte. Auf der Suche konnten die

Asha'man ohne es zu merken in einer Meile Entfernung an ihrer Beute vorbeigelangen, und wenn sie schließlich zurückkehrten, waren die Gesuchten bereits weitergezogen. Einige mußten sich auf der Suche nach Menschen, die nicht gefunden werden wollten, weiter fortbegeben. Tage vergingen, bevor die ersten Asha'man Neuigkeiten brachten.

Der Hochlord Sunamon schloß sich Weiramon an; er war ein dicker Mann mit salbungsvoller Art – zumindest Rand gegenüber. In seiner edlen Seidenjacke vornehm gekleidet und stets lächelnd, beteuerte er eloquent seine Treue, aber er intrigierte schon so lange gegen Rand, daß er es wahrscheinlich auch bereits im Schlaf tat. Der Hochlord Torean nahte mit dem plumpen Gesicht eines Bauern und seinem gewaltigen Reichtum heran und stammelte etwas über die Ehre, erneut an der Seite des Lord Drache reiten zu dürfen. Gold interessierte Torean mehr als alles andere, außer vielleicht die Privilegien, die Rand den Adligen in Tear genommen hatte. Er schien besonders entsetzt, als er erfuhr, daß es keine Dienerinnen im Lager gab und nicht einmal ein Dorf in der Nähe war, in dem man vielleicht willfährige Bauerntöchter finden könnte. Torean hatte ebenso häufig wie Sunamon gegen Rand intrigiert, vielleicht sogar häufiger als Gueyam oder Maraconn oder Aracome.

Es gab noch andere. Da war Bertome Saighan, ein kleiner, auf rauhe Art ansehnlicher Mann, dessen Schädel vorn rasiert war. Er betrauerte den Tod seiner Cousine Colavaere vermutlich nicht allzu sehr, da ihn das zum neuen Hochsitz des Hauses Saighan machte. Gerüchte besagten, daß Rand sie ermordet hätte. Bertome verbeugte sich und lächelte, aber sein Lächeln schloß seine dunklen Augen nicht mit ein. Einige behaupteten, er hätte seine Cousine sehr gemocht. Auch Ailil Riatin kam, eine schlanke, würdevolle Frau mit großen dunklen Augen, nicht mehr jung, aber noch recht hübsch, die beteuerte, sie hege nicht den Wunsch, am Feldzug persönlich teilzunehmen, vielmehr habe sie jemand anderen mit dieser Aufgabe betraut. Sie gelobte dem Lord Drache ihre Treue, obwohl ihr Bruder Toram den von Rand für Elayne vorgesehenen Thron beanspruchte und hinter vorgehaltener Hand Gerüchte kursierten, daß sie alles für Toram tun würde, absolut alles. Sie würde sich sogar mit seinen Feinden verbünden – natürlich um sie behindern oder ausspionieren oder beides tun zu können. Dalthanes Annallin kam und Amondrid Osiellin und Doressin Chuliandred ebenfalls, Lords, die Colavaeres Übernahme des Sonnenthrons unterstützt hatten, als sie glaubten, Rand würde niemals nach Cairhien zurückkehren.

Cairhiener und Tairener stießen nacheinander mit fünfzig oder höchstens hundert Gefolgsleuten hinzu. Männer und Frauen, denen er noch weniger vertraute als Gregorin oder Semaradrid. Die meisten waren Männer, jedoch nicht, weil er Frauen für weniger gefährlich hielt – er war kein *solch* großer Narr; eine Frau konnte einen doppelt so schnell töten wie ein Mann und üblicherweise aus einem nur halb so einleuchtenden Grund! –, sondern weil er sich nicht dazu bringen konnte, irgendeine Frau außer den kampferprobtesten dorthin mitzunehmen, wohin er ginge. Ailil konnte herzlich lächeln, während sie erwog, an welcher Stelle sie einem den Dolch in die Rippen stoßen wollte. Anaiyella, eine geschmeidige, einfältig lächelnde Hochdame, war aus Cairhien nach Tear zurückgekehrt und hatte offen von sich selbst als Anwärterin auf den noch nicht existierenden Thron von Tear gesprochen. Vielleicht *war* sie eine Törin, aber es war ihr gelungen, reichlich Unterstützung zu erlangen, sowohl unter den Adligen als auch auf den Straßen.

So versammelte er all jene, die seinen Blicken zu lange entschwunden waren. Er konnte sie nicht alle gleichzeitig im Auge behalten, aber er konnte es sich nicht leisten, sie vergessen zu lassen, daß er sie *tatsächlich* manchmal beobachtete. Er versammelte sie und wartete ab. Es wurden acht Tage.

Regen trommelte in einem schwächer werdenden Rhythmus auf das Zeltdach, als der letzte Mann, den er erwartete, schließlich eintraf.

Davram Bashere schüttelte Wassertropfen von seinem Regenumhang, blies angewidert gegen seinen dichten, von Grau durchzogenen Schnurrbart und warf den Umhang über einen Lehnstuhl mit hoher runder Lehne. Der kleine Mann mit einer großen Hakennase schien kompakter, als er war. Nicht weil er etwas vorgab, sondern weil er für sich beschlossen hatte, ebenso groß zu sein wie alle anderen anwesenden Männer und jene ihn als gleich groß wahrnahmen. Kluge Männer taten dies. Er hatte sich den wolfsköpfigen, elfenbeinernen Kommandostab des Marschallgenerals von Saldaea, den er nachlässig hinter seinen Schwertgürtel gesteckt hatte, auf vielen Schlachtfeldern und bei ebenso vielen Konzilien erworben. Er war einer der sehr wenigen Männer, denen Rand sein Leben anvertrauen würde.

»Ich weiß, daß Ihr nicht gern Erklärungen abgebt«, murmelte Bashere, »aber ich könnte ein wenig Aufklärung gebrauchen.« Er ließ sich in einem Sessel nieder und schwang ein Bein über dessen Lehne. Bashere schien stets ausgeglichen, aber er konnte auch sehr schnell in Fahrt geraten. »Dieser Asha'man wollte nicht mehr verraten, als daß Ihr mich schon gestern gebraucht hättet, aber er sagte auch, ich solle nicht mehr als tausend Mann mitbringen. Ich hatte nur halb so viele Männer bei mir, aber ich habe zumindest diese mitgebracht. Es kann sich wohl nicht um einen Feldzug handeln. Die Hälfte der Banner, die ich draußen sah, gehören Männern, die sich die Zunge abbeißen würden, wenn sie einen Burschen mit einem Dolch hinter Euch stehen sähen, und die übrigen gehören Männern, die in einem solchen Fall versuchen würden, Eure Aufmerksamkeit zu erregen. Wenn sie den Mörder nicht zuvor bezahlt hätten.«

Rand saß in Hemdsärmeln hinter seinem Schreibtisch und preßte die Handballen erschöpft auf seine Augen. Da Boreane Carivin nicht mitgekommen war, waren die Lampendochte nicht gestutzt, und schwacher Rauch hing in der Luft. Außerdem war Rand den größten Teil der Nacht wach geblieben, um die über den Tisch verstreuten Landkarten zu studieren – Landkarten von Süd-Altara, von denen nicht einmal zwei übereinstimmten.

»Wenn Ihr eine Schlacht schlagen wollt«, gab er Bashere zu bedenken, »wer könnte dann die Zeche besser bezahlen als die Männer, die Euch tot sehen wollen? Es werden ohnehin keine Soldaten diese Schlacht gewinnen. Sie sollen nur jedermann davon abhalten, sich an die Asha'man heranzuschleichen. Was haltet Ihr davon?«

Bashere schnaubte so laut, daß sich sein schwerer Schnurrbart regte. »Ich denke, es herrscht ein todbringendes Durcheinander. Jemand wird noch daran zugrunde gehen. Das Licht gebe, daß nicht wir es sind.« Und dann lachte er, als wäre das ein netter Scherz gewesen.

Lews Therin lachte auch.

KAPITEL 3

Wolken ziehen auf

Rands kleines Heer formierte sich unter beständigem Nieseln in Kolonnen auf den niedrigen, welligen Hügeln gegenüber den Nemarellin-Gipfeln, die dunkel und scharf abgegrenzt vor dem Westhimmel standen. Es war eigentlich nicht nötig, sich in die beabsichtigte Richtung zu wenden, wenn man Schnell Reiste, aber Rand empfand es anders stets als falsch. Trotz des Regens ließen rasch abnehmende graue Wolken erstaunlich viel hellen Sonnenschein hindurch, zumindest erschien es ihm nach all der Düsternis der letzten Zeit so.

Vier der Kolonnen wurden von Basheres Saldaeanern angeführt, krummbeinige Männer in kurzen Jacken, die unter einem kleinen Wald glänzender Lanzenspitzen geduldig neben ihren Reittieren standen, während die anderen fünf Kolonnen von Männern in blauen Jacken mit dem Drachen auf der Brust angeführt wurden, befehligt von einem kleinen, gedrungenen Burschen namens Jak Masond. Wenn Masond sich bewegte, geschah dies stets überraschend schnell, aber jetzt stand er vollkommen reglos, die Füße gespreizt und die Hände hinter dem Rücken verschränkt. Seine Männer hatten ihre Plätze eingenommen wie auch die Verteidiger und die Gefährten, die grollten, weil sie sich hinter der Infanterie einreihen mußten. Im Unterschied dazu liefen die Adligen und ihre Leute recht kopflos umher. Dicker Schlamm quatschte unter Hufen und Stiefeln und behinderte Wagenräder. Laute

Flüche erklangen. Es dauerte einige Zeit, fast sechstausend bereits durchnäßte Männer Aufstellung nehmen zu lassen, die mit jedem Moment noch nasser würden, und hinzu kamen noch die Versorgungskarren und die Ersatzpferde.

Rand hatte seine beste Kleidung angelegt, damit er auf den ersten Blick aus der Masse herausragte. Ein wenig Macht hatte das Drachenszepter blitzblank poliert, und weitere Macht hatte die Schwerterkrone auf Hochglanz gebracht. Die vergoldete Drachenschnalle seines Schwertgürtels schimmerte im Licht wie auch die Goldfadenstickerei auf seiner blauen Seidenjacke. Die Seanchaner sollten wissen, wer gekommen war, um sie zu vernichten.

Auf einer weiten Ebene saß er auf Tai'daishar und beobachtete ungeduldig, wie die Adligen auf den Hügeln umherliefen. Nicht weit entfernt saßen Gedwyn und Rochaid vor ihren Männern im Sattel, die eine exakte Linie bildeten, die Geweihten vorn und die Soldaten hinter ihnen aufgereiht. Es hatten ebenso viele Männer graues oder schütteres Haar wie junge Männer dabei waren – mehrere waren im gleichen Alter wie Hopwil oder Morr –, aber jeder einzelne von ihnen war ausreichend stark im Gebrauch der Macht, um ein Wegetor zu gestalten. Flinn und Dashiva warteten in zwangloser Ansammlung mit Adley und Morr, Hopwil und Narishma hinter Rand, desgleichen zwei berittene Bannerträger in starrer Haltung, der eine ein Tairener, der andere ein Cairhiener, deren Brustpanzer, Helme und stahlverstärkte Panzerhandschuhe glänzend poliert waren. Das karmesinrote Banner des Lichts und das lange weiße Drachenbanner hingen schlaff und tropfnaß herab. Rand hatte die Macht in seinem Zelt ergriffen, wo sein kurzzeitiges Taumeln nicht bemerkt würde, so daß der spärliche Regen ihn und sein Pferd nicht berührte.

Heute empfand er den Makel auf *Saidin* besonders stark, wie dickflüssiges, übelriechendes Öl, das in seine Poren eindrang und seine Knochen und selbst seine Seele zutiefst befleckte. Er hatte geglaubt, sich in gewisser Weise an die Widerwärtigkeit gewöhnt zu haben, aber heute bereitete sie ihm sogar stärkere Übelkeit als das gefrorene Feuer und die geschmolzene Kälte *Saidins*. Er hielt jetzt so oft wie möglich an der Quelle fest und akzeptierte die Widerwärtigkeit, um das neue Unwohlsein bei ihrem Ergreifen zu meiden. Es könnte seinen Tod bedeuten, wenn er zuließe, daß das Unwohlsein ihn von *diesem* Kampf ablenkte. Vielleicht hing es irgendwie mit den Schwindelanfällen zusammen. Licht, er durfte noch nicht wahnsinnig werden, und er durfte nicht sterben. Noch nicht. Es war noch so vieles zu tun.

Er preßte sein linkes Bein gegen Tai'daishars Flanke, nur um das längliche, zwischen den Steigbügelgurt und die karmesinrote Satteldecke geschnallte Bündel zu spüren. Jedes Mal, wenn er dies tat, schlängelte sich etwas über die Außenhülle des Nichts. Erwartung und vielleicht ein Hauch von Angst. Der gut ausgebildete Wallach drängte nach links, und Rand mußte ihn zurückhalten. Wann würden die Adligen endlich Aufstellung genommen haben? Er knirschte ungeduldig mit den Zähnen.

Er konnte sich daran erinnern, daß er in seiner Kindheit Männer lachend darüber reden gehört hatte, daß der Dunkle König Semirhage verprügeln würde, wenn bei Sonnenschein Regen fiele. Das Lachen hatte jedoch eher unbehaglich geklungen, und der knochige alte Cenn Buie höhnte daraufhin stets, Semirhage wäre danach zornig und verärgert und würde kleine Jungen stehlen, die den Älteren im Weg standen. Das hatte genügt, Rand zu vertreiben, als er noch klein war. Er wünschte, Semirhage würde jetzt *tatsächlich* kommen, genau in diesem Moment. Er würde sie zum Weinen bringen.

Nichts bringt Semirhage zum Weinen, murmelte Lews Therin. *Sie läßt andere Menschen Tränen vergießen, aber sie selbst hat keine Tränen.*

Rand lachte leise. Wenn sie heute käme, *würde* er sie zum Weinen bringen. Semirhage und die übrigen Verlorenen alle zusammen. Und ganz sicher würde er die Seanchaner zum Weinen bringen.

Nicht jedermann war über die von ihm ausgegebenen Befehle erfreut. Sunamons öliges Lächeln schwand, als er glaubte, Rand sähe es nicht. Torean hatte eine Flasche in seinen Satteltaschen, zweifellos Brandy, oder vielleicht auch mehrere Flaschen, weil er beständig trank und ihm der Alkohol niemals auszugehen schien. Semaradrid, Marcolin und Tihera erschienen vor Rand, um mit finsteren Gesichtern gegen die geringe Anzahl der Männer zu protestieren. Vor wenigen Jahren hätte ein Heer von sechstausend Mann noch für jeden Krieg genügt, aber sie hatten nun Heere mit Zehntausenden und sogar Hunderttausenden von Männern gesehen, wie zu Artur Falkenflügels Zeiten, und wollten noch weitaus mehr Männer aufbieten, um die Seanchaner anzugreifen. Er schickte sie verärgert fort. Sie verstanden nicht, daß schon fünfzig Asha'man eine so große Schlagkraft besaßen, wie man sie sich nur wünschen konnte. Rand fragte sich, wie sie reagiert hätten, wenn er ihnen mitgeteilt hätte, daß *er* allein schon genug Schlagkraft besaß. Er hatte bereits erwogen, dies selbst zu erledigen. Es könnte vielleicht noch dazu kommen.

Weiramon ritt heran. Er nahm nicht gern Befehle von Bashere entgegen, und es gefiel ihm auch nicht, daß sie in die Berge zogen – es war sehr schwer, in den Bergen einen angemessenen Angriff auszuführen.

»Der Saldaeaner ist anscheinend der Ansicht, ich

sollte an der rechten Flanke reiten«, murrte Weiramon verächtlich. Er zuckte die Achseln, als sei dies aus einem unbestimmten Grund eine schwere Beleidigung. »Und die Fußsoldaten, mein Lord Drache. Ich denke wirklich …«

»*Ich* denke, Ihr solltet Eure Leute bereitmachen«, sagte Rand kalt. Ein Teil dieser Kälte war auf sein Schweben in gefühlloser Leere zurückzuführen. »Sonst werdet Ihr an keiner Flanke reiten.« Er meinte damit, daß er den Mann zurücklassen würde, wenn er nicht rechtzeitig bereit wäre. Ein solcher Narr konnte gewiß nicht viel anrichten, wenn man ihn an diesem entlegenen Fleck mit nur wenigen Waffenträgern zurückließe. Rand würde zurück sein, bevor er auch nur ein Dorf erreicht hätte.

Alles Blut wich aus Weiramons Gesicht. »Wie mein Lord Drache befiehlt«, sagte er ungewöhnlich rasch und wendete sein Pferd, noch bevor er zu Ende gesprochen hatte. Er ritt heute einen großen Kastanienbraunen mit gewölbter Brust.

Die blasse Lady Ailil verhielt ihr Pferd vor Rand, begleitet von der Hochdame Anaiyella, die zusammen ein seltsames Paar bildeten, und das nicht nur, weil ihre Nationen verfeindet waren. Ailil war für eine Cairhienerin groß, und jeden Zoll strahlte sie Würde und Exaktheit aus, von der Wölbung ihrer Augenbrauen bis zur Biegung ihres rot behandschuhten Handgelenks und der Art, wie ihr mit einem perlenbesetzten Kragen versehener Regenumhang über den Rumpf ihrer rauchgrauen Stute fiel. Anders als Semaradrid oder Marcolin, Weiramon oder Tihera blinzelte sie nicht einmal beim Anblick der um Rand herabrinnenden Regentropfen. Anaiyella blinzelte jedoch und keuchte. Dann kicherte sie hinter vorgehaltener Hand. Anaiyella war gertenschlank und auf geheimnisvolle Art hübsch. Ihr Regenumhang wies einen rubinbesetzten Kragen auf und war zusätzlich mit Goldfäden bestickt, aber damit endete auch schon jegliche Ähnlichkeit mit Ailil. Anaiyella war ganz gezierte Eleganz und lächelte einfältig. Als sie sich verneigte, beugte auch ihr weißer Wallach die Vorderbeine. Das tänzelnde Tier war prächtig, aber Rand vermutete, daß es keinen Charakter hatte. Genau wie seine Herrin.

»Mein Lord Drache«, begann Ailil, »ich muß erneut gegen meine Einbindung in diesen … Feldzug protestieren.« Ihre Stimme klang kühl und unbeteiligt, wenn auch nicht unfreundlich. »Ich werde meine Gefolgsleute Euren Befehlen gemäß anweisen, aber ich hege keinerlei Wunsch, mitten in eine Schlacht zu geraten.«

»O nein«, fügte Anaiyella mit leichtem Erschaudern hinzu. Selbst ihr Tonfall klang einfältig. »Schlachten sind unangenehm, das sagt jedenfalls mein Pferdemeister. Ihr werdet uns doch nicht zwingen mitzugehen, mein Lord Drache? Wir haben gehört, Ihr würdet mit Frauen besonders umsichtig verfahren. Nicht wahr, Ailil?«

Rand war so überrascht, daß das Nichts einbrach und *Saidin* schwand. Regentropfen begannen durch sein Haar zu rinnen und seine Jacke zu durchtränken, aber während er den hohen Sattelknauf umklammerte, um sich aufrecht zu halten, als er vier Frauen anstatt zweien sah, war er einen Moment zu benommen, um es zu bemerken. Wieviel wußten sie? Sie hatten es *gehört*? Wie viele Leute wußten es schon? Woher wußte es überhaupt jemand? Licht, die Gerüchte behaupteten, er hätte Morgase, Elayne, Colavaere und wahrscheinlich noch hundert weitere Frauen getötet, und eine jede auf schlimmere Art als die vorige! Er schluckte gegen seine Übelkeit an, die nur zum Teil durch *Saidin* bedingt war. *Verdammt, wie viele Spione beobachten mich* tatsächlich? Der Gedanke war ein Grollen.

Die Toten beobachten, flüsterte Lews Therin. *Die Toten schließen ihre Augen niemals*. Rand erschauderte.

»Ich versuche, mit Frauen umsichtig umzugehen«, belehrte er sie, als er sich wieder im Griff hatte. »Darum möchte ich, daß Ihr in den nächsten Tagen in meiner Nähe bleibt. Aber wenn Euch der Gedanke so sehr widerstrebt, könnte ich einen der Asha'man abstellen und Euch zur Schwarzen Burg bringen lassen. Dort wärt Ihr sicher.«

Anaiyella lachte affektiert, aber ihr Gesicht wurde grau.

»Danke, nein«, sagte Ailil kurz darauf vollkommen ruhig. »Ich sollte mich jetzt mit meinem Heerführer beraten, was uns bevorsteht.« Aber sie hielt noch einmal inne, während sie ihre Stute umwandte, und betrachtete Rand mit einem Seitenblick. »Mein Bruder Toram ist … ungestüm, sogar unbesonnen. Ich bin es nicht.«

Anaiyella lächelte Rand viel zu lieblich an und schien tatsächlich beunruhigt, bevor sie Ailil folgte, aber als sie sich erst von Rand abgewandt hatte, grub sie ihrem Pferd die Fersen in die Flanken, benutzte ihre Reitpeitsche mit dem edelsteinbesetzten Griff und ritt an der anderen Frau vorbei. Dieser weiße Wallach war überraschend schnell.

Letztendlich waren alle bereit, und die Kolonnen schlängelten sich über die niedrigen Hügel.

»Fangt an«, befahl Rand Gedwyn, der sein Pferd abrupt wendete und seinen Männern Befehle zurief. Die acht Geweihten ritten voraus und stiegen an einer bestimmten Stelle gegenüber den Bergen ab. Einer von ihnen kam Rand vertraut vor, ein bereits ergrauender Bursche, dessen spitzer tairenischer Bart in dem runzligen Gesicht eines Mannes vom Lande irgendwie fehl am Platz war. Acht vertikale Linien grellen blauen Lichts drehten sich und wurden zu Öffnungen, die variierende Ansichten eines weiten, kärglich bewaldeten, zu einem steilen Paß aufsteigenden Gebirgstals zeigten. Die Venirberge in Altara.

Töte sie, klagte Lews Therin flehentlich. *Sie sind zu gefährlich, um leben zu dürfen!* Rand unterdrückte die Stimme, ohne nachzudenken. Lews Therin reagierte häufig auf diese Art, wenn ein anderer Mann die Macht lenkte oder auch nur dazu fähig war. Er fragte sich nicht mehr, warum.

Rand gab leise einen Befehl, und Flinn blinzelte überrascht, bevor er sich eilends der Reihe der Männer anschloß und ein neuntes Wegetor wob. Keines erreichte die Größe, die Rand gestalten konnte, aber durch jedes würde ein Karren gelangen können, wenn auch nur knapp. Er hatte beabsichtigt, dies selbst zu tun, aber er wollte *Saidin* nicht erneut vor jedermann ergreifen. Er bemerkte, daß Gedwyn und Rochaid ihn mit gleichermaßen wissendem Lächeln beobachteten. Und Dashiva ebenfalls, dessen Lippen sich bewegten, während er mit sich selbst sprach. Bildete Rand es sich nur ein, oder sah auch Narishma ihn fragend an? Und Adley? Und Morr?

Rand erschauderte, bevor er es verhindern konnte. Mißtrauen seitens Gedwyn und Rochaid war erklärbar, aber erkrankte er jetzt an dem, was Nynaeve das Grauen genannt hatte? Eine Art Wahnsinn, ein lähmender Verdacht gegen alle und jeden? Es hatte einen komischen Kauz namens Benly Coplin gegeben, der glaubte, daß jedermann gegen ihn intrigierte. Er war verhungert, als Rand noch ein Junge war, da er sich aus Angst vor Gift geweigert hatte zu essen.

Rand beugte sich tief über Tai'daishars Hals und drängte den Wallach durch das größte Wegetor. Es war Flinns Wegetor, aber er wäre in diesem Moment auch durch ein von Gedwyn gestaltetes Wegetor geritten. Er gelangte als erster auf altaranischen Boden.

Die übrigen folgten ihm schnell, die Asha'man allen

voran. Dashiva blickte stirnrunzelnd in Rands Richtung und Narishma ebenfalls. Nur Gedwyn begann sofort, seinen Soldaten Anweisungen zu geben. Einer nach dem anderen eilten sie vorwärts, eröffneten ein Wegetor und drängten hindurch, ihre Pferde hinter sich herziehend. Weiter voraus im Tal zeigten grelle Lichtblitze die eröffneten und sich schließenden Wegetore an. Die Asha'man konnten über geringe Entfernungen Reisen, ohne sich vorher die Stelle zu merken, von der sie aufbrachen, und legten Entfernungen weitaus schneller zurück als zu Pferde. Nach kurzer Zeit blieben außer den Geweihten, welche die Wegetore hielten, nur noch Gedwyn und Rochaid zurück. Die übrigen schwärmten auf der Suche nach den Seanchanern westwärts aus. Die Saldaeaner waren bereits vollständig durch die Wegetore gelangt und saßen auf. Legionäre schwärmten mit bereitgehaltener Armbrust im Trab im Wald aus. In diesem Land konnten sie sich zu Fuß ebenso schnell vorwärts bewegen wie die Reiter.

Während das restliche Heer auftauchte, ritt Rand in der Richtung das Tal hinauf, in welche die Asha'man gezogen waren. Hohe Berge in seinem Rücken bildeten eine Mauer gegenüber dem Meer, und westwärts verliefen die Gipfel fast bis Ebou Dar. Er trieb seinen Wallach zu leichtem Galopp an.

Bashere holte ihn ein, noch bevor er den Paß erreichte. Der Mann ritt einen kleinen, schnellen Kastanienbraunen – die meisten Saldaeaner ritten kleine Pferde. »Hier gibt es anscheinend keine Seanchaner«, sagte er fast gelangweilt und strich sich mit einem Handrücken über seinen Bart. »Aber es hätte sein können. Tenobia wird wahrscheinlich nur allzu bald meinen Kopf fordern, weil ich einem lebenden – und wieviel mehr einem toten – Wiedergeborenen Drachen folge.«

Rand runzelte die Stirn. Vielleicht konnte er sich von Flinn den Rücken decken lassen, von Narishma und … Flinn hatte ihm das Leben gerettet. Der Mann mußte aufrichtig sein. Menschen konnten sich jedoch ändern. Und Narishma? Selbst nachdem …? Er fröstelte angesichts des Risikos, das er eingegangen war. Nicht das Grauen. Narishma *hatte* sich als aufrichtig erwiesen, aber es war dennoch ein aberwitziges Risiko gewesen. So wahnsinnig, wie vor Blicken davonzulaufen, die vielleicht gar nicht existierten, wobei er nicht einmal eine Vorstellung hatte, was ihn am Ende erwartete. Bashere hatte recht, aber Rand wollte nicht weiter darüber sprechen.

Die zum Paß hinaufführenden Hänge bestanden aus blankem Gestein und Felsen aller Größen, aber zwischen den natürlichen Gesteinsbrocken lagen verwitterte Fragmente einer einst riesigen Statue. Einige Stücke waren gerade noch als bearbeiteter Stein erkennbar, andere etwas besser. Neben einer Hand fast von der Größe von Rands Brust, die ein Schwertheft mit abgebrochener Klinge umfaßte, die wiederum breiter als seine Hand war, lag ein großer weiblicher Kopf mit Rissen im Gesicht und einer Krone, die aus aufragenden Dolchen zu bestehen schien, von denen einige noch immer unversehrt waren.

»Was glaubt Ihr, wer sie war?« fragte er. Natürlich eine Königin. Selbst wenn in einer früheren Zeit auch Händler oder Gelehrte Kronen getragen hatten, verdienten doch nur Herrscher und Feldherrn Statuen.

Bashere wandte sich im Sattel um und betrachtete den Kopf, bevor er antwortete. »Eine Königin von Shiota, wette ich«, sagte er schließlich. »Älter ist die Statue nicht. Ich sah einst eine in Eharon gefertigte Statue, die so verwittert war, daß man nicht einmal mehr sagen konnte, ob es sich um einen Mann oder eine Frau handelte. Vermutlich war sie eine Eroberin, sonst hätten sie sie nicht mit einem Schwert dargestellt. Ich glaube mich daran zu erinnern, daß Shiota eine solche Krone an Herrscher vergab, welche die Grenzen ausweiteten. Vielleicht nannte man sie die Schwerterkrone? Vielleicht könnte Euch eine Braune Schwester mehr darüber sagen.«

»Es ist nicht wichtig«, erwiderte Rand verärgert.

Bashere fuhr dennoch fort, die ergrauenden Augenbrauen gesenkt und in würdevollem Ernst. »Vermutlich haben ihr Tausende zugejubelt, sie die Hoffnung Shiotas genannt und vielleicht sogar geglaubt, daß sie es war. Sie könnte zu ihrer Zeit ebenso gefürchtet und respektiert gewesen sein wie Artur Falkenflügel zu späteren Zeiten, aber möglicherweise kennen nicht einmal die Braunen Schwestern ihren Namen. Wenn man stirbt, vergessen die Leute, wer man war und was man getan oder zu tun versucht hat. Jedermann stirbt letztendlich, aber es gibt verdammt noch mal keinen Grund, vor der gesetzten Zeit zu sterben.«

»Das beabsichtige ich auch nicht«, erwiderte Rand scharf. Er wußte, wo er sterben sollte, allerdings nicht wann. Er glaubte es zumindest zu wissen.

Aus den Augenwinkeln nahm er weiter unten eine Bewegung wahr, wo das blanke Gestein in Gestrüpp und einige wenige karge Bäume überging. Fünfzig Schritt entfernt trat ein Mann ins Freie, hob einen Bogen hoch und zog die Bogensehne geschmeidig an seine Wange. Alles schien gleichzeitig zu geschehen.

Rand wendete Tai'daishar verärgert um und beobachtete, wie der Bogenschütze seiner Bewegung folgte. Er ergriff *Saidin*, und frisches Leben und Verderbnis strömten gleichzeitig in ihn. Er fühlte sich benommen. Da waren zwei Bogenschützen. Galle stieg in seiner Kehle auf, während er gegen den heftigen Ansturm der Macht ankämpfte, der seine Knochen zu versengen und seine Haut zu gefrieren versuchte.

Er konnte ihn nicht kontrollieren. Er konnte nur am Leben bleiben. Er kämpfte verzweifelt um klare Sicht, darum, ausreichend gut sehen zu können, um die Stränge zu weben, die er kaum zu bewältigen vermochte, da Übelkeit ebenso stark in ihn einströmte wie die Macht. Er glaubte, Bashere schreien zu hören. Zwei Bogenschützen schossen ihre Pfeile ab.

Rand hätte sterben sollen. Aus dieser Entfernung hätte auch ein Kind sein Ziel getroffen. Vielleicht rettete es ihn, daß er ein *Ta'veren* war. Als der Bogenschütze den Pfeil abschoß, flog fast zu seinen Füßen ein Schwarm grau gefiederter Wachteln auf, die schrille Schreie ausstießen. Dies genügte nicht, einen erfahrenen Mann aus dem Gleichgewicht zu bringen, und tatsächlich verzog der Bursche nur um Haaresbreite. Rand spürte den Luftzug des vorüberfliegenden Pfeils an seiner Wange. Plötzlich trafen faustgroße Feuerkugeln den Bogenschützen. Er schrie auf, als sein Arm fortgeschleudert wurde, dessen Hand noch immer den Bogen hielt. Eine weitere Feuerkugel trennte sein linkes Bein am Knie ab, und er fiel schreiend hin.

Rand beugte sich aus dem Sattel und übergab sich. Sein Magen schien alle Mahlzeiten ausstoßen zu wollen, die er jemals zu sich genommen hatte. Das Nichts und *Saidin* entzogen sich ihm schlagartig. Es war fast mehr, als er ertragen konnte, ohne aus dem Sattel zu fallen.

Als er sich wieder aufrichten konnte, nahm er das weiße Stofftaschentuch entgegen, das Bashere ihm schweigend reichte, und wischte sich den Mund ab. Der Saldaeaner runzelte besorgt die Stirn, wozu auch aller Grund bestand. Rands Magen wollte sich nicht beruhigen. Er dachte, daß er sehr blaß sein mußte. Er atmete tief ein. *Saidin* auf diese Art zu verlieren konnte einen Mann umbringen. Aber er spürte die Quelle noch immer. Zumindest hatte *Saidin* ihn nicht ausgebrannt, und er konnte wieder richtig sehen. Da war nur ein Davram Bashere. Aber die Übelkeit wurde mit jedem Ergreifen *Saidins* schlimmer.

»Sehen wir einmal nach, ob von dem Burschen genug übriggeblieben ist, daß man mit ihm reden kann«, sagte er zu Bashere. Dem war jedoch nicht so.

Rochaid kniete neben dem Toten und durchsuchte ruhig die zerrissene, blutgetränkte Jacke. Ein Arm und ein Bein fehlten, außerdem wies der Bursche noch ein geschwärztes Loch von der Größe seines Kopfes in der Brust auf. Es war Eagan Padros. Seine blicklosen Augen starrten überrascht gen Himmel. Gedwyn ignorierte den Körper zu seinen Füßen und betrachtete statt dessen Rand ebenso kalt wie Rochaid. Beide Männer hielten *Saidin* fest. Überraschenderweise stöhnte Lews Therin nur.

Flinn und Narishma galoppierten mit lautem Hufgeklapper den Hang hinauf, gefolgt von fast einhundert Saldaeanern. Als sie näher kamen, konnte Rand die Macht in dem bereits ergrauenden älteren und in dem jüngeren Mann spüren, vielleicht so viel, wie sie halten konnten. Beide hatten seit den Brunnen von Dumai an Stärke hinzugewonnen. So war das bei Männern. Frauen schienen langsam stärker zu werden, aber bei Männern geschah dies abrupt. Flinn war stärker als Gedwyn oder Rochaid, und Narishma stand ihm nicht viel nach. Im Moment zumindest, denn man konnte nicht wissen, wie es enden würde. Aber keiner von ihnen reichte auch nur annähernd an Rand heran. Jedenfalls noch nicht. Man konnte nicht wissen, was die Zeit bringen würde. Nicht das Grauen.

»Nur gut, daß wir beschlossen haben, Euch zu folgen, mein Lord Drache.« Gedwyns Stimme klang besorgt und mied jeden Anflug von Hohn. »Habt Ihr heute morgen einen empfindlichen Magen?«

Rand schüttelte den Kopf. Er konnte den Blick nicht von Padros' Gesicht abwenden. Warum? Weil er Illian erobert hatte? Weil der Mann ›Lord Brend‹ treu gewesen war?

Mit einem lauten Ausruf riß Rochaid einen Lederbeutel aus Padros' Jackentasche und stülpte ihn um. Schimmernde Goldmünzen ergossen sich klingend auf den Felsenboden. »Dreißig Kronen«, grollte er. »Kronen aus Tar Valon. Es besteht kein Zweifel, wer ihn bezahlt hat.« Er hob eine Münze auf und warf sie Rand zu, der aber keinerlei Anstalten machte, sie aufzufangen, so daß sie von seinem Arm abprallte.

»Es gibt viele Münzen aus Tar Valon«, bemerkte Bashere gelassen. »Die Hälfte der Männer in diesem Tal haben welche in ihren Taschen. Ich selbst auch.« Gedwyn und Rochaid fuhren zu ihm herum. Bashere lächelte hinter seinem dichten Schnurrbart oder zeigte zumindest die Zähne, aber einige der Saldaeaner regten sich unbehaglich in ihren Sätteln und betasteten ihre Gürteltaschen.

Oben in der Nähe des Passes rotierte ein Lichtschlitz zu einem Wegetor, und ein Shienarer mit Haarknoten in einer einfachen Jacke lief hindurch und zog sein Pferd hinter sich her. Anscheinend war der erste Seanchaner gefunden worden, und zwar nicht allzu weit entfernt, wenn der Mann so schnell zurück war.

»Es ist Zeit zu gehen«, wandte sich Rand an Bashere. Der Mann nickte, aber er regte sich nicht. Statt dessen betrachtete er prüfend die zwei Asha'man, die in Padros' Nähe standen. Sie ignorierten ihn.

»Was machen wir mit ihm?« fragte Gedwyn und deutete auf den Leichnam. »Wir sollten ihn zumindest zu den Hexen zurückschicken.«

»Laßt ihn hier«, erwiderte Rand.

Bist du jetzt bereit zu töten? fragte Lews Therin. Er klang überhaupt nicht wahnsinnig.

Noch nicht, dachte Rand. *Bald.*

Er grub Tai'daishar die Fersen in die Flanken und galoppierte zum Heer hinunter. Narishma und Flinn folgten dichtauf, und Bashere und die hundert Saldaeaner ebenfalls. Sie sahen sich alle um, als erwarteten sie einen weiteren Anschlag auf Rands Leben. Im Osten bildeten sich zwischen den Gipfeln schwarze Wolken zu einem weiteren Cemaros. *Bald.*

Der Lagerplatz auf dem Hügel war gut gewählt. Ein Bach in der Nähe lieferte Wasser, und es gab gute Sicht nach allen Seiten. Assid Bakuun war nicht stolz auf das Lager. Während dreißig Jahren im Ewig Siegreichen Heer hatte er Hunderte von Lagern errichtet. Er wäre ebensowenig stolz darauf gewesen, einen Raum durchqueren zu können, ohne hinzufallen. Er war auch nicht stolz darauf, wo er war. Dreißig Jahre hatte er im Dienste der Herrscherin, möge sie ewig leben, verbracht, und während sich, mit Blick auf den Kristallthron, gelegentlich ein Emporkömmling aufgelehnt hatte, hatte er sich in diesen Jahren überwiegend auf diese Situation vorbereitet. Zwei Generationen lang, während die großen Schiffe für die Wiederkehr gebaut wurden, war das Ewig Siegreiche Heer ausgebildet worden. Bakuun hatte gewiß Stolz empfunden, als er erfuhr, daß er einer der Rückkehrer sein sollte. Man konnte ihm seinen Traum von der Wiedererlangung der von Artur Falkenflügels rechtmäßigen Erben gestohlenen Ländereien gewiß verzeihen, wie auch wilde Träume von der Vervollständigung dieser neuen Konsolidierung, bevor der Corenne kam. Es waren immerhin keine solch unerfüllbaren Träume, wie sich herausstellte, aber die Erfüllung würde nicht so erfolgen, wie er es sich vorgestellt hatte.

Ein zurückkehrender Spähtrupp bestehend aus fünfzig tarabonischen Lanzenträgern ritt den Hang hinauf, rote und grüne Streifen über den massiven Brustharnischen und ihre dichten Schnurrbärte von Schleiern aus Kettenpanzer verborgen. Sie ritten gut, und sie kämpften auch gut, wenn sie vernünftige Anführer hatten. Mehr als zehnmal so viele Männer waren bereits bei den Herdfeuern oder den Pflockleinen, um sich um ihre Pferde zu kümmern, aber drei Spähtrupps waren noch nicht zurückgekehrt. Bakuun hätte niemals erwartet, daß einmal über die Hälfte seiner Leute Abkömmlinge von Dieben wären, und sie schämten sich dessen nicht. Sie sahen jedermann direkt in die Augen. Der Befehlshaber des Spähtrupps verbeugte sich tief vor Bakuun, während ihre schlammbespritzten Pferde vorüberzogen, aber viele der übrigen redeten weiterhin in ihrem eigentümlichen Akzent miteinander, zu schnell, als daß Bakuun sie hätte verstehen können. Sie hatten auch eigentümliche Vorstellungen von Disziplin.

Bakuun schüttelte den Kopf und ging dann zu dem großen Zelt der *Sul'dam* hinüber. Vier der *Sul'dam* saßen in ihren dunkelblauen Gewändern mit dem gespaltenen Blitz auf den Röcken auf Stühlen vor dem Zelt und genossen während einer der seltenen Unterbrechungen der Stürme den Sonnenschein. Die grau gekleidete *Damane* saß zu ihren Füßen, und Nerith flocht ihr helles Haar. Und sie unterhielt sich auch mit ihr, woraufhin sich alle an dem Gespräch beteiligten und leise lachten. Das Armband am Ende der Koppel des silbrigen *A'dam* lag auf dem Boden. Bakuun brummte verärgert. Er hatte zu Hause einen Lieblingswolfshund, mit dem er auch manchmal sprach, aber er würde niemals erwarten, daß Nip ihm antwortete!

»Geht es ihr gut?« fragte er Nerith nicht zum ersten Mal. Und auch nicht zum zehnten Mal. »Ist mit ihr alles in Ordnung?« Die *Damane* senkte den Blick und schwieg.

»Es geht ihr recht gut, Hauptmann Bakuun.« Nerith, eine Frau mit kantigem Gesicht, sprach mit dem angemessenen Respekt. Aber sie strich der *Damane* beruhigend über den Kopf, während sie sprach. »Was auch immer ihr fehlte, es ist jetzt vorbei. Es war auf jeden Fall nichts Schlimmes. Nichts, worüber man sich Sorgen machen müßte.« Die *Damane* zitterte.

Bakuun brummte erneut. Diese Antwort unterschied sich nicht wesentlich von den zuvor erhaltenen. Etwas hatte jedoch in Ebou Dar nicht gestimmt, und nicht nur mit dieser *Damane*. Die *Sul'dam* waren alle vollkommen verschlossen gewesen – und die vom Blut würde einem wie ihm natürlich nichts sagen, aber er hatte zuviel Gerede gehört. Es besagte, die *Damane* wären alle krank oder wahnsinnig. Licht, er hatte rund um Ebou Dar keine einzige die Macht anwenden sehen, als die Stadt erst gesichert war, nicht einmal für eine Siegesdemonstration von Himmelslichtern – und wer hatte jemals so etwas gehört!

»Nun, ich hoffe, sie …«, begann er und brach ab, als durch den Ostpaß ein *Raken* heranschoß. Er schlug kraftvoll mit seinen großen ledrigen Schwingen, um Höhe zu gewinnen, neigte sich plötzlich unmittelbar über dem Hügel und beschrieb einen engen Kreis, eine Schwingenspitze fast senkrecht abwärts zeigend. Ein schmales rotes Band mit einer Bleikugel als Gewicht fiel herab.

Bakuun unterdrückte einen Fluch. Flieger mußten stets angeben, aber wenn diese beiden bei Ablieferung ihres Kundschafterberichts einen seiner Männer verletzten, würde er ihre Köpfe fordern, gleichgültig, wem er gegenübertreten müßte, um sie zu bekommen. Er hätte nicht kämpfen wollen, ohne Flieger als Kundschafter zur Verfügung zu haben, aber sie wurden verhätschelt wie das Lieblingsschoßkind irgendeines Adligen.

Das Band sank pfeilgerade herab. Das Bleigewicht traf auf dem Boden auf, prallte noch einmal ab und blieb schließlich fast neben dem hohen schmalen Nachrichtenmast liegen.

Bakuun ging direkt zu seinem Zelt, aber sein Oberleutnant wartete bereits mit dem schlammbeschmutzten Band und der Nachrichtenröhre. Tiras war ein knochiger Mann, einen Kopf größer als er selbst und mit einem kläglichen Flecken Bart an der Kinnspitze.

Der Bericht lag zusammengerollt in der schmalen Metallröhre. Er war auf einen Papierstreifen geschrieben, durch den man fast hindurchsehen konnte, und einfach gehalten. Bakuun war niemals gezwungen gewesen, auf einem *Raken* oder einem *To'raken* zu reiten – dem Licht sei Dank, und die Herrscherin, möge sie ewig leben, sei gepriesen! –, aber er bezweifelte, daß es leicht war, auf dem Rücken einer fliegenden Eidechse eine Feder zu führen. Der Inhalt der Nachricht veranlaßte ihn, den Deckel seines kleinen Schreibtischs zu öffnen und rasch ein paar Zeilen zu schreiben.

»Eine Streitmacht steht keine zehn Meilen östlich von hier«, belehrte er Tiras. »Fünf- oder sechsmal so viele Männer wie wir.« Flieger übertrieben manchmal, aber nicht allzu häufig. Wie konnten so viele Männer so weit durch diese Berge gelangen, ohne bemerkt zu werden? Er hatte die Ostküste gesehen, und er wollte, daß seine Grabgebete bezahlt wären, bevor er dort zu landen versuchte. Verdammt, die Flieger brüsteten sich stets damit, sie würden sogar eine Fliege bemerken, die sich irgendwo in der Gegend bewegte. »Es besteht kein Grund zu der Annahme, daß sie von unserer Anwesenheit wissen, aber ein wenig Verstärkung könnte wohl nicht schaden.«

Tiras lachte. »Wir lassen sie die *Damane* spüren. Das würde selbst dann genügen, wenn sie uns zwanzigfach überlegen wären.« Sein einziger wirklicher Fehler war seine übertriebene Zuversicht. Er war jedoch ein guter Soldat.

»Und wenn sie einige wenige ... Aes Sedai bei sich haben?« fragte Bakuun leise, wobei ihm der Name kaum Mühe bereitete, während er den Bericht des Fliegers zusammen mit seiner eigenen kurzen Nachricht wieder in die Röhre steckte. Er hatte nicht geglaubt, daß *irgend jemand* diese ... Frauen frei herumlaufen lassen könnte.

Tiras' Miene zeigte, daß er sich an die Geschichten über eine Geheimwaffe der Aes Sedai erinnerte. Das rote Band wehte hinter ihm her, als er mit der Metallröhre davoneilte.

Schon bald wurden Röhre und Band an der Spitze des Nachrichtenmasts befestigt, woraufhin ein leichter Wind den langen Streifen fünfzehn Schritt über dem Hügelkamm bewegte. Der *Raken* schwebte das Tal entlang darauf zu, die ausgebreiteten Schwingen totenstill. Plötzlich schwang sich eine der Reiterinnen aus dem Sattel und hing dann – kopfüber! – unter den Krallen des *Raken*. Bakuuns Magen rebellierte, als er sie dabei beobachtete. Aber ihre Hand schloß sich um das Band, und der Mast bog sich und federte wieder hoch, nachdem die Nachrichtenröhre aus der Befestigung gerissen wurde. Die Reiterin kletterte wieder in den Sattel, während das Wesen in langsamen Kreisen aufstieg.

Bakuun verbannte *Raken* und Flieger aus seinen Gedanken, während er über das Tal hinweg blickte. Es war weit und lang, bis auf diesen Hügel fast flach und von steilen, bewaldeten Hängen umgeben. Nur eine Ziege konnte hier abseits der Pässe eindringen, die er einsehen konnte. Mit den *Damane* würde er jedermann in Stücke reißen, der versuchte, über diese morastige Wiese hinweg anzugreifen. Er hatte dennoch alle benachrichtigt. Griffe der Feind direkt an, dann träfe er

ein, bevor irgendwelche Verstärkung käme, die bestenfalls drei Tage brauchte. Wie *waren* sie ungesehen so weit gekommen?

Er hatte die letzten Schlachten der Konsolidierung um zweihundert Jahre verpaßt, aber einige jener Aufstände waren schwerwiegend gewesen. Zwei Jahre Kämpfe in Marendalar, dreißigtausend Tote und fünfzigmal so viele, die per Schiff als Eigentum aufs Festland zurückkehrten. Eigenartiges zu bemerken hielt einen Soldaten am Leben. Bakuun befahl, das Lager abzubauen und alle Spuren zu beseitigen, und führte seine Männer zu den bewaldeten Hügeln. Dunkle Wolken zogen im Osten auf. Ein weiterer dieser verfluchten Stürme kam auf.

KAPITEL 4

Kriegswirren

Der Regen hatte vorübergehend aufgehört. Rand führte Tai'daishar um einen entwurzelten Baum herum und blickte stirnrunzelnd auf einen toten Mann hinab, der auf dem Rücken hinter dem Baumstamm lag. Der Bursche war klein und gedrungen, das Gesicht faltig und seine Rüstung ganz aus blauen und grünen Plättchen. Blicklos starrte er in die schwarzen Wolken über ihnen. Er ähnelte Eagan Padros sehr, bis hin zu dem fehlenden Bein. Offensichtlich ein Offizier. Das Schwert neben seiner ausgestreckten Hand besaß ein in der Form einer Frau geschnitztes Elfenbeinheft, und sein glänzender Helm, der wie der Kopf eines riesigen Insekts aussah, wies zwei lange, dünne blaue Federn auf.

Entwurzelte und zersplitterte Bäume, einige hell lodernd in Flammen, lagen auf gut fünfhundert Schritt Breite über den Berghang verstreut, wie auch Leichname mit gebrochenen Gliedern oder in Stücke gerissen, als *Saidin* den Berghang verheerte. Die meisten trugen Stahlschleier über den Gesichtern und Brustharnische mit waagerechten farbigen Streifen. Dem Licht sei Dank, daß keine Frauen dabei waren. Die verletzten Pferde waren getötet worden – noch etwas, wofür man dankbar sein mußte. Es war unglaublich, wie laut ein Pferd schreien konnte.

Denkst du, die Toten schweigen? Lews Therins Lachen klang rauh. *Glaubst du das*? Gequälter Zorn schwang in seiner Stimme mit. *Die Toten* schreien *mich an.*

Mich auch, dachte Rand betrübt. *Ich kann es nicht ertragen, ihnen zuzuhören, aber wie bringt man sie zum Schweigen?* Lews Therin begann, um seine verlorene Ilyena zu weinen.

»Ein großer Sieg«, psalmodierte Weiramon hinter Rand und murrte dann: »Aber es ist nur wenig Ehre damit verbunden. Die alte Kampfart ist die beste.« Schlamm befleckte Rands Jacke überall, aber Weiramon schien überraschenderweise noch ebenso unbeeinträchtigt wie auf der Silberstraße. Sein Helm und seine Rüstung glänzten. Wie war ihm das gelungen? Die Taraboner hatten letztendlich angegriffen und Lanzen und Mut gegen die Eine Macht aufgeboten. Weiramon hatte seinen Angriff geführt, um sie zu vernichten, ohne den Befehl dazu und gefolgt von allen Tairenern außer den Verteidigern – überraschenderweise sogar von einem halbwegs betrunkenen Torean und von Semaradrid und Gregorin Panar, zusammen mit den meisten der Cairhiener und Illianer. Es war zu diesem Zeitpunkt schwer gewesen auszuharren, und jedermann wollte etwas tun, was er beherrschte. Die Asha'man hätten es schneller schaffen können, wenn auch ungeordneter.

Rand hatte sich nicht an den Kämpfen beteiligt, außer daß er dort im Sattel gesessen hatte, wo die Männer ihn sehen konnten. Er hatte Angst gehabt, die Macht zu ergreifen. Er wagte es nicht, ihnen gegenüber Schwäche zu zeigen. Keinesfalls. Lews Therin schwatzte bei dem Gedanken entsetzt drauflos.

In gleichem Maße überraschend wie Weiramons saubere Jacke war die Tatsache, daß Anaiyella mit ihm ritt und ausnahmsweise einmal nicht affektiert lächelte. Ihr verkniffenes Gesicht drückte Mißbilligung aus. Seltsamerweise verdarb das ihr Aussehen nicht halb so sehr wie ihr eingebildetes Lächeln. Sie hatte ebensowenig an dem Angriff teilgenommen wie Ailil, aber Anaiyellas Pferdemeister hatte mitgekämpft, und der Mann war mit Gewißheit tot, da eine tarabonische Lanze in seiner Brust stak, was ihr überhaupt nicht gefiel. Aber warum begleitete sie Weiramon? Nur weil sie Tairener waren, die sich zusammenscharten? Vielleicht. Sie war in Begleitung Sunamons gewesen, soweit Rand zuletzt gesehen hatte.

Bashere trieb seinen Kastanienbraunen den Hang hinauf und umrundete die Toten, während er sie nicht mehr zu beachten schien als einen zersplitterten Baumstamm oder einen brennenden Stumpf. Sein Helm hing am Sattel, und seine Panzerhandschuhe steckten hinter dem Schwertgürtel. Seine rechte Seite wie auch die seines Pferdes war schlammbespritzt.

»Aracome ist tot«, sagte er. »Flinn hat ihn zu Heilen versucht, aber ich glaube nicht, daß Aracome so leben wollte. Bisher sind es annähernd fünfzig Tote, und auch einige der Verwundeten überleben vielleicht nicht.« Anaiyella erbleichte. Rand hatte sie in Aracomes Nähe gesehen, wo sie sich übergab. Tote Bürgerliche berührten sie nicht so sehr.

Rand verspürte einen Moment Mitleid. Nicht für sie und auch nicht allzu sehr für Aracome. Aber für Min, obwohl sie sicher in Cairhien war. Min hatte Aracomes Tod vorausgesagt, und Gueyams und Maraconns Tod ebenso. Was auch immer sie gesehen hatte – Rand hoffte, daß es der Realität nicht einmal nahe gekommen war.

Die meisten Soldaten kundschafteten erneut. Unten auf der weiten Wiese gaben von Gedwyns Geweihten gewobene Wegetore die Versorgungskarren und die Ersatzpferde frei. Die mit ihnen auftauchenden Männer rissen den Mund auf, sobald sie weit genug gelangt waren, um das Tal sehen zu können. Der morastige Boden war nicht so durchfurcht wie der Hang, und doch durchschnitten zwei Fuß breite und fünfzig

Fuß lange geschwärzte Rinnen das braune Gras. Gähnende Öffnungen waren erkennbar, die vielleicht nicht einmal ein Pferd überspringen könnte. Sie hatten die *Damane* noch nicht entdeckt. Rand glaubte, es handele sich nur um eine. Weitere hätten unter diesen Umständen erheblich größeren Schaden angerichtet.

Männer machten sich um ein paar kleine Feuer zu schaffen, auf denen unter anderem Teewasser kochte. Dieses Mal vermischten sich Tairener, Cairhiener und Illianer und nicht nur die Bürgerlichen. Semaradrid teilte seine Sattelflasche mit Gueyam, der mit einer Hand müde über seinen kahlen Kopf rieb. Maraconn und Kiril Drapaneos, ein schlaksiger Mann mit einem viereckig geschnittenen Bart und einem schmalen Gesicht, hockten auf den Fersen in der Nähe eines der Feuer. Sie spielten anscheinend Karten! Torean hatte einen ganzen Kreis lachender junger cairhienischer Adliger um sich versammelt, obwohl sie vielleicht weniger belustigt über seine Späße als über die Art waren, wie er schwankte und seine Kartoffelnase rieb. Die Legionäre hielten sich fern, aber sie hatten die ›Freiwilligen‹ aufgenommen, die Padros zum Banner des Lichts gefolgt waren. Sie schienen eifriger bemüht als alle anderen, seit sie erfahren hatten, wie Padros gestorben war. Legionäre in blauen Jacken zeigten ihnen, wie man die Richtung änderte, ohne wie eine Gänseherde auseinanderzugeraten.

Flinn kümmerte sich ebenso um die Verwundeten wie Adley, Morr und Hopwil. Narishma konnte kaum mehr als unbedeutende Schnitte Heilen, nicht besser als Rand, und Dashiva konnte nicht einmal das. Gedwyn und Rochaid standen in eine Unterhaltung vertieft abseits von allen anderen, ihre Pferde auf dem Hügel inmitten des Tals an den Zügeln haltend. Sie hatten erwartet, die Seanchaner auf dem Hügel überraschen zu können, als sie aus den ihn umgebenden

Wegetoren gedrungen waren. Fast fünfzig Männer waren tot und weitere würden noch sterben, aber ohne Flinn und die übrigen wären es über zweihundert Tote gewesen. Gedwyn und Rochaid hatten ihre Hände nicht beschmutzen wollen und sahen Rand angewidert an, als er sie doch dazu trieb. Einer der Toten war ein Soldat, und ein weiterer Soldat, ein rundgesichtiger Cairhiener, saß zusammengesunken und mit benommenem Blick neben einem Feuer. Rand hoffte, daß dieser Blick nur dadurch bedingt war, daß der Mann durch den unter seinen Füßen aufbrechenden Boden durch die Luft geschleudert worden war.

Unten auf der furchendurchzogenen Ebene beriet sich Ailil mit ihrem Heerführer, einem blassen kleinen Mann namens Denharad. Ihre Pferde standen fast auf Tuchfühlung zusammen, und sie blickten gelegentlich den Berg hinauf zu Rand. Was führten sie im Schilde?

»Nächstesmal werden wir es besser machen«, murrte Bashere. Er ließ seinen Blick über das Tal wandern und schüttelte dann den Kopf. »Der schlimmste Fehler ist, denselben Fehler zweimal zu machen, und das werden wir nicht tun.«

Weiramon hörte ihn und sagte das gleiche, wobei er aber zwanzigmal so viele, überaus blumige Worte gebrauchte. Ohne zuzugeben, daß Fehler gemacht worden waren, und gewiß nicht von seiner Seite. Rands Fehler verschwieg er mit derselben Gewandtheit.

Rand nickte mit zusammengepreßten Lippen. Sie würden es das nächste Mal besser machen. Sie mußten es besser machen, wenn er nicht die Hälfte seiner Männer in diesen Bergen begraben wollte. Nun fragte er sich, was er mit den Gefangenen tun sollte.

Die meisten Feinde, die dem Tod auf dem Berghang entronnen waren, hatten sich durch den verbliebenen Wald zurückziehen können. Bashere behauptete, dies sei erstaunlich geordnet geschehen, wenn man die

Umstände bedachte, und doch bedeuteten sie jetzt wahrscheinlich keine große Bedrohung mehr. Es sei denn, sie hätten *Damane* bei sich. Ungefähr einhundert Männer, denen man Waffen und Harnische abgenommen hatte, saßen unter den wachsamen Blicken von zwei Dutzend berittenen Gefährten und Verteidigern zusammengesunken auf dem Boden. Es waren überwiegend Taraboner, von denen einige die Köpfe hoben und ihre Wächter verspotteten. Gedwyn hatte sie nach ihrer Befragung töten wollen. Weiramon kümmerte es nicht, ob ihnen die Kehlen durchgeschnitten wurden, aber er betrachtete Folter als Zeitverschwendung. Er beharrte darauf, daß niemand etwas Nützliches wüßte. Es war kein einziger Adliger dabei.

Rand schaute zu Bashere. Weiramon fuhr *noch immer* tönend fort. »… diese Berge für Euch freifegen, mein Lord Drache. Wir werden sie unter unseren Hufen zertreten und …« Anaiyella nickte grimmig.

»Sechs gewonnen und ein halbes Dutzend verloren«, sagte Bashere leise. Er kratzte sich mit einem Fingernagel Schlamm aus seinem dichten Schnurrbart. »Oder wie einige meiner Lehnsleute sagen: Was man hier erringt, verliert man dort wieder.« Er war sehr hilfreich!

Und dann verschlimmerte einer von Basheres Spähtrupps die Dinge noch.

Die sechs Männer stießen mit den Enden ihrer Lanzen eine Gefangene vor ihren Pferden den Hang entlang. Sie war eine schwarzhaarige Frau in einem zerrissenen und verschmutzten dunkelblauen Gewand mit roten Abzeichen auf der Brust und gespaltenen Blitzen auf den Röcken. Ihr Gesicht war ebenfalls verschmutzt und tränenverschmiert. Sie stolperte und fiel hin, obwohl das Stoßen mit den Lanzenenden eher eine Geste als eine wirkliche Berührung war. Sie sah ihre Gefangenenwärter verächtlich an und spie einmal aus. Sie verhöhnte sogar Rand.

»Habt Ihr sie verletzt?« fragte er. Es war vielleicht eine seltsame Frage bei einem Feind – nach allem, was in diesem Tal geschehen war. Und bei einer *Sul'dam*. Aber er war einfach damit herausgeplatzt.

»Wir nicht, mein Lord Drache«, sagte der mürrische Anführer des Spähtrupps. »Wir haben sie so gefunden.« Er kratzte sich durch seinen langen Bart hindurch das Kinn und sah Bashere hilfesuchend an. »Sie behauptet, wir hätten ihre Gille getötet. Einen Lieblingshund vielleicht oder eine Katze, nach dem, was sie weiterhin sagte. Ihr Name ist Nerith. Soviel haben wir aus ihr herausbekommen.« Die Frau wandte sich um und sah ihn erneut verächtlich an.

Rand seufzte. Kein Lieblingshund. Nein! Dieser Name gehörte nicht auf die Liste! Aber er konnte hören, wie die Litanei der Namen sich in seinem Kopf abspulte, und ›Gille die *Damane*‹ befand sich darunter. Lews Therin betrauerte seine Ilyena. Ihr Name stand auch auf der Liste. Rand hielt es für berechtigt.

»Ist sie eine seanchanische Aes Sedai?« fragte Anaiyella unvermittelt und beugte sich über ihren Sattelknauf, um Nerith genauer zu betrachten. Nerith spie auch sie an, die Augen vor Zorn geweitet. Rand erklärte das wenige, was er über *Sul'dam* wußte, daß sie Frauen, welche die Macht lenken konnten, mit Hilfe eines *Ter'angreals kontrollierten*, aber die Macht nicht selbst lenken konnten, und zu seiner Überraschung sagte die elegante, einfältig lächelnde Hochdame kühl: »Wenn sich mein Lord Drache befangen fühlt, werde ich sie für ihn hängen lassen.« Nerith spie sie erneut voller Verachtung an! Sie besaß gehörigen Mut.

»Nein!« grollte Rand. Licht, was die Menschen alles tun würden, um sich gut mit ihm zu stellen! Vielleicht war Anaiyella ihrem Pferdemeister auch näher gewesen, als es schicklich war. Der Mann war kräftig, bereits kahl und ein Bürgerlicher gewesen, was bei

Tairenern erhebliches Gewicht hatte, aber Frauen hatten bei Männern bekanntlich einen merkwürdigen Geschmack.

»Sobald wir zum Aufbruch bereit sind«, befahl er Bashere, »laßt Ihr die Männer dort unten frei.« Es stand außer Frage, Gefangene mitzuschleppen, wenn er seinen nächsten Angriff führte, und einhundert Mann und später gewiß noch mehr zurückzulassen und dann mit den Versorgungskarren mitzuschicken barg ein zu hohes Risiko. Sie konnten keine Verwicklungen heraufbeschwören, wenn man sie zurückließ. Selbst die Burschen, die zu Pferde entkommen waren, vermochten eine Warnung nicht schneller zu überbringen, als er Reisen konnte.

Bashere zuckte leicht die Achseln. Vielleicht war es so, aber andererseits gab es stets Zufälle. Merkwürdige Dinge geschahen selbst dann, wenn kein *Ta'veren* in der Nähe war.

Weiramon und Anaiyella öffneten fast gleichzeitig den Mund, um zu protestieren, aber Rand fuhr eilig fort. »Es ist entschieden! Wir werden die Frau jedoch bei uns behalten und alle weiteren Frauen, die wir gefangennehmen.«

»Verdammt«, rief Weiramon aus. »Warum?« Der Mann schien wie vom Donner gerührt, und auch Bashere riß bestürzt den Kopf hoch. Anaiyella verzog verächtlich den Mund, bevor es ihr gelang, ein einfältiges Lächeln für den Lord Drache aufzusetzen. Sie hielt ihn eindeutig für zu weich, eine Frau mit den übrigen fortzuschicken. Sie würden in diesem Gelände nur mühsam vorankommen, ganz zu schweigen von den knappen Rationen, und auch das Wetter war nicht für Frauen geeignet.

»Ich habe bereits genügend Aes Sedai gegen mich, warum also sollte ich Nerith wieder fortschicken«, belehrte er sie. Das Licht wußte, daß es wahr war! Sie nickten, auch wenn Weiramon dies zögerlich tat. Bashere schien erleichtert und Anaiyella enttäuscht. Aber was sollte er mit dieser Frau und weiteren tun, die er gefangennahm? Er hatte nicht die Absicht, die Schwarze Burg in ein Gefängnis zu verwandeln. Die Aiel könnten sie festhalten. Nur daß die Weisen Frauen ihnen vielleicht in dem Moment die Kehlen durchschnitten, wenn er ihnen den Rücken wandte. Was war jedoch mit den Schwestern, die Mat mit Elayne nach Caemlyn brachte? »Wenn dies vorbei ist, werde ich sie einigen von mir auserwählten Aes Sedai übergeben.« Sollten sie es als Geste seines guten Willens ansehen, ein wenig Besänftigung dafür, daß sie seinen Schutz akzeptieren mußten.

Kaum waren ihm die Worte entschlüpft, als Nerith totenblaß wurde und lauthals schrie. Weiterhin unaufhörlich schreiend, stürzte sie den Hang hinab, kletterte eilig über umgestürzte Bäume, fiel hin und rappelte sich wieder hoch.

»Verdammt! Fangt sie wieder ein!« fauchte Rand. Der saldaeanische Spähtrupp hetzte der Frau hinterher und ließ die Pferde über die Hindernisse setzen, ohne gebrochene Beine oder Hälse in Betracht zu ziehen, woraufhin sie noch unbedachter zwischen den Pferden umhersprang.

Am Eingang des östlichsten Passes eröffnete sich mit einem Silberblitz ein Wegetor. Ein Soldat in schwarzer Jacke zog sein Pferd hindurch, sprang in den Sattel, als das Wegetor erlosch, und trieb sein Tier zum Galopp in Richtung des Hügelkamms an, wo Gedwyn und Rochaid warteten. Rand beobachtete dies ungerührt. Lews Therin knurrte in seinem Kopf, man müsse alle Asha'man töten, bevor es zu spät wäre.

Als die drei Männer den Hang zu Rand hinaufritten, hatten vier der Saldaeaner Nerith auf den Boden gepreßt und fesselten ihre Hände und Füße. So wie sie um sich schlug und biß, waren vier Mann dazu nötig, und ein belustigter Bashere bot eine Wette an, daß sie die vier Männer überwältigte. Anaiyella murrte, man solle der Frau den Schädel spalten. Rand sah sie stirnrunzelnd an.

Der Soldat zwischen Gedwyn und Rochaid sah Nerith unbehaglich an, als sie vorüberritten. Rand erinnerte sich vage daran, ihn an dem Tag in der Schwarzen Burg gesehen zu haben, als er zum ersten Mal die silbernen Schwerter verteilte und Taim die allererste Drachen-Anstecknadel verlieh. Der junge Mann hieß Varil Nensen und trug noch immer den seinen dichten Schnurrbart verbergenden, durchscheinenden Schleier. Er hatte jedoch nicht gezögert, als er sich seinen Landsleuten gegenübersah. Seine Treue galt jetzt der Schwarzen Burg und dem Wiedergeborenen Drachen – wie zumindest Taim stets betonte. Der zweite Teil dieser Aussage klang stets wie ein Nachgedanke.

»Euch wird die Ehre zuteil, dem Wiedergeborenen Drachen selbst Bericht zu erstatten, Soldat Nensen«, sagte Gedwyn widerwillig.

Nensen richtete sich im Sattel auf. »Mein Lord Drache!« bellte er und schlug sich mit der Faust an die Brust. »Weitere Feinde stehen ungefähr dreißig Meilen westlich von hier, mein Lord Drache.« Dreißig Meilen war der Radius, den Rand den Kundschaftern zu sondieren befohlen hatte, bevor sie zurückkehren sollten. Was nützte es, wenn ein Soldat Seanchaner fand, während die übrigen noch weiter westlich zogen? »Vielleicht die Hälfte derer, die hier waren«, fuhr Nensen fort. »Und …« Seine dunklen Augen zuckten erneut zu Nerith. Sie war jetzt gefesselt, und die Saldaeaner bemühten sich gerade, sie auf ein Pferd zu binden. »Und ich habe keinerlei Frauen gesehen, mein Lord Drache.«

Bashere blickte blinzelnd gen Himmel. Dunkle Wolken zogen von Gipfel zu Gipfel, aber die Sonne sollte noch hoch am Himmel stehen. »Es ist an der Zeit, die Männer zu verköstigen, bevor die übrigen zurückkehren«, sagte er und nickte zufrieden. Nerith hatte es geschafft, ihre Zähne in das Handgelenk eines Saldaeaners zu schlagen, und sie ließ nicht locker.

»Verköstigt sie rasch«, sagte Rand verärgert. Würde sich jede *Sul'dam*, die er gefangennahm, als so schwierig erweisen? Höchstwahrscheinlich. Licht, was würde geschehen, wenn sie eine *Damane* gefangennahmen? »Ich will nicht den ganzen Winter in diesen Bergen verbringen.« Gille die *Damane*. Er konnte einen Namen nicht mehr auslöschen, wenn er erst auf jene Liste gelangt war.

Die Toten schweigen niemals, flüsterte Lews Therin. *Die Toten schlafen niemals.*

Rand ritt zu den Feuern hinab, aber er hatte keinen Appetit.

Furyk Karede betrachtete von der Spitze eines Felsvorsprungs aus die bewaldeten Berge ringsherum, scharfe Spitzen wie bedrohliche Fänge. Sein großer, gescheckter Wallach richtete die Ohren auf, als vernehme er etwas, das Karede entgangen war, aber ansonsten stand das Tier still. Karede mußte häufig anhalten und die Linse seines Fernrohrs abwischen. Leichter Regen fiel aus einem grauen Morgenhimmel. Die beiden schwarzen Federn auf seinem Helm waren gebeugt statt aufgerichtet, und Wasser lief seinen Rücken hinab. Der Regen war unbedeutend, jedenfalls im Vergleich zu gestern. Im Süden rollte drohend Donner. Karedes Sorge galt jedoch nicht dem Wetter.

Unter ihm schlängelten sich die letzten von zweitausenddreihundert Mann auf gewundenen Pässen. Sie ritten gute Pferde und wurden recht gut geführt, obwohl nur zweihundert von ihnen Seanchaner waren – und nur zwei außer ihm selbst trugen das Rot-Grün der Garde. Das größte Kontingent stellten die Taraboner – er kannte ihren Charakter –, aber ein gutes Drittel waren Amadicianer und Altaraner, die erst vor allzu kurzer Zeit ihren Eid geleistet hatten, als daß irgend jemand sicher sein konnte, wie sie sich bewähren würden. Einige Altaraner und Amadicianer hatten bereits zwei- oder dreimal die Seiten gewechselt, oder zumindest hatten sie es versucht. Die Menschen auf dieser Seite des Aryth-Meeres besaßen kein Schamgefühl. Ein Dutzend *Sul'dam* ritt fast am Anfang der Kolonne, und er wünschte, alle zwölf hätten die neben ihren Pferden laufenden *Damane* gekoppelt anstatt nur zwei.

Fünfzig Schritt weiter beobachteten die zehn Männer der Vorausabteilung die Hänge über ihnen, wenn auch nicht so aufmerksam, wie sie es hätten tun sollen. Zu viele Männer, die als Vorausabteilung ritten, verließen sich darauf, daß die vor ihnen befindlichen Kundschafter Gefahren entdeckten. Karede nahm sich vor, persönlich mit diesen Männern zu sprechen. Sie würden ihre Pflicht danach ordentlicher erfüllen, sonst würde er sie in die Arbeitstrupps versetzen.

Ein *Raken* erschien östlich vor ihnen, glitt tief über die Baumwipfel, drehte ab und folgte den Windungen der Landschaft. Eigenartig. *Morat'raken*, Flieger, flogen stets gern in großer Höhe, es sei denn, der Himmel war von Blitzen durchzuckt. Karede senkte das Fernrohr, um hinzuschauen.

»Vielleicht erhalten wir letztendlich einen weiteren Kundschafterbericht«, bemerkte Jadranka zu den hinter Karede wartenden Offizieren, nicht zu ihm. Drei der zehn Männer bekleideten denselben Rang wie Karede, und doch störten nur wenige außer dem Adel einen Mann im Blutrot und fast schwarzen Grün der Totenwache. Nicht daß viele Adlige es getan hätten.

Den Geschichten zufolge, die er als Kind gehört hatte, war einer seiner adligen Vorfahren Luthair Paendrag auf Artur Falkenflügels Befehl hin nach Seanchan gefolgt, und zweihundert Jahre später, als nur der Norden sicher war, hatte ein weiterer Vorfahr versucht, ein eigenes Königreich zu errichten, endete allerdings statt dessen damit, daß er vom Henker freigekauft werden mußte. Vielleicht war es so gewesen. Viele *Da'covale* beanspruchten zumindest untereinander adlige Vorfahren, aber nur wenige Adlige empfanden solches Geschwätz als belustigend. Auf jeden Fall hatte Karede Glück empfunden, als die Erwähler ihn aussuchten, einen kräftigen Knaben, der noch zu jung war, als daß man ihm Pflichten zugewiesen hätte, und er war noch immer stolz auf die auf seine Schultern tätowierten Raben. Viele Totenwächter gingen ohne Jacke oder Hemd umher, wann immer es möglich war, um die Tätowierungen zu zeigen.

Karede war ein *Da'covale*, der Besitz des Kristallthrons, mit Körper und Seele, und er war wie jeder Mann der Garde stolz darauf. Er kämpfte, wo immer die Herrscherin ihn hinschickte, und würde an dem Tag sterben, an dem sie es ihm befahl. Die Garde gehorchte allein der Herrscherin, und wo sie erschien, trat sie als ihr Arm auf, als sichtbare Mahnung an alle. Es war nicht verwunderlich, daß sich einige Adlige unbehaglich fühlten, wenn sie eine Abordnung der Garde vorüberziehen sahen. Es war ein weitaus besseres Leben, als die Ställe eines Lords auszumisten oder einer Lady *Kaf* zu servieren. Aber er verfluchte das Schicksal, das ihn zur Inspektion der Außenposten in diese Berge geschickt hatte.

Der *Raken* schwebte weiterhin westwärts, die beiden Flieger tief in den Sattel gekauert. Es gab keinen Kundschafterbericht, keine Nachricht für ihn. Furyk wußte, daß er es sich einbildete, aber der lange, ausgestreckte Hals des Wesens wirkte irgendwie ... angstvoll. Wäre er jemand anderer gewesen, hätte er vielleicht auch Angst empfunden. Es hatte nur wenige Nachrichten für ihn gegeben, seit er vor drei Tagen seine Befehle erhalten hatte, das Kommando zu übernehmen und westwärts zu ziehen, und jede Nachricht hatte eher noch mehr Verwirrung als Klarheit hervorgerufen.

Die Ortsansässigen, diese Altaraner, waren anscheinend in großer Anzahl in die Berge gezogen, aber wie? Die Straßen im Norden des Gebirges wurden von Kundschaftertrupps kontrolliert und fast bis zur Grenze nach Illian bewacht, sowohl von Fliegern und *Morat'torm* als auch von berittenen Truppen. Was hatte die Altaraner zu der Entscheidung veranlaßt, so stark die Zähne zu zeigen? Zusammengehörigkeit? Man konnte bei ihnen schon durch einen Blick ein Duell heraufbeschwören – obwohl sie allmählich lernten, daß es nur eine langsamere Art war, die Kehle durchgeschnitten zu bekommen, wenn man einen Gardisten herausforderte. Aber er hatte Adlige dieser sogenannten Nation erlebt, die einander *und* ihre Königin für die bloße Zusicherung verkaufen wollten, daß ihre eigenen Ländereien verschont und ihnen zudem diejenigen ihrer Nachbarn einverleibt würden.

Nadoc, ein großer Mann mit einem trügerisch sanften Gesicht, wandte sich im Sattel um und beobachtete den *Raken*. »Ich marschiere nicht gern blind«, murrte er. »Nicht, wenn es den Altaranern gelungen ist, vierzigtausend Mann hier herauf zu bringen. Mindestens vierzigtausend.«

Jadranka schnaubte so laut, daß sein großer weißer Wallach scheute. Der älteste der drei Hauptmänner hinter Karede diente schon ebenso lange wie Karede selbst, ein kleiner dünner Mann mit auffälliger Nase und einer untadeligen Haltung. Sein Pferd war ebenfalls auffällig. »Vierzigtausend oder einhundert, Nadoc, sie sind von hier bis zum Ende der Berge verstreut, zu weit voneinander entfernt, um sich gegenseitig beizustehen. Verdammt, die Hälfte von ihnen ist sicherlich bereits tot. Vermutlich sind sie überall mit den Außenposten aneinandergeraten, darum erhalten wir keine Berichte. Es wird einfach von uns erwartet, daß wir die Überreste beseitigen.«

Karede unterdrückte ein Seufzen. Er hatte gehofft, Jadranka sei kein Narr. Siegesmeldungen verbreiteten sich schnell, aber die seltenen Niederlagen wurden verschwiegen und vergessen. Soviel Schweigen war ... unheilvoll.

»Der letzte Bericht klang nicht, als gehe es nur um die Überreste«, beharrte Nadoc. *Er* war *kein* Narr. »Keine fünfzig Meilen vor uns stehen fünfzigtausend Mann, und ich bezweifle, daß wir sie einfach aus dem Weg räumen können.«

Jadranka schnaubte erneut. »Wir werden sie vernichten, mit Schwertern oder mit bloßen Händen. Das Licht verdamme mich, aber ich kann ein ordentliches Gefecht kaum erwarten. Ich habe den Kundschaftern befohlen, zügig vorzustoßen, bis sie sie gefunden haben. Ich werde sie nicht entwischen lassen.«

»Ihr habt was getan?« fragte Karede sanft.

Trotz der vermeintlichen Sanftheit zogen seine Worte aller Aufmerksamkeit auf sich. Nadoc und einige wenige andere hatten Mühe, Jadranka nicht anzustarren. Kundschaftern wurde befohlen, zügig vorzustoßen, Kundschaftern wurde gesagt, wonach sie Ausschau halten sollten. Was war unbemerkt geblieben, wenn solche Befehle erteilt wurden?

Bevor jemand den Mund öffnen konnte, erklangen Schreie von den Männern im Paß und das schrille Wiehern von Pferden.

Karede preßte das Fernrohr an sein Auge. Auf dem vor ihm liegenden Paß starben Männer und Pferde unter einem Hagel von Armbrustpfeilen, da nichts sonst die stählernen Brustharnische und Kettenpanzer hätte durchschlagen können. Hunderte lagen bereits am Boden, weitere Hunderte hingen verwundet im Sattel oder liefen zu Fuß vor den stampfenden Pferden davon. Zu viele liefen davon. Noch als er hinsah, rissen Reiter ihre Pferde herum und versuchten, den Paß hinauf zu fliehen. Wo, im Licht, waren die *Sul'dam*? Keine Spur war von ihnen zu entdecken. Er hatte Aufständischen gegenübergestanden, die *Sul'dam* und *Damane* zur Verfügung hatten und die stets so rasch wie möglich getötet werden mußten. Vielleicht hatten die Ortsansässigen das gelernt.

Plötzlich begann der Boden die ganze Kolonne seiner Männer entlang in brüllenden Fontänen aufzubrechen, die Männer und Pferde ebenso leicht in die Luft schleuderten wie Erde und Steine. Blitze zuckten aus dem Himmel herab, blau-weiße Pfeile, die Erde und Menschen gleichermaßen spalteten. Einige Männer wurden einfach so in Stücke gerissen. Hatten die Ortsansässigen eigene *Damane*? Nein, es mußten jene Aes Sedai sein.

»Was sollen wir tun?« fragte Nadoc. Er klang erschüttert, wozu er auch allen Grund hatte.

»Denkt Ihr daran, Eure Männer im Stich zu lassen?« höhnte Jadranka. »Wir sammeln sie und greifen an, Ihr …!« Er brach gurgelnd ab, als Karedes Schwertspitze in seine Kehle eindrang. Manchmal konnte man Narren tolerieren und manchmal nicht. Als der Mann aus dem Sattel stürzte, wischte Karede seine Klinge geschickt an der weißen Mähne des Wallachs ab, bevor das Tier davonjagte. Manchmal mußte man auch ein wenig auftrumpfen.

»Wir sammeln, was möglich ist, Nadoc«, sagte er,

als hätte es Jadranka nie gegeben. »Wir retten, was zu retten ist, und dann ziehen wir uns zurück.«

Während er sein Pferd wendete, um zum Paß hinab zu reiten, wo Blitze zuckten und Donner brüllte, befahl er Anghar, einem jungen Mann mit stetem Blick und einem schnellen Pferd, ostwärts zu reiten und zu berichten, was sich hier ereignet hatte. Vielleicht würde ein Flieger sehen, was geschah, vielleicht aber auch nicht, obwohl Karede jetzt zu wissen glaubte, warum sie niedrig flogen. Er vermutete, daß die Hochdame Suroth und die Generäle in Ebou Dar bereits wußten, was hier oben vor sich ging. War heute der Tag, an dem er für die Herrscherin sterben würde? Er trieb seinem Pferd die Fersen in die Flanken.

Rand spähte von dem flachen, dünn bewaldeten Kamm westwärts über den Wald vor ihm. Da die Macht ihn durchströmte – Leben, so lieblich; Widerwärtigkeit, oh, so widerwärtig – konnte er sogar einzelne Blätter erkennen, aber das genügte nicht. Tai'daishar stampfte mit den Hufen auf. Die gezackten Gipfel ringsum überragten den Kamm um eine Meile oder mehr, aber der Kamm ragte wiederum ein gutes Stück über den tiefer gelegenen Baumwipfeln eines welligen, bewaldeten Tals von über einer Meile Länge und fast ebenso umfangreicher Breite auf. Dort unten war alles ruhig. So still wie das Nichts, in dem er schwebte. Jedenfalls im Moment. Hier und dort stiegen Rauchwolken von Gruppen von zwei oder drei wie Fackeln brennenden Bäumen auf. Nur die Nässe verhinderte, daß sie das Tal in ein Flammenmeer verwandelten.

Flinn und Dashiva waren als einzige Asha'man noch bei ihm, alle übrigen befanden sich unten im Tal. Die beiden standen ein Stück von ihm entfernt am Waldrand, hielten ihre Pferde am Zügel und blickten ebenfalls auf das bewaldete Tal hinab. Nun, Flinn blickte hinab, ebenso angespannt wie Rand selbst. Dashiva schaute nur gelegentlich hin, verzog den Mund und murmelte manchmal auf eine Art vor sich hin, die Flinn beunruhigte, so daß er Dashiva von der Seite ansah. Die Macht erfüllte beide Männer fast im Überfluß, und doch schwieg Lews Therin zur Abwechslung. Der Mann zog sich während der letzten Tage anscheinend immer mehr zurück.

Die Sonne schien wahrhaftig, und es waren nur verstreut graue Wolken zu sehen. Fünf Tage waren vergangen, seit Rand sein kleines Heer nach Altara gebracht hatte und er seinen ersten seanchanischen Toten gesehen hatte. Seitdem hatte er noch einige gesehen. Gedanken glitten über die Oberfläche des Nichts. Er konnte spüren, wie der in seine Handfläche eingebrannte Reiher durch seinen Handschuh gegen das Drachenszepter drückte. Still. Es waren keine Flugwesen zu sehen. Drei davon waren gestorben, von Blitzen vom Himmel geholt, bevor ihre Reiter fernzubleiben lernten. Bashere war von den Wesen fasziniert. Ruhig.

»Vielleicht ist es vorbei, mein Lord Drache.« Ailils Stimme klang ruhig und kühl, aber sie tätschelte ihrer Stute den Hals, obwohl das Tier keinen Trost brauchte. Sie sah Flinn und Dashiva von der Seite an und richtete sich dann auf, entschlossen, vor ihnen nicht einen Hauch Beunruhigung zu zeigen.

Rand merkte, daß er summte, und hielt jäh inne. Das war Lews Therins Angewohnheit, wenn er eine hübsche Frau ansah, nicht seine. Nicht seine! Licht, wenn er bereits die Verschrobenheiten des Burschen übernahm, noch dazu, wenn er gar nicht da war ...!

Plötzlich dröhnte im Tal hohler Donner. Feuer flammte in gut zwei Meilen oder mehr Entfernung in Fontänen zwischen den Bäumen auf, dann erneut und immer wieder. Blitze krachten nicht weit von der Stelle in den Wald, wo hohe Flammen aufgebrochen waren, einzelne Blitze wie gezackte, blau-weiße Lanzen. Ein Schauer von Blitzen und Feuer, und dann war alles wieder still. Dieses Mal standen keine Bäume in Flammen.

Einiges davon war *Saidin* gewesen. Einiges davon.

Schreie erklangen, dumpf und fern und wohl aus einem anderen Teil des Tals. Selbst für Rands durch *Saidin* verstärktes Hörvermögen zu weit entfernt, um das Krachen von Stahl zu hören. Trotz allem kämpften nicht nur Asha'man, Geweihte und Soldaten.

Anaiyella atmete tief aus. Sie mußte den Atem schon angehalten haben, seit der Austausch mit der Macht begann. Männer, die mit Stahl kämpften, beunruhigten sie nicht. Dann tätschelte *sie* den Hals ihres Pferdes. Der Wallach hatte nur mit einem Ohr gezuckt. Rand hatte das schon häufig an Frauen bemerkt. Wenn sie aufgeregt waren, versuchten sie recht häufig, andere zu trösten, ob sie Trost brauchten oder nicht, wobei ein Pferd auch genügte. Wo *war* Lews Therin?

Er beugte sich verärgert vor und betrachtete erneut die Baumkronen. Die vielen immergrünen Bäume bildeten trotz der lange herrschenden Trockenheit einen wirksamen Sichtschutz. Wie beiläufig berührte er das schmale Bündel unter dem Ledergurt seines Steigbügels. Er könnte sich einmischen – und blind angreifen. Er könnte in die Wälder hinabreiten – und höchstens zehn Schritt weit sehen. Dort unten wäre er kaum nützlicher als einer der Soldaten.

Ein Wegetor eröffnete sich in geringer Entfernung unter den Bäumen auf dem Kamm. Ein silbriger Schlitz erweiterte sich zu einer Öffnung, die andere Bäume und dichtes Unterholz freigab. Ein Soldat mit kupferfarbener Haut, einem dünnen Schnurrbart und einer kleinen Perle im Ohr trat zu Fuß hervor und ließ das Wegetor wieder verschwinden. Er schob eine *Sul'dam* vor sich her, deren Handgelenke auf dem Rücken zusammengebunden waren, eine hübsche Frau, wenn man von der purpurfarbenen Beule an ihrer Schläfe absah. Mit dieser hing anscheinend auch ihre finstere Miene und ihr ramponiertes, blätterbehaftetes Gewand zusammen. Sie sah den Soldaten über die Schulter höhnisch an, während er sie den Kamm entlang auf Rand zutrieb, und dann sah sie Rand ebenso höhnisch an.

Der Soldat nahm Haltung an und salutierte gekonnt. »Soldat Arlen Nalaam, mein Lord Drache!« bellte er und blickte geradeaus auf Rands Sattel. »Mein Lord Drache befahl, alle gefangenen Frauen zu ihm zu bringen.«

Rand nickte. Seine Überprüfung der Gefangenen, obwohl jeder Dummkopf sehen konnte, was sie waren, sollte nur den Eindruck erwecken, daß er etwas zu tun hätte. »Bringt sie zu den Karren zurück, Soldat Nalaam, und beteiligt Euch dann wieder am Kampf.« Er hätte bei diesen Worten fast mit den Zähnen geknirscht. Sich wieder am Kampf beteiligen! Während Rand al'Thor, der Wiedergeborene Drache und König von Illian, auf seinem Pferd saß und die Baumwipfel anstarrte!

Nalaam salutierte erneut, bevor er die Frau davontrieb. Sie spähte wieder über die Schulter, aber dieses Mal nicht zu dem Soldaten, sondern zu Rand, mit großen Augen und erstaunt geöffnetem Mund. Nalaam hieß sie aus einem unbestimmten Grund erst innehalten, als er den Fleck erreicht hatte, wo er aus dem Wegetor hervorgetreten war. Er hätte sich eigentlich nur ausreichend weit entfernen müssen, um die Pferde nicht zu verletzen.

»Was tut Ihr?« fragte Rand, als *Saidin* den Mann erfüllte.

Nalaam wandte sich halb zu ihm zurück und zögerte einen Moment. »Es scheint leichter, wenn ich einen Ort benutze, an dem ich bereits ein Wegetor eröffnet habe, mein Lord Drache. *Saidin … Saidin* fühlt sich hier für mich … seltsam an.« Seine Gefangene wandte sich mit finsterem Gesicht zu ihm um.

Kurz darauf bedeutete Rand ihm fortzufahren. Flinn gab vor, sich mit dem Sattelgurt seines Pferdes zu beschäftigen, aber der kahl werdende alte Mann lächelte schwach und beinahe überheblich. Dashiva … kicherte. Flinn hatte als erster erwähnt, daß sich *Saidin* in diesem Tal seltsam anfühlte. Narishma und Hopwil hatten ihn natürlich gehört, und Morr fügte noch seine Geschichten über die ›Fremdartigkeit‹ um Ebou Dar an. So war es nicht verwunderlich, daß jetzt jedermann etwas zu spüren behauptete, obwohl niemand sagen konnte, was es war. *Saidin* fühlte sich einfach … eigenartig an. Licht, wie sollte es sich angesichts des Makels sonst anfühlen, der der männlichen Hälfte der Quelle anhaftete? Rand hoffte, daß seine neue Krankheit sie nicht alle befiel.

Nalaams Wegetor eröffnete sich und erlosch hinter ihm und seiner Gefangenen wieder. Rand gab sich ganz dem Erspüren *Saidins* hin. Leben und Verderbnis vermischten sich. Eis, das tiefsten Winter warm, und Feuer, das die Flammen einer Esse kalt wirken ließ. Tod, der nur darauf wartete, daß er einen Fehler beging. Es fühlte sich überhaupt nicht anders an. Oder doch? Er blickte stirnrunzelnd zu der Stelle, an der Nalaam mit der Frau verschwunden war.

Sie war die vierte *Sul'dam*, die an diesem Nachmittag gefangengenommen worden war. Das ergab insgesamt dreiundzwanzig *Sul'dam*-Gefangene bei den Karren und zwei *Damane*, beide noch mit ihrer silbrigen Koppel und dem Halsband, die auf getrennten Karren befördert wurden. Mit jenen Kragen konnten sie keine drei Schritte tun, ohne noch stärkere Übelkeit zu verspüren als Rand, wenn er die Quelle ergriff. Er war sich nicht sicher, ob die Schwestern bei Mat erfreut wären, sie nach alledem zu sehen. Rand hatte die erste *Damane* vor drei Tagen nicht für eine Gefangene gehalten. Die schlanke Frau mit hellblondem Haar und großen blauen Augen war eine seanchanische Gefangene, die befreit werden mußte, das dachte er zumindest. Aber als er eine *Sul'dam* zwang, der Frau ihr *A'dam* abzunehmen, schrie sie, die *Sul'dam* solle ihr helfen, und griff sofort mit der Macht an. Sie hatte der *Sul'dam* sogar den Hals dargeboten, damit sie ihr das Halsband wieder umlegte! Neun Verteidiger und ein Soldat waren gestorben, bevor sie abgeschirmt werden konnte. Gedwyn hätte sie augenblicklich getötet, wenn Rand es nicht verhindert hätte. Die Verteidiger, die sich in der Nähe von Frauen, welche die Macht lenken konnten, fast ebenso unwohl fühlten wie andere in der Nähe von Männern mit dieser Fähigkeit, wollten sie noch immer tot sehen. Sie hatten während der vergangenen Tage Verluste im Kampf erlitten, aber es bedeutete für sie anscheinend eine besondere Beleidigung, wenn Männer von einer Gefangenen getötet wurden.

Es hatte mehr Verluste gegeben, als Rand erwartet hatte. Einunddreißig Verteidiger und sechsundvierzig Gefährten waren gestorben sowie mehr als zweihundert Legionäre und Waffenträger der Adligen, sieben Soldaten und ein Geweihter – Männer, denen Rand, bevor sie seinem Ruf nach Illian gefolgt waren, niemals zuvor begegnet war. Zu viele, wenn man bedachte, daß bis auf die schwersten Verletzungen alles Geheilt werden konnte, wenn ein Mann nur lange genug durchhielt. Aber Rand trieb die Seanchaner dennoch unnachgiebig westwärts.

Weitere Schreie erklangen irgendwo weit unten im

Tal. Feuer entflammte ungefähr drei Meilen westlich, Blitze zuckten und ließen Bäume umstürzen, Felsen brachen von einem weiter entfernten Berghang herab, seltsame Fontänen, die sich den Hügel entlang zogen. Das brüllende Donnern verschluckte die Schreie. Die Seanchaner zogen sich zurück.

»Reitet hinunter!« befahl Rand Flinn und Dashiva. »Ihr beide. Sucht Gedwyn und sagt ihm, ich hätte den Befehl zum Angriff gegeben!«

Dashiva blickte mit verzerrtem Gesicht auf die Baumkronen und führte sein Pferd dann unbeholfen den Bergkamm entlang. Der Mann hatte kein Geschick darin, Pferde zu reiten oder auch nur zu führen. Er stolperte sogar fast über sein Schwert!

Flinn schaute besorgt zu Rand hoch. »Ihr wollt allein hierbleiben, mein Lord Drache?«

»Ich bin wohl kaum allein«, sagte Rand trocken und blickte zu Ailil und Anaiyella. Sie waren zu ihren Waffenträgern zurückgeritten, fast zweihundert Lanzenträger, die kurz vor der Stelle warteten, wo der Kamm ostwärts abfiel. Ihr Anführer Denharad blickte stirnrunzelnd durch das Visier seines Helms. Er befehligte jetzt beide Gruppen, und während seine Sorge Ailil und Anaiyella galt, gelang es seinen Burschen durch ihr Auftreten noch immer, die meisten Angreifer fernzuhalten. Außerdem hatte Weiramon das nördliche Ende des Kamms gesichert, so daß nicht einmal eine Fliege vorbeikäme, wie er behauptete, und Bashere hielt den Süden, ohne sich jedoch dessen zu rühmen. Bashere errichtete einfach eine Mauer aus Lanzen, ohne darüber zu reden, und die Seanchaner zogen sich daraufhin zurück. »Ich selbst bin auch nicht hilflos, Flinn.«

Flinn kratzte sich skeptisch seinen weißen Haarkranz, bevor er salutierte und sein Pferd auf die Stelle zuführte, wo Dashivas Wegetor bereits erlosch. Er humpelte dahin, schüttelte den Kopf und murrte fast ebenso vernehmlich wie Dashiva. Rand empfand Zorn. Er durfte nicht wahnsinnig werden, und sie auch nicht.

Flinns Wegetor schwand, und Rand kehrte zur Betrachtung der Baumwipfel zurück. Es war wieder ruhig. Die Zeit erstreckte sich in Stille. Es war keine gute Idee gewesen, die Außenposten in den Bergen einnehmen zu wollen. Das gab er jetzt bereitwillig zu. In diesem Gebiet konnte man eine halbe Meile von einem Heer entfernt sein, ohne es zu bemerken. Und in jenen dichten Wäldern dort unten konnte man zehn Fuß davon entfernt sein, ohne es zu bemerken! Er mußte den Seanchanern auf geeigneterem Boden gegenübertreten …

Er mußte jäh gegen heftige Wogen *Saidins* ankämpfen, die seinen Schädel zu durchbohren drohten. Das Nichts schwand und schmolz unter dem Ansturm dahin. Erschreckt und benommen ließ er die Quelle los, bevor sie ihn töten könnte. Übelkeit vereinnahmte ihn. Er sah zwei Schwerterkronen auf der dichten Laubdecke vor seinem Gesicht! Er lag am Boden! Er konnte nicht richtig atmen und rang mühsam nach Luft. Von einem der goldenen Lorbeerblätter der Krone war ein Stück abgebrochen, und Blut befleckte mehrere der winzigen goldenen Schwertspitzen. Ein brennender Schmerz an seiner Seite zeigte ihm, daß diese niemals heilenden Wunden aufgebrochen waren. Er versuchte, sich hochzuziehen, schrie auf und starrte in benommenem Erstaunen auf die dunkle Befiederung eines Pfeils, der in seinem rechten Arm stak. Er brach stöhnend zusammen. Etwas lief sein Gesicht herab, tropfte vor seinen Augen. Blut.

Er wurde sich vage klagender Schreie bewußt. Reiter erschienen zwischen den Bäumen im Norden und galoppierten den Kamm entlang, einige mit gesenkten

Lanzen und einige mit Kurzbogen, die sie so rasch ab-feuerten, wie sie die Pfeile einlegen und die Bogen spannen konnten. Reiter in blau-gelber Rüstung und Helmen wie riesige Insektenköpfe. Seanchaner, anscheinend mehrere hundert, die aus dem Norden kamen. Soviel zu Weiramons Fliege.

Rand bemühte sich, die Quelle zu ergreifen. Es war zu spät, sich über Übelkeit oder über seinen Sturz zu sorgen. Ein anderes Mal hätte er vielleicht darüber gelacht. Er bemühte sich … Es war, als würde er im Dunkeln mit tauben Fingern nach einer Nadel greifen.

Zeit zu sterben, flüsterte Lews Therin. Rand hatte immer schon gewußt, daß Lews Therin am Ende dasein würde.

Keine fünfzig Schritt von Rand entfernt stürzten sich schreiende Tairener und Cairhiener auf die Seanchaner.

»Kämpft, ihr Hunde!« schrie Anaiyella und schwang sich neben Rand aus dem Sattel. »Kämpft!« Die geschmeidige Lady in ihrer Seide und Spitze gab eine Reihe von Flüchen von sich, die selbst einen Wagenlenker sprachlos gemacht hätten.

Anaiyella stand mit den Zügeln ihres Pferdes da und schaute von dem Gewirr von Männern und Stahl zu Rand. Ailil drehte ihn auf den Rücken. Sie kniete sich neben ihn und blickte mit einem unlesbaren Ausdruck in ihren großen dunklen Augen auf ihn herab. Er konnte sich anscheinend nicht bewegen, fühlte sich ausgelaugt und war sich nicht einmal sicher, ob er blinzeln konnte. Schreie und das Zusammenklingen von Stahl tönten in seinen Ohren.

»Wenn er unter unseren Händen stirbt, wird Bashere uns beide hängen!« Anaiyella lächelte jetzt gewiß nicht mehr einfältig. »Und wenn jene schwarz gewandeten Ungeheuer uns erwischen …!« Sie erschauderte, beugte sich näher zu Ailil und fuchtelte mit einem Gürteldolch herum, den Rand zuvor nicht in ihrer Hand bemerkt hatte. Am Heft glänzte ein blutroter Rubin. »Euer Heerführer könnte genügend Männer erübrigen, um uns von hier fortzubringen. Wir könnten schon Meilen entfernt sein, bevor er gefunden wird, wieder auf unseren Ländereien sein …«

»Ich glaube, er kann uns hören«, unterbrach Ailil sie ruhig. Sie bewegte ihre rot behandschuhten Hände an ihrer Taille. Steckte sie einen Gürteldolch in die Scheide? Oder zog sie einen Dolch? »Wenn er hier stirbt …« Sie brach ebenso abrupt ab wie die andere Frau und wandte ruckartig den Kopf.

Hufe donnerten auf beiden Seiten an Rand vorbei. Die Reiter galoppierten gen Norden auf die Seanchaner zu. Das Schwert in Händen, verhielt Bashere sein Pferd kaum, bevor er aus dem Sattel sprang. Gregorin Panar stieg langsamer ab, schwenkte aber sein Schwert den vorüberreitenden Männern entgegen. »Siegt für den König und Illian!« rief er ihnen zu. »Siegt für den Herrn des Morgens!« Das Zusammenklingen von Stahl verstärkte sich und auch das Schreien.

»Es *mußte* letztendlich so kommen«, grollte Bashere, während er die beiden Frauen mit mißtrauischen Blicken bedachte. Er verschwendete jedoch nur einen Augenblick, bevor er seine Stimme über das Kampfgetöse erhob. »Morr! Verdammt sei Eure Asha'manhaut. Hier, jetzt!« Er verriet, dem Licht sei Dank, nicht, daß der Lord Drache am Boden lag.

Rand wandte mühsam den Kopf, so daß er sehen konnte, wie die Illianer und Saldaeaner weiterhin nordwärts drängten. Die Seanchaner mußten Boden verloren haben.

»Morr!« Der Name dröhnte durch Basheres Schnurrbart, und dann ließ sich der Gerufene von seinem galoppierenden Pferd fast auf Anaiyella fallen.

Angesichts einer nicht erfolgenden Entschuldigung wirkte sie verstimmt, während sich der Mann neben Rand kniete und sich das dunkle Haar aus dem Gesicht strich. Sie trat jedoch nur allzu schnell zurück, als sie erkannte, daß er die Macht lenken wollte. Ailil erhob sich weitaus gemächlicher, aber sie trat nicht wesentlich langsamer fort. Den Gürteldolch mit dem Silbergriff ließ sie wieder in seine Scheide an ihrer Taille gleiten.

Das Heilen war eine einfache, wenn auch nicht gerade bequeme Angelegenheit. Die Befiederung des Pfeils wurde abgebrochen und der restliche Pfeil mit einem scharfen Ruck, der Rand keuchen ließ, ganz herausgezogen. Schmutz und Holzsplitter würden abfallen, wenn sich die Haut zusammenzog, aber nur Flinn und wenige andere konnten die Macht benutzen, die nötig war, um tieferliegende Bruchstücke zu beseitigen. Morr legte zwei Finger an Rands Brust, schob mit angespanntem Ausdruck die Zunge zwischen die Zähne und wob das Heilgewebe, wie er es stets machte. Anders funktionierte es bei ihm nicht. Es waren nicht die komplizierten Gewebe, die Flinn benutzte. Nur wenige konnten sie gestalten und bisher niemand so gut wie Flinn. Dies war einfacher. Grober. Hitzewellen durchströmten Rand so stark, daß er stöhnte und Schweiß aus jeder Pore strömte. Er zitterte heftig bis zu den Zehen. Ein Braten im Ofen mußte sich ähnlich fühlen.

Der plötzliche Hitzestrom verebbte langsam wieder, und Rand lag keuchend da. In seinem Kopf keuchte auch Lews Therin. *Töte ihn! Töte ihn!* Immer wieder.

Rand dämpfte die Stimme zu einem fernen Summen und dankte Morr – der junge Mann blinzelte, als wäre er überrascht! –, ergriff dann das auf dem Boden liegende Drachenszepter und zwang sich aufzustehen, wenn er auch schwankte. Bashere wollte ihm einen

Arm darbieten, trat aber auf eine Geste hin zurück. Rand konnte einigermaßen ohne Hilfe stehen. Er hätte jedoch keinesfalls die Macht lenken können. Als er seine Seite berührte, fühlte er Blut, und die alte runde Narbe und der neuere, darüber verlaufende Schnitt fühlten sich weich an. Sie waren nie ganz verheilt.

Er betrachtete die beiden Frauen einen Moment. Anaiyella murmelte etwas, das vage wie ein Glückwunsch klang, und gönnte ihm ein unterwürfiges Lächeln. Ailil stand sehr aufrecht da, als sei nichts geschehen. Hatten sie ihn sterben lassen wollen? Oder ihn töten wollen? Aber wenn dem so war – warum hatten sie dann ihren Waffenträgern die Verantwortung übertragen und waren herbeigeeilt, um nach ihm zu sehen? Andererseits *hatte* Ailil ihren Dolch gezogen, als von seinem Tod die Rede war.

Die meisten Saldaeaner und Illianer galoppierten gen Norden oder ritten den Hang des Hügels hinab und verfolgten die letzten Seanchaner. Weiramon erschien von Norden und ritt langsam auf einem großen, glänzenden Schwarzen heran, der mit den Hufen scharrte, als er Rand sah. Die Waffenträger ritten in Doppelreihe hinter ihm.

»Mein Lord Drache«, begann der Hochlord, während er abstieg. Er schien *noch immer* so sauber wie in Illian. Bashere war im Gegensatz zu ihm zerzaust und hier und da ein wenig schmutzig, und Gregorins edle Kleidung war entschieden dreckig. Weiramon verbeugte sich auf eine Art, die an einem Königshof Beschämung hervorgerufen hätte. »Verzeiht, mein Lord Drache. Ich dachte, ich hätte vor dem Kamm Seanchaner herannahen sehen und wollte mich ihnen entgegenstellen. Ich hätte niemals diese anderen vermutet. Ihr wißt nicht, wie sehr es mich schmerzen würde, wenn Ihr verletzt worden wärt.«

»Ich kann es mir denken«, sagte Rand trocken, und

Weiramon blinzelte. Seanchaner, die herannahten? Vielleicht. Weiramon würde jede Gelegenheit für einen ruhmreichen Angriff nutzen. »Wo stehen die Seanchaner jetzt, Bashere?«

»Sie ziehen sich zurück«, erwiderte Bashere. Am entgegengesetzten Ende des Tals flammten einen Moment erneut Feuer und Blitze auf, wie um ihn Lügen zu strafen.

»Eure ... Eure Kundschafter sagen, alle wären auf dem Rückzug«, sagte Gregorin, rieb sich den Bart und warf Morr einen unbehaglichen Seitenblick zu. Morr grinste ihn offen an. Rand hatte den Illianer im dichtesten Kampfgetümmel an der Spitze seiner Männer gesehen, wie er sie ermutigte und sein Schwert mit wilder Hemmungslosigkeit schwang, aber bei Morrs Grinsen zuckte er zurück.

Dann kam Gedwyn heran, der sein Pferd nachlässig, fast überheblich führte. Er sah Bashere und Gregorin hämisch an, bedachte Weiramon mit einem Stirnrunzeln, als wisse er bereits von dem Fehler des Mannes, und betrachtete Ailil und Anaiyella, als wollte er sie zwicken. Die beiden Frauen zogen sich hastig zurück, was auch die Männer außer Bashere taten. Selbst Morr. Gedwyn berührte als Gruß an Rand beiläufig mit der Faust die Brust. »Ich habe Kundschafter ausgesandt, sobald ich erkannte, daß diese Gruppe besiegt war. Innerhalb von zehn Meilen stehen drei weitere Kolonnen.«

»Sie sind eilig westwärts gezogen«, warf Bashere ruhig ein, aber er betrachtete Gedwyn scharf. »Ihr habt es geschafft«, sagte er zu Rand. »Sie weichen *alle* zurück. Ich bezweifle, daß sie vor Ebou Dar innehalten werden. Nicht jede Schlacht endet mit einem großen Einmarsch in die Stadt, und diese ist beendet.«

Überraschenderweise begann Weiramon für einen Vorstoß zu plädieren, um »Ebou Dar für den Ruhm des Herrn des Morgens einzunehmen«, wie er sich ausdrückte, aber es war gewiß noch erschreckender, von Gedwyn zu hören, er hätte nichts dagegen, einige weitere Angriffe auf die Seanchaner zu führen und Ebou Dar aufzusuchen. Selbst Ailil und Anaiyella stimmten dafür, »den Seanchanern ein für allemal ein Ende zu bereiten«, obwohl Ailil noch hinzufügte, daß sie es auch wollte, um zu vermeiden, deswegen zurückkehren zu müssen. Sie war sich ziemlich sicher, daß der Lord Drache dabei auf ihrer Begleitung bestehen würde, das äußerte sie in einem so kühlen und trockenen Tonfall wie eine Nacht in der Aiel-Wüste.

Nur Bashere und Gregorin sprachen sich für die Rückkehr aus und erhoben ihre Stimmen um so lauter, je stiller Rand wurde. Schweigend blickte er westwärts in Richtung Ebou Dar.

»Wir haben getan, weshalb wir hergekommen sind«, beharrte Gregorin. »Barmherziges Licht, wollt Ihr Ebou Dar selbst einnehmen?«

Ebou Dar einnehmen, dachte Rand. Warum nicht? Niemand würde das erwarten. Eine vollkommene Überraschung, sowohl für die Seanchaner wie auch für alle anderen.

»Es gibt Zeiten, in denen man seinen Vorteil ergreift und weitermacht«, grollte Bashere. »Zu einer anderen Zeit nimmt man seinen Gewinn und geht nach Hause. Ich sage, es ist an der Zeit, nach Hause zu gehen.«

Ich hätte nichts dagegen, wenn du in meinem Kopf wärst, sagte Lews Therin und klang fast geistig gesund, *wenn du nicht so eindeutig wahnsinnig wärst.*

Ebou Dar. Rand umfaßte das Drachenszepter fester, und Lews Therin kicherte.

KAPITEL 5

Zeit für Härte

Ein Dutzend Meilen östlich von Ebou Dar glitt ein *Raken* aus dem wolkenverhangenen Sonnenaufgang heran und landete auf einer länglichen Weide, die durch farbige Wimpel an hohen Pfosten als Flugfeld markiert war. Das braune Gras wurde bereits seit Tagen niedergetreten. Die ganze Anmut der Wesen im Flug verlor sich, sobald ihre Klauen in schwerfälligem Lauf den Boden berührten, wobei sie die ledrigen, mindestens dreißig Fuß weiten Flügelspitzen ausgebreitet hielten, als wollten sie sich wieder aufwärts schwingen. Es war kein schöner Anblick, wenn ein *Raken* flügelschlagend und unbeholfen das Flugfeld entlang lief, während sich die Flieger an den Sattel klammerten, bis er schließlich taumelnd aufstieg und mit den Flügelspitzen nur knapp die Wipfel der Olivenbäume am Ende des Flugfeldes verfehlte. Erst wenn sie an Höhe gewannen, sich der Sonne zuwandten und auf die Wolken zuflogen, erlangten *Raken* ihre würdevolle Erhabenheit zurück. Nach der Landung machten sich die Flieger nicht die Mühe abzusteigen. Während ein Erdling dem *Raken* einen Korb mit gedörrten Früchten entgegenhielt, wovon dieser zwei Handvoll auf einmal verschlang, reichte einer der Flieger einem rangälteren Erdling den Kundschafterbericht herab, während sich der zweite Flieger auf der anderen Seite hinunterbeugte, um von einem noch rangälteren Flieger, der die Zügel nicht mehr allzu häufig selbst halten konnte, neue Befehle entgegenzunehmen. Das Wesen wurde fast ebenso rasch, wie es zum Halten gebracht wurde, gewendet und zu vier oder fünf weiteren *Raken* gebracht, die bereits darauf warteten, daß sie mit ihrem langen, linkischen Lauf in den Himmel wieder an der Reihe waren.

Boten trugen die Kundschafterberichte eilig zwischen voranschreitenden Formationen von Kavallerie und Infanterie hindurch zu dem großen, mit einem roten Banner versehenen Zelt des Befehlshabers. Es gab hochmütige tarabonische Lanzenträger und schwerfällige, wohlgeordnete amadicianische Pikeniere, die Brustharnische waagerecht mit den Farben ihrer Regimenter gekennzeichnet. Die ungeordnete altaranische leichte Kavallerie ließ ihre Pferde tänzeln, voller Einbildung auf die roten Schlitze kreuz und quer über ihrer Brust, die sich so sehr von den Kennzeichnungen aller anderen unterschieden. Die Altaraner wußten nicht, daß auf diese Art Hilfstruppen zweifelhafter Zuverlässigkeit gekennzeichnet wurden. Unter den seanchanischen Soldaten waren namhafte Regimenter mit hohen Verdiensten. Sie kamen aus allen Teilen des Reiches: helläugige Männer aus Alqam, honigbraune Männer aus N'Kon und kohlenschwarze Männer aus Khoweal und Dalenshar. Sie waren *Morat'torm* auf ihren wendigen, mit Schuppen überzogenen Reittieren, die Pferde vor Angst wiehern und tänzeln ließen, und einige sogar *Morat'grolm* mit ihren wuchtigen, mit Schnäbeln ausgestatteten Schützlingen, aber etwas, das ein seanchanisches Heer eigentlich stets begleitete, glänzte durch Abwesenheit. Die *Sul'dam* und *Damane* hielten sich noch immer in ihren Zelten auf. Kennar Miraj dachte häufig an die *Sul'dam* und *Damane*.

Von seinem Platz auf dem Podest aus konnte Miraj den Kartentisch deutlich sehen, an dem Unterleutnants ohne Helm die Berichte überprüften und die

Kräfte auf dem Schlachtfeld kennzeichnende Markierungen setzten. Jede Markierung wies ein kleines Papierbanner mit gezeichneten Symbolen auf, die über die Größe und Zusammensetzung der jeweiligen Streitmacht Auskunft gaben. Es war fast unmöglich, in diesen Ländern vernünftige Landkarten aufzutreiben, aber die Landkarte auf dem großen Tisch genügte. Und sie beunruhigte durch das, was sie aussagte. So gab es viel zu viele schwarze Scheiben für vernichtete oder zerstreute Außenposten, die die ganze östliche Hälfte der Venirberge sprenkelten. Ebenso viele rote Keile für Kommandos auf dem Vormarsch markierten das westliche Ende und wiesen alle nach Ebou Dar zurück. Zwischen den schwarzen Scheiben verstreut standen siebzehn starre weiße Scheiben. Während Miraj zusah, stellte ein junger Offizier im Braun und Schwarz eines *Morat'torm* sorgfältig eine achtzehnte Scheibe für feindliche Kräfte auf. Bei einigen wenigen mochte es sich um dieselbe Gruppe handeln, die zweimal gesichtet wurde, aber die meisten standen viel zu weit auseinander, als daß der Zeitpunkt der Sichtungen falsch sein könnte.

Schreiber in einfachen braunen Jacken mit Rangabzeichen an den weiten Kragen warteten an ihren Schreibtischen entlang den Zeltwänden, die Federn in der Hand, darauf, daß Miraj Befehle ausgäbe, die sie zur Verteilung abschreiben würden. Er hatte bereits alle möglichen Befehle gegeben. In den Bergen lagen neunzigtausend feindliche Soldaten, fast doppelt so viele, wie er hier selbst mit den ortsansässigen Truppen ausheben konnte. Unglaubwürdig viele, aber die Kundschafter logen nicht. Lügnern wurden von ihren Kameraden die Kehle durchgeschnitten. Sie mußten noch mindestens einhundert Meilen über die Berge zurücklegen, wenn sie Ebou Dar bedrohen wollten. Fast zweihundert, da sich die weißen Scheiben weiter im Osten befanden und sich danach noch weitere einhundert Meilen hügelige Landschaft erstreckte. Der feindliche General beabsichtigte gewiß nicht, seine verstreuten Kräfte dem Feind einzeln gegenüberzutreten zu lassen. Nur die Zeit war auf seiner Seite.

Der Zelteingang öffnete sich, und die Hochlady Suroth glitt herein, deren schwarzes Haar sich wie eine stolze Mähne ihren Rücken hinab ergoß und deren gebügeltes schneeweißes Gewand wie auch das reich bestickte Übergewand irgendwie vom Schlamm draußen unberührt geblieben waren. Er hatte sie noch in Ebou Dar vermutet. Sie mußte mit einem *To'raken* hierhergeflogen sein. Für ihre Verhältnisse kam sie mit geringer Begleitung. Zwei Gardisten der Totenwache mit schwarzen Quasten an ihren Schwertheften hielten den Zelteingang auf, und weitere waren draußen zu sehen, Männer mit starren Mienen in Rot und Grün. Suroth war die Verkörperung der Herrscherin, möge sie ewig leben. Selbst der Adel respektierte sie. Sie rauschte an ihnen vorbei, als wären sie ebenso Diener wie die üppig gebaute *Da'covale* in einem fast durchsichtigen weißen Gewand, das honiggelbe Haar zu vielen dünnen Zöpfen geflochten, die das vergoldete Schreibpult der Hochlady demütig zwei Schritte hinter ihr her trug. Suroths Stimme des Blutes, Alwhin, eine finster dreinblickende Frau in grünen Gewändern, welche die linke Seite ihres Kopfes geschoren und das restliche, hellbraune Haar zu einem festen Zopf geflochten trug, folgte ihrer Herrin auf den Fersen. Als Miraj von dem Podest herab trat, erkannte er entsetzt, daß die zweite *Da'covale* hinter Suroth – klein, dunkelhaarig und schlank in ihrem durchsichtigen Gewand – eine *Damane* war! Er hatte noch niemals von einer solcherart gekleideten *Damane* gehört, aber noch seltsamer war, daß Alwhin sie am *A'dam* führte!

Er zeigte seine Überraschung jedoch nicht, während

er auf ein Knie sank und murmelte: »Möge das Licht die Hochlady Suroth bescheinen. Alle Ehre der Hochlady Suroth.« Alle anderen warfen sich mit gesenkten Blicken auf den Segeltuchboden. Miraj war adelig, wenn auch von zu niedrigem Stand, als daß er sich die Seiten seines Schädels wie Suroth hätte rasieren dürfen. Lediglich die Nägel seiner kleinen Finger waren lackiert. Er war auch von weitaus zu niedrigem Stand, um Überraschung zeigen zu dürfen, wenn eine Hochlady ihrer Stimme erlaubte, weiterhin die *Sul'dam* zu spielen, nachdem sie zur *So'jhin* erhoben worden war. Seltsame Zeiten in einem fremden Land, wo der Wiedergeborene Drache einherging und *Marath'damane* wild töteten und versklavten, wo immer sie wollten.

Suroth sah ihn kaum an, bevor sie sich der Landkarte auf dem Tisch zuwandte, und wenn der Blick ihrer schwarzen Augen bei dem Anblick angespannter wurde, dann hatte sie allen Grund dazu. Unter ihr hatten die Hailene weitaus mehr getan, als man sich erträumt hätte, indem sie große Flächen gestohlenen Landes zurückgewonnen hatten. Sie waren nur ausgesandt worden, den Weg auszukundschaften, und nach Falme hatten einige sogar das für unmöglich gehalten. Sie trommelte verärgert mit den Fingern auf die Tischplatte, wobei die langen, blaulackierten Nägel ihrer ersten beiden Finger schimmerten. Wenn sie weiterhin Erfolg hätte, könnte sie ihren Kopf vielleicht vollständig scheren und einen dritten Nagel an jeder Hand lackieren. Bei solchen Großtaten war eine Aufnahme in die Herrscherfamilie nicht ungewöhnlich. Wenn sie hingegen zu weit ging und die Grenze überschritt, würde sie die Fingernägel vielleicht beschnitten bekommen und sich in ein hauchdünnes Gewand gesteckt wiederfinden, um einem Adligen zu dienen, wenn sie nicht an einen Bauern verkauft würde, dem sie beim Bestellen der Felder helfen müßte. Schlimmstenfalls würde Miraj nur seine Adern öffnen müssen.

Er schwieg und beobachtete Suroth weiterhin geduldig, aber er war Leutnant der Kundschafter gewesen, ein *Morat'raken*, bevor er zum Blut erhoben wurde, und er konnte nicht umhin, alles um sich herum zu bemerken. Ein Kundschafter lebte oder starb durch das, was er sah oder nicht sah, wie auch die Männer, die auf dem Bauch rund um das Zelt lagen. Einige schienen kaum zu atmen. Suroth hätte ihn beiseite nehmen und sie mit ihrer Arbeit fortfahren lassen sollen. Eine Botin wurde am Eingang von den Soldaten abgewiesen. Welch schreckliche Botschaft brachte sie, daß sie sich an den Gardisten der Totenwache vorbeizudrängen versuchte?

Sein Blick fiel auf die *Da'covale*, die das Schreibpult trug. Ein finsterer Ausdruck überzog ihr Puppengesicht, nur Augenblicke unterdrückt. Besitz, der Zorn zeigte? Und da war noch etwas. Sein Blick zuckte zu der *Damane*, die zwar den Kopf gesenkt hielt, sich aber trotzdem neugierig umsah. Die braunäugige *Da'covale* und die helläugige *Damane* sahen so verschieden aus, wie es bei zwei Frauen nur möglich war, und doch hatten sie etwas gemeinsam. Etwas auf ihren Gesichtern. Seltsam. Er hätte nicht sagen können, wie alt die beiden waren.

Alwhin bemerkte seinen flüchtigen Blick. Mit einem Ruck an der silbernen Koppel des *A'dam* schickte sie die *Damane* mit dem Gesicht nach unten auf den Tuchboden. Sie schnippte mit den Fingern, deutete mit der freien Hand auf das Tuch und verzog das Gesicht, als sich die *Da'covale* mit dem honigfarbenen Haar nicht regte. »Hinunter, Liandrin!« zischte sie kaum hörbar. Mit einem starren Blick zu Alwhin sank die *Da'covale* auf die Knie, ihre Züge von Trotz gezeichnet.

Höchst seltsam, aber kaum von Bedeutung. Er wartete mit teilnahmsloser Miene, aber ansonsten vor Ungeduld schier berstend ab – vor Ungeduld und ziemlichem Unbehagen. Er war zum Blut erhoben worden, nachdem er in einer einzigen Nacht mit drei Pfeilen im Körper fünfzig Meilen weit geritten war, um die Nachricht über ein Heer von Aufständischen, die auf Seandar zumarschierten, zu überbringen, und sein Rücken bereitete ihm noch immer Beschwerden.

Schließlich wandte sich Suroth vom Kartentisch um. Sie erlaubte ihm nicht aufzustehen, akzeptierte ihn nicht als Adligen. Nicht daß er es erwartet hätte. Er stand weit unter ihr. »Ihr seid marschbereit?« fragte sie kurz angebunden. Zumindest sprach sie nicht durch ihre Stimme zu ihm. Vor so vielen seiner Offiziere hätte er sich dafür geschämt.

»Ich werde bereit sein, Suroth«, antwortete er ruhig und erwiderte ihren Blick. Er *war* adlig, wie niedrig auch immer er stand. »Sie brauchen mindestens zehn Tage, um sich zu versammeln, und mindestens zehn weitere Tage, bevor sie die Berge verlassen können. Aber ich werde weitaus eher …«

»Sie könnten morgen hier sein«, fauchte sie. »Heute! Wenn sie kommen, Miraj, werden sie durch die alte Kunst des Reisens kommen, das scheint jedenfalls sehr wahrscheinlich.«

Er hörte Männer sich wider Willen auf dem Boden regen. Suroth verlor die Kontrolle über ihre Gefühle *und* schwatzte von Legenden? »Seid Ihr sicher?« Die Worte platzten heraus, bevor er sie aufhalten konnte.

Jetzt verlor sie wirklich die Selbstbeherrschung. Ihre Augen flammten. Sie ergriff den Saum ihres mit Blumen bestickten Gewandes, so daß die Knöchel weiß hervortraten, und ihre Hände zitterten. »Zweifelt Ihr an mir?« stieß sie ungläubig hervor. »Es sollte genügen, daß ich meine Gewährsmänner habe.« Miraj erkannte, daß sie ebenso zornig auf sie wie auf ihn war.

»Wenn sie kommen, werden es vielleicht fünfzig dieser Asha'man sein, wie sie sich großspurig nennen, aber nicht mehr als fünf- oder sechstausend Soldaten. Anscheinend gab es seit Anbeginn nicht mehr, was auch immer die Flieger sagen.«

Miraj nickte zögernd. Fünftausend Mann, die sich mit der Einen Macht unbemerkt fortbewegten, würden eine Menge erklären. Welche Gewährsmänner *hatte* sie, daß sie die Zahlen so genau kannte? Er war nicht töricht genug, danach zu fragen. Sie hatte gewiß Augen-und-Ohren in ihren Diensten, die auch sie beobachteten. Fünfzig Asha'man. Der bloße Gedanke an *einen* Mann, der die Macht lenkte, erweckte in ihm bereits den Wunsch, angewidert auszuspeien. Gerüchte behaupteten, daß der Wiedergeborene Drache, dieser Rand al'Thor, sie aus allen Nationen versammelte, aber er hätte niemals erwartet, daß es so viele sein könnten. Es hieß, der Wiedergeborene Drache könne die Macht lenken. Das mochte stimmen, immerhin war er der Wiedergeborene Drache.

Die Prophezeiungen des Drachen waren in Seanchan schon bekannt, bevor Luthair Paendrag die Konsolidierung begann – wie es hieß, verfälscht und sehr von der reinen Version abweichend, die Luthair Paendrag brachte. Miraj hatte mehrere Ausgaben des in diesen Ländern verbreiteten *Karaethon-Zyklus* gesehen, und sie waren ebenfalls verfälscht – nicht eine erwähnte, daß er dem Kristallthron dienen sollte! –, aber die Prophezeiungen hielten die Gedanken und Herzen der Menschen noch immer gefangen. Viele hofften, daß die Wiederkehr bald geschähe und daß diese Länder vor Tarmon Gai'don zurückgewonnen werden könnten, damit der Wiedergeborene Drache die Letzte Schlacht zum Ruhm der Herrscherin, möge sie ewig leben, gewinnen könnte. Die Herrscherin würde gewiß wollen, daß al'Thor zu ihr geschickt würde, damit sie den Mann sehen könnte, der ihr diente. Es würde keine Schwierigkeiten mit al'Thor geben, wenn er erst vor ihr kniete. Nur wenige schüttelten die Ehrfurcht ab, die sie empfanden, wenn sie vor dem Kristallthron knieten, während der Durst zu gehorchen ihre Zungen austrocknete. Aber es schien offensichtlich, daß es leichter wäre, den Burschen auf ein Schiff zu schaffen, wenn man sich der Asha'man entledigte – man mußte sich ihrer gewiß entledigen – und wartete, bis al'Thor ein gutes Stück über das Aryth-Meer nach Seandar zurückgelegt hätte.

Das brachte Miraj zu dem Problem zurück, das er hatte vermeiden wollen, wie er innerlich erschreckt erkannte. Er war kein Mann, der vor Schwierigkeiten zurückschreckte oder sie gar blind ignorierte, aber diese unterschieden sich von allem, was er kannte. Er hatte in zwei Dutzend Schlachten mit auf beiden Seiten eingesetzten *Damane* gekämpft. Er kannte ihre Art. Es ging nicht nur darum, mit der Macht anzugreifen. Erfahrene *Sul'dam* erkannten irgendwie, was *Damane* oder *Marath'damane* taten, und die *Damane* sagten es den anderen, damit sie sich auch verteidigen konnten. Erkannten *Sul'dam* auch, was ein Mann tat? Schlimmer ...

»Ihr werdet die *Sul'dam* und *Damane* mir überlassen?« fragte er. Wider Willen atmete er tief durch und fügte hinzu: »Wenn sie noch immer krank sind, wird es von unserer Seite ein kurzer und blutiger Kampf.«

Weitere Regungen unter den auf dem Bauch liegenden Männern war die Folge. Jedes zweite Gerücht im Lager handelte davon, welche Krankheit die *Sul'dam* und *Damane* an ihre Zelte gefesselt hätte. Alwhin reagierte recht offen, höchst unpassend für eine *So'jhin*, mit einem zornigen Blick. Die *Damane* zuckte erneut zusammen und fing an zu zittern. Seltsamerweise zuckte auch die *Da'covale* mit dem honigfarbenen Haar zusammen.

Suroth trat lächelnd zu der Stelle, wo die *Da'covale* kniete. Warum sollte sie eine schlecht ausgebildete Dienerin anlächeln? Sie streichelte die dünnen Zöpfe der knienden Frau, und der Rosenmund wurde jäh zu einem Schmollen verzogen. Eine ehemalige Adlige dieser Länder? Suroths erste Worte bestätigten diese Annahme, obwohl sie offensichtlich für ihn bestimmt waren. »Kleine Fehler kosten wenig, und große Fehler kosten sehr viel. Ihr werdet die *Damane* bekommen, die Ihr fordert, Miraj. Und Ihr werdet diese Asha'man lehren, daß sie im Norden hätten bleiben sollen. Ihr werdet sie vom Angesicht der Erde tilgen, die Asha'man, die Soldaten, alle. Bis auf den letzten Mann, Miraj. Ich habe gesprochen.«

»Es wird geschehen, wie Ihr befehlt, Suroth«, erwiderte er. »Sie werden vernichtet werden bis auf den letzten Mann.« Mehr konnte er jetzt nicht sagen. Er wünschte jedoch, sie hätte ihm eine Antwort auf die Frage gegeben, ob die *Sul'dam* und *Damane* noch krank waren.

Rand verhielt und wendete Tai'daishar in der Nähe des Kamms des kahlen, felsigen Hügels und verfolgte, wie der größte Teil seines kleinen Heers aus den anderen Öffnungen in der Luft hervordrang. Er hatte die Wahre Quelle sehr fest gehalten, so fest, daß sie in seinem Griff zu zittern schien. Mit der Macht in sich fühlten sich die scharfen Spitzen der Schwerterkrone, die in seine Schläfen stachen, mit einem Mal schärfer denn je an, und den Frost des frühen Morgens empfand er gleichzeitig kälter und nicht der Beachtung wert. Die niemals heilenden Wunden an seiner Seite waren ein dumpfer und ferner Schmerz. Lews Therin schien vor Unsicherheit nach Atem zu ringen oder auch vor Angst. Vielleicht wollte er nicht mehr so gern sterben, nachdem er dem Tod am Tag zuvor so nahe gekommen war. Aber andererseits wollte er nicht immer sterben. Das einzig Beständige an dem Mann war das Verlangen zu töten, was nur allzu häufig auch zufällig seine eigene Tötung einschloß.

Es wird bald für jedermann genügend Leichen geben, dachte Rand. *Licht, die letzten sechs Tage hätten ausgereicht, um sogar einem Geier Übelkeit zu verursachen.* Waren es wirklich nur sechs Tage? Der Abscheu berührte ihn jedoch nicht. Er wollte es nicht zulassen. Lews Therin antwortete nicht. Ja, es war an der Zeit, ein hartes Herz zu bewahren. Und einen harten Magen. Rand beugte sich einen Moment herab, um das stoffumwickelte Bündel unter seinem Steigbügelgurt zu berühren. Nein, dafür war die Zeit noch nicht reif. Vielleicht würde diese Zeit überhaupt nicht kommen. Unsicherheit legte sich schimmernd über das Nichts und wohl auch noch etwas anderes. Unsicherheit, ja, aber das andere war nicht Angst. Es war nicht Angst!

Die Hälfte der ihn umgebenden niedrigen Hügel waren mit geduckten, knorrigen, vom Sonnenlicht gesprenkelten Olivenbäumen bestanden. Lanzenträger ritten bereits prüfend die Reihen entlang. In diesen Hainen waren keine Arbeiter, keine Bauern und kein Gebäude irgendeiner Art zu sehen. Wenige Meilen westlich erschienen die Hügel dunkler und bewaldeter. Legionäre, die reihenweise unterhalb von Rand auftauchten, stellten sich auf, von einem unregelmäßigen Viereck illianischer Freiwilliger gefolgt, die jetzt zur Legion gehörten. Sobald ihre Reihen geordnet waren, machten sie Platz für die Verteidiger und Gefährten. Der Boden schien fast überwiegend aus Lehm zu bestehen, denn Stiefel und Hufe rutschten auf der dünnen Schlammschicht gleichermaßen aus. Seltsamerweise standen jedoch nur wenige weiße Wolken am Himmel, und die Sonne war ein hellgelber Ball.

Nichts flog auf, was größer als ein Spatz gewesen wäre.

Dashiva und Flinn gehörten zu jenen Männern, die Wegetore hielten, wie auch Adley und Hopwil, Morr und Narishma. Einige der Wegetore lagen außerhalb von Rands Sichtfeld hinter den welligen Hügeln. Er wollte, daß alle Männer so rasch wie möglich hindurchkämen, und bis auf wenige Soldaten, die den Himmel beobachteten, hielt jedermann in einer schwarzen Jacke, der nicht bereits als Kundschafter ausgeritten war, ein Gewebe fest. Selbst Gedwyn und Rochaid, wenn auch mit verzerrten Mienen.

Bashere ritt in leichtem Trab den Hang hinauf, überaus zufrieden mit sich und seinem kleinen Kastanienbraunen. Er hatte seinen Umhang trotz der morgendlichen Kühle, die nicht der Kälte in den Bergen entsprach, aber dennoch winterlich war, zurückgeschlagen. Er nickte Anaiyella und Ailil flüchtig zu, die ihn jedoch nur finster ansahen. Bashere lächelte halbherzig durch seinen dichten Schnurrbart, der wie abwärts gebogene Hörner aussah. Er hegte den Frauen gegenüber ebenso viele Zweifel wie Rand, und die Frauen wußten Bescheid, zumindest über Basheres Vorbehalte. Anaiyella wandte den Kopf rasch von dem Saldaeaner ab und streichelte die Mähne ihres Wallachs. Ailil umklammerte ihre Zügel zu starr.

Die beiden hatten sich seit dem Zwischenfall auf dem Kamm nicht mehr weit von Rand entfernt und hatten am Vorabend sogar ihre Zelte in Hörweite aufgestellt. Auf dem mit braunem Gras bewachsenen gegenüberliegenden Hang verlagerte Denharad sein Gewicht, um die Gefolgsleute der beiden adligen Frauen zu betrachten, die hinter ihm Aufstellung genommen hatten. Dann wandte er sich rasch wieder der Beobachtung Rands zu. Er behielt sehr wahrscheinlich auch Ailil im Auge, und vielleicht auch Anaiyella, aber

Rand beobachtete er zweifellos. Rand war sich nicht sicher, ob sie noch immer fürchteten, die Verantwortung dafür übernehmen zu müssen, wenn er getötet würde, oder ob sie einfach nur dabei zusehen wollten. Er war sich jedoch sicher, daß er ihnen keine Gelegenheit dazu geben wollte.

Wer kennt das Herz einer Frau? Lews Therin kicherte verzerrt. Er klang, als befände er sich in einer seiner vernünftigeren Phasen. *Die meisten Frauen würden achselzuckend abtun, wofür ein Mann dich töten würde, und dich wiederum für etwas töten, was ein Mann achselzuckend abtäte.*

Rand ignorierte ihn. Das letzte für ihn sichtbare Wegetor erlosch. Die Asha'man, die gerade aufsaßen, waren zu weit von ihm entfernt, als daß er hätte sagen können, ob noch einer von ihnen *Saidin* festhielt, aber das war auch unwichtig, solange er es festhielt. Der unbeholfene Dashiva versuchte rasch aufzusteigen und fiel fast zweimal herunter, bevor er den Sattel erfolgreich eroberte. Die meisten der in Sicht befindlichen Männer in den schwarzen Jacken ritten gen Norden oder Süden.

Die übrigen Adligen versammelten sich eilig mit Bashere auf dem Hang unmittelbar unter Rand, die Höchstrangigen und jene mit der meisten Macht an der Spitze, nach ein wenig Drängeln hier und dort, wo der Vorrang unsicher blieb. Tihera und Marcolin saßen mit sorgfältig ausdruckslos gehaltenen Mienen auf ihren Pferden jeweils abseits der Masse der Adligen. Man könnte sie vielleicht um Rat bitten, aber beide wußten, daß die endgültigen Entscheidungen den übrigen zukamen. Weiramon öffnete mit großartiger Geste den Mund, zweifellos, um einen weiteren herrlichen, salbungsvollen Vortrag über den Ruhm zu halten, indem man dem Wiedergeborenen Drachen folgte. Sunamon und Torean, die seine Reden gewöhnt und ausreichend mächtig waren, sich in seiner Nähe nicht in acht nehmen zu müssen, führten ihre Pferde zueinander und begannen sich ruhig zu unterhalten. Sunamons Gesicht wirkte ungewöhnlich hart, und Torean schien bereit, trotz der roten Streifen an seinen Jackenärmeln Grenzen zu überschreiten. Bertome mit dem kantigen Gesicht und einige der anderen Cairhiener lachten gegenseitig über ihre Späße. Jedermann hatte genug von Weiramons großartigen Ergüssen. Semaradrids Stirnrunzeln vertiefte sich jedesmal, wenn er Ailil und Anaiyella ansah – es gefiel ihm nicht, daß sie in Rands Nähe blieben.

»Ungefähr zehn Meilen von uns entfernt«, sagte Rand laut, »marschieren gut fünfzigtausend Mann auf.« Sie waren sich dessen bewußt, aber seine Worte zogen dennoch aller Aufmerksamkeit auf sich und brachten jedermann zum Schweigen. Auch Weiramon schloß verärgert den Mund. Der Bursche liebte es, sich reden zu hören. Gueyam und Maraconn, diese Narren, die heftig an ihren geölten Bärten zupften, lächelten erwartungsvoll. Semaradrid machte ein Gesicht, als hätte er eine ganze Schale schlechter Pflaumen gegessen. Gregorin und die drei Lords der Neun bei ihm zeigten nur grimmige Entschlossenheit. Sie waren keine Narren. »Die Kundschafter haben keine Anzeichen von *Sul'dam* oder *Damane* gesehen«, fuhr Rand fort, »aber auch ohne sie genügt ihre Anzahl, viele von uns zu töten, wenn jemand den Plan vergißt. Ich bin jedoch sicher, daß niemand ihn vergessen *wird*.« Dieses Mal sollten keine Angriffe ohne Befehle stattfinden, hatte er allen eingeschärft, und auch kein Davonpreschen, weil man glaubte, man hätte vielleicht gerade etwas gesehen.

Weiramon lächelte, und es gelang ihm, dieses Lächeln ebenso ölig wirken zu lassen, wie Sunamon dies jemals gelungen war.

Es war in gewisser Weise ein einfacher Plan. Sie würden in fünf Kolonnen westwärts marschieren, jede Kolonne mit Asha'man, und versuchen, die Seanchaner von allen Seiten gleichzeitig anzugreifen – oder zumindest von so vielen Seiten, wie es ihnen gelang. Bashere beharrte darauf, daß einfache Pläne die besten seien.

Kein Schlachtplan übersteht den ersten Zusammenstoß, sagte Lews Therin in Rands Kopf. Er schien im Moment noch klar. Im Moment. *Irgend etwas stimmt nicht*, grollte er dann plötzlich. Seine Stimme wurde lauter und ging schließlich in wildes, ungläubiges Lachen über. *Es kann nichts falsch daran sein, aber da ist etwas Seltsames, etwas Falsches, dahinjagend, springend, sich drehend.* Sein gackerndes Lachen wurde zu Weinen. *Es kann nicht sein! Ich muß wahnsinnig sein!* Er verschwand, bevor Rand ihn verstummen lassen konnte. Verdammt sei er, an dem Plan war nichts falsch, sonst hätte sich Bashere mit Freude darauf gestürzt.

Lews Therin war *tatsächlich* wahnsinnig, daran bestand kein Zweifel. Aber solange Rand al'Thor geistig gesund blieb ... Es wäre ein herber Streich für die Welt, wenn der Wiedergeborene Drache wahnsinnig würde, bevor die Letzte Schlacht auch nur begonnen hatte. »Nehmt Eure Plätze ein«, befahl er, während er eine Geste mit dem Drachenszepter vollführte. Er mußte den Drang bekämpfen, über den Streich zu lachen.

Die Adligen trennten sich auf seinen Befehl und liefen umher und murrten, während sie sich neu gruppierten. Nur wenigen gefiel die Aufteilung, die Rand vorgenommen hatte. Welche Barrieren auch immer unter dem Schock der ersten Kämpfe in den Bergen gefallen waren – sie hatten fast augenblicklich erneut bestanden.

Weiramon blickte wegen seiner nicht zum Vortrag

gebrachten Rede finster drein, aber nach einer ge-
konnten Verbeugung, bei der sein Bart Rand wie ein
Speer bedrohte, ritt er nordwärts über die Hügel, gefolgt von Kiril Drapeneos, Bertome, Doressin und
mehreren geringeren cairhienischen Lords, alle mit
starren Gesichtern, weil ihnen ein Tairener vorangestellt worden war. Gedwyn ritt an Weiramons Seite,
als wäre er der Anführer, und erntete dafür finstere
Blicke, die er nicht zu bemerken vorgab. Die anderen
Gruppierungen waren ebenso gemischt. Gregorin eilte
ebenfalls nordwärts mit einem verdrießlichen Sunamon, der so zu tun versuchte, als reite er nur zufällig
in dieselbe Richtung, und mit Dalthanes, der eine ge-
ringere Anzahl Cairhiener anführte. Jeordwyn Semaris, ein weiterer der Neun, folgte Bashere mit Amondrid und Gueyam südwärts. Jene drei hatten den
Saldaeaner aus dem einfachen Grund fast eifrig akzeptiert, weil er kein Tairener oder Cairhiener oder
Illianer war, abhängig von demjenigen, der diesen Gedanken hegte. Rochaid schien das gleiche mit Bashere
zu versuchen, was Gedwyn mit Weiramon gelang,
aber Bashere ignorierte es anscheinend. Ein kleines
Stück von Basheres Gruppe entfernt ritten Torean und
Maraconn, die Köpfe zusammengesteckt und wahrscheinlich ihrem Ärger darüber Luft machend, daß
Semaradrid ihnen vorangestellt worden war. Ershin
Netari blickte ständig zu Jeordwyn und stellte sich in
seinen Steigbügeln auf, um auch zu Gregorin und
Kiril zurückzuschauen, obwohl es kaum wahrscheinlich war, daß er sie an den Hügeln vorbei noch sehen
konnte. Semaradrid mit starr aufgerichtetem Rücken
wirkte ebenso unerschütterlich wie Bashere.

Es war das gleiche Prinzip, das Rand seit jeher an-
wendete. Er vertraute Bashere, und er glaubte, auch
Gregorin vertrauen zu können, und keiner der übrigen durfte es wagen, auch nur daran zu denken, sich

gegen ihn zu wenden, wenn so viele Fremde ihn umgaben, so viele alte Feinde und so wenige Freunde. Rand lachte leise, während er sie alle vom Hang fortreiten sah. Sie würden für ihn gut kämpfen, weil sie keine andere Wahl hatten. Nicht mehr als er selbst.

Wahnsinn, zischte Lews Therin. Rand verdrängte die Stimme verärgert.

Er blieb natürlich nicht allein. Tihera und Marcolin hatten die meisten der Verteidiger und Gefährten unter den Olivenbäumen auf den Hügeln rechts und links von ihm in Reihen aufsitzen lassen. Die übrigen waren ausgeschwärmt, um Überraschungen vorzubeugen. Eine Gruppe Legionäre in blauen Jacken wartete unter Masonds Aufsicht geduldig in der Senke, und noch einmal so viele Männer bildeten ihre Nachhut, noch in der Kleidung, die sie bereits getragen hatten, als sie sich in der Heide in Illian ergeben hatten. Sie versuchten recht erfolglos, der Gelassenheit der Legionäre nachzueifern.

Rand schaute zu Ailil und Anaiyella. Die Tairenerin lächelte ihn einfältig an, aber das Lächeln schwand schnell wieder. Das Gesicht der Cairhienerin war starr. Er konnte sie nicht vergessen, und auch Denharad und deren Waffenträger nicht. Seine Kolonne, die sich in der Mitte befand, wäre die größte und bei weitem stärkste.

Flinn und die Männer, die Rand nach den Brunnen von Dumai erwählt hatte, ritten den Hügel hinauf und auf ihn zu. Der bereits kahl werdende alte Mann übernahm stets die Führung, obwohl alle außer Adley und Narishma inzwischen sowohl den Drachen als auch das Schwert trugen und Dashiva beides sogar zuerst getragen hatte. Das war teilweise dem Umstand zuzuschreiben, daß sich der jüngere Mann Flinn mit seiner langjährigen Erfahrung als Bannerträger in der Garde der Königin von Andor beugte. Vielleicht lag es aber auch daran, daß es Dashiva anscheinend nicht kümmerte. Er schien über die anderen nur belustigt. Das heißt, wenn er Zeit außerhalb seiner Selbstgespräche erübrigen konnte. Meistens war er sich jedoch kaum etwas über seine eigene Nase hinaus bewußt.

Aus diesem Grund war es fast ein Schock, als Dashiva sein schlankes Pferd mit den Stiefeln unbeholfen vor die anderen trieb. Das einfache Gesicht, das so häufig unlesbar oder versonnen wirkte, weil der Bursche in seine eigenen Gedanken versunken war, zeigte jetzt einen sehr besorgten Ausdruck. Und es war mehr als ein Schock, als er *Saidin* ergriff, sobald er Rand erreicht hatte, und einen Lauschschutz um sie wob. Lews Therin verschwendete keinen Atem damit – wenn eine entkörperte Stimme Atem *hatte* –, etwas über das Töten zu murmeln. Er stürzte sich lautlos knurrend auf die Quelle und versuchte, Rand die Macht zu entreißen. Ebenso jäh wurde er wieder ruhig und verschwand.

»Irgend etwas stimmt hier mit *Saidin* nicht, irgend etwas fehlt«, sagte Dashiva und klang sehr bestimmt. Tatsächlich klang er … präzise und gereizt. Wie ein Lehrer, der einem besonders schwerfälligen Schüler einen Vortrag hielt. Er richtete sogar einen Finger auf Rand. »Ich weiß nicht, was es ist. Nichts kann *Saidin* verzerren, und wenn es verzerrt werden könnte, hätten wir es bereits in den Bergen gespürt. Nun, dort war gestern *tatsächlich* etwas, aber so schwach … Hier spüre ich es jedoch deutlich. *Saidin* ist … begierig. Ich weiß, ich weiß, es lebt nicht, aber es … pulsiert hier. Es ist schwer zu kontrollieren.«

Rand zwang sich, seinen Griff um das Drachenszepter zu lockern. Er war sich schon immer sicher gewesen, daß Dashiva fast ebenso wahnsinnig war wie Lews Therin selbst. Normalerweise hatte sich der Mann jedoch besser im Griff, wie gefährdet auch immer er war. »Ich lenke die Macht schon länger als Ihr, Dashiva. Ihr spürt einfach zunehmend ihren Makel.« Seine Stimme klang nicht beruhigend. Licht, er durfte jetzt noch nicht wahnsinnig werden, und sie auch nicht! »Nehmt Euren Platz ein, wir brechen bald auf.« Die Kundschafter mußten bald zurückkehren. In diesem flacheren Land würden sie mit Hilfe des Reisens nicht lange brauchen, um zehn Meilen zu erkunden.

Dashiva machte keinerlei Anstalten, gehorchen zu wollen. Statt dessen öffnete er verärgert den Mund und schloß ihn dann geräuschvoll wieder. Sichtlich zitternd atmete er tief durch. »Ich bin mir sehr wohl der Tatsache bewußt, wie lange Ihr die Macht bereits lenkt«, sagte er mit frostiger, fast verächtlicher Stimme, »aber gewiß könnt auch Ihr es spüren. Spürt es, Mann! Ich mag es nicht, wenn *Saidin* etwas Seltsames anhaftet, und ich möchte nicht sterben oder ... oder ausgebrannt werden, weil Ihr blind seid! Seht Euch meinen Lauschschutz an! Seht ihn Euch an!«

Rand schaute hin. Es war eigenartig genug, daß sich Dashiva vordrängte, aber daß Dashiva zornig war? Und dann sah er den Schutz richtig an. Die Stränge hätten so beständig sein sollen wie in fest gewobenem Segeltuch. Aber sie vibrierten. Der Schutz umgab sie so massiv, wie es sein sollte, aber die einzelnen Fäden der Macht schimmerten in leichter Bewegung. Morr hatte gesagt, *Saidin* wäre in der Nähe von Ebou Dar seltsam, wie auch hundert Meilen im Umkreis. Sie waren jetzt näher als hundert Meilen herangelangt.

Rand zwang sich, *Saidin* zu spüren. Er war sich der Macht stets bewußt – alles andere bedeutete den Tod oder Schlimmeres –, aber er hatte sich an den Kampf gewöhnt. Er kämpfte um sein Leben, aber der Kampf war ebenso natürlich geworden wie das Leben. Der Kampf *war* Leben. Er zwang sich, diesen Kampf, sein

Leben, zu spüren. Kälte, die Stein zu Staub zerrieb. Feuer, das Stein zu Dampf versengte. Verderbnis, die eine verrottete Jauchegrube wie einen Garten voller Blumen duften ließ und … ein Pulsieren, wie etwas in seiner Faust Zuckendes. Das war nicht die Art Pochen, das er in Shadar Logoth gespürt hatte, als der Makel auf *Saidin* mit dem Bösen dieses Ortes mitgeschwungen hatte, und *Saidin* ebenfalls. Die Widerwärtigkeit war hier stark und beständig. *Saidin* selbst war voller Strömungen und Wellenbewegungen. Dashiva nannte es ›begierig sein‹, und Rand konnte erkennen, warum.

Weiter unten am Hang fuhr sich Morr hinter Flinn mit einer Hand durchs Haar und sah sich unbehaglich um. Flinn verhielt sich ähnlich, indem er sich im Sattel regte und den Sitz seines Schwertes in der Scheide überprüfte. Narishma, der den Himmel nach Flugwesen absuchte, blinzelte viel zu häufig. An Adleys Wange zuckte ein Muskel. Sie alle zeigten Anzeichen von Nervosität, was nicht verwunderlich war. Erleichterung wallte in Rand auf. Es war also kein Wahnsinn.

Dashiva lächelte ein verzerrtes, selbstzufriedenes Lächeln. »Ich kann nicht glauben, daß Ihr es nicht schon früher bemerkt habt.« Seine Stimme klang fast höhnisch. »Ihr habt *Saidin* doch Tag und Nacht festgehalten, seit wir zu diesem Feldzug aufgebrochen sind. Dies ist nur ein einfacher Schutz, aber er wollte nicht Gestalt annehmen und fügte sich dann plötzlich zusammen, als entzöge er sich meinen Händen.«

Der silberblaue Schlitz eines Wegetors bildete sich auf einem der kahlen Hügel eine halbe Meile westlich, und ein Soldat, der von einem Erkundungsritt zurückkehrte, zog sein Pferd hindurch und stieg eilig auf. Rand konnte selbst auf diese Entfernung das schwache Schimmern der Gewebe rund um das Wegetor erkennen, bevor sie verschwanden. Der Reiter hatte den Fuß des Hügels noch nicht erreicht, als sich auf dem

Kamm bereits ein weiteres Wegetor eröffnete, und dann ein drittes und ein viertes und weitere, eines nach dem anderen.

»Aber er hat Gestalt angenommen«, sagte Rand. Wie auch die Wegetore der Kundschafter. »Auch wenn *Saidin* schwer zu kontrollieren ist, tut es dennoch, was Ihr wollt.« Aber warum war es hier schwieriger? Diese Frage mußte ein andermal geklärt werden. Licht, er wünschte, Herid Fel wäre noch am Leben. Der alte Philosoph hätte vielleicht eine Antwort gewußt. »Geht mit den anderen zurück, Dashiva«, befahl er, aber der Mann starrte ihn erstaunt an, und Rand mußte seine Aufforderung wiederholen, bevor der Bursche den Lauschschutz verschwinden ließ, grußlos sein Pferd herumriß und das Tier mit den Fersen wieder den Hang hinabtrieb.

»Gibt es Probleme, mein Lord Drache?« fragte Anaiyella einfältig lächelnd. Ailil sah Rand nur mit ausdruckslosem Blick an.

Als sie den ersten Kundschafter auf Rand zureiten sahen, verteilten sich die übrigen nach Norden und Süden, wo sie sich den anderen Kolonnen anschließen würden. Es würde schneller gehen, sie auf die alte Art aufzusuchen, als mit Wegetoren herumzulavieren. Nalaam verhielt sein Pferd vor Rand und schlug sich mit der Faust an die Brust. *Saidin* tat noch immer, was der Mann, der es lenkte, von ihm wollte. Nalaam salutierte und erstattete Bericht. Die Seanchaner lagerten nur fünf oder sechs Meilen östlich, und sie hatten *Sul'dam* und *Damane* bei sich.

Rand erteilte seine Befehle, während Nalaam davongaloppierte. Seine Kolonne brach gen Westen auf. Die Verteidiger und Gefährten ritten an beiden Flanken. Die Legionäre marschierten als Nachhut unmittelbar hinter Denharad – eine Mahnung an die adligen Frauen und ihre Waffenträger, wenn sie eine solche brauchten. Anaiyella schaute häufig über die Schulter, und Ailil gab sich größte Mühe, es ihr nicht gleichzutun. Rand bildete mit Flinn und den übrigen den Hauptvorstoß. Wie auch bei den anderen Kolonnen führten Asha'man den Angriff, und Männer mit Stahl deckten ihnen den Rücken, während sie töteten. Die Sonne stand noch lange nicht im Zenit. Nichts hatte sich geändert, was eine Änderung des Plans gerechtfertigt hätte.

Der Wahnsinn wartet auf einige der Männer, flüsterte Lews Therin. *Andere beschleicht er bereits.*

Miraj ritt in der Nähe der Spitze seines Heeres, das östlich eine schlammige, sich durch hügelige Olivenhaine und Wälder windende Straße entlangzog. Nicht ganz an der Spitze. Ein vollständiges Regiment, überwiegend Seanchaner, ritt zwischen ihm und den vorausgeeilten Kundschaftern. Er hatte Generäle gekannt, die an vorderster Front hatten sein wollen. Die meisten waren tot, und die meisten hatten die Schlacht verloren, in der sie gestorben waren. Der Schlamm hielt den Staub am Boden, und doch verbreitete sich die Nachricht eines herannahenden Heeres, gleichgültig, in welchem Land, wie ein Steppenbrand auf den Sa'las Ebenen. Hier und da erblickte Miraj zwischen den Olivenbäumen einen umgestürzten Karren oder eine im Stich gelassene Sense, aber die Arbeiter waren schon lange verschwunden. Sie würden seine Gegner glücklicherweise ebenso meiden wie ihn. Mit etwas Glück würden seine Gegner, da sie keine *Raken* besaßen, ihn nicht bemerken, ehe es zu spät war. Kennar Miraj vertraute nicht gern auf das Glück.

Abgesehen von Unteroffizieren, die bereitwillig Landkarten zeichneten oder Befehle abschrieben, und Boten, die sie überbrachten, ritt er nur in Begleitung

Abaldar Yulans, der so klein war, daß sein recht gewöhnlicher brauner Wallach riesig erschien. Der leidenschaftliche Mann hatte die Nägel seiner kleinen Finger grün bemalt und trug eine schwarze Perücke, um seine Kahlheit zu verbergen. Außerdem war Lisaine Jarath bei ihm, eine grauhaarige Frau aus Seandar selbst, deren helles, rundliches Gesicht und blaue Augen tiefe Ernsthaftigkeit zeigten. Yulan war beunruhigt. Mirajs kohlenschwarzer Befehlshaber der Luftstreitkräfte betrachtete die Regeln häufig unmutig, die es ihm nur noch selten erlaubten, die Zügel eines *Raken* zu berühren, aber heute blickte er besonders unmutig drein. Der Himmel war klar, das ideale Wetter für *Raken*, aber auf Suroths Befehl hin würde heute keiner der Flieger aufsteigen. Es waren zu wenige *Raken* bei den Hailene, um sie unnötig aufs Spiel zu setzen. Lisaines Schweigen beunruhigte Miraj mehr. Sie war nicht nur die rangälteste *Der'sul'dam* unter seinem Kommando, sondern auch eine Freundin, mit der er manchen Becher *Kaf* und viele Brettspiele geteilt hatte. Eine lebhafte Frau, die stets vor Begeisterung und Vergnügen sprühte. Und sie war auf kalte Art ruhig und so verschwiegen wie jede andere *Sul'dam*, die er zu befragen versucht hatte.

So weit er sehen konnte, flankierten zwanzig *Damane* die Reiter, wobei jede neben dem Pferd ihrer *Sul'dam* ging. Die *Sul'dam* regten sich unbehaglich in ihren Sätteln, beugten sich herab, um einer *Damane* den Kopf zu tätscheln, und richteten sich nur wieder auf, um sich dann erneut herabzubeugen und ihr übers Haar zu streichen. Die *Damane* erschienen ihm nur allzu beherrscht, aber die *Sul'dam* standen eindeutig auf Messers Schneide. Die überschwengliche Lisaine ritt schweigend wie ein Fels.

Ein *Torm* erschien vor ihnen und schoß ein gutes Stück seitlich am Rand der Haine die Kolonne entlang.

Dennoch wieherten die Pferde und scheuten, als das mit bronzefarbenen Schuppen versehene Wesen vorüberflog. Ein ausgebildeter *Torm* griff keine Pferde an – zumindest solange nicht, wie ihn die Lust am Töten nicht übermannte, was der Grund dafür war, warum *Torm* in der Schlacht nichts taugten –, aber Pferde, die darauf dressiert waren, in der Nähe von *Torm* die Ruhe zu bewahren, waren ebenso selten wie *Torm* selbst.

Miraj schickte einen hageren Unterleutnant namens Varek los, den Kundschafterbericht des *Morat'torm* zu holen. Zu Fuß, und das Licht verberge, ob Varek *Sei'taer* verlor. Er würde keine Zeit mit Varek verschwenden, der ein Pferd zu beherrschen versuchte, das aus der Gegend stammte. Der Mann kehrte rasch zurück, verbeugte sich knapp und begann mit dem Bericht, bevor er sich noch ganz wieder aufgerichtet hatte.

»Der Feind steht keine fünf Meilen östlich von hier, mein Lord, und marschiert in unsere Richtung. Das feindliche Heer ist in fünf Kolonnen aufgeteilt, die annähernd eine Meile Abstand halten.«

Soviel zum Glück. Aber Miraj hatte bereits darüber nachgedacht, wie er vierzigtausend Mann mit seinen lediglich fünftausend Mann und fünfzig *Damane* angreifen würde. Rasch galoppierten Männer mit Befehlen los, um eine versuchte Einschließung zu verhindern. Die Regimenter hinter ihm ritten in die Haine, und die *Sul'dam* schwärmten mit den *Damane* zwischen ihnen ebenfalls aus.

Miraj zog seinen Umhang gegen einen plötzlichen kalten Wind fester zusammen und bemerkte dann etwas, was ihn noch stärker frösteln ließ. Lisaine hatte auch beobachtet, wie die *Sul'dam* im Wald verschwanden. Und sie begann zu schwitzen.

Bertome betrachtete die Waldlandschaft vor sich mit einer Wachsamkeit, die er kaum zu verbergen versuchte. Von seinen vier Landsleuten hinter ihm war nur Doressin im Spiel der Häuser wirklich geübt. Dieser törichte tairenische Hund Weiramon hatte natürlich keine Ahnung. Bertome starrte den Rücken des aufgeblasenen Narren an. Tief in eine Unterhaltung mit Gedwyn vertieft, ritt Weiramon ein gutes Stück vor den anderen, und wenn Bertome einen weiteren Beweis für seine Überheblichkeit gebraucht hätte, dann war es die Art, wie er das junge Ungeheuer mit dem feurigen Blick gewähren ließ. Er bemerkte, daß Kiril ihn von der Seite ansah, und führte seinen Grauen noch weiter von dem hoch aufragenden Mann fort. Er empfand dem Illianer gegenüber keine besondere Abneigung, aber er haßte Menschen, die über ihm aufragten. Er konnte es nicht erwarten, nach Cairhien zurückzukehren, wo er nicht von ungelenken Riesen umgeben war. Kiril Drapeneos war jedoch nicht blind; er hatte ebenfalls ein Dutzend Kundschafter ausgesandt, während Weiramon nur einen auf den Weg gebracht hatte.

»Doressin«, sagte Bertome leise, und dann ein wenig lauter: »Doressin, du Nachtwächter!«

Der knochige Mann zuckte im Sattel zusammen. Wie Bertome und die übrigen drei hatte auch er die Vorderseite seines Schädels rasiert und gepudert. Diese Art, sich als Soldat zu kennzeichnen, war recht gebräuchlich geworden. Doressin hätte ihn im Genzug eine Kröte nennen sollen, so wie sie es seit ihrer Kinderzeit gehalten hatten, aber statt dessen drängte er seinen Wallach neben Bertome und beugte sich zu ihm. Er war besorgt, was seiner Miene deutlich anzumerken war. »Dir ist doch klar, daß der Wiedergeborene Drache uns tot sehen will?« flüsterte er, während er die Kolonne hinter ihnen betrachtete.

»Blut und Feuer, ich habe nur auf Colavaere gehört, aber seit er sie getötet hat, weiß ich, daß auch ich ein toter Mann bin.«

Auch Bertome betrachtete einen Moment die Kolonne der Waffenträger, die sich durch die gewellten Hügel hinter ihnen wanden. Die Bäume standen hier vereinzelter als weiter voraus, aber es waren dennoch genügend viele, um mit einem überraschenden Angriff rechnen zu müssen. Der letzte Olivenhain lag fast eine Meile zurück. Weiramons Männer ritten natürlich voran, in jenen lächerlichen Jacken mit den dicken weißen Streifen auf den Ärmeln, und dann kamen Kirils Illianer in ausreichend viel Grün und Rot, um sogar Kesselflicker in den Schatten zu stellen. Seine eigenen Leute, die unter ihren Brustharnischen schlichtes Dunkelblau trugen, waren noch außer Sicht bei Doressins Männern, denen die Kompanie der Legionäre folgte. Weiramon war anscheinend überrascht gewesen, daß die Fußsoldaten Schritt hielten, obwohl er nicht schnell voranging.

Bertome betrachtete jedoch nicht wirklich die Waffenträger. Sieben Mann ritten noch vor Weiramons Leuten, sieben Männer mit harten Gesichtern, totenkalten Augen und in schwarzen Jacken. Einer trug eine Anstecknadel in der Form eines silbernen Schwertes an seinem hohen Kragen.

»Eine raffinierte Art, es anzugehen«, sagte er trocken zu Doressin. »Ich bezweifle, daß al'Thor uns jene Burschen mitgegeben hätte, wenn wir nur Kanonenfutter sein sollten.« Doressin öffnete mit noch immer finsterer Miene erneut den Mund, aber Bertome fuhr fort: »Ich muß mit dem Tairener sprechen.« Es gefiel ihm nicht, seinen Freund aus Kindertagen so zu sehen. Al'Thor hatte ihn verwirrt.

Weiramon und Gedwyn hörten ihn nicht heranreiten, da sie so sehr voneinander in Anspruch genommen waren. Gedwyn spielte müßig mit seinen Zügeln, das Gesicht voll kalter Verachtung. Der Tairener war errötet. »Es kümmert mich nicht, wer Ihr seid«, sagte er mit leiser, harter Stimme zu dem schwarz gewandeten Mann. »Ich werde keine weiteren Risiken eingehen, solange ich nicht einen Befehl direkt von den Lippen ...«

Plötzlich bemerkten sie Bertome, und Weiramon schloß rasch den Mund. Er starrte Bertome an, als wollte er ihn töten. Das beständige Lächeln des Asha'man schwand. Der Wind wehte rauh und schneidend, während Wolken vor die Sonne zogen, aber er war nicht kälter als Gedwyns plötzlich starrer Blick. Bertome erkannte entsetzt, daß der Mann ihn augenblicklich tot sehen wollte.

Gedwyns frostig tödlicher Blick änderte sich nicht, aber auf Weiramons Gesicht vollzog sich eine bemerkenswerte Wandlung. Das Rot verblaßte langsam, während er im Handumdrehen ein Lächeln hervorzauberte, ein schmieriges Lächeln mit nur einer Spur spöttischer Herablassung. »Ich habe über Euch nachgedacht«, sagte er herzlich. »Schade, daß al'Thor Eure Cousine erwürgt hat. Mit seinen eigenen Händen, wie ich hörte. Es hat mich, ehrlich gesagt, überrascht, daß Ihr seinem Ruf gefolgt seid. Ich habe gesehen, wie er Euch beobachtete. Ich fürchte, er plant etwas ... Interessanteres ... für Euch, als Euch ebenfalls zu erwürgen.«

Bertome unterdrückte ein Seufzen, das nicht nur der Plumpheit des Narren galt. Viele versuchten, ihn mit Colavaeres Tod zu beeinflussen. Sie war seine Lieblingscousine gewesen, aber unvorstellbar ehrgeizig. Das Haus Saighan hatte berechtigte Ansprüche auf den Sonnenthron, und doch hätte sie ihn nicht gegen die Stärke Riatins oder Damodreds halten können, nicht ohne den offiziellen Segen der Weißen Burg oder des Wiedergeborenen Drachen. Dennoch *war* sie seine Lieblingscousine gewesen. Was wollte Weiramon? Sicherlich nicht das, was er oberflächlich zu wollen schien. Selbst dieser tairenische Dummkopf war nicht *so* leicht zu durchschauen.

Bevor er eine Antwort ersinnen konnte, kam durch den Wald vor ihnen ein Reiter auf sie zugaloppiert, ein Cairhiener, und als er sein Pferd jäh vor ihnen verhielt, erkannte Bertome einen seiner eigenen Waffenträger, einen Burschen mit Zahnlücken und Narben auf beiden Wangen. Doile, dachte er, von den Colchaine-Ländereien.

»Mein Lord Bertome!« keuchte der Bursche und verbeugte sich hastig. »Zweitausend Taraboner sind mir knapp auf den Fersen. Bei ihnen sind Frauen mit Blitzen auf den Gewändern!«

»Knapp auf den Fersen«, murmelte Weiramon verächtlich. »Wir werden sehen, was mein Mann zu berichten hat, wenn er zurückkommt. Ich sehe gewiß keine …!«

Plötzliche, nicht allzu weit entfernte Rufe unterbrachen ihn, wie auch das Donnern von Hufen, und dann erschienen in vollem Galopp Lanzenträger der leichten Kavallerie, ein beständiger, durch den Wald preschender Strom direkt auf Bertome und die anderen zu.

Weiramon lachte. »Tötet, wen immer Ihr wollt, Gedwyn«, sagte er und zog schwungvoll sein Schwert. »Ich gebrauche meine Methoden, weiter nichts!« Während er rasch zu seinen Waffenträgern zurückritt, schwang er die Klinge über dem Kopf und rief: »Saniago! Saniago und Ruhm!« Es überraschte nicht, daß er den Rufen für sein Haus und seine größte Liebe nicht noch einen Ruf für sein Land hinzufügte.

Bertome preschte in dieselbe Richtung und rief:

»Saighan und Cairhien!« Er brauchte sein Schwert noch nicht zu schwingen. »Saighan und Cairhien!« Was *hatte* der Mann gewollt?

Donner grollte, und Bertome schaute verblüfft zum Himmel. Es waren nur wenig mehr Wolken zu sehen als zuvor. Nein. Doile – Dalyn? – hatte diese Frauen erwähnt. Und dann vergaß er völlig, was der törichte Tairener gewollt hatte, als Taraboner mit stählernen Visieren über die bewaldeten Hügel auf ihn zustürmten, die Erde Feuer fing und der Himmel vor ihnen Blitze regnete.

»Saighan und Cairhien!«

Der Wind frischte auf.

Reiter prallten zwischen ausladenden Bäumen und undurchdringlichem Dickicht aufeinander. Das Licht schien zu schwinden, die Wolken über ihnen ballten sich, aber es war durch den dichten Laubbaldachin schwer zu sagen. Dröhnender Donner erstickte das Klingen von Stahl, die Schreie von Männern und das erschreckte Wiehern von Pferden. Manchmal bebte der Boden. Manchmal erklangen feindliche Rufe.

»Den Lushenos! Den Lushenos und die Bienen!«

»Annallin! Schart Euch um Annallin!«

»Haellin! Haellin! Für den Hochlord Sunamon!«

Der letzte Ruf war der einzige, den Varek zumindest verstand, obwohl er argwöhnte, daß vielleicht keiner der Ortsansässigen, die sich Hochlord oder Hochlady nannten, die Chance bekäme, den Eid zu leisten.

Er riß sein Schwert aus der Achselhöhle seines Gegners, in die er es unmittelbar über dem Brustharnisch versenkt hatte, und schickte den bleichen kleinen Mann zu Boden. Ein gefährlicher Kämpfer, bis er den Fehler machte, seine Klinge zu hoch zu erheben. Der Kastanienbraune des Mannes preschte geräuschvoll durch das Unterholz davon, und Varek erlaubte sich einen Moment des Bedauerns. Das Tier machte einen besseren Eindruck als der weißfüßige Graue, den er zu reiten gezwungen war. Nur einen Moment – und dann spähte er durch die dichten Bäume, bei denen von der Hälfte der Zweige Kletterpflanzen herabhingen und von fast allen Zweigen Bündel irgendeiner grauen, federartigen Pflanze.

Schlachtgeräusche waren aus allen Richtungen zu vernehmen, aber zunächst konnte Varek keine Bewegung ausmachen. Dann erschienen in fünfzig Schritt Entfernung ein Dutzend altaranische Lanzenträger, die ihre Pferde im Schritt führten und sich vorsichtig umsahen, obwohl die Art, wie sie sich laut miteinander unterhielten, die roten Schlitze kreuz und quer über ihren Brustharnischen überaus rechtfertigte. Varek ergriff seine Zügel. Vielleicht könnte eine Eskorte, selbst dieser undisziplinierte Pöbel, den Unterschied bedeuten, ob die dringende Nachricht, die er bei sich trug, Bannergeneral Chianmai erreichte oder nicht.

Schwarze Striche blitzten unter den Bäumen auf und leerten altaranische Sättel. Die Pferde stoben in alle Richtungen davon, wenn ihre Reiter stürzten, und dann waren nur noch ein Dutzend Leichname auf dem feuchten Teppich toten Laubs zu sehen, wobei aus jedem Körper mindestens ein Armbrustpfeil hervorragte. Nichts regte sich. Varek erschauerte wider Willen. Diese Fußsoldaten in ihren blauen Jacken hatten zunächst ungefährlich ausgesehen, aber sie traten niemals ins Freie, sondern verbargen sich in Bodensenken und hinter Bäumen. Sie waren jedoch nicht das schlimmste. Er war sich nach dem panischen Rückzug zu den Schiffen in Falme sicher gewesen, daß er das Schlimmste gesehen hatte, was ihm jemals begegnen könnte: das Ewig Siegreiche Heer in die Flucht geschlagen. Vor weniger als einer halben Stunde hatte er jedoch hundert Taraboner einem einzelnen Mann in einer schwarzen Jacke gegenüberstehen sehen. Einhundert Lanzenträger gegen einen, und die Taraboner waren in Stücke gerissen worden. Sprichwörtlich in Stücke gerissen. Männer und Pferde waren einfach so rasch explodiert, wie er nur zählen konnte. Das Gemetzel war noch weitergegangen, nachdem sich die Taraboner zur Flucht wandten, bis niemand mehr in Sichtweite war. Vielleicht war es wirklich nicht furchtbarer, als wenn der Boden unter den Füßen aufbrach, aber zumindest ließen *Damane* üblicherweise genug von einem Menschen übrig, was man begraben konnte.

Der letzte Mann, mit dem er in diesen Wäldern sprechen konnte, ein ergrauter Veteran aus der Heimat, der einhundert amadicianische Langspießträger anführte, sagte ihm, daß sich Chianmai in dieser Richtung befände. Vor sich erblickte er an Bäume gebundene, reiterlose Pferde und Männer zu Fuß. Vielleicht wußten sie, wo Chianmai zu finden war. Und er würde sie zurechtweisen, weil sie herumstanden, während ein Kampf tobte.

Als er zwischen sie ritt, vergaß er seine Strafpredigt jedoch. Er hatte gefunden, wonach er gesucht hatte, aber absolut nicht das, was er hatte finden wollen. Ein Dutzend schwer verbrannte Leichen lagen in einer Reihe. Eine, das honigbraune Gesicht unberührt, war erkennbar Chianmai. Die Fußsoldaten waren alle Taraboner, Amadicianer und Altaraner. Einige von ihnen waren ebenfalls verletzt. Die einzigen Seanchaner waren eine *Sul'dam* mit starrer Miene und eine weinende *Damane*.

»Was ist geschehen?« fragte Varek. Er glaubte nicht, daß es den Asha'man ähnlich sah, Überlebende zurückzulassen. Vielleicht hatte die *Sul'dam* ihn abgewehrt.

»Wahnsinn, mein Lord.« Ein hoch aufragender Taraboner bedachte den Mann mit einem Achselzucken, über dessen versengten linken Arm Salbe verteilt war. Der Ärmel war bis zum Brustpanzer des Burschen fortgebrannt, aber trotz seiner Verbrennungen verzog er keine Miene. Sein Visier hing nur noch an einer Ecke des mit roten Federn versehenen konischen Helms und gab auf diese Weise ein hartes Gesicht mit dichtem grauem Schnurrbart, der fast seinen Mund verdeckte, frei. Sein Blick war unverschämt direkt. »Eine Gruppe Illianer hat uns ohne Vorwarnung überfallen. Zunächst verlief alles gut, denn sie hatten keine Schwarzjacken bei sich. Lord Chianmai, der uns tapfer anführte, und die ... die Frauen ... lenkten die Macht und ließen Blitze zucken. Dann, gerade als die Illianer aufgeben wollten, fielen auch Blitze zwischen uns.« Er brach mit einem vielsagenden Blick zur *Sul'dam* ab.

Sie sprang sofort auf, schüttelte ihre freie Faust und kam so weit auf den Taraboner zu, wie es die an ihrem anderen Handgelenk befestigte Koppel zuließ. Ihre *Damane* lag weinend und zusammengesunken da. »Ich will die Worte dieses Hundes gegen meine Zakai nicht hören! Sie ist eine gute *Damane*! Eine gute *Damane*!«

Varek versuchte, die Frau durch Gesten zu beruhigen. Er hatte erlebt, wie *Sul'dam* ihre Schützlinge für Missetaten hatten leiden lassen, wie auch einige wenige, welche die Widerspenstigen zu Krüppeln gemacht hatten, aber die meisten würden sogar einem Adligen gegenüber, der ihre *Damane* verleumdete, eine drohende Haltung einnehmen. Dieser Taraboner war *kein* Adliger, und dem Blick der bebenden *Sul'dam* nach zu urteilen, war sie bereit, einen Mord zu begehen. Hätte der Mann seine lächerliche Beschuldigung tatsächlich laut ausgesprochen, hätte sie ihn vielleicht auf der Stelle getötet.

»Die Gebete für die Toten müssen warten«, sagte Varek barsch. Was er vorhatte, brächte ihn in die Hände der Sucher, wenn er scheiterte, aber außer der *Sul'dam* war hier kein Seanchaner übriggeblieben. »Ich übernehme das Kommando. Wir werden uns nach Süden absetzen.«

»Absetzen!« bellte der breitschultrige Taraboner. »Wir werden *Tage* brauchen, um uns *abzusetzen*! Die Illianer kämpfen wie in die Enge getriebene Dachse und die Cairhiener wie eingesperrte Frettchen. Die Tairener sind nicht so schwer zu bekämpfen, wie ich gehört habe, aber da sind auch noch vielleicht ein Dutzend dieser Asha'man. In diesem Tollhaus weiß ich nicht einmal, wo sich drei Viertel meiner Männer befinden!« Durch sein Beispiel ermutigt, begannen auch die übrigen zu protestieren.

Varek ignorierte sie und versagte sich die Frage, was ein ›Tollhaus‹ sei. Er konnte es sich angesichts des dichten Waldes rundum, des Kampflärms und der donnernden Explosionen und Blitze gut vorstellen. »Ihr werdet Eure Männer sammeln und Euch zurückziehen«, sagte er laut und unterbrach somit das Geplapper. »Aber nicht zu rasch. Ihr werdet für Disziplin sorgen.« Mirajs Befehl für Chianmai lautete ›mit größtmöglicher Eile‹ – er hatte ihn sich gemerkt, falls mit der Abschrift in seinen Satteltaschen etwas geschähe –, aber wenn sie hierbei übereilt handelten, bliebe die Hälfte der Männer zurück und würde vom Feind mit Muße in kleine Stücke zerfetzt. »Nun bewegt Euch! Ihr kämpft für die Herrscherin, möge sie ewig leben!«

Letzteres war die Art Ermutigung, wie man sie frisch ausgehobenen Rekruten mit auf den Weg gab, aber aus einem unbestimmten Grund zuckten die Männer wie geschlagen zusammen. Dann verbeugten sie sich rasch und tief, die Hände auf den Knien, und flogen fast zu ihren Pferden. Seltsam. Jetzt war es an ihm, die seanchanischen Einheiten zu finden. Eine dieser Einheiten würde von jemandem befehligt werden, der über ihm stand, dann könnte er seine Verantwortung abgeben.

Die *Sul'dam* lag auf den Knien, strich ihrer noch immer schluchzenden *Damane* übers Haar und sang leise. »Beruhigt sie«, befahl er ihr. *Mit größtmöglicher Eile.* Er glaubte, eine Spur Angst in Mirajs Blick gesehen zu haben. Was könnte Kennar Miraj Angst einjagen? »Ich denke, wir werden uns im Süden auf Euch *Sul'dam* verlassen müssen.« Aber warum ließ sie das erbleichen?

Bashere stand am Waldrand und betrachtete durch das Visier seines Helms stirnrunzelnd, was sich ihm darbot. Sein Kastanienbrauner stupste ihn an der Schulter an. Bashere hielt seinen Umhang gegen den Wind fest geschlossen – eher um jede Bewegung zu vermeiden, die Aufmerksamkeit erregen könnte, als wegen der Kälte, obwohl sie ihm eine Gänsehaut verursachte. Damals in Saldaea hätte er es noch als Frühlingsbrise empfunden, aber Monate in den Südlanden hatten ihn verweichlicht. Kurz vor der Mittagszeit schimmerte die Sonne hell zwischen grauen Wolken hindurch, die rasch über den Himmel zogen. Nur weil man eine Schlacht mit der Sonne im Rücken begann, bedeutete das noch nicht, daß man sie auch in Richtung Westen beendete. Vor ihm lag eine weite Wiese, auf der Herden schwarz-weißer Ziegen das braune Gras abfraßen, ganz so, als tobe keine Schlacht um sie herum. Nicht daß hier im Moment Anzeichen davon zu bemerken gewesen wären. Dennoch konnte man zerfetzt werden, wenn man diese Wiese überquerte. Und zwischen den Bäumen, gleichgültig, ob Wald oder Olivenhaine oder Unterholz, sah man den

Feind nicht immer zwangsläufig, bevor man auf ihn stieß.

»Wenn wir sie überqueren wollen«, murrte Gueyam, während er sich mit einer Hand über seinen kahlen Schädel rieb, »dann sollten wir es jetzt tun. Bei der Wahrheit des Lichts – wir verschwenden Zeit.« Amondrid schloß geräuschvoll den Mund. Wahrscheinlich hatte der mondgesichtige Cairhiener gerade dasselbe sagen wollen, aber er würde einem Tairener erst dann zustimmen, wenn Pferde auf Bäume kletterten.

Jeordwyn Semaris schnaubte. Der Mann hätte sich einen Bart wachsen lassen sollen, um dieses schmale Kinn zu verbergen. Es ließ seinen Kopf wie die Axt eines Försters aussehen. »Ich sage, wir sollten sie umgehen«, murrte er. »Ich habe genug Männer an diese lichtverfluchten *Damane* verloren und …« Er brach mit einem unsicheren Blick zu Rochaid ab.

Der junge Asha'man stand allein, den Mund zusammengepreßt, und betastete die Drachen-Anstecknadel an seinem Kragen. Seinem Blick nach zu urteilen fragte er sich vielleicht, ob es das wert war. Der Junge wirkte jetzt nicht mehr entschlossen, sondern runzelte nur besorgt die Stirn.

Bashere führte sein Pferd am Zügel auf den Asha'man zu und zog ihn beiseite. Rochaid runzelte die Stirn und folgte der Aufforderung dann widerwillig. Der Mann ragte über Bashere auf, was diesen aber nicht kümmerte.

»Kann ich beim nächsten Mal auf Eure Leute zählen?« fragte Bashere, wobei er verärgert an seinem Schnurrbart zog. »Keine Verzögerungen mehr?« Rochaid und seine Burschen schienen stets ausweichend zu antworten, wenn sie sich *Damane* gegenübersahen.

»Ich weiß, was ich tue, Bashere«, knurrte Rochaid. »Töten wir für Euch nicht genug von ihnen? Soweit ich erkennen kann, haben wir es fast geschafft!«

Bashere nickte zögernd, obwohl er mit letzterem nicht einverstanden war. Es waren fast überall noch viele feindliche Soldaten übrig, wenn man genau hinsah. Aber viele *waren* auch tot. Er hatte bei seinen Vorstößen berücksichtigt, was er von den Trolloc-Kriegen wußte, als die Kräfte des Lichts selten auch nur annähernd an die Anzahl heranreichten, denen sie jetzt gegenüberstanden. An den Flanken angreifen und fliehen. Von hinten angreifen und fliehen. Angreifen und fliehen, und wenn der Feind nachsetzte, sich auf dem vorher erwählten Terrain, wo die Legionäre mit ihren Armbrusten warteten, umwenden und ihn bekämpfen, bis es wieder Zeit war zu fliehen. Oder bis er besiegt war. Heute hatte er bereits Taraboner, Amadicianer, Altaraner *und* diese Seanchaner in ihren seltsamen Rüstungen besiegt. Er hatte mehr Feinde sterben sehen als in jedem anderen Kampf seit dem Blutigen Schnee. Aber wo er Asha'man hatte, besaß die Gegenseite jene *Damane*. Ein gutes Drittel seiner Saldaeaner lag tot auf den zurückliegenden Meilen. Fast die Hälfte seiner Streitkräfte war tot, wenn man alle mitrechnete, und es waren immer noch mehr Seanchaner mit ihren verfluchten Frauen dort draußen, wie auch Taraboner, Amadicianer und Altaraner. Sie kamen immer näher heran. Es erschienen immer mehr, wenn er welche besiegt hatte. Und die Asha'man begannen zu … zögern.

Er schwang sich in den Sattel seines Pferdes und ritt zu Jeordwyn und den übrigen zurück. »Wir umgehen die Wiese«, befahl er und ignorierte Jeordwyns Nicken ebenso wie Gueyams und Amondrids finstere Mienen. »Die dreifache Anzahl Kundschafter soll ausschwärmen. Ich will zügig vorangehen, aber ich will über keine *Damane* stolpern.« Niemand lachte.

Rochaid hatte die anderen fünf Asha'man um sich versammelt, von denen nur einer ein Silberschwert am Kragen trug. Beim Aufbruch an diesem Morgen waren noch zwei weitere Asha'man ohne Anstecknadeln dabeigewesen, aber wenn Asha'man wußten, wie man tötete, so wußten es die *Damane* auch. Rochaid schwenkte verärgert die Arme und schien mit ihnen zu streiten. Sein Gesicht war gerötet, ihre Gesichter hingegen ausdruckslos und stur. Bashere hoffte nur, daß Rochaid sie alle davon abhalten konnte zu desertieren. Der heutige Tag hatte genug Verluste gebracht, auch ohne daß sich solche Männer absetzten.

Leichter Regen fiel. Rand betrachtete stirnrunzelnd die dicken schwarzen Wolken, die sich am Himmel sammelten und die blasse Sonne bereits zu verdecken begannen. Jetzt regnete es nur leicht, aber der Regen würde ebenso zunehmen wie diese Wolken! Verärgert betrachtete er wieder die vor ihm liegende Landschaft. Die Schwerterkrone stach in seine Schläfen. Da er die Macht festhielt, breitete sich das Land trotz des Wetters klar vor ihm aus. Hügel fielen ab, einige mit Dickichten oder Olivenbäumen bewachsen, andere mit kargem Gras oder nur felsig und unkrautbestanden. Er glaubte, neben einem Leichnam eine Bewegung gesehen zu haben und dann wieder zwischen den Baumreihen eines Olivenhains auf einem anderen Hügel eine Meile von dem Leichnam entfernt. Aber es nur zu glauben, genügte nicht. Tote Männer lagen auf den zurückliegenden Meilen verstreut, tote Feinde. Auch tote Frauen, wie er wußte, doch er hatte sich von allen Plätzen ferngehalten, an denen *Sul'dam* und *Damane* gestorben waren, hatte sich geweigert, ihre Gesichter zu betrachten. Die meisten glaubten, Haß auf diejenigen sei der Grund, die so viele seiner Gefolgsleute getötet hatten.

Tai'daishar tänzelte einige Schritte auf dem Hügelkamm, bevor Rand ihn mit fester Hand und Kniedruck beruhigte. Es wäre nicht gut, wenn eine *Sul'dam* ihn bei seinem Tun beobachtete. Die wenigen Bäume um ihn herum konnten nicht viel verbergen. Er registrierte vage, daß er keinen einzigen Baum erkannte. Tai'daishar warf den Kopf auf. Um beide Hände frei zu haben, falls der Wallach sich nicht wieder beruhigte, steckte Rand das Drachenszepter in seine Satteltaschen, so daß nur noch das geschnitzte untere Ende hervorsah. Er hätte dem Pferd seine Erschöpfung mit *Saidin* nehmen können, aber er wußte nicht, wie er es mit der Macht zum Gehorsam bringen konnte.

Er verstand nicht, wie der Wallach noch genug Energie aufbringen konnte. *Saidin* erfüllte ihn, brodelte in ihm, aber sein Körper, den er nur vage wahrnahm, wollte vor Erschöpfung zusammenbrechen. Dies war teilweise der reinen Menge an Macht zuzuschreiben, die er heute gelenkt hatte, aber auch der Anstrengung, *Saidin* soweit zu bekämpfen, daß es tat, was er verlangte. *Saidin* mußte stets neu erobert und bezwungen werden, jedoch niemals zuvor so stark wie heute. Die niemals vollständig heilenden Wunden an seiner linken Seite schmerzten.

»Es war ein Versehen, mein Lord«, sagte Adley plötzlich. »Ich schwöre es!«

»Haltet den Mund und paßt auf!« befahl Rand ihm barsch. Adley senkte den Blick einen Moment auf seine Zügel, strich sich dann das Haar aus dem Gesicht und hob gehorsam wieder den Blick.

Saidin hier und heute zu kontrollieren war schwerer denn je, aber es irgendwann loszulassen, konnte den eigenen Tod bedeuten. Adley hatte es losgelassen, und Männer waren in unkontrollierten Feuerstößen gestorben, nicht nur die Amadicianer, auf die er gezielt hatte, sondern auch fast dreißig von Ailils

Waffenträgern und beinahe ebenso viele von Anaiyellas Leuten.

Hätte er nicht einen Fehler begangen, wäre Adley bei Morr gewesen, bei den Gefährten in den Wäldern eine halbe Meile südlich. Narishma und Hopwil befanden sich bei den Verteidigern im Norden. Rand wollte Adley im Auge behalten. Waren außerhalb seines Sichtkreises noch andere ›Versehen‹ passiert? Er konnte nicht ständig alle überwachen. Flinn machte ein äußerst grimmiges Gesicht, und Dashiva schien vor Anstrengung fast zu schwitzen. Er schimpfte noch immer leise vor sich hin, so leise, daß Rand es nicht einmal mit der ihm innewohnenden Macht hören konnte, und wischte sich mit einem spitzengesäumten Leinentaschentuch, das im Laufe des Tages ziemlich schmutzig geworden war, ständig den Regen aus dem Gesicht. Rand glaubte nicht, daß sie Fehler begangen hatten. Auf jeden Fall hielten weder sie noch Adley die Macht jetzt fest. Und sie würden es auch nicht tun, bis er sie anwies, sie zu ergreifen.

»Ist es vollbracht?« fragte Anaiyella hinter ihm.

Ohne darauf zu achten, wer sie vielleicht von dort draußen beobachtete, riß Rand Tai'daishar zu ihr herum. Die Tairenerin zuckte im Sattel zurück, so daß die Kapuze ihres edlen Regenumhangs auf ihre Schultern fiel. Ihre Wange zuckte. Ihre Augen zeigten Angst – oder Haß. Ailil neben ihr hielt mit rot behandschuhten Händen ruhig ihre Zügel fest.

»Was wollt Ihr denn noch?« fragte die kleine Frau mit kühler Stimme. Eine Lady, die höflich zu einem Diener sprach. »Wenn sich die Größe eines Sieges nach der Anzahl der erschlagenen Feinde bemißt, wird Euer Name wohl allein durch den heutigen Tag in die Geschichte eingehen.«

»Ich will die Seanchaner ins Meer treiben!« fauchte Rand. Licht, er *mußte* sie jetzt besiegen, wenn er die

Chance dazu hatte! Er konnte nicht die Seanchaner und die Verlorenen und nur das Licht wußte wen oder was noch gleichzeitig bekämpfen! »Ich habe es schon früher getan, und ich werde es wieder tun!«

Hast du dieses Mal das Horn von Valere in deiner Tasche versteckt? fragte Lews Therin listig. Rand knurrte ihn lautlos an.

»Dort unten ist jemand«, sagte Flinn plötzlich. »Er reitet von Westen hier herauf.«

Rand wendete sein Pferd wieder. Legionäre umstanden die Hänge des Hügels, obwohl sie sich so gut verborgen hielten, daß Rand nur selten einen Blick auf eine blaue Jacke erhaschte. Keiner von ihnen besaß ein Pferd. Wer würde hier herauf reiten …

Basheres Kastanienbrauner trabte den Hang fast so hinauf, als wäre er eine ebene Fläche. Sein Helm hing am Sattel, und er wirkte erschöpft. Er begann ohne Vorrede mit tonloser Stimme zu berichten. »Wir sind hier fertig. Es gehört zum Kampf zu wissen, wann man gehen muß, und jetzt ist es an der Zeit. Ich habe annähernd fünfhundert Tote zurückgelassen. Drei weitere Soldaten habe ich ausgeschickt, um Semaradrid, Gregorin und Weiramon zu suchen und ihnen zu sagen, daß sie sich Euch wieder anschließen sollen. Sie sind wahrscheinlich in keiner besseren Verfassung als ich. Wie sieht *Eure* Bilanz aus?«

Rand ignorierte die Frage. Seine eigenen Toten überstiegen Basheres um fast zweihundert Mann. »Ihr hattet kein Recht, Befehle an die übrigen auszusenden. Solange noch ein halbes Dutzend Asha'man übrig ist – so lange es mich noch gibt! –, genügt das! Ich will den Rest des seanchanischen Heers aufspüren und vernichten, Bashere. Ich werde nicht zulassen, daß sie Tarabon und Amadicia auch noch Altara hinzufügen.«

Bashere strich sich mit verzerrtem Lachen über seinen Schnurrbart. »Ihr wollt sie finden. Seht dort draußen.« Er deutete mit einer behandschuhten Hand über die Hügel im Westen. »Ich kann keinen bestimmten Punkt bezeichnen, aber zehntausend, vielleicht auch fünfzehntausend Mann befinden sich in Sichtweite, auch wenn Ihr sie durch diese Bäume nicht sehen könnt. Ich habe mit dem Dunklen König getanzt, um unbemerkt durch sie hindurchzugelangen. Außerdem befinden sich ungefähr hundert *Damane* dort unten, vielleicht auch mehr. Und es kommen gewiß noch weitere hinzu, und auch weitere Männer. Ihr General hat anscheinend beschlossen, sich auf Euch zu konzentrieren. Es ist vermutlich nicht immer angenehm, ein *Ta'veren* zu sein.«

»Wenn sie dort draußen sind ...«, sagte Rand und betrachtete prüfend die Hügel. Es regnete jetzt stärker. Wo hatte er eine Bewegung gesehen? Licht, er war müde. *Saidin* hämmerte auf ihn ein. Er berührte unbewußt das eingewickelte Bündel unter seinem Steigbügelgurt. Dann ließ seine Hand von allein wieder davon ab. Zehntausend, vielleicht sogar fünfzehntausend ... Wenn Semaradrid und Gregorin und Weiramon zu ihm stießen ... Wichtiger noch war, daß die restlichen Asha'man zu ihm stießen ... »Wenn sie dort draußen sind, werde ich sie vernichten, Bashere. Ich werde sie von allen Seiten angreifen, so wie wir es anfangs geplant hatten.«

Stirnrunzelnd führte Bashere sein Pferd näher an Tai'daishar heran, bis sein Knie fast Rands berührte, während Flinn sein Pferd fortdrängte. Adley war zu sehr darauf konzentriert, durch den Regen zu spähen, um etwas so Nahes zu bemerken, und Dashiva, der sich noch immer unaufhörlich übers Gesicht wischte, sah neugierig zu. Bashere senkte seine Stimme zu einem Murmeln. »Ihr denkt nicht folgerichtig. Es war anfänglich ein guter Plan, aber ihr General kombiniert schnell. Er ließ seine Männer ausschwärmen und nahm unseren Angriffen die Spitze, bevor wir ihn im Aufbruch erwischen konnten. Wir haben ihm zwar Verluste zugefügt, aber jetzt zieht er seine restlichen Kräfte zusammen. Ihr könnt ihn nicht überraschen. Er *will*, daß wir ihn angreifen. Er *wartet* dort draußen auf uns. Ob Asha'man oder nicht – wenn wir diesem Burschen direkt gegenübertreten, werden nur die Geier fett und keiner kommt davon.«

»Niemand stellt sich dem Wiedergeborenen Drachen direkt gegenüber«, grollte Rand. »Das könnten die Verlorenen ihm berichten, wer auch immer er ist. Richtig, Flinn? Dashiva?« Flinn nickte unsicher. Dashiva zuckte zusammen. »Ihr meint also, ich könnte ihn nicht überraschen, Bashere? Schaut her!« Er zog das längliche Bündel unter seinem Steigbügelgurt hervor, löste die Tuchhülle und hörte Keuchen, als Regentropfen auf einem Schwert zu glitzern begannen, das aus Kristall gefertigt schien. *Das Schwert, das kein Schwert ist.* »Dann wollen wir einmal sehen, ob ihn *Callandor* in den Händen des Wiedergeborenen Drachen überrascht, Bashere.«

Rand barg die durchscheinende Klinge in einer Armbeuge und trieb Tai'daishar einige Schritte vorwärts. Es gab keinen Grund dafür. Er hatte von dort keinen besseren Blick. Außer daß … Etwas zog sich über die Oberfläche des Nichts, ein sich windendes schwarzes Gewebe. Er hatte Angst. Als er *Callandor* das letzte Mal benutzt hatte, es *wirklich* benutzt hatte, hatte er versucht, Tote ins Leben zurückzuholen. Er war damals sicher gewesen, alles tun zu können, absolut alles. Wie ein Wahnsinniger, der glaubte, daß er fliegen könnte. Aber er war der Wiedergeborene Drache. Er *konnte* alles tun. Hatte er das nicht immer wieder bewiesen? Er griff durch das Schwert, das kein Schwert ist, nach der Quelle.

Saidin schien in *Callandor* hineinzuspringen, bevor er die Quelle berührte. Das Kristallschwert schimmerte vom Knauf bis zur Schwertspitze in weißem Licht. Er hatte zuvor nur geglaubt, die Macht erfülle ihn. Jetzt hielt er mehr davon fest, als zehn oder auch hundert Männer ohne Unterstützung hätten festhalten können. Er wußte nicht, wie viele. Das Sonnenfeuer versengte seinen Kopf. Die Kälte aller Winter aller Zeitalter fraß sich in sein Herz. Dieser reißende Strom trug den Makel aller Misthaufen der Welt mit sich, die sich in seine Seele entleerten. *Saidin* versuchte noch immer, ihn zu töten, auch den letzten Rest seines Seins fort zu scheuern, fort zu brennen, fort zu frieren, aber er kämpfte, und er überlebte einen weiteren Moment und noch einen Moment und noch einen. Er verspürte das Bedürfnis zu lachen. Er *konnte* alles tun!

Einst hatte er, als er *Callandor* gehalten hatte, eine Waffe gestaltet, die im Stein von Tear Schattengezücht aufspürte und es mit Blitzen tötete. Sicherlich mußte es etwas Ähnliches geben, was er jetzt gegen seine Feinde einsetzen könnte. Aber als er Lews Therin rief, antwortete ihm nur verängstigtes Wimmern, als fürchte diese entkörperte Stimme den Schmerz *Saidins*.

Mit dem flammenden *Callandor* in der Hand – er konnte sich nicht daran erinnern, die Klinge über den Kopf erhoben zu haben – starrte er auf die Hügel, in denen sich seine Feinde verborgen hielten. Die Hügel erschienen jetzt im dichter werdenden Regen grau, und dunkle Wolken schlossen das Sonnenlicht aus. Was hatte er Eagan Padros gesagt?

»Ich bin der Sturm«, flüsterte er – für seine Ohren ein Schrei, ein Brüllen –, und er lenkte die Macht.

Die Wolken über ihm siedeten. Wo sie rußschwarz gewesen waren, wurden sie zur Mitternacht, zum

Herzen der Mitternacht. Er wußte nicht, was er lenkte. Er wußte es trotz Asmodeans Unterweisung häufig nicht. Vielleicht führte Lews Therin ihn, obwohl er wimmerte. Stränge *Saidins* wirbelten über den Himmel, Wind und Wasser und Feuer. Feuer. Der Himmel regnete wahrhaftig Blitze. Einhundert Blitze gleichzeitig, Hunderte blau-weiß gespaltene Schäfte, die überall in Sichtweite abwärts stachen. Die Hügel vor ihm brachen auf. Einige platzten unter dem Ansturm der Blitze auseinander wie zertretene Ameisenhaufen. Flammen sprangen in Dickichten auf, Bäume wurden im Regen zu Fackeln, und Flammen rasten durch Olivenhaine.

Etwas traf ihn schwer und er erkannte, daß er sich mühsam vom Boden aufrappelte. Die Krone war ihm vom Kopf gefallen. *Callandor* schimmerte jedoch noch immer in seiner Hand. Er war sich vage bewußt, daß auch Tai'daishar zitternd aufstand. Also wollten sie einen Gegenangriff auf ihn führen.

Er stieß *Callandor* hoch über den Kopf und schrie ihnen zu: »Greift mich an, wenn Ihr es wagt! Ich *bin* der Sturm! Kommt, wenn Ihr es wagt, Shai'tan! Ich bin der Wiedergeborene Drache!« Tausend zischende Lichtblitze hagelten aus den Wolken.

Etwas schleuderte ihn erneut zu Boden. Er versuchte, sich wieder aufzurappeln. Das noch immer schimmernde *Callandor* lag einen Schritt von seiner ausgestreckten Hand entfernt. Der Himmel wurde von Blitzen zerrissen. Plötzlich erkannte Rand, daß das auf ihm lastende Gewicht Bashere war und daß der Mann ihn schüttelte. Bashere mußte ihn zu Boden geschleudert haben!

»Hört auf!« schrie der Saldaeaner. Aus einem Riß an seinem Kopf lief fächerförmig Blut über sein Gesicht. »Ihr tötet uns, Mann! Hört auf!«

Rand wandte den Kopf, und ein benommener Blick

genügte. Blitze flammten *überall* um ihn herum auf, in *allen* Richtungen. Ein Blitz traf auf dem rückwärtigen Hang auf, wo sich Denharad und die Waffenträger befanden. Schreie von Männern und Pferden ertönten. Anaiyella und Ailil versuchten vergebens, die sich mit wild rollenden Augen aufbäumenden Pferde zu beruhigen. Flinn beugte sich über jemanden, der nicht weit entfernt von einem toten Pferd mit bereits starren Beinen lag.

Rand ließ *Saidin* los. Er ließ es los, aber es floß noch einige Augenblicke in ihn, und Blitze wüteten weiterhin. Der Strom in ihm nahm ab, versiegte und schwand. Schwindel vereinnahmte ihn statt dessen. Drei weitere Herzschläge lang schimmerte *Callandor* auf dem Boden doppelt, und Blitze regneten herab. Dann herrschte bis auf das ansteigende Trommeln des Regens Stille. Und bis auf die Schreie von jenseits des Hügels.

Bashere löste sich langsam von ihm, und Rand stand taumelnd auf und blinzelte, als sich sein Sehvermögen wieder einstellte. Der Saldaeaner beobachtete ihn, wie er vielleicht auch einen tollwütigen Löwen beobachtet hätte, und betastete sein Schwertheft. Anaiyella warf einen Blick auf Rand und brach ohnmächtig zusammen. Ihr Pferd schoß mit schleifenden Zügeln davon. Ailil, die sich noch immer mit ihrem Pferd abmühte, gönnte Rand nur wenige Blicke. Rand beließ *Callandor* für den Moment an seinem Platz. Er war sich nicht sicher, daß er es aufzuheben wagte. Noch nicht.

Flinn richtete sich auf, schüttelte den Kopf und stand dann schweigend da, während Rand wankend hinter ihn trat. Der Regen fiel auf Jonan Adleys blicklose Augen, die sich entsetzt vorwölbten. Jonan war einer der ersten gewesen. Jene Schreie von jenseits des Hügels schienen durch den Regen zu schneiden. Wie viele noch, fragte sich Rand. Unter den Verteidigern? Den Gefährten? Unter ...?

Dichter Regen verbarg die Hügel, in denen das seanchanische Heer lag. Hatte er sie überhaupt getroffen, als er blind zugeschlagen hatte? Oder warteten sie mit all ihren *Damane* noch immer dort draußen? Warteten sie ab, wie viele seiner eigenen Leute er noch für sie töten würde?

»Stellt so viele Wachen auf, wie Ihr für nötig erachtet«, befahl er Bashere. Seine Stimme klang eisenhart. Einer der ersten. Sein Herz war eisenhart. »Wenn Gregorin und die übrigen zu uns stoßen, werden wir so schnell wie möglich dorthin reisen, wo die Karren warten.« Bashere nickte schweigend und wandte sich im Regen ab.

Ich habe verloren, dachte Rand schwerfällig. *Ich bin der Wiedergeborene Drache, aber ich habe zum ersten Mal verloren.*

Plötzlich geriet Lews Therin in Wut, wobei die listigen Seitenhiebe vergessen waren. *Ich bin niemals besiegt worden*, knurrte er. *Ich bin der Herr des Morgens! Niemand kann mich besiegen!*

Rand saß im Regen, drehte die Schwerterkrone in Händen und betrachtete das im Schlamm liegende *Callandor*. Er ließ Lews Therin toben.

Abaldar Yulan weinte, dankbar für den Regen, der die Tränen auf seinen Wangen verbarg. Jemand würde den Befehl geben müssen. Letztendlich würde sich jemand bei der Herrscherin, möge sie ewig leben, entschuldigen müssen, und vielleicht noch eher bei Suroth. Sie waren jedoch nicht der Grund für seine Tränen, und er weinte auch nicht um einen toten Kameraden. Er riß grob einen Ärmel von seiner Jacke und legte ihn über Mirajs starre Augen, damit der Regen nicht darauf träfe.

»Gebt das Signal zum Rückzug«, befahl Yulan und sah die Männer um ihn herum zusammenzucken. Das Ewig Siegreiche Heer hatte an diesen Gestaden zum zweiten Mal eine verheerende Niederlage erlitten, und Yulan glaubte nicht, daß er der einzige war, der weinte.

KAPITEL 6

Eine unwillkommene Rückkehr

Elaida saß hinter ihrem vergoldeten Schreibtisch und betastete die vom Alter nachgedunkelte Elfenbeinschnitzerei eines fremdartigen Vogels mit einem ebenso langen Schnabel wie sein Körper. Einigermaßen belustigt hörte sie den sechs Frauen zu, die auf der anderen Seite des Tisches standen und alle Sitzende ihrer Ajahs waren. Sie sahen einander finster von der Seite an, scharrten mit ihren Samtpantoffeln auf dem hell gemusterten Teppich, der den größten Teil der rotbraunen Bodenfliesen bedeckte, zupften an mit Ranken versehenen Stolen, daß die farbigen Fransen tanzten, und erweckten den Eindruck einer Schar verstockter Dienerinnen, die wünschten, sie hätten den Mut, einander vor ihrer Herrin an die Kehle zu gehen. Eisblumen bedeckten die Fensterscheiben, so daß man den Schnee kaum sehen konnte, den der Wind in eisigem Zorn umherwirbelte. Elaida war es recht warm, und das nicht nur aufgrund der dicken Holzscheite, die in dem weißen Marmorkamin loderten. Ob diese Frauen sich dessen bewußt waren oder nicht – nun, Duhara wußte es gewiß, und die übrigen vielleicht auch –, sie *war* ihre Herrin. Die kunstvolle goldene Kastenuhr, die Cemaile aufgestellt hatte, zeigte die verstreichende Zeit an. Cemailes verschwundener Traum *würde* wahr werden. Die Burg würde ihren Ruhm zurückerlangen und wäre fest in der Hand Elaida do Avriny a'Roihans.

»Es wurde noch nie ein *Ter'angreal* gefunden, mit

dem das Machtlenken einer Frau ›kontrolliert werden‹ kann«, sagte Velina gerade mit kühler und klarer, aber fast mädchenhaft hoher Stimme, die überhaupt nicht zu ihrer Adlerhakennase und den stechenden, schrägstehenden Augen paßte. Sie saß für die Weißen und war abgesehen von ihrer lebhaften Erscheinung auch das genaue Abbild einer Weißen. Selbst ihr einfaches, makelloses Gewand schien starr und kalt. »Nur sehr wenige wurden jemals gefunden, die auch nur annähernd die gleiche Funktion erfüllen. Daher könnte es logischerweise, wenn solch ein *Ter'angreal* gefunden würde, oder auch mehr als eines, so unwahrscheinlich das auch sein mag, nicht genügend viele davon geben, um mehr als höchstens zwei oder drei Frauen zu kontrollieren. Daraus folgt, daß die Berichte über diese sogenannten Seanchaner vollkommen übertrieben sind. Wenn es Frauen an ›Koppeln‹ gibt, können sie unmöglich die Macht lenken. Ich leugne nicht, daß diese Leute Ebou Dar besetzt haben und auch Amador und vielleicht noch weitere Länder, aber diese Berichte sind eindeutig nur eine Schöpfung Rand al'Thors, vielleicht um die Menschen zu ängstigen, damit sie ihm scharenweise zuströmen wie sein Prophet. Es ist einfache Logik.«

»Ich bin sehr froh, daß Ihr zumindest die Nachrichten aus Amador und Ebou Dar nicht leugnet, Velina«, sagte Shevan trocken, und sie konnte tatsächlich *sehr* trocken sein. Die Braune Sitzende war so groß wie die meisten Männer und dazu klapperdürr, und ihr kantiges Gesicht und das lange Kinn machte ihre Lockenpracht nicht vorteilhafter. Sie richtete mit spinnenartigen Fingern ihre Stola und glättete die Röcke aus dunkelgoldenem Samt; ihre Stimme wurde betont belustigt. »Ich fühle mich nicht wohl dabei, Vermutungen anzustellen, was sein kann und was nicht sein kann. Beispielsweise ›wußte‹ vor noch nicht allzu lan-

ger Zeit jedermann, daß nur ein von einer Schwester gewobener Schild eine Frau am Lenken der Macht hindern konnte. Dann kommt ein einfaches Kraut, Gabelwurz – und absolut jedermann kann Euch einen Tee einflößen, der Euch über Stunden der Fähigkeit beraubt, die Macht zu lenken. Das ist vermutlich bei störrischen Wilden und ähnlichen nützlich, aber eine üble kleine Überraschung für jene, die alles zu wissen glauben. Vielleicht lernt als nächstes jemand, wieder *Ter'angreale* zu fertigen.«

Elaida preßte die Lippen zusammen. Sie beschäftigte sich nicht mit Unmöglichem, und wenn es in dreitausend Jahren keiner Schwester gelungen war, das Wissen um die Fertigung von *Ter'angrealen* wiederzuentdecken, würde man es niemals wiederentdecken. Wissen, das ihr durch die Finger rann, wenn sie es festhalten wollte, grämte sie. Trotz all ihrer Bemühungen hatte inzwischen jede letzte Anfängerin in der Burg von der Gabelwurz erfahren, auch wenn niemandem dieses Wissen letztendlich gefiel. Niemandem gefiel es auch, plötzlich jedermann gegenüber verletzlich zu sein, der von den Kräutern wußte und ein wenig heißes Wasser besaß. Das Wissen war schlimmer als Gift, wie die Sitzenden hier deutlich machten.

Bei der Erwähnung des Krautes zeigten Duharas große dunkle Augen in ihrem kupferfarbenen Gesicht Unbehagen, und sie wirkte starrer als üblich. Sedore schluckte tatsächlich, und ihre Finger verkrampften sich um die Ledermappe, die Elaida ihr gereicht hatte, obwohl die rundgesichtige Gelbe normalerweise kühle Eleganz ausstrahlte. Andaya zitterte! Sie zog wahrhaftig ihre mit grauen Fransen versehene Stola krampfhaft um sich.

Elaida fragte sich, was sie wohl täten, wenn sie erführen, daß die Asha'man das Schnelle Reisen wiederentdeckt hatten. Im Moment waren sie kaum in der Lage, überhaupt von ihnen zu sprechen. Es war ihr zumindest gelungen, *dieses* Wissen auf eine Handvoll Menschen zu beschränken.

»Ich denke, wir sollten uns lieber mit dem beschäftigen, was unzweifelhaft feststeht«, sagte Andaya bestimmt, nachdem sie sich wieder unter Kontrolle hatte. Ihr hellbraunes Haar, das sie glänzend gebürstet hatte, fiel ihren Rücken hinab, und ihr mit silbernen Schlitzen versehenes blaues Gewand war in andoranischem Stil geschnitten, aber ihre Sprache war noch immer stark tarabonisch gefärbt. Obwohl sie weder klein noch sonderlich schlank war, erinnerte sie Elaida immer irgendwie an einen Spatz, der gerade auf einen Ast hüpfen will. Eine höchst untypische Unterhändlerin, obwohl sie sich einen guten Ruf erworben hatte. Sie lächelte nicht sehr erfreut in die Runde, und auch das erinnerte an einen Spatz. Vielleicht lag es an der Art, wie sie ihren Kopf hielt. »Reine Spekulation, mit der wertvolle Zeit verschwendet wird. Die Welt hängt an einem seidenen Faden, und ich will keine kostbare Zeit damit verlieren, über Logik zu plaudern oder darüber, was jeder Narr und jede Novizin weiß. Hat jemand etwas Nützliches zu sagen?« Sie konnte für einen Spatz recht bissig werden. Velina wurde rot, und Shevans Gesicht verdüsterte sich.

Rubinde betrachtete die Graue mit geschürzten Lippen. Vielleicht sollte es ein Lächeln sein, aber es war nur verzerrt. Die Mayenerin wirkte mit ihrem rabenschwarzen Haar und den Augen wie Saphiren üblicherweise, als wolle sie eine Steinmauer durchschreiten, und so, wie sie jetzt die Fäuste in die Hüften stemmte, schien sie dazu *überaus* bereit. »Wir haben uns um alles in unserer Macht Stehende gekümmert, Andaya, zumindest um das meiste. Die Aufständischen werden in Murandy vom Schnee aufgehalten, und wir werden ihnen den Winter über so stark zusetzen, daß sie im Frühjahr zurückgekrochen kommen und um Entschuldigung und Buße bitten. Um Tear werden wir uns kümmern, sobald wir herausfinden, wohin der Hochlord Darlin verschwunden ist, und um Cairhien, wenn wir erst Caraline Damodred und Toram Riatin in ihren Verstecken aufgestöbert haben. Al'Thor besitzt im Moment die Krone von Illian, aber auch daran wird gearbeitet. Wenn Ihr also keinen Plan habt, wie man den Mann in die Burg locken oder diese sogenannten ›Asha'man‹ aus der Welt schaffen kann, muß ich mich um die Angelegenheiten meiner Ajah kümmern.«

Andaya richtete sich mit wahrhaft zerzaustem Gefieder auf. Duhara verengte die Augen, denn die Erwähnung von Männern, welche die Macht lenken konnten, erzürnte sie stets. Shevan schnalzte mit der Zunge, als schelte sie unartige Kinder, und Velina runzelte aus einem unbestimmten Grund die Stirn, den ihr gewiß Shevan eingegeben hatte. Es war belustigend, geriet aber außer Kontrolle.

»Die Angelegenheiten der Ajahs sind wichtig, Töchter.« Elaida hob ihre Stimme nicht an, aber aller Köpfe wandten sich ihr ruckartig zu. Sie legte die Elfenbeinschnitzerei zu ihrer restlichen Sammlung in die große, mit Rosen und goldenen Schneckenornamenten verzierte Schachtel und richtete sorgfältig ihre Schreibmappe und den Schreibkasten aus, so daß die lackierte Schachtel die Reihe vollendete, und als die Frauen vollkommen still waren, fuhr sie fort. »Die Angelegenheiten der Burg sind jedoch wichtiger. Ich vertraue darauf, daß Ihr meine Erlasse umgehend befolgt. Ich bemerke in der Burg zuviel Trägheit. Ich fürchte, Silviana wird sehr beschäftigt sein, wenn die Angelegenheiten nicht bald bereinigt sind.« Sie sprach keine weitere Drohung aus. Sie lächelte nur.

»Wie Ihr befehlt, Mutter«, murmelten sechs Stimmen nicht so fest, wie die Schwestern es sich vielleicht gewünscht hätten. Selbst Duharas Gesicht war kränklich bleich, als sie ihren Hofknicks vollführte. Zwei Sitzende hatten ihre Plätze eingebüßt, und ein halbes Dutzend hatte zur Buße tagelangen Arbeitsdienst geleistet, was in ihrer Position erniedrigend war und zudem eine Demütigung des Geistes darstellte. Shevan und Sedore konnten sich gewiß nur allzu gut an das Schrubben der Böden und an die Arbeit in den Wäschereien erinnern, aber keine war bisher zur Demütigung des Fleisches zu Silviana geschickt worden. Niemand wollte das. Die Herrin der Novizinnen erhielt jede Woche zwei oder drei Besuche von Schwestern, denen von ihren Ajahs Buße auferlegt worden war oder die selbst eine Buße auf sich genommen hatten – einige Schläge mit dem Riemen, wie schmerzhaft sie auch sein mochten, waren weitaus schneller vergessen, als wenn man einen Monat lang Gartenwege rechen mußte –, aber Silviana hatte erheblich weniger Mitleid mit den Schwestern als mit den Novizinnen und Aufgenommenen, die ihr unterstanden. Mehr als eine Schwester mußte sich tagelang gefragt haben, ob ein Monat Gartenarbeit nicht doch vorzuziehen gewesen wäre.

Sie hasteten auf die Türen zu in dem Bestreben, rasch fortzukommen. Ob sie nun Sitzende waren oder nicht – keine von ihnen hätte diese Höhen der Burg betreten, ohne von Elaida gerufen worden zu sein. Elaida betastete ihre gestreifte Stola und lächelte überaus erfreut. Ja, sie war die Herrin in der Weißen Burg, wie es für den Amyrlin-Sitz angemessen war.

Bevor die Sitzenden die Türen erreichten, öffnete sich die Tür zur Linken, und Alviarin trat ein. Die schmale weiße Stola der Behüterin der Chroniken über einem Seidengewand, das Velinas fast schmuddelig erscheinen ließ, war fast nicht zu sehen.

Elaida spürte, wie ihr Lächeln schief geriet und zu schwinden begann. Alviarin hielt ein Blatt Pergament in einer schlanken Hand. Seltsam, was man zu einem Zeitpunkt wie diesem bemerkte. Die Frau war seit fast zwei Wochen ohne Nachricht aus der Burg verschwunden. Niemand hatte sie auch nur gehen gesehen, und Elaida hatte begonnen, sich erfreuliche Dinge auszumalen, wie beispielsweise Alviarin in einer Schneeverwehung oder von einem Fluß mitgerissen und zwischen Eisschollen treibend.

Die sechs Sitzenden blieben unsicher stehen, als Alviarin ihnen nicht aus dem Weg ging. Selbst eine Behüterin mit Alviarins Einfluß hielt Sitzende nicht auf, obwohl Velina, für gewöhnlich die selbstbewußteste Frau in der Burg, aus einem unbestimmten Grund zusammenzuckte. Alviarin schaute einmal kühl zu Elaida, betrachtete dann die Sitzenden einen Moment und verstand alles.

»Ich denke, Ihr solltet das mir überlassen«, sagte sie in kühlem Tonfall zu Sedora. »Die Mutter erwägt ihre Erlasse gern sorgfältig, wie Ihr wißt. Dies wäre nicht das erste Mal, daß sie ihre Meinung nach der Unterzeichnung ändert.« Sie streckte eine schlanke Hand aus.

Sedore, deren Hochmütigkeit selbst unter Gelben bemerkenswert war, zögerte kaum, bevor sie ihr die Ledermappe reichte.

Elaida knirschte wütend mit den Zähnen. Sedore haßte sie, seit sie fünf Tage lang bis zu den Ellbogen in heißem Wasser gesteckt und Geschirr geschrubbt hatte. Elaida würde beim nächsten Mal etwas noch Unerfreulicheres für sie finden. Vielleicht doch Silviana. Oder die Reinigung der Abtrittgruben!

Alviarin trat schweigend beiseite, und die Sitzenden gingen davon, während sie ihre Stolen richteten, vor sich hin murrten und mühsam die Würde des Saals wieder annahmen. Alviarin schloß rasch die Tür hinter ihnen und trat zu Elaida, während sie die Papiere in der Mappe durchblätterte. Die Erlasse, die Elaida in der Hoffnung unterzeichnet hatte, daß Alviarin tot sei. Natürlich hatte sie nicht zu sehr darauf vertraut. Sie hatte nicht mit Seaine gesprochen, falls jemand es vielleicht sähe und Alviarin bei ihrer Rückkehr erzählte, aber Seaine war gewiß eifrig bei der Arbeit und folgte dem Pfad des Verrats, der mit Sicherheit zu Alviarin Freidhen führte. Aber Elaida hatte gehofft. Oh, und wie sie gehofft hatte!

Alviarin murmelte vor sich hin, während sie die Mappe durchsah. »Dies kann vermutlich ausgeführt werden. Aber dies nicht. Und dies auch nicht. Und dies gewiß nicht!« Sie zerknüllte einen vom Amyrlin-Sitz unterzeichneten und besiegelten Erlaß und warf ihn verächtlich zu Boden. Sie blieb neben Elaidas vergoldetem Stuhl stehen, in dessen hoher Rückenlehne mit Mondsteinen die Flamme Tar Valons eingelegt war, knallte die Mappe zu und das Pergament auf den Tisch. Und dann schlug sie Elaida so hart ins Gesicht, daß diese schwarze Flecken sah.

»Ich dachte, wir hätten das geklärt, Elaida.« Die Stimme der schrecklichen Frau ließ den Schneesturm draußen noch warm erscheinen. »Ich weiß, wie ich die Burg vor Euren Fehlern bewahren kann, und werde nicht zulassen, daß Ihr hinter meinem Rücken neue Fehler begeht. Wenn Ihr darauf beharrt, seid versichert, daß ich Euch absetzen, dämpfen und vor jedem Neuling und sogar den Dienern unter der Birkenrute jammern lassen werde!«

Elaida gelang es nur mühsam, nicht die Hand an ihre Wange zu heben. Sie brauchte keinen Spiegel, um zu erkennen, daß sie gerötet war. Sie mußte vorsichtig sein. Seaine hatte noch nichts gefunden, sonst wäre sie bereits gekommen. Aber Alviarin könnte vor den Saal treten und die ganze unglückselige Entführung des al'Thor-Jungen enthüllen. Das allein würde schon ausreichen, daß sie abgesetzt, gedämpft und ausgepeitscht würde, Alviarin hatte jedoch noch etwas anderes in der Hand. Toveine Gazal führte fünfzig Schwestern und zweihundert Burgwächter gegen die Schwarze Burg, in der – und dessen war Elaida sich sicher gewesen, als sie die Befehle ausgegeben hatte – vielleicht zwei oder drei Männer die Macht lenken konnten. Aber selbst bei Hunderten dieser Asha'man setzte sie noch Hoffnungen auf Toveine. Die Schwarze Burg würde in Feuer und Blut versinken, hatte sie vorhergesagt, und Schwestern würden auf ihrem Boden wandeln. Das bedeutete gewiß, daß Toveine triumphieren würde. Mehr noch – die übrige Prophezeiung ließ vermuten, daß die Burg unter ihr all ihren früheren Ruhm wiedererlangen und daß al'Thor selbst vor ihrem Zorn erzittern würde. Alviarin hatte die Worte aus Elaidas Mund dringen hören, als die Vorhersage sie übermannte. Doch später hatte sie sich nicht daran erinnert, als sie mit ihrer Erpressung begann, hatte ihr eigenes Verhängnis nicht erkannt. Elaida wartete geduldig. Sie würde es der Frau dreifach heimzahlen! Aber sie konnte warten. Im Moment.

Alviarin versuchte nicht, ihren Hohn zu verbergen. Sie schob die Mappe beiseite und das Blatt Pergament vor Elaida, öffnete den grün-goldenen Schreibkasten, tauchte Elaidas Feder ins Tintenfaß und hielt sie ihr hin. »Unterzeichnet.«

Elaida nahm die Feder und fragte sich, welcher Wahnsinn es wäre, unter den sie ihren Namen setzen sollte. Eine weitere Verstärkung der Burgwache, obwohl die Aufstände niedergeschlagen wären, bevor Soldaten Nutzen brächten? Ein weiterer Versuch, die Ajahs zu zwingen, der Burg zu offenbaren, wer ihnen vorstand? Das war gewiß fehlgeschlagen. Sie las rasch und spürte die eisige Kälte in ihrem Magen.

Die Welt weiß jetzt, daß Rand al'Thor der Wiedergeborene Drache ist. Die Welt weiß, daß er ein Mann ist, der die Eine Macht berühren kann. Solche Männer unterstehen schon seit undenklichen Zeiten der Burg. Dem Wiedergeborenen Drachen wird der Schutz der Burg gewährt, und wer auch immer sich ihm außer durch die Weiße Burg zu nähern versucht, macht sich des Verrats am Licht schuldig und wird jetzt und für immer verbannt. Die Welt möge in dem Wissen Ruhe finden, daß die Burg den Wiedergeborenen Drachen sicher in die Letzte Schlacht und den unvermeidlichen Triumph geleiten wird.

Sie fügte mechanisch und wie benommen ›des Lichts‹ hinter ›Triumph‹ ein, aber dann erstarrte ihre Hand. Es könnte noch angehen, al'Thor als den Wiedergeborenen Drachen anzuerkennen, da er es war, und das könnte wiederum dazu führen, daß viele die Gerüchte glaubten, er habe bereits vor ihr niedergekniet, was sich vielleicht als nützlich erweisen würde, aber was das übrige betraf, konnte sie kaum glauben, daß so viel Unheil in so wenigen Worten enthalten sein konnte.

»Das Licht lasse Gnade walten«, hauchte sie inbrünstig. »Wenn dies verkündet wird, dann wird al'Thor unmöglich davon zu überzeugen sein, daß seine Entführung von uns nicht gutgeheißen war.« Es wäre auch so schon schwer genug, aber sie hatte schon früher erlebt, daß man Menschen davon überzeugen konnte, daß Geschehenes nicht geschehen war, obwohl sie mitten in diesem Geschehen standen. »Und er wird zehnmal wachsamer auf einen weiteren Versuch achten. Alviarin, dies wird bestenfalls einige seiner Gefolgsleute abschrecken. Bestenfalls!« Viele waren wahrscheinlich schon so tief verstrickt, daß sie den Versuch nicht wagen würden, sich zurückzuziehen. Und gewiß nicht, wenn sie glaubten, ihnen drohe bereits die Verbannung! »Ich könnte ebensogut die Burg mit meinen eigenen Händen anzünden wie dies unterschreiben!«

Alviarin seufzte ungeduldig. »Ihr habt doch Euren Katechismus nicht vergessen? Sagt ihn für mich auf, wie ich es Euch gelehrt habe.«

Elaidas Lippen preßten sich von selbst zusammen. Ein Vergnügen in Abwesenheit der Frau – nicht das größte, aber wahrhaft ein Vergnügen – war es gewesen, nicht gezwungen zu sein, jeden Tag diese widerwärtige Litanei zu wiederholen. »Ich werde tun, was mir befohlen wird«, sagte sie schließlich mit tonloser Stimme. Sie war der Amyrlin-Sitz! »Ich werde die Worte aussprechen, die Ihr mir zu sagen befehlt, und nicht mehr.« Ihre Vorhersage verhieß ihren Triumph, aber beim Licht, möge er bald kommen! »Ich werde unterzeichnen, was Ihr mir zu unterzeichnen befehlt, und nichts sonst. Ich gehorche ...« Sie erstickte fast an diesen Worten. »Ich gehorche Eurem Willen.«

»Ihr klingt, als müßtet Ihr an die Wahrhaftigkeit dieser Worte erinnert werden«, sagte Alviarin mit einem weiteren Seufzer. »Ich habe Euch vermutlich zu lange allein gelassen.« Sie tippte mit einem Finger gebieterisch auf das Pergament. »Unterzeichnet.«

Elaida führte die Feder über das Pergament. Sie konnte nicht anders.

Alviarin wartete kaum ab, bis die Federspitze wieder angehoben wurde, bevor sie den Erlaß an sich riß. »Ich werde ihn selbst versiegeln«, sagte sie und eilte zur Tür. »Ich hätte das Siegel der Amyrlin nicht dort belassen sollen, wo Ihr es finden konntet. Ich werde später noch mit Euch sprechen. Ich *habe* Euch zu lange Euch selbst überlassen. Seid hier, wenn ich zurückkomme.«

»Später?« fragte Elaida. »Wann? Alviarin? Alviarin?«

Die Tür schloß sich hinter der Frau, und Elaida blieb wütend zurück. Hier sein, wenn Alviarin zurückkkam! Auf ihre Räume beschränkt wie eine Novizin in der Strafzelle!

Sie spielte eine Zeitlang mit ihrem Schreibkasten, auf dem goldene Falken unter weißen Wolken am blauen Himmel kämpften, konnte sich aber nicht dazu überwinden, ihn zu öffnen. Als Alviarin fort war, hatte sich der Kasten erneut mit wichtigen Briefen und Berichten gefüllt, nicht nur mit den Krumen, die Alviarin ihr sonst zukommen ließ, und doch hätte er nach Rückkehr der Frau ebensogut wieder leer sein können. Elaida erhob sich und richtete die Rosen in ihren weißen Vasen, die auf weißen Marmorsockeln in jeder Ecke des Raums standen. Blaue Rosen – die seltensten.

Sie erkannte jäh, daß sie einen entzwei gebrochenen Rosenstiel in ihrer Hand anstarrte. Ein halbes Dutzend weitere lagen am Boden. Sie stieß einen überraschten Laut aus. Sie hatte sich vorgestellt, daß ihre Hände um Alviarins Kehle lägen. Es war nicht das erste Mal, daß sie daran gedacht hatte, die Frau zu töten, aber Alviarin würde gewiß Vorkehrungen getroffen haben. Es waren zweifellos versiegelte Dokumente, die geöffnet werden sollten, wenn etwas Unvorhergesehenes geschähe, die bei den Schwestern hinterlegt worden waren, an die Elaida als letzte dächte. Das war ihre eine wirkliche Sorge während Alviarins Abwesenheit gewesen, daß noch jemand glauben könnte, die Frau sei tot, und mit dem Beweis herausrücken würde, der ihr die Stola um ihre Schultern nähme. Früher oder später, auf die eine oder andere Art, würde Alviarin jedoch so sicher erledigt sein, wie diese Rosen es waren ...

»Ihr habt auf mein Klopfen nicht geantwortet, Mutter, also kam ich einfach herein«, sagte eine Frau hinter ihr barsch.

Elaida wandte sich um, bereit zu schelten, aber beim Anblick der stämmigen Frau mit dem viereckigen Gesicht und einer roten Stola, die unmittelbar hinter der Tür stehengeblieben war, wich alles Blut aus ihrem Gesicht.

»Die Behüterin sagte, Ihr wolltet mich sprechen«, äußerte Silviana verärgert. »Wegen einer geheimen Buße.« Sie bemühte sich nicht einmal dem Amyrlin-Sitz gegenüber, ihren Abscheu zu verbergen. Silviana hielt geheime Bußen für lächerliche Heuchelei. Buße war eine öffentliche Angelegenheit, nur die Bestrafung geschah im geheimen. »Sie hat mich auch gebeten, Euch an etwas zu erinnern, aber sie eilte davon, ohne mir zu sagen, worum es sich handelte.« Sie beendete ihre Worte mit einem Schnauben. Silviana sah alles, was ihr Zeit für ihre Novizinnen und Aufgenommene raubte, als unnötige Unterbrechung an.

»Ich glaube, ich erinnere mich«, sagte Elaida teilnahmslos.

Als Silviana schließlich ging – nach nur einer halben Stunde, dem Glockenschlag von Cemailes Uhr nach zu urteilen, und doch eine nicht enden wollende Ewigkeit –, hielt nur die Sicherheit der Vorhersage und der Gedanke daran, daß Seaine den Verrat zu Alviarin zurückverfolgen würde, Elaida davon ab, sofort den Saal der Sitzenden zusammenzurufen, um zu fordern, Alviarin die Stola der Behüterin der Chroniken abzunehmen – und die ebenso sichere Tatsache, daß sie selbst in dieser Konfrontation mit Bestimmtheit gestürzt würde, gleichgültig, ob dies auch für Alviarin galt oder nicht. Also lag Elaida do Avriny a'Roihan, die Wächterin der Siegel, die Flamme von Tar Valon, der Amyrlin-Sitz und gewiß die mächtigste Herrscherin der Welt, mit dem Gesicht nach unten auf ihrem Bett und weinte in die Kissen, zu geschwächt, um das Nachthemd anzuziehen, das vergessen auf dem Boden lag. Bei ihrer Rückkehr würde Alviarin gewiß darauf bestehen, daß sie die ganze Befragung über säße. Sie weinte und betete durch ihre Tränen hindurch, daß Alviarins Niedergang bald geschähe.

»Ich habe dir nicht aufgetragen, Elaida ... schlagen zu lassen«, sagte diese Stimme wie Kristallglocken. »Erhebst du dich über dich selbst?«

Alviarin warf sich vor der Frau, die aus Schatten und silbrigem Licht gemacht schien, von den Knien auf den Bauch. Sie ergriff den Saum von Mesaanas Gewand und überhäufte es mit Küssen. Das illusorische Gewebe – das mußte es sein, obwohl sie weder auch nur einen einzigen Faden *Saidar* sehen konnte noch die Fähigkeit, die Macht zu lenken, die sie bei der Frau spürte, die über ihr aufragte – hielt nicht vollständig stand, da sie den Saum des Gewandes hektisch bewegte. Bronzefarbene Seide mit einem schmalen Rand kunstvoll gestickter schwarzer Schneckenverzierungen schimmerten hindurch.

»Ich lebe, um Euch zu dienen und zu gehorchen, Große Herrin«, keuchte Alviarin zwischen Küssen. »Ich weiß, daß ich zu den Untersten der Unteren gehöre, in Eurer Gegenwart ein Nichts bin, und bete nur für Euer Lächeln.« Sie war schon einmal dafür bestraft worden, sich ›über sich selbst erhoben‹ zu haben – nicht für Ungehorsam, dem Großen Herrn der Dunkelheit sei Dank! –, und sie wußte, daß Elaida zu diesem Zeitpunkt nicht halb so laut wehklagen konnte wie sie damals.

Mesaana duldete die Küsse eine Weile und setzte ihnen schließlich ein Ende, indem sie Alviarins Gesicht mit einer Schuhspitze unter dem Kinn anhob. »Der Erlaß ist bekanntgegeben worden.« Es war keine Frage, aber Alviarin antwortete dennoch hastig.

»Ja, Große Herrin. Und Abschriften sind zum Nordhafen und Südhafen gesandt worden, noch bevor ich Elaida unterschreiben ließ. Die ersten Kuriere sind aufgebrochen, und kein Händler wird die Stadt verlassen, ohne Kopien zur Verteilung mitzunehmen.« Mesaana wußte das alles natürlich bereits. Sie wußte alles. Ein Krampf verhärtete Alviarins gekrümmten Nacken, aber sie regte sich nicht. Mesaana würde ihr sagen, wann sie sich bewegen durfte. »Große Herrin, Elaida ist nur eine leere Hülle. Darf ich demütig fragen, ob es nicht besser wäre, wenn wir ohne sie auskämen?« Sie hielt den Atem an. Fragen konnten bei den Auserwählten gefährlich sein.

Ein silbriger Finger mit einem Schattennagel tippte gegen zu einem belustigten Lächeln verzogene Silberlippen. »Wäre es besser, du würdest die Stola der Amyrlin tragen, Kind?« fragte Mesaana schließlich. »Ein geringer Ehrgeiz, der zu dir passen würde, aber alles zu seiner Zeit. Im Moment habe ich eine andere kleine Aufgabe für dich. Trotz all der Mauern, die zwischen den Ajahs entstanden sind, scheinen ihre Anführer sich erstaunlich regelmäßig zu treffen. Zufällig, wie sie vorgeben. Zumindest alle außer den Roten. Schade, daß Galina umkam, sonst könnte sie dir sagen, was sie vorhaben. Es ist wahrscheinlich nichts Wichtiges, aber du wirst herausbekommen, warum sie einander erst öffentlich angreifen und dann heimlich miteinander flüstern.«

»Ich höre und ich gehorche, Große Herrin«, erwiderte Alviarin prompt, dankbar, daß Mesaana es für unwichtig erachtete. Das große ›Geheimnis‹, wer den Ajahs vorstand, war für sie kein Geheimnis – jede Schwarze Schwester war gefordert, dem Obersten Konzil jedes Flüstern in ihrer Ajah weiterzugeben –, aber unter ihnen war nur Galina eine Schwarze gewesen. Das bedeutete, daß man die Schwarzen Schwestern unter den Sitzenden befragen mußte. Das erfor-

derte Zeit und bot nicht die geringste Gewähr für einen Erfolg. Bis auf Ferane Neheran und Suana Dragand, die *mit Sicherheit* Vorsitzende ihrer Ajahs waren, schienen Sitzende nur selten zu wissen, was der Vorstand ihrer Ajah dachte, bis man es ihnen sagte. »Ich werde Euch Nachricht geben, sobald ich etwas erfahre, Große Herrin.«

Aber sie behielt eine Besonderheit für sich. Ob unwichtig oder nicht – Mesaana wußte *nicht* alles, was in der Weißen Burg geschah. Aber Alviarin würde für eine Schwester in bronzefarbenen Röcken mit einem Saum mit schwarzen Schneckenverzierungen die Augen offenhalten. Mesaana verbarg sich in der Burg, und Wissen war Macht.

KAPITEL 7

Ein kleiner Obolus

Seaine durchschritt die Gänge der Burg, und mit jeder Biegung nahm das Gefühl der Verwirrung zu. Die Weiße Burg war zugegebenermaßen sehr groß, aber sie lief schon stundenlang durch die Gänge. Sie sehnte sich in ihre eigenen Räume. Trotz der geschlossenen Fensterflügel zog es in den breiten, mit Wandteppichen behangenen Korridoren, so daß die Kandelaber flackerten. Der kalte Windhauch war schwer zu ignorieren, wenn er unter ihre Röcke wehte. Ihre Räume waren warm und behaglich – und sicher.

Dienerinnen vollführten Hofknickse, und Diener verbeugten sich, wenn sie vorüberging. Doch sie wurden nur halbwegs bemerkt. Die meisten Schwestern befanden sich in den Quartieren ihrer Ajahs, und jene wenigen, die sich außerhalb davon aufhielten, taten dies mit wachsamem Stolz, häufig zu zweit, stets zwei derselben Ajah, die Stolen über die Arme gebreitet und wie Banner dargeboten. Seaine lächelte und nickte Talene erfreut zu, aber die statuenhafte, goldhaarige Sitzende erwiderte ihren Blick hart, eine aus Eis gehauene Schönheit, und schritt dann davon, während sie an ihrer mit grünen Fransen versehenen Stola zupfte.

Es war jetzt zu spät, sich Talene mit dem Anliegen zu nähern, daß sie sich an ihrer Suche beteiligen sollte, selbst wenn Pevara einverstanden gewesen wäre. Pevara riet zu äußerster Vorsicht, und um die Wahrheit zu sagen, war Seaine gerne bereit, unter den gegebenen Umständen zuzuhören. Nur war Talene eine Freundin – oder vielmehr eine Freundin gewesen.

Aber Talene war nicht die Schlimmste. Mehrere gewöhnliche Schwestern zeigten ihre Verachtung offen. Einer Sitzenden gegenüber! Natürlich war darunter keine Weiße, aber das sollte keinen Unterschied machen. Gleichgültig, was in der Burg vor sich ging, sollte der Anstand gewahrt bleiben. Juilaine Madome, eine große, anziehende Frau mit kurzgeschnittenem schwarzem Haar, die erst seit weniger als einem Jahr einen Sitz für die Braune Ajah innehatte, fegte ohne ein Wort der Entschuldigung an ihr vorbei und ging mit ihrem typischen unweiblichen Schritt davon. Saerin Asnobar, eine weitere Braune Sitzende, sah Seaine finster an und betastete den gebogenen Dolch, den sie stets in ihrem Gürtel trug, bevor sie in einem Seitengang verschwand. Saerin war Altaranerin, und die weißen Strähnen an ihren dunklen Schläfen betonten eine schmale, vom Alter verblaßte weiße Narbe auf einer olivfarbenen Wange. Nur ein Behüter konnte ebenso finster dreinblicken wie sie.

Vielleicht war all dies zu erwarten gewesen. Es hatte in letzter Zeit einige unglückselige Vorfälle gegeben, und keine Schwester würde es vergessen, wenn sie eher unzeremoniell aus den Gängen in der Nähe der Quartiere anderer Ajahs vertrieben wurde, und noch viel weniger das, was manchmal noch damit einherging. Gerüchte besagten, daß mehr als nur die Würde einer Sitzenden – einer Sitzenden! – durch die Roten verletzt wurde, wenn auch nicht erwähnt wurde, um wen es sich handelte. Schade, daß der Saal Elaidas wahnsinnigen Erlaß nicht aufhalten konnte, aber nachdem sich zunächst eine Ajah und dann eine weitere auf die neuen Vorrechte gestürzt hatten, waren nur wenige Sitzende bereit, sie jetzt wieder aufzugeben, und das Ergebnis war eine beinahe in zwei bewaffnete Lager gespaltene Burg. Seaine hatte einst gedacht, die Luft in der Burg sei wie ein zitternder, brodelnder Dunst aus Mißtrauen und Verleumdung. Jetzt war sie ein zitternder, brodelnder Dunst mit beißender Schärfe.

Sie schnalzte verärgert mit der Zunge und richtete ihre mit weißen Fransen versehene Stola, während Saerin verschwand. Es gab keinen Grund zusammenzuzucken, nur weil eine Altaranerin finster dreinblickte – selbst Saerin würde nicht weitergehen –, und es war noch unvernünftiger, sich über etwas zu sorgen, was sie nicht ändern konnte, wenn sie eine Aufgabe hatte.

Und dann, nach all ihrer Sucherei an diesem Morgen, tat sie nur einen einzigen weiteren Schritt und sah ihre gesuchte Beute auf sich zukommen. Zerah Dacan war ein schlankes, schwarzhaariges Mädchen mit stolzer, angemessen selbstbewußter Haltung und allem äußeren Anschein nach von den in diesen Tagen die Burg durchströmenden Spannungen unberührt. Nun, sie war eigentlich kein Mädchen mehr, aber Seaine war sich sicher, daß sie ihre mit weißen Fransen versehene Stola noch keine fünfzig Jahre trug. Sie war jedenfalls eher unerfahren, was hilfreich sein könnte.

Zerah machte keinerlei Anstalten, einer Sitzenden ihrer eigenen Ajah aus dem Weg gehen zu wollen und beugte respektvoll den Kopf, als Seaine neben sie trat. Die Ärmel ihres weißen Gewandes wiesen kunstvolle goldene Stickerei auf, die auch ein breites Band um ihren Rock säumte. Es war ungewöhnlich viel Stickerei für die Weiße Ajah. »Sitzende«, murmelte sie. Zeigten ihre blauen Augen eine Spur von Besorgnis?

»Ich brauche Euch für etwas«, sagte Seaine ruhiger, als ihr zumute war. Höchstwahrscheinlich spiegelten sich ihre eigenen Empfindungen in Zerahs großen Augen wider. »Kommt mit mir.« Es stand nichts zu befürchten, nicht im Herzen der Weißen Burg, aber es war überraschend mühsam, die Hände unverkrampft in Hüfthöhe zu falten.

Wie erwartet – und erhofft – ging Zerah fügsam mit. Sie schritt recht anmutig neben Seaine aus, als sie breite Marmortreppen und gewundene Rampen hinabstiegen, und runzelte nur leicht die Stirn, als Seaine eine Tür im Parterre zu schmalen Stufen öffnete, die sich spiralförmig in die Dunkelheit hinabwanden.

»Nach Euch, Schwester«, sagte Seaine und ließ durch das Lenken der Macht eine kleine Lichtkugel erscheinen. Dem Protokoll nach hätte sie der anderen Frau vorangehen sollen, aber sie konnte sich nicht dazu überwinden.

Zerah zögerte nicht, hinabzusteigen, schließlich hatte sie von einer Weißen Sitzenden nichts zu befürchten. Seaine würde ihr sagen, was sie von ihr wollte, wenn die Zeit reif war, und es würde nichts sein, was sie nicht tun könnte. Unverständlicherweise rebellierte Seaines Magen. Licht, sie hielt *Saidar* fest und die andere Frau nicht. Zerah war in jedem Fall schwächer. Es stand nichts zu befürchten, was ihren unruhigen Magen allerdings nicht tröstete.

Sie stiegen beständig abwärts an Türen vorbei, die zu immer tiefer liegenden Kellergeschossen führten, bis sie das unterste Geschoß erreichten, das noch unter der Ebene lag, wo die Aufgenommenen geprüft wurden. Der dunkle Gang wurde nur von Seaines kleinem Licht beleuchtet. Sie hielten ihre Röcke gerafft, aber ihre Schuhe wirbelten kleine Staubwolken auf, auch wenn sie vorsichtig ausschritten. Einfache Holztüren säumten die glatten Felswände, viele davon mit vollkommen verrosteten Scharnieren und Schlössern.

»Sitzende«, fragte Zerah schließlich mit einem zweifelnden Unterton, »was wollt Ihr hier unten? Ich glaube nicht, daß in den letzten Jahren jemand so weit herabgestiegen ist.«

Seaine war sich sicher, daß ihr eigener Besuch vor wenigen Tagen hier unten der erste seit mindestens einem Jahrhundert gewesen war. Das war einer der Gründe, warum sie und Pevara dieses Geschoß erwählt hatten. »Geht einfach hier hinein«, sagte sie und öffnete eine Tür, die sich nur leicht quietschend bewegte. Kein noch so großzügig angewendetes Öl hätte all den Rost lösen können, und der Versuch, die Macht dazu zu verwenden, war fehlgeschlagen. Sie konnte besser mit der Macht Erde umgehen als Pevara, aber das besagte nicht viel.

Zerah trat ein und blinzelte überrascht. In einem ansonsten leeren Raum saß Pevara hinter einem massiven, wenn auch eher wackeligen Tisch, der von drei schmalen Bänken umstanden war. Es war schwierig gewesen, diese wenigen Gegenstände unbemerkt hier herab zu bringen – besonders, wenn man Dienern nicht trauen konnte. Weitaus einfacher, wenn auch nicht angenehmer war es gewesen, den Staub zu beseitigen und den Staub draußen im Gang wieder zur Ruhe zu bringen, was nach jedem Besuch nötig gewesen war.

»Ich wollte es schon aufgeben, hier in der Dunkelheit zu sitzen«, grollte Pevara. Das Schimmern *Saidars* umgab sie, als sie eine Laterne neben dem Tisch aufhob und sie mit der Macht entzündete, wodurch der ehemalige Lagerraum mit den rauhen Wänden angemessen beleuchtet wurde. Die ein wenig rundliche Rote Sitzende wirkte gereizt. »Wir wollen Euch einige Fragen stellen, Zerah.« Sie schirmte die Frau ab, während Seaine die Tür schloß.

Zerahs im Schatten liegendes Gesicht blieb äußerst ruhig, aber sie schluckte hörbar. »Worüber, Sitzende?« Die Stimme der jungen Frau zitterte leicht, was jedoch einfach an der Stimmung in der Burg liegen konnte.

»Über die Schwarze Ajah«, erwiderte Pevara knapp. »Wir wollen wissen, ob Ihr eine Schattenfreundin seid.«

Erstaunen und Zorn vertrieben Zerahs Ruhe. Die meisten hätten dies als glaubhaftes Leugnen verstanden, auch ohne daß sie noch wütend hervorstieß: »Das muß ich mir von Euch nicht bieten lassen! Ihr Roten habt jahrelang falsche Drachen aufgestellt! Wenn Ihr mich fragt, braucht Ihr nicht über die Quartiere der Roten hinaus zu schauen, um Schwarze Schwestern zu finden!«

Pevaras Gesicht verdüsterte sich vor Zorn. Ihre Treuezugehörigkeit ihrer Ajah gegenüber war stark, was selbstverständlich war, schlimmer war jedoch, daß sie ihre gesamte Familie an die Schattenfreunde verloren hatte. Seaine beschloß einzugreifen, bevor Pevara zu brutaler Gewalt überging. Sie hatten keinen Beweis. Noch nicht.

»Setzt Euch, Zerah«, sagte sie so freundlich wie möglich. »Setzt Euch, Schwester.«

Zerah wandte sich zur Tür, als wollte sie den Befehl einer Sitzenden – noch dazu ihrer eigenen Ajah! – vielleicht mißachten, aber schließlich ließ sie sich steif ganz am Rand einer der Bänke nieder.

Noch bevor Seaine einen Platz eingenommen hatte, der Zerah zwischen sie brachte, legte Pevara die elfenbeinfarbene Eidesrute auf die verwitterte Tischplatte. Seaine seufzte. Sie waren Sitzende, die unbestreitbar das Recht besaßen, jedes von ihnen gewünschte *Ter'angreal* zu benutzen, aber sie war diejenige gewesen, die es entwendet hatte, denn für sie war es notgedrungen ein Entwenden, da sie keine der angebrachten Vorgehensweisen beachtet hatte. Im Grunde war sie sich die ganze Zeit über sicher gewesen, sie würde die seit langem verstorbene Sereille Bagand hier vorfinden, bereit, sie am Ohr ins Studierzimmer der Herrin der Novizinnen zu schleifen. Ein unsinniger, deswegen aber nicht weniger realer Gedanke.

»Wir wollen sichergehen, daß Ihr die Wahrheit sagt«, erklärte Pevara, die noch immer gereizt klang, »so daß Ihr einen Eid schwören werdet, woraufhin ich Euch erneut fragen werde.«

»Ich sollte dem nicht unterzogen werden«, sagte Zerah mit anklagendem Blick zu Seaine, »aber ich werde alle Eide erneut leisten, wenn das nötig ist, um Euch zufriedenzustellen. Und ich werde hinterher von Euch *beiden* eine Entschuldigung fordern.« Sie klang kaum wie eine abgeschirmte Frau, der eine solche Frage gestellt wurde. Sie griff fast verächtlich nach der schmalen, einen Fuß langen Rute, die im trüben Licht der Laterne schimmerte.

»Ihr werdet schwören, uns beiden vollkommen zu gehorchen«, befahl Pevara ihr, woraufhin die Hand zurückzuckte wie vor einer zusammengerollten Natter. Pevara fuhr ungerührt fort und schob die Rute sogar mit zwei Fingern noch näher an die Frau heran. »Auf diese Weise können wir Euch befehlen, wahrheitsgemäß zu antworten und sicher sein, daß Ihr es tut. Und wenn Ihr die falsche Antwort gebt, können wir sicher sein, daß Ihr gehorsam sein und uns dabei helfen werdet, Eure Schwarzen Schwestern aufzuspüren. Die Rute kann auch dazu benutzt werden, Euch von dem Eid zu befreien, wenn Ihr die richtige Antwort gebt.«

»Zu *befreien* …?« rief Zerah aus. »Ich habe noch niemals davon gehört, daß jemand von einem Eid auf die Eidesrute *befreit* worden wäre.«

»Darum haben wir alle diese Vorkehrungen getroffen«, belehrte Seaine sie. »Eine Schwarze Schwester muß logischerweise in der Lage sein zu lügen, was bedeutet, daß sie zumindest von diesem Eid und wahrscheinlich von allen drei Eiden befreit worden sein muß. Pevara und ich haben es ausprobiert und festgestellt, daß die Prozedur der Eidesleistung sehr ähnlich ist.« Sie erwähnte jedoch nicht, wie schmerzhaft es gewesen war, so daß sie beide geweint hatten. Sie erwähnte auch nicht, daß Zerah nicht von ihrem Eid befreit würde, wie auch immer ihre Antwort lautete, nicht bevor die Suche nach der Schwarzen Ajah abgeschlossen wäre. Sie konnten es beispielsweise nicht zulassen, daß sie davonliefe und sich über diese Befragung beschwerte, was sie fast sicher täte – mit jedem Recht, wenn sie nicht der Schwarzen Ajah angehörte. Wenn.

Licht, Seaine wünschte, sie hätten eine Schwester einer anderen Ajah gefunden, welche die von ihnen gesetzten Kriterien erfüllt hätte. Eine Grüne oder eine Gelbe wären gut gewesen. Sie waren in ihren besten Zeiten hochmütig, und in letzter Zeit …! Nein. Sie würde nicht der sich in der Burg verbreitenden Krankheit zum Opfer fallen. Und doch konnte sie nicht verhindern, daß ihr Namen von Schwestern in den Sinn kamen – ein Dutzend Grüne und doppelt so viele Gelbe –, deren jede einzelne schon lange überfällig war, einige Stufen herabgesetzt zu werden. Eine Sitzende verachten?

»Ihr habt Euch von einem der Eide *befreit*?« Zerah klang zugleich bestürzt, angewidert und voller Unbehagen. Eine vollkommen vernünftige Reaktion.

»Und wir haben ihn erneut geleistet«, murrte Pevara ungeduldig. Sie riß die Rute hoch und lenkte ein wenig der Macht Geist in ein Ende, während sie Zerahs Schild aufrecht hielt. »Unter dem Licht, ich schwöre, kein Wort zu äußern, das nicht der Wahrheit entspricht. Unter dem Licht, ich schwöre, keine Waffe für einen Menschen zu gestalten, damit er einen anderen damit töte. Unter dem Licht, ich schwöre, die eine Macht, außer gegen Schattengezücht oder als letzte Verteidigung meines Lebens, des Lebens meines Behüters oder das einer anderen Schwester, nicht als Waffe zu gebrauchen.« Sie verzog bei Erwähnung des Behüters nicht das Gesicht, was den Roten neu verbundene Schwestern häufig taten. »Ich bin keine Schattenfreundin. Ich hoffe, das stellt Euch zufrieden.« Sie zeigte Zerah die Zähne, aber es war schwer zu sagen, ob es ein Lächeln oder eine Drohung war.

Seaine sprach die Eide nach, wobei sie einen leichten Druck von der Kopfhaut bis zu den Fußsohlen verspürte. In Wahrheit war der Druck nur schwer zu bemerken, da sich ihre Haut von der Zurücknahme des Eides gegen das Lügen noch immer zu fest anfühlte. Zu behaupten, daß Pevara einen Bart hatte oder daß die Straßen von Tar Valon mit Käse gepflastert wären, war eine Zeitlang erheiternd – sogar Pevara hatte gekichert –, aber das jetzige Unbehagen kaum wert gewesen. Ihr war der Versuch nicht wirklich nötig erschienen. Es mußte logischerweise so sein. Ihre Zunge hatte Mühe, es auszusprechen, daß sie keine Schwarze war – es war scheußlich, auch nur daran zu denken –, aber sie reichte Zerah die Eidesrute mit einem nachdrücklichen Nicken.

Die schlanke Frau regte sich auf ihrer Bank und wandte die glatte weiße Rute in den Fingern, wobei sie krampfhaft schluckte. Das fahle Laternenlicht verlieh ihr ein kränkliches Aussehen. Sie schaute mit geweiteten Augen von Pevara zu Seaine, schloß dann die Hände fest um die Rute und nickte.

»Genauso, wie ich es Euch vorgesagt habe«, grollte Pevara und lenkte erneut die Macht Geist in die Rute, »sonst werdet Ihr schwören, bis Ihr es richtig macht.«

»Ich schwöre, Euch beiden vollkommen zu gehorchen«, sagte Zerah mit angespannter Stimme und erschauderte dann, als der Eid sich ihrer bemächtigte. »Befragt mich über die Schwarze Ajah.« Ihre Hände zitterten beim Halten der Rute. »Befragt mich über die Schwarze Ajah!« Ihre Heftigkeit gab Seaine die Antwort, noch bevor Pevara den Strang Geist losließ und die Frage stellte, wobei sie äußerste Wahrheit forderte. »Nein!« Zerah schrie es geradezu heraus. »Nein, ich gehöre nicht der Schwarzen Ajah an. Und jetzt nehmt diesen Eid von mir! Befreit mich!«

Seaine sank betrübt zusammen und stützte die Ellbogen auf den Tisch. Sie hatte gewiß nicht *gewollt*, daß Zerah gestanden hätte, aber sie war sich sicher gewesen, daß sie nach so vielen Wochen des Suchens eine Lügnerin gefunden hätte. Wie viele Wochen Suche lagen noch vor ihnen? Und wie lange müßte sie noch vom Aufwachen bis zum Schlafengehen über ihre Schulter sehen? Wenn sie überhaupt schlafen konnte.

Pevara richtete anklagend einen Finger auf die Frau. »Ihr habt einigen Leuten erzählt, Ihr kämt aus dem Norden.«

Zerahs Augen weiteten sich erneut. »Das stimmt«, sagte sie zögernd. »Ich bin das Ufer des Erinin nach Jualdhe hinab geritten. Jetzt befreit mich von diesem Eid!«

Seaine sah sie stirnrunzelnd an. »An Eurer Satteldecke wurden Golddornsamen und rote Kletten gefunden, Zerah. Golddorn und rote Kletten sind hundert Meilen *südlich* von Tar Valon zu finden.«

Zerah sprang auf, und Pevara fauchte: »Setzt Euch!«

Die Frau ließ sich geräuschvoll auf die Bank fallen, aber sie zuckte nicht einmal zusammen. Sie zitterte. Nein, sie bebte. Sie hatte den Mund fest geschlossen, sonst hätten ihre Zähne, wie Seaine sicher annahm, gewiß geklappert. Licht, die Frage des Nordens oder Südens ängstigte sie stärker als die Anschuldigung, eine Schattenfreundin zu sein. »Woher seid Ihr aufge-

brochen?« fragte Seaine zögernd. »Und warum …?«
Sie hatte fragen wollen, warum die Frau einen Umweg
gemacht hatte – was sie eindeutig getan hatte –, nur
um zu verbergen, aus welcher Richtung sie gekommen war, aber die Antworten brachen bereits aus
Zerah hervor.

»Aus Salidar«, wimmerte sie. Es gab keine andere
Bezeichnung dafür. Noch immer die Eidesrute um-
klammernd, wand sie sich auf der Bank. Tränen liefen
aus ihren Augen, die stark geweitet und auf Pevara
fixiert waren. Worte strömten hervor, obwohl ihre
Zähne jetzt wahrhaftig klapperten. »Ich b-bin g-ge-
kommen, um s-sicherzugehen, daß alle Schwestern
hier über die R-Roten und Logain Bescheid wissen,
damit sie Elaida a-absetzen und die B-Burg wieder
heil werden kann.« Sie brach mit einem Wehklagen
zusammen, während sie die Rote Sitzende mit einem
zum Schrei geöffneten Mund anstarrte.

»Nun gut«, sagte Pevara und wiederholte dann
grimmiger: »Nun gut!« Ihr Gesicht wirkte vollkommen gefaßt, und das Glitzern in ihren dunklen Augen
spiegelte nichts von dem Übermut wider, an den
Seaine sich von der Zeit als Novizin und Aufgenommene her erinnerte. »Also seid Ihr die Quelle dieses …
Gerüchts. Ihr werdet vor den Saal treten und die Lüge
enthüllen! Gesteht die Lüge ein, Mädchen!«

Waren Zerahs Augen zuvor schon geweitet, so traten sie jetzt regelrecht hervor. Die Rute entfiel ihren
Händen und rollte über die Tischplatte, während sie
ihre Kehle umklammerte. Plötzlich drang ein erstick-
ter Laut aus ihrem Mund. Pevara starrte sie entsetzt
an, aber Seaine verstand jäh.

»Bei der Gnade des Lichts!« keuchte sie. »Ihr müßt
nicht lügen, Zerah!« Zerah bewegte die Beine unter
dem Tisch, als versuche sie aufzustehen, könne jedoch
die Füße nicht unter Kontrolle bekommen. »Sagt es

ihr, Pevara. Sie glaubt, es sei wahr! Ihr habt ihr befohlen, die Wahrheit zu sagen *und* zu lügen. Seht mich nicht so an! Sie glaubt es!« Eine Spur Blau erschien auf Zerahs Lippen. Ihre Lider flatterten. Seaine rang um Ruhe. »Pevara, Ihr habt den Befehl gegeben, also müßt auch Ihr ihn wieder zurücknehmen, sonst wird sie vor unseren Augen ersticken.«

»Sie ist eine *Aufständische.*« Pevara belegte dieses Wort mit der größtmöglichen Geringschätzung. Aber dann seufzte sie. »Sie steht jedoch noch nicht vor Gericht. Ihr müßt nicht … lügen … Mädchen.« Zerah stürzte vornüber, lag mit einer auf die Tischplatte gepreßten Wange da und rang wimmernd nach Luft.

Seaine schüttelte verwundert den Kopf. Sie hatten die Möglichkeit *widerstreitender* Eide nicht bedacht. Was wäre, wenn die Schwarze Ajah den Eid gegen das Lügen nicht einfach fortnahm, sondern durch einen ihrer eigenen Eide ersetzte? Was wäre, wenn sie alle drei durch eigene Eide ersetzten? Sie und Pevara müßten sehr vorsichtig vorgehen, wenn sie eine Schwarze Schwester fänden, sonst würde sie ihnen tot zusammenbrechen, noch bevor sie wußten, worum es sich bei dem Konflikt handelte. Vielleicht sollte zunächst eine Entsagung von allen Drei Eiden erfolgen – es gab keine Möglichkeit, vorsichtiger damit umzugehen, ohne zu wissen, was Schwarze Schwestern schworen –, gefolgt von der Wiederaufnahme der Drei Eide? Licht, der Schmerz, von allem gleichzeitig losgelöst zu werden, würde dem Schmerz einer Befragung kaum nachstehen. Aber ein Schattenfreund verdiente das und mehr. Wenn sie jemals einen fanden.

Pevara schaute ohne das leiseste Anzeichen von Mitleid auf die keuchende Frau hinab. »Wenn sie wegen Rebellion vor Gericht steht, beabsichtige ich, über sie zu Gericht zu sitzen.«

»Wenn sie vor Gericht gestellt *wird*, Pevara«, sagte

Seaine nachdenklich. »Es wäre schade, wenn wir die Unterstützung einer Frau verlören, von der wir wissen, daß sie keine Schattenfreundin ist. Und da sie *tatsächlich* eine Aufständische ist, brauchen wir uns keine allzu großen Sorgen darüber zu machen, sie zu benutzen.« Es hatte zahlreiche Streitgespräche über den zweiten Grund, den neuen Eid zu belassen, gegeben, die zu keinem Ergebnis geführt hatten. Eine dem Gehorsam verschworene Schwester konnte unterworfen werden – Seaine regte sich unbehaglich, denn dies klang der verbotenen Scheußlichkeit des Zwangs zu ähnlich –, sie konnte dazu *bewegt* werden, bei der Jagd zu helfen, solange es einem nichts ausmachte, sie zu zwingen, die Gefahr auf sich zu nehmen, ob sie es wollte oder nicht. »Ich kann mir nicht vorstellen, daß sie nur eine schicken würden«, fuhr sie fort. »Zerah, wie viele von Euch sind gekommen, um diese Geschichte zu verbreiten?«

»Zehn«, murmelte die Frau gegen die Tischplatte, richtete sich dann jäh auf und blickte sich trotzig um. »Ich werde meine Schwestern nicht verraten! Ich würde niemals ...!« Sie brach jäh ab und verzog verbittert die Lippen, als sie erkannte, daß sie das gerade getan hatte.

»Namen!« bellte Pevara. »Nennt mir ihre Namen, oder ich werde Euch hier und jetzt die Haut abziehen!«

Namen drangen von Zerahs unwilligen Lippen, gewiß eher auf den Befehl als auf die Drohung hin. Als Seaine jedoch Pevaras grimmige Miene betrachtete, war sie sich sicher, daß diese nur den geringsten Anlaß brauchte, um Zerah wie eine beim Stehlen ertappte Novizin zu bestrafen. Sie selbst empfand seltsamerweise nicht die gleiche Feindseligkeit. Abscheu, ja, aber eindeutig nicht so stark. Die Frau war eine Aufständische, die dabei geholfen hatte, die Weiße Burg zu spalten, wenn eine Schwester doch alles auf sich nehmen mußte, um die Burg heil zu erhalten, und doch ... Sehr seltsam.

»Einverstanden, Pevara?« fragte sie, als die Liste abgeschlossen war. Die eigensinnige Frau nickte als Zustimmung nur heftig. »Sehr gut. Zerah, Ihr werdet Bernaile heute nachmittag in meine Räume bringen.« Es waren die Namen zweier weiterer Angehöriger jeder Ajah, ausgenommen der Blauen und der Roten, genannt worden, aber es war besser, mit der anderen Weißen zu beginnen. »Ihr werdet nur sagen, daß ich sie in einer privaten Angelegenheit sprechen möchte, und sie weder durch Worte noch Taten noch aus Versehen warnen. Dann werdet Ihr still beiseite treten und Pevara und mich alles Nötige tun lassen. Ihr werdet zu einem wertvolleren Nutzen herangezogen werden, als Euer fehlgeleiteter Aufstand es ist, Zerah.« Natürlich war er fehlgeleitet. Gleichgültig, wie wahnsinnig Elaida durch die Macht geworden war. »Ihr werdet uns helfen, die Schwarze Ajah zu vernichten.«

Zerah nickte mit gequälter Miene bei jedem ausdrücklichen Befehl unfreiwillig, aber bei der Erwähnung einer Jagd nach der Schwarzen Ajah keuchte sie. Licht, ihr Verstand mußte durch das, was sie gerade durchgemacht hatte, vollkommen durcheinandergeraten sein!

»Und Ihr werdet aufhören, diese ... Geschichten zu verbreiten«, wandte Pevara streng ein. »Von diesem Moment an werdet Ihr die Rote Ajah und falsche Drachen nicht mehr in einem Atemzug nennen. Habe ich mich verständlich ausgedrückt?«

Zeras Gesicht wurde zu einer Maske mürrischen Eigensinns. Zerahs Mund sagte: »Ich habe verstanden, Sitzende.« Sie wirkte bereit, aus reiner Enttäuschung erneut zu weinen.

»Geht mir jetzt aus den Augen«, befahl Pevara und

ließ Schild und *Saidar* zusammen·los. »Und faßt Euch! Wascht Euch das Gesicht und richtet Euer Haar!« Letzteres wurde an den Rücken der Frau gewandt gesprochen, die bereits vom Tisch aufgesprungen war. Zerah mußte die Hände von ihrem Haar lösen, um die Tür zu öffnen. Als sich die Tür quietschend hinter ihr geschlossen hatte, schnaubte Pevara. »Ich hätte es ihr durchaus zugetraut, so zerzaust zu Bernaile zu gehen, um sie auf diese Weise zu warnen.«

»Ein stichhaltiger Gesichtspunkt«, räumte Seaine ein. »Aber wen werden wir warnen, wenn wir diese Frauen finster ansehen? Wir werden bestenfalls Aufmerksamkeit erregen.«

»So wie die Dinge liegen, Seaine, würden wir nicht einmal Aufmerksamkeit erregen, wenn wir sie kreuz und quer über das Burggelände träten.« Pevara klang, als wäre das eine erstrebenswerte Vorstellung. »Sie sind *Aufständische*, und ich beabsichtige, sie so hart heranzunehmen, daß sie verraten, wenn eine von ihnen auch nur einen falschen Gedanken hegt!«

Sie sprachen dieses Thema immer wieder durch. Seaine beharrte darauf, daß es genügte, wenn sie ihre Befehle sorgfältig überdächten und keine Schlupflöcher ließen. Pevara wies darauf hin, daß sie zehn – zehn! – Rebellen ungestraft durch die Gänge der Burg schreiten ließen. Seaine meinte, sie *würden* schließlich bestraft werden, und Pevara grollte, daß es schließlich nicht bald genug wäre. Seaine hatte die Willenskraft der anderen Frau stets bewundert, aber in Wahrheit war es manchmal nur reiner Eigensinn.

Ein leises Quietschen eines Scharniers war die einzig nötige Warnung, damit Seaine die Eidesrute rasch auf ihren Schoß nahm und sie in den Falten ihrer Röcke verbarg, als sich die Tür weit öffnete. Sie und Pevara umarmten die Quelle fast gleichzeitig.

Saerin betrat ruhig den Raum, eine Laterne in der

Hand, und machte Talene den Weg frei, der wiederum mit einer zweiten Laterne die kleine Yukiri folgte, wie auch die jungenhaft schlanke Doesine, die für eine Cairhienerin groß war. Letztere schloß fest die Tür und lehnte sich dann dagegen, als wollte sie jedermann am Gehen hindern. Vier Sitzende, die alle in der Burg verbliebenen Ajahs repräsentierten. Sie ignorierten anscheinend die Tatsache, daß Seaine und Pevara *Saidar* festhielten. Der Raum fühlte sich für Seaine plötzlich überfüllt an. Einbildung, gewiß, aber ...

»Es ist seltsam, Euch beide zusammen zu sehen«, sagte Saerin. Ihre Miene wirkte vielleicht heiter, aber sie strich mit den Fingern das Heft des gebogenen Dolchs hinter ihrem Gürtel entlang. Sie hatte ihren Sitz schon seit vierzig Jahren inne, länger als jedermann sonst im Saal, und jedermann hatte es gelernt, sich vor ihrer Gereiztheit in acht zu nehmen.

»Dasselbe könnten wir von Euch sagen«, erwiderte Pevara trocken. Saerins Gereiztheit konnte *sie* niemals aus der Fassung bringen. »Oder seid Ihr hier herab gekommen, um Doesine zu helfen, etwas von ihrem Selbst zurückzuerlangen?« Trotz ihrer vornehmen Haltung ließ plötzliche Röte das Gesicht der Gelben noch mehr wie das eines hübschen Jungen aussehen und vermittelte Seaine, welche Sitzende sich den Quartieren der Roten mit unerfreulichem Ausgang zu weit genähert hatte. »Ich hätte jedoch nicht gedacht, daß Euch dies zusammenführen würde. Grüne an den Kehlen der Gelben, Braune an denen der Grauen. Oder habt Ihr sie einfach zu einem stillen Duell hier herab gebracht, Saerin?«

Seaine suchte hastig nach einem Grund, *warum* diese vier so tief in das Fundament Tar Valons hinabgestiegen waren. Was konnte sie verbinden? Ihre Ajahs – *alle* Ajahs – gingen einander wahrhaft an die Kehlen. Allen vieren waren Bußen von Elaida auferlegt worden. Keine Sitzende konnte Gefallen an Arbeit finden, besonders wenn jedermann genau wußte, warum sie die Böden oder Töpfe schrubbte, aber das bewirkte wohl kaum einen Bund. Was war es sonst? Keine war adlig geboren. Saerin und Yukiri waren die Töchter von Gastwirten und Talene die Tochter eines Bauern, während Doesines Vater ein Messerschmied gewesen war. Saerin war zunächst von den Töchtern des Schweigens ausgebildet worden, die einzige von ihnen, welche die Stola erlangt hatte. Plötzlich kam Seaine ein Gedanke, der ihre Kehle trocken werden ließ. Saerin mit ihrem oft ungezügelten Temperament. Doesine, die als Novizin tatsächlich dreimal davongelaufen war, obwohl sie nur ein einziges Mal bis zu den Brücken gekommen war. Talene, die vielleicht mehr Bußen als jede andere Novizin in der Geschichte der Burg verdient hätte. Yukiri, die Graue, die stets als letzte mit ihren Schwestern übereinstimmte, wenn sie einen anderen Weg gehen wollte – und übrigens auch die letzte, die sich dem Urteil des Saals anschloß. Alle vier wurden in gewisser Weise als Aufständische angesehen, und Elaida hatte jede einzelne gedemütigt. Konnten sie glauben, einen Fehler begangen zu haben, indem sie Siuan abgesetzt und Elaida erhoben hatten? Konnten *sie* die Angelegenheit mit Zerah und den übrigen herausgefunden haben? Und wenn dem so war – was beabsichtigten sie zu tun?

Seaine bereitete sich geistig darauf vor, *Saidar* zu weben, obwohl sie keine große Hoffnung hegte, entkommen zu können. Pevara kam Saerin und Yukiri in ihrer Stärke gleich, aber sie selbst war schwächer als alle hier außer Doesine. Sie machte sich bereit, doch Talene trat vor und zerschmetterte alle ihre Schlußfolgerungen.

»Yukiri hat Euch beide zusammen umherschleichen sehen, und wir wollten wissen, warum.« Ihre überraschend tiefe Stimme klang trotz ihrer eisigen Miene gereizt. »Haben die Anführerinnen Eurer Ajahs Euch eine geheime Aufgabe übertragen? In der Öffentlichkeit bekämpfen sie sich schlimmer als alle anderen, aber sie haben sich anscheinend heimlich zu Beratungen zusammengefunden. Was auch immer sie planen – der Saal hat ein Recht, es zu erfahren.«

»Oh, gebt auf, Talene.« Yukiris Stimme war stets eine noch größere Überraschung als Talenes. In ihrer dunkel silberfarbenen Seide mit elfenbeinfarbener Spitze wirkte die Frau wie eine Königin in Miniatur, aber sie klang wie eine zufriedene Frau vom Lande. Sie behauptete, dieser Kontrast sei bei Verhandlungen hilfreich. Sie lächelte Seaine und Pevara an, eine Herrscherin, die sich vielleicht unschlüssig war, wieviel Gnade sie walten lassen sollte. »Ich habe Euch beide herumschnüffeln sehen wie Frettchen im Hühnerstall«, sagte sie, »aber ich habe den Mund gehalten, bis Talene hysterisch darauf reagierte, wer sich da wohl in die Ecken drückte. Ich habe es selbst auch bemerkt, und ich vermute, daß einige dieser Frauen ihre Ajahs ebenfalls anführen könnten, so daß ... Manchmal ergeben sechs und sechs ein Dutzend, und manchmal ergibt es ein Durcheinander. Sagt es uns jetzt, wenn Ihr es wißt. Der Saal hat ein Recht, es zu erfahren.«

»Wir gehen nicht, ehe Ihr es uns gesagt habt«, warf Talene noch gereizter als zuvor ein.

Pevara schnaubte und verschränkte die Arme. »Wenn die Anführerin meiner Ajah mir überhaupt etwas gesagt hätte, sähe ich keine Veranlassung, Euch davon zu erzählen. Was Seaine und ich besprachen, hat zufälligerweise nichts mit den Roten oder den Weißen zu tun. Also schnüffelt woanders herum.« Aber sie ließ *Saidar* nicht los. Seaine ebenfalls nicht.

»Es war vollkommen sinnlos, und ich habe es, verdammt noch mal, gewußt«, murrte Doesine von ihrem

Platz an der Tür aus. »Warum habe ich nur zugelassen, daß Ihr mich hier hineinzieht ...« Manchmal sprach sie wie ein Junge, dem man den Mund auswaschen sollte.

Seaine wäre aufgestanden und gegangen, wenn sie nicht befürchtet hätte, daß ihre Knie nachgäben. Pevara stand tatsächlich auf und blickte mit einer ungeduldig gewölbten Augenbraue zu der Frau zwischen ihr und der Tür.

Saerin betastete ihr Dolchheft, sah sie spöttisch an und regte sich keinen Fingerbreit. »Ein Rätsel«, murmelte sie. Ohne Vorwarnung trat sie vor und griff mit ihrer freien Hand so schnell auf Seaines Schoß, daß diese keuchte. Sie versuchte, die Eidesrute verborgen zu halten, aber sie erreichte nur, daß Saerin die Rute plötzlich mit einer Hand in Hüfthöhe hielt, während sie selbst das andere Ende und eine Faustvoll ihrer Röcke umklammerte. »Ich liebe Rätsel«, bemerkte Saerin.

Seaine ließ los und richtete ihr Gewand. Sie schien keine andere Wahl zu haben.

Das Auftauchen der Rute bewirkte kurzzeitige Aufregung, als fast alle gleichzeitig sprachen.

»Blut und Feuer«, grollte Doesine. »Erhebt Ihr hier unten verdammte neue Schwestern?«

»Oh, laßt sie in Ruhe, Saerin«, sagte Yukiri lachend. »Was auch immer sie vorhaben, geht nur sie etwas an.«

Talene bellte unmittelbar darauf: »Warum sonst schleichen sie ständig zusammen umher, wenn es nichts mit den Anführerinnen der Ajahs zu tun hat?«

Saerin hob eine Hand und erreichte kurz darauf wieder Ruhe. Alle Anwesenden waren Sitzende, aber sie hatte im Saal das Recht, zuerst zu sprechen, und auch vierzig Jahre zählten etwas. »Das ist wohl der Schlüssel zu dem Rätsel«, sagte sie und strich mit dem

Daumen über die Rute. »Warum nach allem dies?«
Plötzlich umgab das Schimmern *Saidars* auch sie, und
sie lenkte die Macht Geist in die Rute. »Unter dem
Licht, ich werde kein unwahres Wort äußern. Ich bin
keine Schattenfreundin.«

In dem folgenden Schweigen hätte sogar das Niesen
einer Maus laut geklungen.

»Habe ich recht?« fragte Saerin und ließ die Macht
los. Sie hielt Seaine die Rute hin.

Seaine leistete den Eid gegen das Lügen zum dritten
Mal und wiederholte zum zweiten Mal, daß sie nicht
der Schwarzen Ajah angehörte. Pevara tat es ihr mit
starrer Würde und mit adlerscharfem Blick gleich.

»Das ist doch lächerlich«, sagte Talene. »Es *gibt*
keine Schwarze Ajah.«

Yukiri nahm die Rute von Pevara entgegen und
lenkte die Macht. »Unter dem Licht, ich werde kein
unwahres Wort äußern. Ich gehöre nicht der Schwarzen Ajah an.« Das sie umgebende Licht *Saidars* erlosch, und sie reichte Doesine die Rute.

Talene runzelte angewidert die Stirn. »Verzichtet
darauf, Doesine. Ich werde diese widerliche Vorstellung nicht weiter mitmachen.«

»Unter dem Licht, ich werde kein unwahres Wort
äußern«, sagte Doesine fast ehrfürchtig, wobei das sie
umgebende Schimmern an einen Strahlenkranz erinnerte. »Ich gehöre nicht der Schwarzen Ajah an.«
Wenn es um ernste Angelegenheiten ging, sprach sie
so exakt, wie es sich eine Herrin der Novizinnen nur
wünschen konnte. Sie streckte Talene die Rute entgegen.

Die blonde Frau wich davor zurück wie vor einer
giftigen Schlange. »Allein das zu fordern kommt
einer Verleumdung gleich. Etwas Schlimmerem als
einer Verleumdung!« Ein wilder Ausdruck trat in
ihre Augen. Vielleicht war es unsinnig, so etwas zu

denken, aber genau das kam Seaine in den Sinn. »Jetzt geht mir aus dem Weg«, forderte Talene mit aller Autorität einer Sitzenden in der Stimme. »Ich gehe!«

»Das glaube ich nicht«, sagte Pevara bedächtig, und Yukiri nickte gemächlich zustimmend. Saerin strich nicht mehr über ihr Dolchheft. Sie ergriff es so fest, daß ihre Knöchel weiß wurden.

Toveine Gazal mühte sich zu Pferde durch den tiefen Schnee Andors und verfluchte den Tag ihrer Geburt. Klein und ein wenig rundlich, mit glatter, kupferfarbener Haut und langem, glänzenden dunklen Haar, war sie vielen im Laufe der Jahre hübsch erschienen, aber niemand hatte sie jemals als schön bezeichnet, was auch jetzt gewiß niemand tun würde. Die dunklen Augen, die einst offen dreingeblickt hatten, bohrten sich jetzt in alles, was sie jemals betrachtete, sofern sie nicht wütend war. Heute war sie wütend. Und wenn Toveine wütend war, flohen sogar Schlangen.

Vier weitere Rote ritten hinter ihr, und dahinter wiederum zwanzig Angehörige der Burgwache in dunklen Jacken und Umhängen. Keinem der Männer gefiel es, daß ihre Rüstungen auf den Pferden verstaut waren, und sie beobachteten den beide Seiten der Straße säumenden Wald, als erwarteten sie jeden Moment einen Angriff. Toveine konnte sich nicht vorstellen, wie sie mit ihren Jacken und Umhängen mit der hell schimmernden Flamme von Tar Valon dreihundert Meilen quer durch Andor gelangen sollten, ohne bemerkt zu werden. Die Reise war jedoch fast zu Ende. Noch einen, vielleicht auch zwei Tage zu Pferde auf den mit kniehohem Schnee bedeckten Straßen, und sie würden mit neun ähnlichen Gruppen wie ihrer eigenen zusammentreffen. Leider waren nicht alle Schwestern dieser Gruppen Rote, aber das beunruhigte sie nicht allzu sehr. Toveine Gazal, einst eine Sitzende für die Roten, würde als die Frau in die Geschichte eingehen, die diese *Schwarze* Burg vernichtet hatte.

Sie war sich sicher, daß Elaida glaubte, aus Exil und Ungnade befreit, sei sie dankbar für die Gelegenheit, sich zu bewähren. Höhnisch lächelte sie auf eine Art, die vielleicht sogar einen Wolf erschreckt hätte. Was vor zwanzig Jahren getan worden war, war notwendig gewesen, und das Licht verdamme all jene, die behaupteten, die Schwarze Ajah müsse damit zu tun gehabt haben. Es war notwendig und richtig gewesen, aber Toveine Gazal war von ihrem Sitz im Saal vertrieben und gezwungen worden, unter der Birkenrute um Gnade zu winseln, während die versammelten Schwestern und sogar Novizinnen und Aufgenommene zusahen und Zeugen wurden, daß auch Sitzende dem Gesetz unterworfen waren, obwohl man ihnen nicht sagte, welchem Gesetz. Und dann war sie die letzten zwanzig Jahre zum Arbeiten auf den abgelegenen Hof der Herrin Jara Doweel geschickt worden, eine Frau, die eine Aes Sedai, die im Exil Buße tat, nicht anders ansah als jeden anderen sich in Sonne und Schnee abplagenden Arbeiter. Toveines Hände an den Zügeln wurden unruhig. Sie konnte die Schwielen spüren. Herrin Doweel – sie konnte selbst jetzt noch nicht an die Frau denken, ohne ihren Titel zu erwähnen – glaubte an harte Arbeit. Und auch an so strenge Disziplin, wie sie jede Novizin halten mußte! Sie kannte keine Gnade mit jemandem, der sich vor der rückenbrecherischen Arbeit, die sie auch selbst verrichtete, zu drücken versuchte, und absolut keine Gnade mit einer Frau, die sich davonschlich, um sich mit einem hübschen Jungen zu vergnügen. So hatte Toveines Leben während der letzten zwanzig Jahre ausgesehen. Elaida hingegen war leichthin zum Amyrlin-Sitz gelangt, den Toveine einst für sich selbst erträumt hatte. Nein, sie war nicht dankbar. Aber sie hatte gelernt, auf ihre Stunde zu warten.

Plötzlich preschte ein Reiter, ein großer Mann in einer schwarzen Jacke, dessen dunkles Haar ihm bis auf die Schultern fiel, aus dem Wald vor ihr auf die Straße, wobei Schnee aufstob. »Es hat keinen Sinn zu kämpfen«, verkündete er bestimmt und hob eine behandschuhte Hand. »Ergebt Euch friedlich, dann wird niemandem etwas geschehen.«

Es waren weder seine Erscheinung noch seine Worte, was Toveine dazu brachte, ihr Pferd jäh zu zügeln, während sich die anderen Schwestern um sie versammelten. »Ergreift ihn«, sagte sie ruhig. »Aber Ihr solltet Euch besser verbinden. Er schirmt mich ab.« Anscheinend war einer dieser Asha'man zu ihr gekommen. Wie zuvorkommend von ihm.

Plötzlich erkannte sie, daß nichts geschah, und sie wandte ihren Blick von dem Burschen ab, um Jenare finster anzusehen. Das blasse, kantige Gesicht der Frau schien vollkommen blutleer. »Toveine«, sagte sie unsicher. »Ich bin auch abgeschirmt.«

»Ich ebenfalls«, keuchte Lemai ungläubig, und die anderen stimmten zunehmend entsetzt mit ein. Sie waren alle abgeschirmt.

Weitere Männer in schwarzen Jacken erschienen rund um sie herum zwischen den Bäumen, die Pferde langsam vorantreibend. Toveine hörte bei fünfzehn auf zu zählen. Die Wachen murrten verärgert und erwarteten den Befehl einer Schwester. Sie wußten jedoch nichts, außer daß eine Bande Schurken ihnen aufgelauert hatte. Toveine schnalzte verärgert mit der Zunge. Diese Männer vermochten natürlich nicht alle die Macht zu lenken, aber anscheinend standen ihr alle Asha'man gegenüber, die es konnten. Sie bewahrte Ruhe. Im Gegensatz zu einigen der Schwestern in ihrer Begleitung waren dies nicht die ersten Männer, welche die Macht lenken konnten, denen sie gegenüberstand. Der große Mann ritt lächelnd auf sie zu und glaubte offenbar, sie wäre seiner lächerlichen Aufforderung gefolgt.

»Auf meinen Befehl hin«, sagte sie leise, »werden wir in alle Richtungen ausbrechen. Sobald Ihr weit genug fort gelangt seid, daß der Mann den Schild losläßt, kehrt Ihr um und helft den Wachen. Macht Euch bereit.« Dann rief sie: »Wächter, bekämpft sie!«

Die Wächter stürmten brüllend vorwärts, schwenkten ihre Schwerter und beabsichtigten zweifellos, die Schwestern zu beschützen. Toveine riß ihr Pferd nach rechts, grub ihm die Fersen in die Flanken und kauerte sich tief über seinen Hals, während sie zwischen den erschreckten Wächtern und dann zwischen zwei sehr jungen Männern in schwarzen Jacken hindurch preschte, die sie erstaunt anstarrten. Dann war sie bereits in den Wald gelangt und trieb ihr Pferd im hohen Schnee noch weiter an, ohne daran zu denken, daß sich die Stute ein Bein brechen könnte. Sie mochte das Tier, aber heute würde mehr als ein Pferd sterben. Hinter ihr erklangen Schreie und eine Stimme, welche die ganze Kakophonie übertönte. Die Stimme des großen Mannes.

»Ergreift sie lebend, wie es der Wiedergeborene Drache befohlen hat! Wenn Ihr einer Aes Sedai Schaden zufügt, werdet Ihr Euch vor mir verantworten müssen!«

Wie es der Wiedergeborene Drache befohlen hat. Toveine empfand zum ersten Mal Angst, wie einen Eiszapfen, der sich durch ihre Eingeweide wand. Der Wiedergeborene Drache. Sie peitschte mit den Zügeln auf den Hals ihres Pferdes ein. Sie war noch immer abgeschirmt! Gewiß hatte sie inzwischen genügend viele

Bäume zwischen sich und den verfluchten Mann gebracht, daß er sie nicht mehr sehen konnte! Oh, Licht, der Wiedergeborene Drache!

Sie stöhnte, als etwas sie an der Taille traf – ein Ast, wo kein Ast war –, und sie aus dem Sattel riß. Sie hing da und sah ihr Pferd so schnell davonpreschen, wie der Schnee es nur zuließ. Sie hing tatsächlich da. Mitten in der Luft, die Arme an den Seiten gefangen, die Füße einen Schritt über dem Boden baumelnd. Sie schluckte schwer. Es mußte der männliche Teil der Macht sein, der sie festhielt. Sie war niemals zuvor von *Saidin* berührt worden. Sie fühlte ein dickes enges Band um ihre Taille und glaubte, den Makel des Dunklen Königs spüren zu können. Sie zitterte und mußte sich bezwingen, nicht zu schreien.

Der große Mann verhielt sein Pferd vor ihr, und sie schwebte seitwärts vor ihn auf den Sattel. Er schien jedoch nicht besonders interessiert an der Aes Sedai, die er gefangengenommen hatte. »Hardlin!« rief er. »Norley! Kajima! Einer von Euch verdammten jungen Tölpeln sofort hierher!«

Er war sehr groß und hatte Schultern von der Breite eines Axtgriffs – so hätte Herrin Doweel ihn beschrieben –, mittleren Alters und auf einfache Art gutaussehend. Überhaupt nicht wie die hübschen Burschen, die Toveine so mochte, eifrig und dankbar und so leicht um den Finger zu wickeln. Ein Silberschwert zierte den hohen Kragen seiner schwarzen Tuchjacke auf einer Seite und ein merkwürdiges Wesen in goldenem und rotem Emaille auf der anderen. Er war ein Mann, der die Macht lenken konnte. Und er hatte sie abgeschirmt und gefangengenommen.

Der Schrei, der sich ihrer Kehle entrang, erschreckte sogar sie selbst. Sie hätte ihn zurückgehalten, wenn es ihr möglich gewesen wäre, aber dann drang ein weiterer, noch schrillerer Schrei hervor und noch einer und noch einer. Sie trat wild um sich und warf sich von einer Seite auf die andere. Es nützte gegen die Macht nichts. Sie wußte das, aber nur in einem kleinen Bereich ihres Seins. Ihr restliches Ich schrie aus vollem Halse, heulte wortlose Bitten um Rettung vor dem Schatten heraus. Sie kämpfte schreiend wie ein wahnsinniges Tier.

Sie war sich dumpf der Tatsache bewußt, daß sein Pferd scheute, als ihre Fersen gegen seine Schulter trommelten. Dann hörte sie den Mann dumpf sprechen. »Ruhig, du schwerfälliger Sack Kohle! Beruhige dich, Schwester. Ich werde nicht ... Ruhig, du lahmes Maultier! Licht! Verzeiht, Schwester, aber so wird es uns beigebracht.« Und dann küßte er sie.

Sie hatte nur einen Herzschlag lang Zeit zu erkennen, daß seine Lippen die ihren berührten, dann schwand ihre Sicht, und Wärme durchflutete sie. Mehr als Wärme. Sie wurde innerlich zu geschmolzenem Honig, zu brodelndem Honig, der fast kochte. Sie war eine Harfensaite, die immer schneller, bis zur Unsichtbarkeit schnell vibrierte. Sie war eine dünne Kristallvase, die fast bis zum Bersten klang. Die Harfensaite riß, die Vase barst.

»Aaaaaaaaaaaaaaaaaah!«

Zunächst erkannte sie nicht, daß dieser Laut aus ihrem weit geöffneten Mund drang. Sie konnte einen Moment nicht zusammenhängend denken. Sie starrte keuchend in das männliche Gesicht über ihr und fragte sich, wem es gehörte. Ja, der große Mann. Der Mann, der die Macht lenken konnte ...

»Ich hätte es lieber ohne diesen kleinen Obolus geschafft«, seufzte er und tätschelte seinem Pferd den Hals. Das Tier schnaubte, scheute jedoch nicht mehr. »Aber es war vermutlich dennoch nötig. Seid ruhig. Versucht nicht zu entkommen, greift keine Männer in schwarzen Jacken an, und berührt die

Quelle nicht, wenn ich es Euch nicht erlaube. Nun, wie heißt Ihr?«

Wenn er es nicht erlaubte? Wie unverschämt der Mann war! »Toveine Gazal«, sagte sie und blinzelte. Warum hatte sie ihm geantwortet?

»Da seid Ihr ja«, sagte ein anderer Mann mit einer schwarzen Jacke und führte sein Pferd durch den Schnee zu ihnen. Dieser würde ihr viel besser gefallen – zumindest wenn er nicht auch die Macht lenken könnte. Sie bezweifelte, daß dieser Bursche mit den rosigen Wangen sich häufiger als zweimal in der Woche rasieren mußte. »Licht, Logain!« rief der hübsche Junge aus. »Habt Ihr eine *zweite* gebunden? Das wird dem M'Hael nicht gefallen! Es gefällt ihm schon nicht, wenn wir eine an uns binden! Aber vielleicht ist es auch nicht wichtig, da Ihr beide Euch so nahesteht.«

»Nahe, Vinchova?« fragte Logain verzerrt. »Wenn es nach dem M'Hael ginge, würde ich mit den neuen Jungen Rüben hacken. Oder unter dem Feld begraben werden«, fügte er so leise hinzu, daß Toveine den Eindruck hatte, er wollte nicht, daß er gehört würde.

Wieviel er auch gehört haben mochte – der hübsche Junge lachte ungläubig. Toveine hörte ihn kaum. Sie schaute zu dem über ihr aufragenden Mann hoch. Logain. Der falsche Drache. Aber er war tot! Gedämpft und tot! Jetzt hielt er sie nachlässig vor sich im Sattel fest. Warum schrie sie nicht oder prügelte auf ihn ein? Selbst ihr Gürteldolch würde aus dieser Nähe genügen. Und doch verspürte sie überhaupt kein Bedürfnis, nach dem Elfenbeinheft zu greifen. Sie erkannte, daß sie es tun könnte. Dieses Band um ihre Taille war fort. Sie könnte sich zumindest vom Pferd gleiten lassen und versuchen zu … Sie verspürte ebensowenig ein Bedürfnis danach.

»Was habt Ihr mit mir gemacht?« fragte sie ruhig. Zumindest war es ihr gelungen, Ruhe zu bewahren!

Logain wandte sein Pferd, um zur Straße zurückzureiten, und erzählte ihr dann, was er getan hatte. Sie legte ihren Kopf an seine breite Brust, ungeachtet seiner Größe, und weinte. Sie schwor sich, daß sie Elaida hierfür bezahlen lassen würde. Wenn Logain es jemals zuließe, würde sie es ihr heimzahlen. Letzteres war ein besonders bitterer Gedanke.

KAPITEL 8

Der Vertrag

Min saß mit gekreuzten Beinen auf einem üppig vergoldeten Stuhl mit hoher Rückenlehne und versuchte, sich in die ledergebundene Ausgabe von Herid Fels *Vernunft und Unvernunft* zu versenken, die geöffnet auf ihren Knien lag. Es war nicht leicht. Oh, das Buch selbst war faszinierend. Meister Fels Schriften führten sie stets in eine Gedankenwelt, die sie sich nicht hätte träumen lassen, als sie noch in den Ställen arbeitete. Sie bedauerte den Tod des gütigen alten Mannes sehr. Sie hoffte, in seinen Büchern einen Hinweis darauf zu finden, warum er getötet worden war. Ihre dunklen Locken schwangen, als sie den Kopf schüttelte und sich wieder auf den Text zu konzentrieren versuchte.

Das Buch war faszinierend, aber die Umgebung bedrückte sie. Rands kleiner Thronraum im Sonnenpalast war über und über mit Gold verziert, von den breiten Simsen bis zu den hohen Spiegeln an den Wänden, die jene ersetzten, die Rand zerschmettert hatte, von den beiden Reihen Stühlen bis zu dem Podest mit dem Drachenthron. Dieser war eine Ungeheuerlichkeit, im Stil von Tear gearbeitet, wie cairhienische Künstler ihn sich vorstellten, auf den Rücken zweier Drachen ruhend, während zwei weitere Drachen als Armlehnen dienten und wiederum weitere die Rückenlehne hinaufkrochen, alle mit großen Sonnensteinen als Augen, alles vor Gold und rotem Emaille glitzernd. Eine große goldene Aufgehende

Sonne mit welligen Strahlen, die in den polierten Steinboden eingelassen war, trug nur noch zu dem bedrückenden Gefühl bei. Wenigstens verbreiteten die beiden riesigen Kamine angenehme Wärme, besonders jetzt, da es draußen schneite. Dies war Rands Raum. Das Behagen angesichts dieser Tatsache wog jegliche Bedrückung auf. Ein ärgerlicher Gedanke. Dies war Rands Raum, wenn er jemals zurückzukehren geruhte. Ein sehr ärgerlicher Gedanke. Einen Mann zu lieben schien weitgehend aus vielen ärgerlichen Zugeständnissen sich selbst gegenüber zu bestehen!

Sie regte sich in dem nutzlosen Unterfangen, dem harten Stuhl Bequemlichkeit abzuringen, und versuchte zu lesen, aber ihr Blick huschte ständig zu den hohen Türen, deren jede von ihrer eigenen Reihe vergoldeter Aufgehender Sonnen verziert wurde. Sie hoffte, Rand hereinkommen zu sehen. Sie fürchtete, Sorilea oder Cadsuane zu sehen. Sie richtete unbewußt ihre hellblaue Jacke und betastete die winzigen, auf die Aufschläge gestickten Schneeglöckchen. Weitere wanden sich um die Ärmel, und ihre Hosenbeine waren so eng gearbeitet, daß sie sich gerade noch hineinzwängen konnte. Wirklich kein allzu großer Unterschied zu dem, was sie stets getragen hatte. Bisher hatte sie Kleider vermieden, auch wenn sie viel Stickerei trug, aber sie befürchtete sehr, daß Sorilea sie in ein Kleid stecken wollte, auch wenn die Weise Frau sie eigenhändig aus ihrer Kleidung herausschälen mußte.

Sorilea wußte alles über sie und Rand. *Alles*. Sie spürte, wie sie errötete. Sorilea versuchte anscheinend zu entscheiden, ob Min Farshaw eine angemessene … Geliebte … für Rand al'Thor war. Das Wort ließ sie sich törichterweise leichtsinnig fühlen. Sie war nicht leichtsinnig! Das Wort weckte in ihr das Bedürfnis, schuldbewußt über die Schulter nach den Tanten zu sehen, die sie aufgezogen hatten. *Nein*, dachte sie grimmig, *du bist nicht leichtsinnig. Leichtsinn ist im Vergleich zu deinem Verhalten noch vernünftig!*

Oder vielleicht wollte Sorilea wissen, ob Rand zu Min paßte. Manchmal schien es so. Die Weisen Frauen akzeptierten Min weitgehend als eine der Ihren, aber während dieser letzten Wochen hatte Sorilea sie ausgequetscht wie eine Zitrone. Die weißhaarige Weise Frau mit dem ledrigen Gesicht wollte jede Einzelheit über Min wissen, und auch jede Einzelheit über Rand. Sie wollte den Staub am Boden seiner Taschen kennenlernen! Min hatte zweimal versucht, die unaufhörliche Befragung zu vereiteln, und Sorilea hatte beide Male eine Gerte präsentiert! Diese schreckliche alte Frau legte sie einfach über die Kante des nächststehenden Tisches und erzählte ihr hinterher, daß das vielleicht eine weitere Einzelheit in ihrem Kopf lösen würde. Auch keine der anderen Weisen Frauen zeigte das mindeste Erbarmen! Licht, was man für einen Mann alles auf sich nehmen mußte! Und sie konnte ihn noch nicht einmal für sich allein haben!

Cadsuane war eine völlig andere Angelegenheit. Die überaus würdevolle Aes Sedai, so grauhaarig, wie Sorilea weiß war, schien sich nicht im geringsten für Min oder für Rand zu interessieren, aber sie verbrachte viel Zeit im Sonnenpalast. Es war unmöglich, ihr vollständig aus dem Weg zu gehen. Sie schien überall umherzuwandern, wo sie wollte. Und wenn Cadsuane Min ansah, wie kurz auch immer, konnte Min sich des Eindrucks nicht erwehren, die Frau könnte Bullen das Tanzen und Bären das Singen beibringen. Sie erwartete ständig, daß sie auf sie deuten und verkünden würde, es sei an der Zeit, daß Min Farshaw lernte, einen Ball auf ihrer Nase zu balancieren. Früher oder später mußte Rand Cadsuane erneut gegenübertreten, und der Gedanke daran bereitete Min Magenschmerzen.

Sie zwang sich dazu, sich wieder über das Buch zu beugen. Eine der Türen schwang auf, und Rand trat mit dem Drachenszepter in einer Armbeuge ein. Er trug eine goldene Krone, einen breiten Reif aus Lorbeerblättern – das mußte diese Schwerterkrone sein, von der alle redeten –, eine enge Hose, die seine Beine vorteilhaft zur Geltung brachte, und eine mit goldener Stickerei versehene, grüne Seidenjacke, die ihm wunderbar paßte. *Er* war wunderbar.

Min kennzeichnete die Stelle, die sie gerade gelesen hatte, mit dem Zettel, den Meister Fel geschrieben hatte und der besagte, sie sei ›zu hübsch‹, schloß das Buch sorgfältig und legte es ebenso behutsam auf den Boden neben ihrem Stuhl. Dann verschränkte sie die Arme und wartete. Hätte sie gestanden, dann hätte sie mit dem Fuß aufgetippt, aber sie wollte nicht, daß der Mann glaubte, sie spränge auf, nur weil er *endlich* erschien.

Er stand einen Moment nur da, sah sie lächelnd an und zog aus einem unbestimmten Grund an seinem Ohrläppchen – anscheinend summte er auch! –, und dann fuhr er plötzlich herum und starrte finster zu den Türen. »Die Töchter des Speers dort draußen haben mir nicht gesagt, daß du hier bist. Sie haben überhaupt kaum ein Wort gesagt. Licht, sie schienen bereit, sich bei meinem Anblick zu verschleiern.«

»Vielleicht sind sie verstimmt«, sagte Min ruhig. »Vielleicht haben sie sich gefragt, wo du warst. So wie ich auch. Vielleicht haben *sie* sich gefragt, ob du verletzt oder krank wurdest oder vielleicht schon tot bist.« *So wie ich auch*, dachte sie verbittert. Der Mann wirkte verwirrt!

»Ich habe dir geschrieben«, sagte er zögernd, und sie rümpfte die Nase.

»Zwei Mal. Weil Asha'man deine Briefe abliefern konnten, hast du zwei Mal geschrieben, Rand al'Thor. Wenn du es Briefe nennst!«

Er taumelte, als hätte sie ihn geschlagen – nein, als hätte sie ihm in den Bauch getreten! –, und blinzelte. Sie riß sich zusammen und sank gegen die Rückenlehne des Stuhls. Wenn man einem Mann im falschen Moment Mitleid gewährte, gewann man verlorenen Boden niemals zurück. Ein Teil von ihr wollte ihn umarmen, ihn trösten, allen Schmerz von ihm nehmen, all seinen Kummer lindern. Er hatte so viel davon und weigerte sich, auch nur einen zuzugeben. Sie würde *nicht* aufspringen, zu ihm eilen und überstürzt erklären, was falsch war oder ... Licht, es mußte ihm gutgehen.

Etwas nahm sie sanft unter den Ellbogen und hob sie vom Stuhl. Ihre blauen Stiefel baumelten in der Luft, und sie schwebte auf ihn zu, während das Drachenszepter von ihm fort schwebte. Also meinte er, lächeln zu können? Er meinte, sein hübsches Lächeln könnte sie umstimmen? Sie öffnete den Mund, um ihm heftig die Meinung zu sagen! Er legte die Arme um sie und küßte sie.

Als sie wieder atmen konnte, spähte sie durch gesenkte Wimpern zu ihm hoch. »Zuerst ...« Sie schluckte, da ihre Stimme zitterte. »Zuerst stolzierte Jahar Narishma herein, versuchte auf seine übliche Art jedermanns Gedanken zu ergründen und verschwand, nachdem er mir ein Stück Pergament gegeben hatte. Warte. Es besagte: ›Ich habe Anspruch auf die Krone Illians erhoben. Vertraue niemandem, bis ich zurückkehre. Rand.‹ Ich würde sagen, da fehlte noch einiges, um es einen Liebesbrief zu nennen.«

Er küßte sie erneut.

Dieses Mal dauerte es länger, bis sie wieder zu Atem kam. Nichts verlief so, wie sie es erwartet hatte. Andererseits verlief es gar nicht so schlecht. »Beim zweiten Mal gab Jonan Adley ein Stück Papier ab, das besagte: ›Ich werde zurückkehren, wenn ich hier fertig bin. Vertraue niemandem. Rand.‹ Adley suchte mich im Bad auf«, fügte sie hinzu, »und er hatte keine Hemmungen zu schauen.« Rand versuchte stets vorzugeben, er sei nicht eifersüchtig – als gäbe es einen Mann auf der Welt, der nicht eifersüchtig war –, aber sie hatte seine finsteren Blicke bemerkt, wenn andere Männer sie ansahen. Und seine erhebliche Leidenschaft war danach stets noch heftiger. Vielleicht sollte sie vorschlagen, daß sie sich ins Schlafzimmer zurückzögen? Nein, sie würde keinesfalls so forsch vorgehen …

Rand setzte sie mit ausdrucksloser Miene ab. »Adley ist tot«, sagte er. Plötzlich flog die Krone von seinem Kopf und wirbelte durch den ganzen Raum, als sei sie geschleudert worden. Als Min bereits dachte, sie würde gegen die Rückseite des Drachenthrons krachen, hielt der breite Goldring jäh inne und sank langsam auf den Sitz des Throns.

Min stockte der Atem, als sie zu Rand aufsah. Blut glänzte in den dunkelroten Locken über seinem linken Ohr. Sie zog ein spitzenbesetztes Taschentuch aus ihrem Ärmel und wollte es zu seiner Schläfe führen, aber er ergriff ihr Handgelenk.

»Ich habe ihn getötet«, sagte er ruhig.

Sie erschauderte beim Klang seiner Stimme. Ruhig, so wie das Grab ruhig war. Vielleicht war das Schlafzimmer eine ausgezeichnete Idee. Gleichgültig, wie forsch es war. Sie zwang sich zu lächeln – errötete, als sie erkannte, wie leicht es war, zu lächeln, wenn man an das große Bett dachte – und ergriff seine Hemdbrust, bereit, ihm Jacke und Hemd jetzt und hier vom Leib zu reißen.

Jemand klopfte an die Türen.

Mins Hände lösten sich jäh von Rands Hemd, und sie wich einen Schritt zurück. Wer konnte das sein? fragte sie sich verärgert. Die Töchter des Speers kündeten Besucher entweder an, wenn Rand da war, oder schickten sie einfach herein.

»Komm«, sagte er laut und lächelte sie wehmütig an. Min errötete dabei erneut.

Dobraine streckte den Kopf durch die Tür, trat dann ein und schloß die Tür hinter sich, als er sie zusammenstehen sah. Der cairhienische Lord war ein kleiner Mann, kaum größer als Min, der die Vorderseite seines Kopfes rasiert hatte, während das übrige, überwiegend graue Haar bis auf seine Schultern fiel. Blaue und weiße Streifen schmückten die Vorderseite seiner fast schwarzen Jacke bis unter die Taille. Schon bevor er Rands Gunst erworben hatte, war er ein mächtiger Adliger im Land gewesen. Jetzt regierte er hier, zumindest bis Elayne den Sonnenthron beanspruchen konnte. »Mein Lord Drache«, murmelte er und verbeugte sich. »Meine Lady *Ta'veren*.«

»Ein Scherz«, murrte Min, als Rand sie mit gewölbter Augenbraue ansah.

»Vielleicht«, sagte Dobraine und zuckte leichthin die Achseln, »und doch trägt die Hälfte der adligen Frauen in der Stadt jetzt in Nachahmung der Lady Min bunte Farben. Außerdem Hosen, die ihre Beine zeigen, und viele Jacken, die nicht einmal über ihre ...« Er hustete diskret, als er erkannte, daß Mins Jacke auch *ihre* Hüften nicht vollständig verbarg.

Sie erwog, ihm zu sagen, *er* hätte sehr hübsche Beine, auch wenn sie entschieden wulstig waren, überlegte es sich dann aber rasch anders. Rands Eifersucht war vielleicht eine wärmende Flamme, wenn sie allein waren, aber sie wollte nicht, daß er Dobraine angriff. Sie befürchtete, daß er dazu fähig wäre. Außerdem glaubte sie, daß es ein Ausrutscher gewesen war. Lord Dobraine Taborwin war nicht der Mann, der auch nur annähernd rauhe Scherze machte.

»Also veränderst auch du die Welt, Min.« Rand tippte ihr grinsend mit einem Finger auf die Nasenspitze. Er tippte ihr auf die Nasenspitze! Wie einem Kind, über das er sich lustig machte! Schlimmer noch – sie spürte, daß sie sein Grinsen wie eine Närrin erwiderte. »Anscheinend auf bessere Art als ich«, fuhr er fort, doch sein kurzzeitiges, jungenhaftes Grinsen schwand wie Nebel.

»Ist in Tear und Illian alles in Ordnung, mein Lord?« fragte Dobraine.

»In Tear und Illian ist alles in Ordnung«, erwiderte Rand grimmig. »Was habt Ihr für mich, Dobraine? Setzt Euch, Mann. Setzt Euch.« Er deutete auf die Stuhlreihen und ließ sich auch selbst nieder.

»Ich habe allen Euren Briefen gemäß gehandelt«, sagte Dobraine und setzte sich Rand gegenüber, »aber ich fürchte, es gibt nur wenig Gutes zu berichten.«

»Ich werde uns etwas zu trinken holen«, sagte Min mit angespannter Stimme. Briefe? Es war nicht leicht, in Stiefeln mit Absätzen zu stolzieren – sie hatte sich an sie gewöhnt, aber man schwankte darin bei allem, was man tat –, doch ausreichender Zorn machte alles möglich. Sie trat zu dem kleinen vergoldeten Tisch unter einem der großen Spiegel, auf dem ein Silberkrug und Becher standen. Sie beschäftigte sich damit, voller Wut gewürzten Wein einzugießen. Die Diener brachten stets zusätzliche Becher, falls sie Besucher hatte, obwohl außer Sorilea oder einigen törichten adligen Frauen selten jemand kam. Der Wein war kaum noch warm, aber er war heiß genug für die beiden. Sie hatte zwei Briefe erhalten, aber sie könnte wetten, daß Dobraine zehn bekommen hatte! Zwanzig! Sie knallte den Krug und die Becher auf den Tisch und hörte aufmerksam zu. Worum ging es hinter ihrem Rücken bei den Dutzenden von Briefen?

»Toram Riatin scheint verschwunden zu sein«, sagte Dobraine, »obwohl es zumindest gerüchteweise heißt, er lebe noch. Gerüchte besagen auch, daß Daved Hanlon und Jeraal Mordeth – Padan Fain, wie Ihr den Mann nennt – ihn im Stich gelassen haben. Ich habe übrigens Torams Schwester, die Lady Ailil, in großzügigen Räumen untergebracht, mit Dienern, die ... zuverlässig sind.« Seinem Tonfall nach zu urteilen, meinte er eindeutig, daß sie *ihm* gegenüber zuverlässig waren. Die Frau würde nicht einmal ein Gewand wechseln können, ohne daß er davon erfuhr. »Ich kann durchaus begreifen, warum sie und Lord Bertome und die übrigen hierher gebracht wurden, aber warum Hochlord Weiramon oder Hochlady Anaiyella? Ihre Diener sind selbstverständlich auch zuverlässig.«

»Woran erkennt Ihr, daß eine Frau Euch töten will?« sann Rand.

»Wenn sie Euren Namen kennt?« Es klang nicht nach einem Scherz. Rand neigte nachdenklich den Kopf und nickte dann. Nickte! Min hoffte, daß er nicht noch immer Stimmen hörte.

Rand machte eine Handbewegung, als wollte er die Frau hinwegfegen, die ihn töten wollte. Es war gefährlich, sie in der Nähe zu haben. Min wollte ihn gewiß nicht töten, aber sie hätte nichts dagegen, wenn Sorilea mit dieser Gerte auf ihn losginge! Hosen boten nicht viel Schutz.

»Weiramon ist ein Narr, der zu viele Fehler macht«, belehrte Rand Dobraine, der gelassen zustimmte. »Mein Fehler war, zu glauben, ich könnte ihn benutzen. Anscheinend ist er es zufrieden, in der Nähe des Wiedergeborenen Drachen bleiben zu können. Was noch?« Min reichte ihm einen Becher, und er lächelte sie trotz des über sein Handgelenk laufenden Weins an. Vielleicht glaubte er, es sei ein Versehen gewesen.

»Kaum mehr und doch zuviel«, begann Dobraine und zuckte dann auf seinem Stuhl zurück, um nicht auch mit Wein begossen zu werden. Ihre kurze Aufgabe als Schankmädchen hatte ihr nicht gefallen. »Vielen Dank, meine Lady Min«, murmelte er freundlich, aber er sah sie mißtrauisch an, während er den Becher entgegennahm. Sie schritt ruhig zum Tisch zurück, um ihren Wein zu holen. Ruhig.

»Ich fürchte, Lady Caraline und Hochlord Darlin befinden sich in Lady Arilyns Palast hier in der Stadt«, fuhr der cairhienische Lord fort, »unter dem Schutz Cadsuane Sedais. Vielleicht ist Schutz nicht das richtige Wort. Mir wurde der Zutritt zu ihnen verweigert, aber wie ich hörte, wollten sie die Stadt verlassen und sind wie Säcke zurückbefördert worden. *In* einem Sack, wie eine Geschichte behauptet. Da ich Cadsuane schon einmal begegnet bin, kann ich es fast glauben.«

»Cadsuane«, murmelte Rand, und Min überlief ein Schaudern. Er klang eigentlich nicht ängstlich, aber doch mehr als nur beunruhigt. »Was sollte ich deiner Meinung nach wegen Caraline und Darlin unternehmen, Min?«

Sie saß zwei Stühle von ihm entfernt und zuckte zusammen, als er sie plötzlich mit einbezog. Sie schaute kläglich auf den ihre beste cremefarbene Seidenbluse und ihre Hose durchtränkenden Wein hinab. »Caraline wird Elaynes Anspruch auf den Sonnenthron unterstützen«, sagte sie mürrisch. Der Wein schien für warmen Wein reichlich kalt, und sie bezweifelte, daß der Fleck jemals wieder aus der Bluse zu entfernen wäre. »Keine Vision, aber ich glaube ihr.« Sie schaute nicht zu Dobraine, der jedoch ernst nickte. Jedermann wußte inzwischen von ihren Visionen. Die einzige Folge war ein Strom von adligen Frauen gewesen, die ihre Zukunft wissen wollten und obendrein recht verdrießlich wurden, als sie ihnen sagte, sie könnte sie ihnen nicht voraussagen. Den meisten hätte das wenige nicht gefallen, das sie gesehen hatte. Nichts Unheilvolles, aber auch nicht all die strahlenden Wunder, die Wahrsager auf dem Jahrmarkt versprachen. »Abgesehen von der Tatsache, daß Darlin Caraline heiraten wird, wenn sie ihn ausreichend hingehalten hat, kann ich nur sagen, daß Darlin eines Tages ein König sein wird. Ich sah die Krone auf seinem Kopf, eine Krone mit einem Schwert auf der Vorderseite, aber ich weiß nicht, zu welchem Land sie gehört. Und, o ja. Er wird im Bett sterben. Und sie wird ihn überleben.«

Dobraine verschluckte sich an seinem Wein, versprühte etwas davon und tupfte sich dann mit einem einfachen Leinentaschentuch die Lippen ab. Die meisten jener, die es *wußten*, *glaubten* es nicht. Recht zufrieden mit sich, trank Min den kleinen Rest Wein in ihrem Becher. Und dann verschluckte *sie* sich, keuchte und riß das Taschentuch aus ihrem Ärmel, um sich ebenfalls den Mund abzutupfen. Licht, sie würde sich zusammenreißen müssen!

Rand nickte nur und spähte in seinen Becher. »Also werden sie leben, um mir Schwierigkeiten zu machen«, murmelte er für diese harten Worte sehr sanft. Ihr Schafhirte war hart wie eine Klinge. »Und was mache ich mit …«

Er wandte sich auf dem Stuhl jäh zu den Türen um, von denen eine gerade geöffnet wurde. Er hatte sehr gute Ohren, denn Min hatte nichts gehört.

Keine der beiden Aes Sedai, die eintraten, war Cadsuane, und Min spürte, wie sich ihre Schultern entspannten, während sie ihr Taschentuch wieder einsteckte. Während Rafela die Tür schloß, vollführte Merana einen tiefen Hofknicks vor Rand, obwohl die haselnußbraunen Augen der Grauen Schwester auch

Min und Dobraine registrierten, und dann breitete auch die rundgesichtige Rafela ihre tiefblauen Röcke weit aus. Keine erhob sich, bevor Rand die entsprechende Geste vollführte. Sie traten mit kühl gelassenen Mienen auf ihn zu. Nur die rundliche Blaue Schwester betastete kurz ihre Stola, als wolle sie sich in Erinnerung rufen, daß diese wirklich um ihre Schultern lag. Min hatte diese Geste schon zuvor gesehen, bei anderen Schwestern, die Rand die Treue geschworen hatten. Es konnte für sie nicht leicht sein. Nur die Weiße Burg befehligte Aes Sedai, aber Rand gehorchten diese ebenso. Aes Sedai sprachen mit Königen und Königinnen wie mit Gleichgestellten oder vielleicht etwas Höherstehenden, und doch nannten die Weisen Frauen sie Lehrlinge und erwarteten von ihnen doppelt so raschen Gehorsam wie Rand.

Nichts davon war auf Meranas glattem Gesicht zu erkennen. »Mein Lord Drache«, sagte sie respektvoll. »Uns wurde gerade erst mitgeteilt, daß Ihr zurückgekehrt seid, und wir dachten, Ihr wolltet vielleicht rasch erfahren, wie die Verhandlungen mit den Atha'an Miere stehen.« Sie sah Dobraine nur an, und er erhob sich sofort. Cairhiener waren es gewohnt, daß Menschen unter vier Augen miteinander sprechen wollten.

»Dobraine kann bleiben«, sagte Rand kurz angebunden. Hatte er gezögert? Er erhob sich nicht. Die Augen eisblau, war er ganz der Wiedergeborene Drache. Min hatte ihm gesagt, daß diese Frauen wahrhaftig zu ihm gehörten, daß alle fünf, die ihn zu den Meervolk-Schiffen begleitet hatten, ihrem Eid äußerst treu ergeben und daher seinem Willen unterworfen waren, und doch schien es ihm schwerzufallen, einer Aes Sedai zu trauen. Sie verstand, aber er würde es lernen müssen.

»Wie Ihr wünscht«, erwiderte Merana und neigte kurz den Kopf. »Rafela und ich haben eine Übereinkunft mit dem Meervolk erreicht. Der Vertrag, wie sie es nennen.« Der Unterschied war klar erkennbar. Die Hände auf mit grauen Schlitzen versehenen grünen Röcken ruhend, atmete sie tief durch. Es mußte sein. »Harine din Togara Zwei Winde, Herrin der Wogen des Shodein-Clans, die für Nesta din Reas Zwei Monde, Herrin der Schiffe der Atha'an Miere, und somit für alle Atha'an Miere verbindlich spricht, hat zugesagt, alle Schiffe zur Verfügung zu stellen, die der Wiedergeborene Drache benötigt, damit er welches Ziel auch immer für welchen Zweck auch immer erreichen kann.« Merana wurde gerne etwas belehrend, wenn keine Weisen Frauen in der Nähe waren, denn die Weisen Frauen ließen es nicht zu. »Im Gegenzug haben Rafela und ich in Eurem Namen zugesagt, daß der Wiedergeborene Drache keine Gesetze der Atha'an Miere ändern wird, wie er es bei den …« Sie zögerte einen Moment. »Verzeiht. Ich bin es gewohnt, Übereinkünfte genauso wiederzugeben, wie sie geschlossen wurden. Das Wort, das sie benutzten, lautete ›Landgebundene‹, aber sie meinten damit das, was Ihr in Tear und Cairhien getan habt.« Sie wirkte einen flüchtigen Moment nachdenklich. Vielleicht fragte sie sich, ob er das gleiche in Illian getan hatte. Sie hatte sich erleichtert gezeigt, daß er in ihrer Heimat Andor nichts verändert hatte.

»Damit kann ich vermutlich leben«, murrte er.

»Zweitens«, fuhr Rafela fort, die dicklichen Hände an der Taille gefaltet, »müßt Ihr den Atha'an Miere Land geben, eine Quadratmeile – für jede Stadt an schiffbarem Wasser, die Ihr jetzt kontrolliert oder in Zukunft kontrollieren werdet.« Sie klang kaum weniger schwülstig als ihre Begleiterin. Sie klang auch nicht sehr erfreut über ihre Worte. Sie war immerhin Tairenerin, und nur wenige Häfen kontrollierten ihren Handel genauer als Tear. »Innerhalb dieses Gebietes sollen die Gesetze der Atha'an Miere jegliche anderen Gesetze überwiegen. Dieses Abkommen muß auch von den Herrschern besagter Häfen bestätigt werden, so daß ...« Sie zögerte jetzt ebenfalls, und ihre dunklen Wangen wurden ein wenig grau.

»So daß dieses Abkommen mich überleben wird?« fragte Rand trocken. Er lachte bellend. »Auch damit kann ich leben.«

»Jede Stadt mit einem Hafen?« rief Dobraine aus. »Meinen sie damit ... auch hier?« Er sprang auf und begann auf und ab zu gehen, wobei er noch mehr Wein verschüttete, als Min es bereits getan hatte. Er schien es nicht zu bemerken. »Eine Quadratmeile? Nur das Licht allein weiß, welch eigenartige Gesetze das sind! Ich bin auf einem Meervolk-Schiff gereist, und es *ist* eigenartig! Bloße Beine gehören nicht dazu! Und was die Zoll- und Liegegebühren betrifft und ...« Er wandte sich abrupt zu Rand um. Er bedachte die Aes Sedai, die ihn nicht beachteten, mit einem finsteren Blick, aber er sprach fast grob zu Rand. »Sie werden Cairhien in einem Jahr ruinieren, mein Lord Drache. Sie werden jeden Hafen ruinieren, in dem Ihr ihnen dies gewährt.«

Min stimmte ihm schweigend zu, aber Rand winkte nur ab und lachte erneut. »Das beabsichtigen sie vielleicht, aber ich verstehe einiges davon, Dobraine. Sie haben nicht gesagt, wer das Land auswählen soll, so daß es sich überhaupt nicht *am* Wasser befinden muß. Sie werden ihre Nahrung von Euch beziehen und daher nach Euren Gesetzen leben müssen, so daß sie nicht zu überheblich sein dürfen. Schlimmstenfalls könnt Ihr Eure Zollgebühren eintreiben, wenn die Güter aus ihren ... Freihäfen kommen. Und was das übrige betrifft – wenn ich es akzeptieren kann, könnt Ihr es auch.« Jetzt lachte er nicht mehr, und Dobraine beugte den Kopf.

Min fragte sich, wo er das alles gelernt hatte. Er klang wie ein König, der wußte, was er tat. Vielleicht hatte Elayne es ihn gelehrt.

»Der nächste Vertragspunkt beinhaltet mehr«, sagte Rand zu den beiden Aes Sedai.

Merana und Rafela wechselten Blicke und berührten unbewußt Röcke und Stolen. Dann sprach Merana mit gar nicht mehr schwülstiger Stimme. »Drittens erklärt sich der Wiedergeborene Drache bereit, ständig eine von den Atha'an Miere erwählte Gesandte in seiner Nähe zu dulden. Harine din Togara hat sich selbst dazu ernannt. Sie wird von ihrer Windsucherin, ihrem Schwertmeister und einem Gefolge begleitet werden.«

»Was?« brüllte Rand und sprang auf.

Rafela sprach eilig weiter, als befürchte sie, er könnte sie unterbrechen. »Und viertens stimmt der Wiedergeborene Drache zu, einem Ruf der Herrin der Schiffe unverzüglich zu folgen, aber nicht häufiger als zwei Mal in jeweils drei aufeinanderfolgenden Jahren.« Sie endete ein wenig atemlos in der Hoffnung, daß letzteres versöhnlicher wirkte.

Das Drachenszepter flog vom Boden hinter Rand heran, und er fing es in der Luft auf, ohne hinzusehen. Seine Augen wirkten nicht mehr eisig. Sie waren jetzt pures blaues Feuer. »Eine Meervolk-Abgesandte, die mir an den Fersen klebt?« schrie er. »Einem Ruf folgen?« Er schüttelte die geschnitzte Spitze in Rafelas Richtung, so daß die grün-weißen Quasten durch die Luft peitschten. »Es gibt Leute dort draußen, die uns vollständig niederwerfen wollen und vielleicht auch dazu in der Lage wären! Die Verlorenen warten darauf! Der Dunkle König wartet! Warum habt Ihr nicht zugesichert, daß ich ihre Schiffsrümpfe kalfatern sollte, während Ihr verhandeltet?!«

Normalerweise versuchte Min, ihn zu beruhigen, wenn er sich aufregte, aber dieses Mal beugte sie sich nur vor und starrte die Aes Sedai an. Sie war vollkommen seiner Meinung. Sie hatten einen Kuhhandel abgeschlossen!

Rafela verunsicherte dieser Ausbruch, aber Merana riß sich zusammen. In ihren Augen war ebenfalls braunes, goldgeflecktes Feuer zu sehen. »Ihr tadelt *uns*?« fauchte sie in ebenso frostigem Tonfall, wie ihre Augen hitzig funkelten. Sie war eine Aes Sedai, wie das Kind Min sie betrachtet hatte, königlicher als alle Königinnen, über alle Macht hinaus mächtig. »Ihr wart am Anfang dabei, *Ta'veren*, und Ihr habt sie vollkommen in Bann geschlagen. Ihr hättet sie alle vor Euch niederknien lassen können! Aber Ihr seid gegangen! Sie waren nicht erfreut zu erfahren, daß sie für einen *Ta'veren* getanzt hatten. Sie haben irgendwo gelernt, Schilde zu weben, und bevor Ihr das Schiff noch ganz verlassen hattet, wurden Rafela und ich abgeschirmt. Daher konnten wir keinen Vorteil aus der Macht ziehen. Harine drohte mehr als einmal, uns an den Zehen in die Takelage zu hängen, bis wir zur Vernunft kämen, und ich für mein Teil habe sie ernst genommen! Seid glücklich, daß Ihr die Schiffe bekommt, die Ihr wollt, Rand al'Thor. Harine hätte Euch nur eine Handvoll gegeben! Seid glücklich, daß sie nicht Eure neuen Stiefel verlangt hat und Euren gräßlichen Thron noch dazu! Oh, sie hat Euch übrigens formell als den *Coramoor* anerkannt, auf daß Ihr Bauchweh davon bekommt!«

Min starrte sie an. Rand und Dobraine sahen sie an, und der Mund des Cairhieners stand offen. Rafela starrte mit mahlendem Kiefer vor sich hin. Das Feuer wich aus Meranas Augen, die sich allmählich immer mehr weiteten, als dämmere ihr erst jetzt, was sie gerade gesagt hatte.

Das Drachenszepter zitterte in Rands Faust. Min hatte seinen Zorn schon aus weitaus geringerem

Anlaß fast bis zum Bersten anschwellen sehen. Sie betete um eine Möglichkeit, die Explosion aufhalten zu können, konnte aber keine erkennen.

»Es scheint«, sagte er schließlich, »daß die Worte, die ein *Ta'veren* bewirkt, nicht immer die Worte sind, die er hören will.« Er klang ... ruhig. Min wollte nicht über seine geistige Gesundheit nachdenken. »Ihr habt es gut gemacht, Merana. Ich habe Euch eine schwere Aufgabe übertragen, aber Ihr und Rafela habt sie gut bewältigt.«

Die beiden Aes Sedai wankten, und Min dachte einen Moment, sie würden vor reiner Erleichterung zusammenbrechen.

»Zumindest ist es uns gelungen, die Einzelheiten vor Cadsuane verborgen zu halten«, sagte Rafela, die unsicher ihre Röcke glättete. »Wir konnten nicht verhindern, daß jedermann von irgendeinem Abkommen erfuhr, aber wir haben Weiteres vor ihr verborgen.«

»Ja«, fügte Merana atemlos hinzu. »Sie hat uns sogar auf dem Weg hierher nachgestellt. Es ist schwer, etwas vor ihr geheimzuhalten, aber wir haben es geschafft. Wir dachten, daß Ihr nicht wolltet, daß sie ...« Angesichts Rands steinernem Gesichtsausdruck brach sie ab.

»Wieder Cadsuane«, sagte er tonlos. Er betrachtete stirnrunzelnd die geschnitzte Spitze des Szepters in seiner Hand und warf es dann auf einen Stuhl. »Sie befindet sich doch im Sonnenpalast. Min, trage den Töchtern des Speers draußen auf, sie sollen Cadsuane eine Nachricht überbringen. Sie soll dem Wiedergeborenen Drachen schnellstens ihre Aufwartung machen.«

»Rand, ich glaube nicht ...«, begann Min unbehaglich, aber Rand unterbrach sie. Nicht unfreundlich, aber sehr bestimmt.

»Bitte, tu es, Min. Diese Frau ist wie ein Wolf, der

einen Schafpferch erspäht. Ich beabsichtige herauszufinden, was sie im Schilde führt.«

Min stand ganz langsam auf und schleppte sich zur Tür. Sie war nicht die einzige, die dies für eine schlechte Idee hielt. Oder die zumindest nicht anwesend sein wollte, wenn der Wiedergeborene Drache Cadsuane Melaidhrin gegenübertrat. Dobraine ging auf dem Weg zur Tür an ihr vorbei und verbeugte sich hastig, und sogar Merana und Rafela hatten den Raum bereits vor ihr verlassen, obwohl sie den Anschein zu erwecken suchten, sie hätten es nicht eilig. Aber als Min ihren Kopf in den Gang streckte, hatten die beiden Schwestern Dobraine bereits eingeholt und eilten davon.

Seltsamerweise hatten die sechs Töchter des Speers, die vor den Türen gestanden hatten, als Min den Raum betreten hatte, Zuwachs bekommen, so daß sie den Gang so weit säumten, wie sie in beiden Richtungen sehen konnte, große Frauen mit harten Gesichtern in Grau und dem Braungrau des *Cadin'sor*, die *Shoufa* um die Köpfe gewickelt und den langen schwarzen Schleier herabgelassen. Viele trugen ihre Speere und Schilde, als erwarteten sie einen Kampf. Einige spielten ein Fingerspiel namens ›Schere, Papier, Stein‹, und die übrigen sahen angespannt zu.

Jedoch nicht so angespannt, daß sie Min nicht bemerkt hätten. Als sie Rands Botschaft weitergab, wurde die Reihen entlang rasch die Zeichensprache benutzt, und dann trotteten zwei Töchter des Speers davon. Die anderen kehrten sofort zu ihrem Spiel zurück, als Ausführende oder Zuschauer.

Min kratzte sich verwirrt am Kopf und betrat erneut den Raum. Die Töchter des Speers machten sie oft nervös, und doch hatten sie stets ein Wort für sie übrig, manchmal respektvoll, wie einer Weisen Frau gegenüber, und manchmal scherzhaft, obwohl sie, milde ausgedrückt, einen seltsamen Humor besaßen. Sie hatten sie aber noch niemals zuvor so wie jetzt ignoriert.

Rand befand sich im Schlafzimmer, und schon die einfache Tatsache ließ ihr Herz rasen. Er hatte seine Jacke ausgezogen, sein schneeweißes Hemd am Hals und an den Manschetten geöffnet und seinen Gürtel abgelegt. Min setzte sich ans Fußende des Bettes, lehnte sich an einen der schweren Schwarzholz-Bettpfosten zurück, schwang die Füße hoch und nahm den Schneidersitz ein. Sie hatte noch keine Gelegenheit gehabt, Rand dabei zuzusehen, wie er sich auszog, und sie beabsichtigte es zu genießen.

Anstatt jedoch mit seiner Tätigkeit fortzufahren, stand er nur da und sah sie an. »Was könnte Cadsuane mich lehren?« fragte er unvermittelt.

»Dich und alle Asha'man«, erwiderte sie. Das hatte ihr die Vision gezeigt. »Ich weiß nicht, was es ist, Rand. Ich weiß nur, daß ihr etwas lernen müßt. Ihr alle.« Anscheinend wollte er es beim aus der Hose hängenden Hemd belassen. Sie fuhr seufzend fort. »Du brauchst sie, Rand. Du kannst es dir nicht leisten, sie zu erzürnen, geschweige denn, sie davonzujagen.« Tatsächlich glaubte sie, daß nicht einmal fünfzig Myrddraal und tausend Trollocs Cadsuane irgendwohin *jagen* könnten.

Ein abwesender Ausdruck trat in Rands Augen, und kurz darauf schüttelte er den Kopf. »Warum sollte ich einem Wahnsinnigen zuhören?« murrte er fast unhörbar. Licht, glaubte er wirklich, Lews Therin Telamon spräche in seinem Kopf? »Zeige jemandem, daß du ihn brauchst, Min, und er hat dich in der Gewalt. Es ist wie eine Koppel, an der er dich überall hinziehen kann. Ich werde mir für keine Aes Sedai die Schlinge selbst um den Hals legen. Für keine!« Zögernd löste er wieder seine geballten Fäuste. »Dich brauche ich, Min«, sagte er schlicht. »Nicht wegen deiner Visionen. Ich brauche dich einfach.«

Verdammt, der Mann konnte einem mit wenigen Worten den Boden unter den Füßen entziehen!

Mit einem ebenso begierigen Lächeln wie dem ihren ergriff er den Saum seines Hemdes und beugte sich herab, um es sich über den Kopf zu ziehen. Sie verschränkte die Finger über ihrem Bauch und lehnte sich erneut zurück, um zuzusehen.

Die drei Töchter des Speers, die den Raum betraten, trugen die *Shoufa* nicht mehr, die im Gang ihr kurzes Haar verborgen hatte. Sie kamen mit leeren Händen und trugen auch nicht mehr die Gürteldolche mit der schweren Klinge. Mehr konnte Min in der kurzen Zeit nicht erkennen.

Rands Kopf und Arme steckten noch im Hemd. Die flachshaarige Somara, die selbst für eine Aiel groß war, ergriff das weiße Leinen, verknotete es und setzte Rand auf diese Weise gefangen. Fast mit derselben Bewegung trat sie ihm zwischen die Beine. Er beugte sich mit ersticktem Stöhnen vor.

Nesair, mit dem roten Haar und trotz der weißen Narben auf beiden sonnengebräunten Wangen wunderschön, rammte ihm eine Faust ausreichend hart in die rechte Seite, daß er seitwärts taumelte.

Min sprang mit einem Schrei vom Bett. Sie wußte nicht, welcher Wahnsinn hier herrschte, konnte es nicht einmal annähernd erahnen. Sie zog mit einer anmutigen Bewegung ihre beiden Dolche aus den Ärmeln und warf sich schreiend auf die Töchter des Speers. »Hilfe! Oh, Rand! Hilft uns denn niemand!«

Die dritte Tochter des Speers, Nandera, wandte sich behende wie eine Schlange um, und Min spürte, wie sich ein Fuß in ihren Magen bohrte. Pfeifend entwich ihr Atem. Die Dolche flogen aus ihren tauben Händen; sie wurde von der Tochter des Speers herumgewirbelt und landete krachend auf dem Rücken, wodurch auch noch die restliche Atemluft aus ihren Lungen gepreßt wurde. Sie versuchte, sich zu bewegen und zu atmen – versuchte zu verstehen! –, aber sie konnte nur daliegen und zusehen.

Die drei Frauen gingen gründlich vor. Nesair und Nandera bearbeiteten Rand mit ihren Fäusten, während Somara ihn vornübergebeugt in seinem eigenen Hemd gefangenhielt. Wieder und wieder plazierten sie gezielte Schläge in Rands harten Bauch und in seine rechte Seite. Min hätte hysterisch gelacht, wenn sie genug Atem gehabt hätte. Sie versuchten, ihn totzuprügeln, und vermieden sehr sorgfältig Schläge in der Nähe der empfindlichen runden Narbe an seiner linken Seite, durch die der erst halbwegs verheilte Riß verlief.

Min wußte sehr wohl, wie hart Rands Körper war, wie stark, aber dem konnte niemand standhalten. Langsam sackten seine Knie ein, und als sie ihn auf die Bodenfliesen geschickt hatten, traten Nandera und Nesair zurück. Sie nickten, und Somara ließ Rands Hemd los. Er fiel vorwärts aufs Gesicht. Sie konnte hören, wie er keuchte und das Stöhnen bekämpfte, das trotz seiner Bemühungen aufwallte. Somara zog ihm im Knien fast zärtlich das Hemd herab. Er lag mit der Wange auf dem Boden und rang nach Atem.

Nesair beugte sich herab, ergriff eine Faustvoll seines Haars und riß seinen Kopf hoch. »Wir haben uns das Recht hierauf errungen«, grollte sie. »Jede Tochter des Speers wollte Hand an Euch legen. Ich habe meinen Clan für Euch verlassen, Rand al'Thor, und ich werde nicht zulassen, daß Ihr mich schändlich behandelt!«

Somara vollführte eine Handbewegung, als wollte sie ihm das Haar aus dem Gesicht streichen, riß die

Hand aber dann zurück. »So behandeln wir einen Erstbruder, der uns entehrt, Rand al'Thor«, sagte sie fest. »Beim ersten Mal. Beim zweiten Mal werden wir Riemen benutzen.«

Nandera stand mit steinernem Gesicht über Rand, eine Faust in die Hüfte gestemmt. »Ihr tragt Verantwortung für die Ehre der *Far Dareis Mai*, Sohn einer Tochter des Speers«, sagte sie grimmig. »Ihr habt versprochen, uns zum Tanz der Speere für Euch zu rufen, und dann seid Ihr in die Schlacht geeilt und habt uns zurückgelassen. Das werdet Ihr nicht wieder tun.«

Sie trat über ihn hinweg und ging, und die anderen beiden folgten ihr. Nur Somara schaute zurück, und wenn auch Mitleid in ihren blauen Augen stand, enthielt ihre Stimme keines, als sie sagte: »Sorgt dafür, daß dies nicht wieder nötig wird, Sohn einer Tochter des Speers.«

Rand hatte sich mühsam auf Hände und Knie aufgerichtet, als es Min gelang, zu ihm zu kriechen. »Sie müssen verrückt sein«, krächzte sie. Licht, ihr Bauch schmerzte! »Rhuarc wird …!« Sie wußte nicht, was Rhuarc tun würde. Es wäre nicht genug, was immer es wäre. »Sorilea.« Sorilea würde sie draußen in der Sonne pfählen! Für den Anfang! »Wenn wir ihr erzählen …«

»Wir werden niemandem davon erzählen«, sagte er. Seine Stimme klang fast, als wäre er wieder bei Atem, obwohl seine Augen noch immer ein wenig hervorstanden. Wie konnte er das tun? »Sie haben das Recht dazu. Sie haben es sich *verdient*.«

Min kannte diesen Tonfall nur allzu gut. Wenn ein Mann beschloß, eigensinnig zu sein, würde er sich nackt in die Nesseln setzen und einem ins Gesicht sagen, sie berührten seine Haut nicht! Sie freute sich fast, ihn stöhnen zu hören, als sie ihm beim Aufstehen half. Nun, als sie einander aufzustehen halfen. Wenn er ein sturer, wollköpfiger Dummkopf sein wollte, verdiente er ein paar blaue Flecken!

Er legte sich aufs Bett und ließ sich auf die aufgehäuften Kissen zurücksinken. Min kuschelte sich neben ihn. Es war nicht das, worauf sie gehofft hatte, aber im Moment mußte es genügen.

»Dies ist nicht das, wofür ich das Bett benutzen wollte«, murrte er. Sie war sich nicht sicher, ob sie es hatte hören sollen.

Sie lachte. »Ich mag es ebenso sehr, wenn du mich im Arm hältst, wie … wie das andere.« Er lächelte sie seltsamerweise an, als wüßte er, daß sie log. Ihre Tante Miren behauptete, es wäre eine der drei Lügen, die jeder Mann von einer Frau glauben würde.

»Wenn ich störe«, sagte die kühle Stimme einer Frau vom Eingang, »könnte ich wiederkommen, wenn es besser paßt.«

Min zuckte von Rand zurück, als hätte sie sich verbrannt, aber als er sie wieder zu sich zog, kuschelte sie sich erneut an ihn. Sie erkannte die im Eingang stehende Aes Sedai, eine rundliche kleine Cairhienerin mit vier dünnen farbigen Streifen über ihrem vollen Busen und weißen Schlitzen in den dunklen Röcken. Daigian Moseneillin war eine der Schwestern, die mit Cadsuane gekommen waren. Mins Meinung nach war sie fast ebenso anmaßend wie Cadsuane selbst.

»Wer auch immer Ihr seid, hat Euch niemand beigebracht, daß man anklopft?« fragte Rand träge. Min erkannte jedoch, daß jeder Muskel in dem sie umfassenden Arm hart angespannt war.

Der an einer Silberkette auf Daigians Stirn baumelnde Mondstein schwang, als sie zögernd den Kopf schüttelte. Sie war eindeutig wenig erfreut. »Cadsuane Sedai hat Eure Nachricht erhalten«, sagte sie sogar noch kühler als zuvor. »Sie hat mich gebeten, ihr Bedauern zu übermitteln, da sie gern ihre Handarbeit beenden möchte. Vielleicht kann sie Euch an einem anderen Tag aufsuchen. Wenn sie Zeit hat.«

»Das hat sie gesagt?« fragte Rand gefährlich ruhig.

Daigian rümpfte verächtlich die Nase. »Ich werde Euch jetzt wieder allein lassen, damit Ihr damit fortfahren könnt ... was immer Ihr gerade tatet.« Min fragte sich, ob sie damit durchkommen könnte, wenn sie eine Aes Sedai schlug. Daigian sah sie mit eisigem Blick an, als hätte sie ihren Gedanken erahnt, wandte sich um und verließ den Raum.

Rand setzte sich mit einem unterdrückten Fluch auf. »Sagt Cadsuane, sie kann in den Krater des Verderbens gehen!« rief er der sich zurückziehenden Schwester nach. »Sagt ihr, sie kann dort verrotten!«

»Es nützt nichts, Rand«, sagte Min seufzend. Dies würde schwerer, als sie gedacht hatte. »Du brauchst Cadsuane, aber sie braucht dich nicht.«

»Nein?« fragte er leise, und sie erschauderte. Sie hatte zuvor nur geglaubt, seine Stimme klänge gefährlich ruhig.

Rand bereitete sich sorgfältig vor, zog seine grüne Jacke wieder an und schickte Min mit Nachrichten fort, welche die Töchter des Speers überbringen sollten. Zumindest das würden sie noch immer tun. Die Rippen auf seiner rechten Körperseite schmerzten fast ebenso sehr wie die Wunden auf seiner linken, und sein Bauch fühlte sich an, als wäre er mit einem Brett bearbeitet worden. Er hatte es ihnen versprochen. Er streckte sich in seinem Schlafzimmer allein nach *Saidin* aus, wollte nicht einmal Min Zeuge werden lassen, wenn er abermals taumelte. Gewiß konnte er ihr zumindest ein wenig Sicherheit geben, aber wie konnte sie sich tatsächlich sicher fühlen, wenn sie sähe, wie er fast zusammenbrach? Er mußte um ihretwillen stark sein. Er mußte um der Welt willen stark sein. Die gebündelten Empfindungen in seinem Hinterkopf, die Alanna waren, gemahnten ihn an den Preis für eine Unachtsamkeit.

»Ich halte dies noch immer für Wahnsinn, Rand al'Thor«, sagte Min, als er sich die Krone vorsichtig auf den Kopf setzte. Er wollte verhindern, daß die kleinen Klingen ihn wieder verletzten. »Hörst du mir zu? Nun, wenn du es dennoch tun willst, komme ich mit dir. Du hast zugegeben, daß du mich brauchst, und du wirst mich hierfür mehr brauchen denn je!« Sie war voller Tatendrang, die Fäuste auf die Hüften gestemmt, ein Fuß auftippend, die Augen funkelnd.

»Du bleibst hier«, sagte er bestimmt. Er war sich noch immer nicht sicher, was er tun wollte, nicht gänzlich, und er wollte nicht, daß sie ihn versagen sah. Er hatte große Angst, daß er versagen könnte. Er erwartete jedoch einen Streit.

Sie sah ihn stirnrunzelnd an, und ihr Fuß kam zur Ruhe. Das zornige Leuchten in ihren Augen verwandelte sich in Sorge, die sie durch ein Augenzwinkern vertrieb. »Nun, du bist vermutlich alt genug, den Stallhof zu überqueren, ohne daß dich jemand an der Hand hält, Schafhirte. Außerdem gerate ich mit meinem Buch ins Hintertreffen.«

Sie ließ sich auf einen der hohen vergoldeten Stühle fallen, zog die Beine unter sich und nahm das Buch hoch, in dem sie gelesen hatte, als er hereingekommen war. Kurz darauf schien sie vollkommen von dem Text in Anspruch genommen.

Rand nickte. Er hatte gewollt, daß sie hier in Sicherheit blieb. Dennoch brauchte sie ihn nicht so vollständig zu vergessen.

Sechs Töchter des Speers hockten im Gang vor seiner Tür. Sie sahen ihn mit ausdruckslosen Augen schweigend an. Nandera blickte am ausdruckslosesten, obwohl Somara und Nesair ihr fast gleichkamen.

Nesair hielt er für eine Shaido. Er würde sie streng im Auge behalten müssen.

Die Asha'man warteten ebenfalls – Lews Therin murrte in Rands Kopf düster etwas vom Töten –, außer Narishma alle, mit dem Drachen und dem Schwert an ihren Kragen. Er befahl Narishma knapp, vor seinen Räumen Wache zu halten, und der Mann salutierte ebenso knapp, die dunklen, großen Augen zu einsichtig und leicht anklagend. Rand glaubte nicht, daß die Töchter des Speers ihr Mißfallen an Min auslassen würden, aber er wollte das Wagnis nicht auf sich nehmen. Licht, er *hatte* Narishma alles über die Fallen gesagt, die er im Stein gewoben hatte, als er den Mann mit dem Auftrag losgeschickt hatte, *Callandor* zu holen. Der Mann konnte sich etwas zusammenreimen. Verdammt, es war ein irrsinniges Risiko gewesen.

Nur Wahnsinnige vertrauen niemals. Lews Therin klang belustigt und selbst ziemlich wahnsinnig. Die Wunden an Rands Seite pochten und schienen in fernem Schmerz miteinander zu schwingen.

»Führt mich zu Cadsuanes Gemächern«, befahl er. Nandera erhob sich anmutig und ging davon, ohne zurückzublicken. Er folgte ihr, und die übrigen – Dashiva und Flinn, Morr und Hopwil – folgten wiederum ihm. Er gab ihnen unterwegs eilig Anweisungen. Ausgerechnet Flinn wollte protestieren, aber Rand brachte ihn zum Schweigen. Jetzt war keine Zeit zu zaudern. Der ergraute einstige Wächter war der letzte, von dem Rand dies erwartet hätte. Von Morr oder Hopwil vielleicht. Wenn sie auch nicht mehr wirklich naiv waren, so waren sie doch noch immer sehr jung. Aber Flinn nicht. Nanderas weiche Stiefel verursachten kein Geräusch, doch die Schritte aller anderen hallten von der hohen Kassettendecke wider und trieben jedermann davon, der auch nur einen unbedeutenden Grund zur Furcht hatte. Rands Wunden pochten.

Jedermann im Sonnenpalast kannte den Wiedergeborenen Drachen inzwischen vom Sehen, und sie wußten auch, wer die Männer mit den schwarzen Jacken waren. Schwarz livrierte Diener verbeugten sich tief und eilten hastig außer Sicht. Die meisten Adligen versuchten beinahe ebenso rasch, Abstand zwischen sich und die fünf Männer zu bringen, welche die Macht lenken konnten, und verschwanden mit geschäftigen Mienen irgendwohin. Ailil sah sie mit unlesbarem Gesichtsausdruck vorübergehen. Anaiyella lächelte natürlich einfältig, aber als Rand zurückschaute, sah sie ihm mit einer Miene nach, die Nanderas in nichts nachstand. Bertome lächelte, während er einen Kratzfuß machte, ein düsteres Lächeln, das weder Freude noch Vergnügen enthielt.

Nandera sprach auch dann nicht, als sie ihr Ziel erreicht hatten, vielmehr deutete sie nur mit einem ihrer Speere auf eine geschlossene Tür, wandte sich auf dem Absatz um und ging den Weg wieder zurück, den sie gekommen waren. Der *Car'a'carn* ohne eine einzige Tochter des Speers zum Schutz. Glaubten sie, vier Asha'man genügten für seine Sicherheit? Oder war ihr Weggang ein weiteres Zeichen ihres Mißfallens?

»Tut, was ich Euch befohlen habe«, sagte Rand.

Dashiva zuckte zusammen, als komme er gerade wieder zu sich, und ergriff dann die Quelle. Die breite, mit vertikalen Linien verzierte Tür schwang bewegt von einem Strang Luft mit einem Knall auf. Die übrigen drei Männer ergriffen *Saidin* ebenfalls und folgten Dashiva mit grimmigen Mienen in den Raum.

»Der Wiedergeborene Drache«, hallte Dashivas Stimme laut wider, nur leicht durch die Macht verstärkt, »der König von Illian, der Herr des Morgens, kommt, um Cadsuane Melaidhrin zu sehen.«

Rand trat hocherhobenen Hauptes ein. Er erkannte

das Gewebe nicht, das Dashiva gewoben hatte, aber die Luft schien vor drohender Gefahr zu summen, ein Gefühl von etwas unerbittlich Herannahendem.

»Ich habe nach Euch geschickt, Cadsuane«, sagte Rand. Er benutzte kein Gewebe, seine Stimme klang hart und auch ohne Hilfe tonlos.

Die Grüne Schwester, an die er sich gut erinnern konnte, saß mit einem Stickrahmen in Händen neben einem kleinen Tisch, und aus einem geöffneten Korb auf diesem Tisch quollen aus einem der vielen Fächer Stränge bunter Fäden. Sie war genauso, wie er sie in Erinnerung hatte: dieses strenge Gesicht, noch betont durch einen eisengrauen, mit kleinen, herabbaumelnden goldenen Fischen und Vögeln, Sternen und Monden geschmückten Knoten, jene dunklen Augen, die in ihrem Gesicht fast schwarz wirkten, die kühlen, besonnenen Augen. Lews Therin wimmerte und floh bei ihrem Anblick.

»Nun«, sagte sie und legte den Stickrahmen beiseite. »Nach allem, was ich über Euch gehört habe, Junge, hätte ich wenigstens Donnerschlag, Himmelstrompeten und flammende Blitze erwartet.« Sie betrachtete ruhig die fünf Männer mit den steinernen Mienen, welche die Macht lenken konnten, was hätte genügen sollen, um jede Aes Sedai zurückweichen zu lassen. Dann betrachtete sie ebenso ruhig den Wiedergeborenen Drachen. »Ich hoffe, daß wenigstens einer von Euch zaubern wird«, sagte sie. »Oder Feuer schlucken? Es hat mir stets gefallen, Feuerschluckern zuzusehen.«

Flinn lachte bellend, bevor er sich wieder fing, und selbst dann mußte er anscheinend noch gegen seine Belustigung ankämpfen. Morr und Hopwil wechselten verwirrte als auch überaus zornige Blicke. Dashiva lächelte gereizt, und das Gewebe, das er festhielt, wurde stärker, bis Rand ein bedrohliches Gefühl hatte.

»Es genügt, daß Ihr wißt, wer ich bin«, belehrte Rand sie. »Dashiva und Ihr anderen, wartet draußen.«

Dashiva öffnete wie zum Widerspruch den Mund. Das hatte nicht zu Rands Anweisungen gehört, aber sie würden die Frau auf diese Weise nicht einschüchtern. Der Mann ging jedoch leise murrend hinaus. Hopwil und Morr verließen den Raum rascher als nötig, während sie Cadsuane Seitenblicke zuwarfen. Flinn zog sich trotz seines Hinkens als einziger würdevoll zurück. Und er schien noch immer belustigt!

Rand lenkte die Macht, und ein schwerer, mit geschnitzten Leoparden verzierter Stuhl schwebte von seinem Platz an der Wand und drehte sich um seine Achse, bevor er wie eine Feder vor Cadsuane zum Stehen kam. Gleichzeitig schwebte ein schwerer Silberkrug von einem langen, gedeckten Tisch auf der anderen Seite des Raums heran und knackte durch jähes Erhitzen laut. Als ihm Dampf entströmte, neigte er sich und vollführte eine langsame Kreiselbewegung, während ein Silberbecher heranflog, um die dunkle Flüssigkeit aufzufangen.

»Zu heiß, glaube ich«, sagte Rand, und die Glasscheiben in den Fenstern stürzten aus den hohen, schmalen Rahmen. Schneeflocken wirbelten auf einem eisigen Windhauch ins Zimmer, und der Becher schwebte durch eines der Fenster hinaus und wieder herein, genau in seine Hand, während er sich niederließ. Er wollte doch einmal sehen, wie ruhig sie bleiben konnte, wenn sie ein Wahnsinniger anstarrte. Die dunkle Flüssigkeit war Tee, nach dieser Art des Erhitzens zu stark und sehr bitter. Aber die Wärme kam ihm gerade recht. Die heulend in den Raum fegenden und an den Wandteppichen zerrenden Windstöße verursachten ihm eine Gänsehaut, aber im weit entfernten Nichts war es die Haut eines anderen.

»Die Lorbeerkrone ist hübscher als manche andere«, sagte Cadsuane leicht lächelnd. Ihr Haarschmuck schwang, wann immer sich der Wind erhob, und kleine Haarsträhnen flatterten um ihren Knoten, aber das einzige, woran man erkennen konnte, daß sie den Luftzug bemerkte, war die Tatsache, daß sie den Stickrahmen auffing, ehe er vom Tisch geweht wurde. »Ich ziehe diesen Namen vor. Aber Ihr könnt nicht von mir erwarten, daß mich Kronen beeindrucken. Ich habe zwei regierenden Königen und drei Königinnen den Hintern versohlt. Sie konnten ungefähr einen Tag lang nicht mehr sitzen, nachdem ich mit ihnen fertig war, aber ich errang ihre Aufmerksamkeit. Also seht Ihr, warum Kronen mich nicht beeindrucken.«

Rand entspannte seine Kiefermuskeln. Es würde nichts nützen, mit den Zähnen zu knirschen. Er weitete die Augen in der Hoffnung, wahnsinnig anstatt einfach nur zornig auszusehen. »Die meisten Aes Sedai meiden den Sonnenpalast«, sagte er. »Außer jenen, die mir die Treue geschworen haben. Und jenen, die ich gefangenhalte.« Licht, was sollte er mit *ihnen* tun? Solange die Weisen Frauen sie ihm aus dem Weg hielten, war soweit alles gut.

»Die Aiel sind anscheinend der Ansicht, ich sollte kommen und gehen können, wie es mir gefällt«, sagte sie abwesend und betrachtete den Stickrahmen in ihrer Hand, als denke sie darüber nach, mit ihrer Arbeit fortzufahren. »Das kommt durch ein wenig belanglose Hilfe, die ich dem einen oder anderen Jungen gewährt habe, obwohl ich nicht erklären kann, warum jemand anderer als seine Mutter ihn dessen für wert erachten sollte.«

Rand bemühte sich weiterhin, nicht mit den Zähnen zu knirschen. Sie *hatte* ihm das Leben gerettet. Sie und Damer Flinn und viele andere Beteiligte, unter anderem Min. Und er schuldete Cadsuane noch immer etwas dafür, verdammt sei sie! »Ich möchte, daß Ihr meine Beraterin werdet. Ich bin jetzt König von Illian, und Könige haben für gewöhnlich Aes Sedai-Berater.«

Sie betrachtete beiläufig seine Krone. »Das werde ich gewiß nicht. Eine Beraterin muß zu häufig zusehen, wie ihr Schützling Chaos verursacht, als daß es mir gefallen könnte. Sie muß auch Befehle entgegennehmen, etwas, worin ich besonders schlecht bin. Genügt nicht jemand anderer? Alanna vielleicht?«

Rand setzte sich wider Willen starr aufrecht. Wußte sie von dem Bund? Merana hatte gesagt, es sei schwer, etwas vor ihr geheimzuhalten. Nein, er könnte sich später noch Gedanken darüber machen, wieviel seine ›treuen‹ Aes Sedai Cadsuane erzählten. Licht, er wünschte, Min könnte sich einmal irren. Aber eher würde er glauben, daß er Wasser atmen könnte. »Ich …« Er konnte sich nicht dazu bringen, ihr zu sagen, daß er sie brauchte. Keine Schlinge! »Was wäre, wenn Ihr keine Eide leisten müßtet?«

»Das wäre vielleicht eine Möglichkeit«, sagte sie ungewiß, während sie weiterhin ihre verdammte Stickerei betrachtete. Dann sah sie ihn nachdenklich an. »Ihr klingt … beunruhigt. Ich sage einem Mann nicht gern, daß er Angst hat, selbst wenn er Grund dazu hat. Beunruhigt über eine Schwester, die Ihr nicht in einen zahmen Schoßhund verwandelt habt, der Euch in gewisser Weise zu gefallen versucht? Laßt mich sehen. Ich kann Euch einiges versprechen, vielleicht wird Euch das beruhigen. Ich erwarte natürlich, daß Ihr zuhört – laßt mich Atem verschwenden, und Ihr werdet leiden –, aber ich werde Euch nicht dazu bringen zu tun, was ich will. Ich werde gewiß keine Lügen tolerieren – das ist noch etwas, was Ihr als entschieden beunruhigend empfinden werdet –, aber ich erwarte auch nicht, daß Ihr mir Eure tiefsten Sehnsüchte verratet. O ja, was auch immer ich tue, wird zu Eurem eigenen Besten sein. Nicht zu meinem Besten, nicht zum Besten der Weißen Burg – zu Eurem Besten. Nun, mildert das Eure Befürchtungen? Verzeiht. Eure Beunruhigung.«

Während Rand sie ansah, überlegte er, ob er lachen sollte. »Bringt man Euch das bei?« fragte er. »Ich meine, ein Versprechen wie eine Drohung klingen zu lassen.«

»Oh, ich verstehe. Ihr wollt Regeln. Das wollen die meisten Jungen, was auch immer sie sagen. Gut, laßt mich sehen. Ich kann Unhöflichkeit nicht ertragen, also werdet Ihr mir, meinen Freunden und meinen Gästen gegenüber angemessen höflich sein. Das beinhaltet, nicht die Macht gegen sie zu lenken, falls Ihr das nicht bereits vermutet habt, und Euer Temperament zu zügeln, was man sich wohl merken kann. Es betrifft ebenfalls Eure ... Gefährten mit den schwarzen Jacken. Es wäre schade, wenn ich Euch für etwas schlagen müßte, was einer von ihnen getan hat. Genügt das? Ich kann noch weitere Regeln aufstellen, wenn Ihr welche braucht.«

Rand stellte seinen Becher neben dem Stuhl ab. Der Tee war ebenso kalt geworden, wie er bitter war. Schnee häufte sich unter den Fenstern allmählich in Verwehungen auf. »Ich soll noch wahnsinnig werden, Aes Sedai, aber Ihr seid es bereits.« Er erhob sich und schritt zur Tür.

»Ich hoffe, Ihr habt nicht versucht, *Callandor* zu benutzen«, sagte sie hinter ihm selbstzufrieden. »Ich habe gehört, daß es aus dem Stein verschwunden ist. Ihr seid einmal entkommen, aber Ihr entkommt vielleicht kein zweites Mal.«

Er hielt jäh inne und schaute über die Schulter. Die Frau arbeitete weiter an dieser verdammten Stickerei! Der Wind fegte in den Raum, wirbelte Schnee umher, und sie hob nicht einmal den Kopf. »Was meint Ihr damit?«

»Wie?« Sie schaute nicht auf. »Oh. Nur sehr wenige in der Burg wußten, was *Callandor* ist, bevor Ihr es in Euren Besitz brachtet, aber in verstaubten Ecken der Burgbibliothek sind überraschende Dinge verborgen. Ich habe sie vor einigen Jahren durchstöbert, bevor ich beschloß, mich zurückzuziehen.«

»Was habt Ihr entdeckt?« fragte er rauh.

Cadsuane schaute auf und wirkte, das Haar schwingend und mit Schnee auf ihrem Gewand, wahrhaft wie eine Königin. »Ich habe Euch gesagt, daß ich Unhöflichkeit nicht ertragen kann. Wenn Ihr mich erneut um Hilfe bittet, erwarte ich, daß Ihr *höflich* bittet. Und ich würde heute eine Entschuldigung für Euer Betragen annehmen!«

»Was ist mit *Callandor*?«

»Es ist makelbehaftet«, erwiderte sie knapp, »ihm fehlt der Schutz, der die Benutzung anderer *Sa'angreale* sicher macht, und es verstärkt den Makel *Saidins* anscheinend noch, einschließlich der Ungezügeltheit des Geistes. Jedenfalls solange ein Mann es benutzt. Die einzige Möglichkeit, *Das Schwert, das kein Schwert ist* zu benutzen, ohne Euer eigenes Leben aufs Spiel zu setzen oder nur das Licht weiß welchen Wahnsinn zu versuchen, besteht darin, es mit zwei Frauen verbunden zu tun, von denen eine die Stränge führt.«

Rand bemühte sich, seine Enttäuschung nicht zu zeigen, und trat von Cadsuane fort. Also war nicht nur die Ungezügeltheit *Saidins* rund um Ebou Dar schuld an Adleys Tod. Er hatte den Mann in dem Moment ermordet, als er Narishma nach dem Schwert geschickt hatte.

Cadsuanes Stimme verfolgte ihn. »Denkt daran, Junge. Ihr müßt sehr nett bitten und Euch entschuldigen. Ich würde vielleicht darauf eingehen, wenn Eure Entschuldigung aufrichtig klingt.«

Rand hörte sie kaum. Er hatte gehofft, *Callandor* erneut benutzen zu können, hatte gehofft, es wäre ausreichend stark. Jetzt blieb nur eine Möglichkeit, die ihn erschreckte. Er glaubte die Stimme einer anderen Frau zu hören – die Stimme einer Toten. *Du könntest den Schöpfer herausfordern.*

KAPITEL 9

Rotdorn

Es schien kaum der geeignete Schauplatz für die von Elayne befürchtete Explosion. Harlon Brücke war ein stattliches Dorf mit drei Gasthäusern und ausreichend vielen Gebäuden, daß niemand auf einem Heuboden schlafen mußte. Als Elayne und Birgitte an diesem Morgen in den Schankraum hinabgingen, lächelte die Gastwirtin, Herrin Dill, ihnen herzlich zu und vollführte einen ihrem Umfang angemessenen Hofknicks. Dies geschah nicht nur, weil Elayne eine Aes Sedai war. Herrin Dill freute sich so darüber, daß ihr Gasthaus voll belegt war, obwohl die Straßen verschneit waren, daß sie vor fast jedermann knickste. Bei ihrem Eintreten verschlang Aviendha rasch das restliche Brot und den Käse ihres Frühstücks, wischte einige Krümel von ihrem grünen Gewand und langte nach ihrem dunklen Umhang, um ihnen nach draußen zu folgen.

Die Sonne stieg gerade als niedrige, hellgelbe Scheibe über den Horizont. Nur wenige weiße, flaumige Wolken beeinträchtigten einen klaren blauen Himmel. Es war ein idealer Tag zum Reisen.

Adeleas kam die verschneite Straße herauf und zog Garenia Rosoinde, eine Frau der Schwesternschaft, am Arm mit sich. Garenia war eine Saldaeanerin mit schmalen Hüften, welche die letzten zwanzig Jahre als Krämerin verbracht hatte, obwohl sie nur wenige Jahre älter zu sein schien als Nynaeve. Ihre stark hakenförmige Nase machte sie normalerweise zu einer

245

eindrucksvollen Erscheinung, eine Frau, die hart ver-
handeln konnte und keinen Deut zurückwich. Aber
jetzt waren ihre dunklen, schrägstehenden Augen geweitet und ihr Mund zu lautloser Klage geöffnet.
Immer mehr Frauen der Schwesternschaft folgten ihr
miteinander flüsternd, die Röcke über den Schnee
gerafft, und weitere schlossen sich ihnen aus allen
Richtungen an. Reanne und die übrigen Frauen des
Zirkels liefen mit grimmigen Mienen an der Spitze,
alle außer Kirstian, die noch blasser als sonst wirkte.
Auch Alise war da – mit äußerst unbewegtem Gesicht.

Adeleas blieb vor Elayne stehen und schob Garenia so grob vorwärts, daß die Frau auf Hände und
Knie in den Schnee fiel, wo sie jammernd liegen-
blieb. Die Frauen der Schwesternschaft versammelten sich hinter ihr, während immer noch weitere
herbeiströmten.

»Ich komme in dieser Angelegenheit zu Euch, weil
Nynaeve beschäftigt ist«, wandte sich die Braune
Schwester an Elayne. Sie meinte damit, daß Nynaeve
sich irgendwo ein wenig mit Lan vergnügte, aber
nicht einmal ein Lächeln erschien um Adeleas' Lippen. »Seid ruhig, Kind!« fauchte sie Garenia an, die
prompt still wurde. Adeleas nickte zufrieden. »Dies
ist nicht Garenia Rosoinde«, sagte sie. »Ich habe sie
letztendlich erkannt. Sie ist Zarya Alkaese, eine Novizin, die unmittelbar bevor Vandene und ich beschlossen, uns zurückzuziehen und unsere Geschichte der
Welt aufzuschreiben, davonlief. Sie hat es zugegeben,
als ich sie zur Rede stellte. Es überrascht mich, daß
Careane sie nicht vorher erkannt hat. Sie waren zwei
Jahre lang zusammen Novizinnen. Das Gesetz ist
hierin eindeutig, Elayne. Eine Davongelaufene muß
sobald wie möglich wieder Weiß tragen und streng
diszipliniert werden, bis sie zu einer angemessenen

Bestrafung zur Burg zurückgeschickt werden kann. Danach wird sie niemals wieder ans Davonlaufen denken!«

Elayne nickte gemächlich und bemühte sich, eine Antwort zu ersinnen. Ob Garenia – Zarya – erneut an Flucht dachte oder nicht, sie würde keine Gelegenheit mehr dazu bekommen. Zarya war zu stark in der Macht. Die Burg würde sie nicht gehen lassen, und wenn sie ihr ganzes restliches Leben dafür brauchte, die Stola zu erlangen. Aber Elayne erinnerte sich an etwas, das sie diese Frau hatte sagen hören, als sie ihr zum ersten Mal begegnet war. Sie hatte die Bedeutung dessen damals nicht erkannt, aber jetzt tat sie es. Wie würde Zarya das Novizinnenweiß verkraften, nachdem sie siebzig Jahre lang eigenständig gelebt hatte? Schlimmer noch, das Flüstern der Frauen der Schwesternschaft klang allmählich bedrohlich.

Sie mußte nicht lange nachdenken. Kirstian sank plötzlich auf die Knie und umklammerte mit einer Hand Adeleas' Röcke. »Ich bekenne ebenfalls«, sagte sie leise, und es war ein Wunder, daß über diese blutleeren Lippen überhaupt noch ein Laut kam. »Ich wurde vor fast dreihundert Jahren in das Novizinnenbuch eingeschrieben und bin weniger als ein Jahr später davongelaufen. Ich füge mich und ... bitte um Gnade.«

Jetzt weiteten sich Adeleas' Augen. Kirstian behauptete, aus der Weißen Burg davongelaufen zu sein, als sie selbst noch ein Kind war, wenn nicht vor ihrer Geburt! Die meisten der Schwestern glaubten die von den Frauen der Schwesternschaft angegebenen Alter noch immer nicht. Dem Anschein nach war Kirstian gerade erst in mittlerem Alter.

Dennoch erholte Adeleas sich rasch wieder. Wie alt die andere Frau auch immer war – Adeleas war ungefähr ebenso lange Aes Sedai wie jede andere der ältesten. Eine Aura von Alter und Autorität umgab sie. »Wenn das so ist, Kind«, sagte sie, wobei ihre Stimme nur leicht schwankte, »fürchte ich, daß wir auch Euch in Weiß kleiden müssen. Ihr werdet natürlich bestraft werden, aber die Strafe wird milder ausfallen, weil Ihr Euch bekannt habt.«

»Aus diesem Grund habe ich es getan.« Kirstians feste Stimme wurde durch ein schweres Schlucken etwas erschüttert. Sie war fast ebenso stark wie Zarya – keine Frau des Zirkels war schwach –, und sie würde sehr streng beaufsichtigt werden. »Ich wußte, daß Ihr mich früher oder später aufspüren würdet.«

Adeleas nickte, als wäre das nur allzu offensichtlich, obwohl Elayne sich nicht vorstellen konnte, wie man die Frau hätte ausfindig machen sollen. Sie bezweifelte sehr, daß Kirstian Chalwin der Name war, mit dem die Frau getauft worden war. Die meisten Mitglieder der Schwesternschaft glaubten jedoch an die Allwissenheit der Aes Sedai. Zumindest hatten sie daran geglaubt.

»Unsinn!« Sarainya Vostovans heisere Stimme durchschnitt das Gemurmel der Schwesternschaft. Weder ausreichend stark, um eine Aes Sedai werden zu können, noch auch nur annähernd alt genug, um einen sehr hohen Rang innerhalb der Schwesternschaft zu bekleiden, setzte sie sich dennoch trotzig von der Masse ab. »Warum sollten wir sie der Weißen Burg überlassen? Wir haben Frauen bei der Flucht geholfen, und das ist richtig so! Es gehört nicht zu den Regeln, sie zurückzubringen!«

»Beherrscht Euch!« sagte Reanne scharf. »Alise, nehmt Sarainya in Eure Obhut. Anscheinend vergißt sie zu viele der Regeln, die sie zu kennen behauptet.«

Alise sah Reanne mit noch immer unlesbarer

Miene an. Alise, welche die Regeln der Schwesternschaft mit fester Hand durchsetzte. »Es gehört wirklich nicht zu unseren Regeln, Davongelaufene zurückzubringen, Reanne«, sagte sie.

Reanne zuckte zusammen, als wäre sie geschlagen
worden. »Und wie sollen wir sie Eurer Ansicht nach
festhalten?« fragte sie schließlich. »Wir haben Davongelaufene stets verborgen gehalten, bis wir sicher
waren, daß sie nicht mehr gejagt wurden, und wenn
sie vorher gefunden wurden, haben wir die Schwestern sie mitnehmen lassen. *Das* ist die Regel, Alise.
Welche andere Regel sollen wir denn noch verletzen?
Wollt Ihr vorschlagen, wir sollten uns tatsächlich
gegen die Aes Sedai stellen?« Ihre Stimme verdeut-
lichte die Lächerlichkeit einer solchen Vorstellung,
und dennoch stand Alise da und sah sie schweigend
an.

»Ja!« rief jemand von den Frauen der Schwesternschaft. »Wir sind viele, und sie sind nur wenige!«
Adeleas starrte ungläubig in die Menge. Elayne umarmte *Saidar*, obwohl sie wußte, daß die Stimme recht
hatte – die Schwesternschaft hatte zu viele Mitglieder. Sie spürte, daß Aviendha die Macht ebenfalls ergriff und Birgitte sich dazu bereitmachte.

Alise schüttelte sich, als käme sie gerade zu sich,
und tat dann etwas weitaus Vernünftigeres und
gewiß weitaus Wirkungsvolleres. »Sarainya«, sagte
sie laut, »Ihr werdet Euch bei mir melden, wenn wir
heute abend rasten, mit einer Gerte, die Ihr selbst
schneiden werdet, bevor wir aufbrechen!« Und dann
sagte sie ebenso laut zu Reanne: »Ich werde mich
Eurem Urteil stellen, wenn wir abends rasten. Ansonsten sehe ich nicht, daß sich irgend jemand bereit-
macht!«

Daraufhin brachen die Frauen der Schwesternschaft rasch auf und eilten davon, um ihre Habe zu-

sammenzuraffen, aber Elayne sah einige von ihnen dabei leise miteinander tuscheln. Als sie über die Brücke über den zugefrorenen Fluß ritten, der sich neben dem Dorf entlang wand, während Nynaeve ungläubig darüber nachsann, was sie verpaßt hatte, und nach jemandem suchte, den sie zur Verantwortung ziehen konnte, trugen Sarainya, Asra und auch Alise Gerten bei sich, während Zarya und Kirstian eiligst beschaffte weiße Gewänder unter ihren dunklen Umhängen trugen. Die Windsucherinnen zeigten auf sie und lachten schallend. Viele der Frauen der Schwesternschaft sprachen noch immer in Gruppen miteinander und schwiegen augenblicklich, wann immer eine Schwester oder ein Mitglied des Frauenzirkels sie ansah. Und sie blickten finster drein, wenn sie wiederum Aes Sedai ansahen.

Acht weitere Tage mühevollen Vorankommens durch den Schnee, wenn es aufgehört hatte zu schneien, und zähneknirschenden Abwartens in Gasthäusern, wenn es weiterhin schneite. Acht weitere Tage finsteren Brütens bei der Schwesternschaft und kalter Blicke zu den Schwestern, Tage, in denen Windsucherinnen um die Schwesternschaft und die Aes Sedai gleichermaßen herumstolzierten. Am Morgen des neunten Tages wünschte sich Elayne allmählich, alle würden einander einfach an die Kehle gehen.

Sie fragte sich, ob sie die letzten zehn Meilen nach Caemlyn ohne Mord überstünden, als Kirstian an ihre Tür klopfte und hereinfegte, ohne eine Antwort abzuwarten. Das einfache Tuchgewand der Frau war für eine Novizin nicht einmal annähernd weiß genug, und sie hatte tatsächlich einen Großteil ihrer Würde zurückerlangt, als wisse sie, daß ihre Zukunft ihre Gegenwart aufwog, aber jetzt vollführte sie einen hastigen Hofknicks und stolperte dabei fast über ihren Umhang, während ihre beinahe schwarzen Augen sie angstvoll ansahen. »Nynaeve Sedai, Elayne Sedai, Lord Lan sagt, Ihr sollt sofort zu ihm kommen«, richtete sie atemlos aus. »Er hat mir aufgetragen, mit niemandem sonst zu sprechen, und auch Ihr sollt mit niemandem sprechen.«

Elayne und Nynaeve wechselten Blicke mit Aviendha und Birgitte. Nynaeve grollte leise etwas über den Mann, der Privates nicht von Offiziellem trennen konnte, aber schon bevor sie errötete, war klar, daß sie es nicht so meinte. Elayne spürte, wie Birgitte sich konzentrierte, ein aufgelegter Pfeil, der auf ein Ziel gerichtet ist.

Kirstian wußte nicht, was Lan wollte, nur wo sie sie hinführen sollte. Es ging zu der kleinen Hütte außerhalb des Dorfes, wohin Adeleas Ispan in der Nacht zuvor gebracht hatte. Lan stand davor, sein Blick ebenso kalt wie die Luft, und wollte Kirstian nicht eintreten lassen. Als Elayne hineinging, sah sie den Grund dafür.

Adeleas lag auf der Seite neben einem umgestürzten Stuhl, und ein Becher lag nicht weit von ihrer ausgestreckten Hand auf dem rauhen Holzboden. Ihre Augen waren starr, und eine Pfütze geronnenen Blutes breitete sich von dem tiefen Schnitt in ihrer Kehle aus. Ispan lag auf einem schmalen Feldbett, die Augen starr zur Decke gerichtet. Der weit geöffnete Mund gab ihre Zähne frei, und ihre hervorstehenden Augen schienen voller Entsetzen. Es mußte Entsetzen sein, denn ein armdicker Holzpfahl ragte zwischen ihren Brüsten hervor. Der Hammer, der eindeutig dazu benutzt worden war, den Pfahl einzutreiben, lag neben dem Feldbett nahe einem dunklen Fleck, der sich bis unter das Feldbett erstreckte.

Elayne unterdrückte den starken Drang, sich zu übergeben. »Licht«, flüsterte sie. »Licht! Wer kann

das getan haben? *Wie* konnte jemand so etwas tun?«
Aviendha schüttelte verwundert den Kopf, und Lan
tat nicht einmal das. Er schaute einfach in neun Richtungen gleichzeitig, als erwarte er, daß derjenige oder
dasjenige, wer oder was auch immer diese Morde begangen hatte, durch eines der zwei winzigen Fenster
käme, wenn nicht sogar durch die Wände. Birgitte
zog ihren Gürteldolch, und ihrer Miene nach zu urteilen wünschte sie sich zutiefst, ihren Bogen mitgebracht zu haben. Dieser aufgelegte Pfeil war stärker
denn je in Elaynes Kopf zu spüren.

Nynaeve blieb zunächst stehen, wo sie war, und
betrachtete das Innere der Hütte. Abgesehen vom Of-
fensichtlichen war wenig erkennbar. Ein zweiter dreibeiniger Stuhl, ein grobgezimmerter Tisch mit einer
flackernden Lampe, eine grüne Teekanne und ein
zweiter Becher, ein Kamin aus Feldsteinen mit erkal-
teter Asche – das war alles. Die Hütte war so klein,
daß Nynaeve bereits mit einem Schritt am Tisch war.
Sie tauchte ihren Finger in die Teekanne, führte ihn
an die Zungenspitze, spie dann heftig aus und schüt-
tete den ganzen, aus Tee und Teeblättern bestehenden Inhalt der Kanne über den Tisch. Elayne blinzelte
verwundert.

»Was ist geschehen?« fragte Vandene schließlich
kühl von der Tür her. Lan wollte ihr in den Weg treten, aber sie hielt ihn mit einer kleinen Geste auf.
Elayne wollte einen Arm um sie legen und wurde
mit einer weiteren Geste ebenfalls gehindert. Vandenes Blick blieb auf ihre Schwester gerichtet, ein
ruhiger Blick aus einem gelassenen Aes Sedai-Ge-
sicht. Die tote Frau auf dem Feldbett hätte ebensogut nicht dasein können. »Als ich Euch alle hierher
eilen sah, dachte ich ... Wir wußten, daß uns nicht
mehr viele Jahre blieben, aber ...« Ihre Stimme klang
völlig ruhig, allerdings war kaum verwunderlich,

daß es Verstellung war. »Was habt Ihr gefunden, Nynaeve?«

Mitleid wirkte an Nynaeve seltsam. Sie räusperte sich und deutete auf die Teeblätter, ohne sie zu berühren. Zwei weiße Schnitzel lagen unter den mattschwarzen Blättern. »Das ist Rotdornwurz«, sagte sie und versuchte, sachlich zu klingen. »Sie schmeckt süß, so daß man sie im Tee vielleicht nur bemerkt, wenn man weiß, was es ist, besonders wenn man viel Honig nimmt.«

Vandene nickte, ohne den Blick von ihrer Schwester abzuwenden. »Adeleas hat in Ebou Dar Gefallen an süßem Tee gefunden.«

»Ein wenig davon lindert Schmerz«, sagte Nynaeve. »So viel davon ... so viel davon tötet, wenn auch langsam. Schon ein paar Schlucke genügen.« Sie atmete tief durch und fügte hinzu: »Sie waren vielleicht noch Stunden bei Bewußtsein. Unfähig, sich zu bewegen, aber bei Bewußtsein. Entweder wollte derjenige, der dies getan hat, nicht riskieren, daß zu rasch jemand mit einem Gegenmittel käme – obwohl ich gegen ein solch starkes Gebräu keines kenne –, oder er wollte, daß eine von ihnen oder beide wüßten, wer sie getötet hat.« Elayne war entsetzt über die Brutalität, aber Vandene nickte nur.

»Es war vermutlich Ispan, da man mit ihr die meiste Zeit verbracht hat.« Es schien fast, als würde die weißhaarige Grüne laut nachdenken, um einem Rätsel auf die Spur zu kommen. Es beanspruchte weniger Zeit, jemandem die Kehle durchzuschneiden, als jemandem einen Pfahl durchs Herz zu treiben. Ihre Ruhe verursachte Elayne eine Gänsehaut. »Adeleas hätte niemals von jemandem etwas zu trinken angenommen, den sie nicht kannte, nicht hier draußen mit Ispan. Diese beiden Tatsachen entlarven ihre Mörderin in gewisser Weise – eine Schattenfreundin, eine aus unserer Gruppe. Eine von uns.« Elayne spürte ihr eigenes und Birgittes Entsetzen.

»Eine von uns«, stimmte Nynaeve traurig zu. Aviendha fuhr mit dem Daumen über ihre Dolchklinge, was Elayne dieses eine Mal als angemessen empfand.

Vandene bat darum, einige Augenblicke mit ihrer Schwester allein gelassen zu werden, dann setzte sie sich auf den Boden und barg Adeleas in ihren Armen, noch bevor die anderen draußen waren. Jaem, Vandenes alter Behüter, erwartete sie bereits mit einer zitternden Kirstian.

Plötzlich erklang aus der Hütte heftiges Wehklagen, der lauthals ausgestoßene Schrei einer Frau, die alles verloren zu haben glaubte. Ausgerechnet Nynaeve wandte sich um und wollte wieder hineingehen, aber Lan legte ihr eine Hand auf den Arm, und Jaem pflanzte sich mit nicht wesentlich freundlicherem Blick als Lan vor der Tür auf. Sie konnten nichts anderes tun als Vandene ihrem Schmerz zu überlassen. Und den Schmerz zu teilen, wie Elayne erkannte, als sie das Gewirr von Empfindungen in ihrem Kopf spürte, das Birgitte war. Sie erschauderte, und Birgitte legte ihr einen Arm um die Schultern. Aviendha tat es ihr von der anderen Seite gleich und bedeutete Nynaeve, sich ihnen anzuschließen, was sie nach kurzem Zögern tat. Der Mord, an den Elayne so leichthin gedacht hatte, war eingetreten. Eine ihrer Gefährtinnen war eine Schattenfreundin, und der Tag fühlte sich plötzlich unsagbar kalt an, aber die Nähe ihrer Freundinnen wärmte sie.

Obwohl sich die Windsucherinnen bescheiden unterordneten, brauchten sie für die letzten zehn düsteren Meilen nach Caemlyn durch den Schnee zwei Tage. Nicht daß sie Merilille auch nur annähernd weniger hart bedrängten. Nicht daß die Frauen der

Schwesternschaft aufhörten, miteinander zu sprechen, und nicht weiterhin in Schweigen verfielen, wann immer eine Schwester oder eines der Mitglieder des Frauenzirkels in ihre Nähe kam. Vandene, die ihrem Pferd den silberbeschlagenen Sattel ihrer Schwester aufgelegt hatte, schien fast noch ebenso gelassen wie an Adeleas' Grab, aber Jaems Blicke trugen das stille Versprechen des Todes in die Welt, das gewiß auch Vandene im Herzen trug. Elayne hätte auch dann nicht glücklicher sein können, der Mauern und Türme Caemlyns ansichtig zu werden, wenn der bloße Anblick ihr die Rosenkrone beschert und Adeleas zurückgebracht hätte.

Sogar Caemlyn, eine der großen Städte der Welt, hatte niemals zuvor eine Gruppe wie die ihre beherbergt, und als sie erst innerhalb der wuchtigen Stadtmauern aus grauem Stein gelangt waren und die Neustadt entlang breiter, schlammiger, von Menschen und Karren und Wagen bevölkerter Straßen durchquerten, erregten sie Aufmerksamkeit. Ladenbesitzer standen in ihren Eingängen und gafften. Kutscher zügelten ihre Gespanne, um sie anzustarren. Hoch aufragende Aielmänner und große Töchter des Speers beobachteten sie anscheinend von jeder Ecke aus. Die meisten Leute schienen die Aiel nicht zu bemerken, aber Elayne tat es durchaus. Sie liebte Aviendha ebenso sehr wie sich selbst, vielleicht sogar mehr, aber sie konnte keinen Gefallen an einem Heer bewaffneter Aiel finden, das durch Caemlyns Straßen zog.

Elayne verspürte allmählich das Gefühl, nach Hause zu kommen. Die Straßen folgten den Windungen der Hügel, und jede Erhebung bot eine neue Aussicht auf schneebedeckte Parks, Monumente und bunt gedeckte Türme, die in der Nachmittagssonne in hundert Farben schillerten. Schließlich befanden sie sich vor dem Königlichen Palast selbst, eine Ansammlung von hellen Erkern, goldenen Kuppeln und kunstvoll durchbrochenen Steinmetzarbeiten. Das Banner Andors, der Weiße Löwe auf rotem Feld, wehte von fast jeder Spitze, und von den übrigen wehten das Drachenbanner und das Banner des Lichts.

An den hohen, vergoldeten Palasttoren ritt Elayne in ihrem von der Reise verschmutzten grauen Reitgewand voraus. Tradition und Legende besagten, daß Frauen, die sich dem Palast beim ersten Mal in Prunk näherten, stets scheiterten. Sie hatte deutlich gemacht, daß sie dies allein tun mußte, und doch wünschte sie fast, Aviendha und Birgitte wäre es gelungen, sie umzustimmen. Die Hälfte der zwei Dutzend Wächter vor den Toren waren Töchter des Speers der Aiel, die übrigen Männer mit Helmen und blauen Jacken mit einem rot-goldenen Drachen über der Brust.

»Ich bin Elayne Trakand«, verkündete sie laut und überrascht darüber, wie ruhig sie klang. Ihre Stimme war weit zu hören, und überall auf dem großen Platz wandten sich Menschen von ihren Begleitern ab und ihr zu. Die uralte Formel ging ihr leicht von den Lippen. »Im Namen des Hauses Trakand, nach dem Recht der Abstammung von Ishara, bin ich gekommen, um den Löwenthron von Andor zu beanspruchen, wenn das Licht es will.«

Die Tore wurden weit geöffnet.

Aber es würde natürlich nicht so leicht werden. Selbst der Besitz des Palasts genügte nicht, um den Thron Andors unangefochten innezuhaben. Sie übergab ihre Begleiter der Obhut einer erstaunten Reene Harfor – sie war sehr erfreut zu sehen, daß die bereits ergrauende Haushofmeisterin, rundlich und herrschaftlich wie jede Königin, den Palast noch immer in ihren fähigen Händen hatte – und eines erlesenen Kreises von Dienern in rot-weißer Livree und eilte zum Großen Saal, dem Thronsaal Andors. Dies war jedoch noch nicht Teil des Rituals. Sie hätte sich eigentlich umziehen und ihr rotes Seidengewand mit dem perlenverzierten Leibchen und den weißen Löwen auf den Ärmeln anlegen sollen, aber sie fühlte sich getrieben. Dieses Mal erhob nicht einmal Nynaeve Einwände.

Weiße, zwanzig Fuß hohe Säulen säumten die Seiten des Großen Saals. Der Raum war leer und still, aber das würde nicht lange vorhalten. Das klare Nachmittagslicht, das durch die hohen Fenster entlang den Wänden fiel, vermischte sich mit dem farbigen Licht von den in die Decke eingelassenen Fenstern, auf denen sich der Weiße Löwe von Andor mit Szenen andoranischer Siege und den frühesten Königinnen abwechselte, beginnend mit Ishara selbst, so dunkel wie jede Atha'an Miere und mit der ganzen Autorität jeder Aes Sedai. Keine Herrscherin Andors konnte ihren Status vergessen, wenn die Vorgänger, welche diese Nation gestaltet hatten, auf sie herabsahen.

Vor dem Anblick eines bestimmten Gegenstands fürchtete Elayne sich – vor der gewaltigen Ungeheuerlichkeit des ganz aus vergoldeten Drachen bestehenden Throns, den sie in *Tel'aran'rhiod* am Ende des Saals auf dem Podest hatte stehen sehen. Er war, dem Licht sei Dank, nicht da. Der Löwenthron stand auch nicht mehr wie eine Trophäe auf einem hohen Sockel, sondern auf seinem rechtmäßigen Platz auf dem Podest, ein wuchtiger Sessel, geschnitzt und vergoldet, aber für eine Frau gemacht. Der Weiße Löwe, mit Mondsteinen auf einem Feld aus Rubinen gestaltet, würde über dem Kopf jeder Frau aufragen, die sich auf den Thron setzte. Kein Mann konnte sich darauf wohl fühlen, weil er, wie die Legende behauptete, dann wüßte, daß er sein Schicksal besiegelt hätte. Elayne hielt es für wahrscheinlicher, daß die Erbauer einfach sichergestellt hatten, daß ein Mann nicht darauf *paßte*.

Sie erklomm die weißen Marmorstufen des Podests und legte eine Hand auf die Armlehne des Throns. Sie hatte kein Recht, sich darauf niederzulassen, noch nicht. So lange nicht, bis sie als Königin anerkannt würde. Aber Eide auf den Löwenthron zu schwören war ein Brauch, der so alt wie Andor selbst war. Sie mußte dem Verlangen widerstehen, einfach auf die Knie zu sinken und den Thronsitz mit Tränen zu benetzen. Sie war vielleicht mit dem Tod ihrer Mutter ausgesöhnt, aber diese Umgebung brachte dennoch allen Schmerz zurück. Sie durfte jetzt nicht zusammenbrechen.

»Unter dem Licht, ich werde dein Andenken ehren, Mutter«, sagte sie leise. »Ich werde den Namen Morgase Trakand ehren und versuchen, dem Hause Trakand nur Ehre zu machen.«

»Ich habe den Wachen befohlen, die Neugierigen fernzuhalten. Ich dachte, daß Ihr hier vielleicht eine Weile allein sein wolltet.«

Elayne wandte sich langsam zu Dyelin Taravin um, während die blonde Frau den Großen Saal herabschritt. Dyelin war eine der ersten gewesen, die ihre Mutter bei ihrem Anspruch auf den Thron unterstützt hatten. Ihr Haar war grauer, als Elayne es in Erinnerung hatte, und es waren mehr Falten um ihre Augenwinkel zu sehen als früher. Aber sie war noch immer recht hübsch, eine starke Frau. Und als Freundin oder Gegnerin gleichermaßen mächtig.

Sie blieb am Fuß des Podests stehen und schaute hinauf. »Ich höre seit zwei Tagen, daß Ihr am Leben wärt, aber ich habe es bis jetzt nicht wirklich geglaubt. Also seid Ihr gekommen, um den Thron vom Wiedergeborenen Drachen entgegenzunehmen?«

»Ich beanspruche den Thron nach meinem eigenen Recht, Dyelin, mit eigener Hand. Der Löwenthron ist kein Tand, den man von einem Mann empfängt.« Dyelin nickte, als sei dies eine selbstverständliche Wahrheit. Was es für jeden Andoraner auch war. »Wie ist Eure Position, Dyelin? Für Trakand – oder dagegen? Ich habe Euren Namen auf meinem Weg hierher oft nennen hören.«

»Da Ihr den Thron nach Eurem eigenen Recht beansprucht, bin ich dafür.« Nur wenigen Menschen gelang es, so nüchtern zu klingen wie sie. Elayne setzte sich auf die oberste Stufe des Podests und bedeutete der älteren Frau, sich ihr anzuschließen. »Es gibt natürlich einige Hindernisse«, fuhr Dyelin fort, während sie ihre blauen Röcke raffte, um sich hinzusetzen. »Es gab bereits einige Anwärter, wie Ihr vielleicht wißt. Naean und Elenia habe ich unter der Anschuldigung des Verrats sicher eingesperrt, was die meisten Leute im Moment anscheinend bereitwillig akzeptieren. Elenias Ehemann ist noch immer rege für sie tätig, wenn auch im stillen, und Arymilla, die alberne Gans, hat ebenfalls ihren Anspruch angemeldet. Sie wird von irgend jemandem unterstützt, aber nicht in dem Maße, daß es Euch bekümmern müßte. Wirklich beunruhigt sein solltet Ihr – abgesehen von den Aiel überall in der Stadt, die auf die Rückkehr des Wiedergeborenen Drachen warten – über Aemlyn, Arathelle und Pelivar. Im Moment stehen Luan und Ellorien noch hinter Euch, aber sie könnten zu jenen dreien überlaufen.«

Eine recht kurze Liste und nüchtern vorgetragen. Elayne hatte von Naean und Elenia gehört, wenn sie auch nicht gewußt hatte, daß Jarid noch immer glaubte, seine Frau habe Aussichten auf den Thron.

Arymilla war *tatsächlich* eine Gans, wenn sie glaubte, sie würde akzeptiert, wer auch immer sie unterstützte. Die letzten fünf Namen beunruhigten Elayne jedoch ernstlich. Jeder dieser Menschen hatte ihre Mutter ebenso stark unterstützt wie Dyelin, und jeder stand einem starken Haus vor.

»Also wollen auch Arathelle und Aemlyn den Thron einnehmen«, murmelte Elayne. »Von Ellorien kann ich es nicht glauben, nicht für sich selbst.« Pelivar handelte vielleicht für eine seiner Töchter, aber Luan hatte nur Enkelinnen, von denen keine auch nur annähernd alt genug war. »Ihr glaubt anscheinend, es könnten sich alle fünf Häuser verbünden. Unter wem?« Das bedeutete eine ernsthafte Bedrohung.

Dyelin stützte lächelnd das Kinn in die Hand. »Sie sind wohl der Meinung, *ich* sollte den Thron innehaben. Nun, was beabsichtigt Ihr hinsichtlich des Wiedergeborenen Drachen zu tun? Er ist schon einige Zeit nicht mehr hiergewesen, aber er kann anscheinend unverhofft aus der Luft auftauchen.«

Elayne schloß einen Moment fest die Augen, aber als sie sie wieder öffnete, saß sie noch immer auf den Stufen des Podests im Großen Saal, und Dyelin lächelte sie noch immer an. Ihr Bruder kämpfte für Elaida, und ihr Halbbruder war ein Weißmantel. Sie hatte Frauen in den Palast geholt, die sich jeden Moment gegeneinander stellen könnten, ganz zu schweigen von der Tatsache, daß eine davon eine Schattenfreundin, vielleicht sogar eine der Schwarzen Ajah war. Und diejenigen, die ihren Anspruch auf den Thron am stärksten bedrohten, standen hinter einer Frau, die behauptete, *sie* unterstütze Elayne. Die Welt war ziemlich verrückt. Sie könnte ebensogut ihr Scherflein dazu beitragen.

»Ich will ihn als meinen Behüter an mich binden«,

sagte sie und fuhr fort, bevor die andere Frau mehr tun konnte, als erstaunt zu blinzeln. »Ich hoffe außerdem, ihn heiraten zu können. Diese Dinge haben jedoch nichts mit dem Löwenthron zu tun. Als erstes beabsichtige ich ...«

Während sie fortfuhr, begann Dyelin zu lachen. Elayne wünschte, sie wüßte, ob es vor Freude über ihre Pläne geschah, oder weil Dyelin erkannte, daß ihr selbst der Weg zum Löwenthron geebnet wurde. Zumindest wußte sie jetzt, was ihr bevorstand.

Als Daved Hanlon in Caemlyn einritt, konnte er nicht umhin festzustellen, welch eine überaus für Plünderungen geeignete Stadt es doch wäre. Er hatte in seiner Zeit als Soldat viele Plünderungen in Dörfern und Städten gesehen, und einmal, vor zwanzig Jahren, auch in der großen Stadt Cairhien, nachdem die Aiel sie verlassen hatten. Seltsam, daß all diese Aiel Caemlyn so offensichtlich unberührt gelassen hatten, aber andererseits könnte man, wenn die höchsten Türme Cairhiens nicht gebrannt hätten, vielleicht kaum erkennen, daß sie dagewesen waren. Viel Gold – unter anderem –, das zum Aufheben bereitlag, und viele Menschen, die dies besorgten. Er konnte sich die breiten Straßen voller Reiter und flüchtender Menschen vorstellen, voller dicker Händler, die ihr Gold hergaben, bevor der Dolch sie berührte, in der Hoffnung, daß ihr Leben verschont bliebe, voller schlanker Mädchen und rundlicher Frauen, die so schrecklich verängstigt waren, daß sie kaum schreien und sich noch viel weniger wehren würden, wenn sie in eine Ecke gezerrt wurden. Er hatte jene Dinge gesehen und sie auch selbst getan und hoffte, sie erneut tun zu können. Aber nicht in Caemlyn, wie er seufzend einräumte. Hätte er die Befehle, die ihn hierher geführt hatten, mißachten können, wäre er vielleicht dorthin gegangen, wo es nicht soviel zu holen gab, was aber entschieden leichter zu erlangen war.

Seine Anweisungen waren jedoch eindeutig gewesen. Er stellte sein Pferd im *Roten Bullen* in der Neustadt unter und wanderte eine Meile bis zu einem hohen Steinhaus in einer Seitenstraße, das Haus einer reichen Händlerin, die mit ihrem Gold besonnen umging. Auf die Türen war ein kleines Siegel, ein rotes Herz auf einer goldenen Hand darstellend, aufgemalt. Der ungeschlachte Bursche, der ihn einließ, war mit seinem unfreundlichen Blick kein typischer Diener eines Händlers. Der große Mann führte ihn schweigend tiefer in das Haus und dann ins Kellergeschoß hinab. Hanlon tastete nach dem Schwert in seiner Scheide. Zu all dem, was er schon gesehen hatte, hatten auch Männer und Frauen gehört, die zu ihrer eigenen Vollstreckung geführt wurden. Er hielt sich nicht für einen Versager, aber andererseits hatte er auch kaum Erfolge aufzuweisen. Er hatte jedoch Befehle befolgt. Was aber nicht immer genügte.

In dem von ringsum befindlichen, vergoldeten Lampen beleuchteten Kellergeschoß wanderte sein Blick zuerst zu einer hübschen Frau in einem spitzenbesetzten, scharlachroten Seidengewand, deren Haar von einem Spitzennetz bedeckt war. Er wußte nicht, wer diese Lady Shiaine war, aber seine Befehle hatten gelautet, daß er ihr gehorchen sollte. Er verbeugte sich gekonnt mit einem Lächeln. Sie sah ihn nur an, als warte sie darauf, daß er bemerkte, was der Keller noch enthielt.

Er hätte es kaum übersehen können, da in dem Raum außer einigen Fässern nur ein großer, schwerer Tisch stand, der auf sehr seltsame Art gedeckt war. Zwei Ovale waren in die Tischplatte geschnitten worden, und aus einem Oval ragten Kopf und Schultern eines Mannes heraus, dessen Kopf auf die hölzerne Oberfläche zurückgezerrt war und dort mit auf die Tischplatte genagelten Riemen an einem zwischen seine Zähne gerammten Holzklotz festgehalten wurde. Eine auf gleiche Art festgebundene Frau bildete den übrigen Tischschmuck. Unter dem Tisch war zu sehen, daß sie mit an die Knöchel gebundenen Handgelenken knieten. Für jegliche Art Vergnügungen recht gut gesichert. Der Mann wies ein wenig Grau im Haar auf und hatte das Gesicht eines Lords, aber seine tiefliegenden Augen rollten wild umher, was wenig überraschte. Das auf dem Tisch ausgebreitete Haar der Frau war dunkel und glänzend, aber ihr Gesicht war für Hanlons Geschmack ein wenig zu länglich.

Plötzlich sah er ihr Gesicht wirklich, und seine Hand zuckte zu seinem Schwert, bevor er es verhindern konnte. Es kostete ihn einige Mühe, das Schwertheft wieder loszulassen, was er sorgfältig verbarg. Es war das Gesicht einer Aes Sedai, aber eine Aes Sedai, die sich auf diese Art fesseln ließ, war keine Bedrohung.

»Also besitzt Ihr Verstand.« Ihrem Akzent nach zu urteilen, war Shiaine eine Adlige, und sie hatte gewiß etwas Gebieterisches an sich, als sie um den Tisch herumwirbelte und in das festgehaltene Gesicht des Mannes blickte. »Ich habe den Großen Meister Moridin gebeten, mir einen Mann mit Verstand zu schicken. Der arme Jaichim hier besitzt sehr wenig davon.«

Hanlon runzelte die Stirn und glättete sie augenblicklich wieder. Er hatte seine Befehle von Moghedien persönlich erhalten. Wer, im Krater des Verderbens, war Moridin? Aber es war unwichtig. Seine Befehle kamen von Moghedien, das genügte.

Der ungeschlachte Bursche reichte Shiaine einen Trichter, den sie in ein durch den Holzklotz zwischen Jaichims Zähnen gebohrtes Loch steckte. Die Augen des Mannes standen weit hervor. »Der arme Jaichim hat zutiefst versagt«, bemerkte Shiaine mit einem Lächeln wie das eines Fuchses, der ein Huhn beobachtet. »Moridin wünscht, daß er bestraft wird. Der arme Jaichim mag seinen Branntwein.«

Sie trat zurück, jedoch nur so weit, daß sie alles deutlich sehen konnte, und Hanlon zuckte zusammen, als der ungeschlachte Mann mit einem der Fässer zum Tisch trat. Hanlon glaubte nicht, daß er das Faß ohne Hilfe hätte anheben können, aber der große Bursche neigte es mühelos. Der festgebundene Mann schrie einmal auf, und dann ergoß sich ein Strom einer dunklen Flüssigkeit aus dem Faß in den Trichter und verwandelte seinen Schrei in ein Gurgeln. Der herbe Geruch des Branntweins erfüllte die Luft. Der Mann kämpfte trotz seiner Fesseln, schlug um sich und schaffte es sogar, den Tisch seitlich anzuheben, aber der Branntwein floß weiterhin. Luftblasen stiegen in dem Trichter auf, als er zu schreien versuchte, aber der beständige Strom hörte nicht auf. Und dann erlahmte der Widerstand des Mannes und endete schließlich. Weite, glasige Augen starrten zur Decke, und Branntwein rann aus seiner Nase. Der große Bursche hörte noch immer nicht auf, bis die letzten Tropfen aus dem leeren Faß liefen.

»Ich glaube, der arme Jaichim hat letztendlich genug Branntwein gehabt.« Shiaine lachte erfreut.

Hanlon nickte. Vermutlich hatte sie recht. Er fragte sich, wer er gewesen war.

Shiaine war noch nicht ganz fertig. Auf eine Geste von ihr riß der ungeschlachte Mann einen der Riemen vom Nagel, welche den Knebel der Aes Sedai hielten. Hanlon dachte, der Knebel hätte vielleicht einige Zähne in ihrem Mund gelockert, aber wenn dem so war, verschwendete sie keine Zeit damit. Sie sprach, noch bevor der Bursche den Riemen losgelassen hatte.

»Ich werde Euch gehorchen!« jammerte sie. »Ich werde den Befehlen des Großen Herrn gehorchen! Er hat meinen Schild aufgelöst, damit ich gehorchen kann! Das hat er mir gesagt! Laßt es mich beweisen! Ich werde kriechen! Ich bin ein Wurm, und Ihr seid die Sonne! Oh, bitte! Bitte! Bitte!«

Shiaine erstickte die Worte, das flehentliche Wimmern, indem sie eine Hand über den Mund der Aes Sedai legte. »Woher soll ich wissen, daß Ihr nicht wieder versagt, Falion? Ihr habt zuvor versagt, und Moridin hat mir Eure Bestrafung überlassen. Er hat mir eine andere Aes Sedai zugeteilt – brauche ich zwei von Euch? Vielleicht gebe ich Euch eine zweite Chance, Euren Fall zu vertreten, Falion – vielleicht –, aber wenn ich es tue, werdet Ihr mich überzeugen müssen. Ich werde wahre Begeisterung erwarten.«

Falion begann erneut zu flehen, machte übertriebene Versprechungen, sobald Shiaine ihre Hand fortnahm, aber sie wurde nur allzu bald wieder auf wortlose Schreie und Tränen beschränkt, als ihr der Knebel wieder angelegt, der Nagel wieder durch den Riemen getrieben und Jaichims Trichter über ihrer weit geöffneten Kehle angebracht wurde. Der ungeschlachte Mann stellte ein weiteres Faß neben ihrem Kopf auf den Tisch. Die Aes Sedai schien wahnsinnig zu werden, die hervorstehenden Augen rollten wild umher; sie zappelte unter dem Tisch, bis er wackelte.

Hanlon war beeindruckt. Eine Aes Sedai mußte schwerer zu brechen sein als ein fetter Händler oder seine pausbackige Tochter. Aber Shiaine hatte offenbar die Hilfe einer der Auserwählten gehabt. Als er merkte, daß sie ihn ansah, unterließ er es, auf Falion hinab zu lächeln. Seine erste Lebensregel lautete, niemals jene zu beleidigen, welche die Auserwählten ihm voranstellten.

»Sagt mir, Hanlon«, bemerkte Shiaine, »wie würdet Ihr Hand an eine Königin legen?«

Er leckte sich wider Willen die Lippen. An eine Königin? *Das* hatte er niemals getan.

KAPITEL 10

Ein Becher Schlaf

Sei kein solcher Wollkopf, Rand!« Min zwang sich sitzen zu bleiben, schlug die Beine übereinander und wippte müßig mit einem Fuß, aber sie konnte die Verärgerung nicht aus ihrer Stimme verbannen. »Geh zu ihr! Sprich mit ihr!«

»Warum?« fauchte er. »Ich weiß jetzt, woran ich bin. Es ist besser so. Sie ist jetzt in Sicherheit. Vor jedermann, der mich angreifen will. Und sicher vor mir! Es ist besser so!« Aber er schritt in Hemdsärmeln zwischen den zwei Stuhlreihen vor dem Drachenthron auf und ab, die Fäuste so angespannt, daß die Knöchel weiß hervortraten, und finsterer dreinblickend als die schwarzen Wolken außerhalb der Fenster, die eine neue Schneedecke über Cairhien breiteten.

Min wechselte Blicke mit Fedwin Morr, der an den mit Sonnen verzierten Türen stand. Die Töchter des Speers ließen jetzt jedermann, der keine offensichtliche Bedrohung bedeutete, unangekündigt herein, aber jene, die Rand heute morgen nicht sehen wollte, würden von dem stämmigen Jungen fortgeschickt werden. Er trug den Drachen und das Schwert an seinem schwarzen Kragen, und Min wußte, daß er bereits mehr blutige Schlachten miterlebt hatte als die meisten Männer, die dreimal so alt waren wie er, und doch war er noch ein Junge. Heute wirkte er, während er Rand beklommene Blicke zuwarf, jünger denn je. Das Schwert an seiner Hüfte empfand Min noch immer als fehl am Platz.

»Der Wiedergeborene Drache ist ein Mann, Fedwin«, sagte sie. »Und wie alle Männer trotzt er, wenn er glaubt, eine Frau wollte ihn nicht wiedersehen.«

Rand blieb stehen und sah sie mürrisch an. Nur das Wissen, daß er sehr realen Schmerz verbarg, hielt sie davon ab zu lachen. Das und das genauso sichere Wissen, daß er ebenso verletzt gewesen wäre, wenn *sie* getan hätte, was getan worden war. Nicht daß sie jemals die Gelegenheit bekäme, seine Banner niederzureißen, aber der Vergleich stimmte. Rand war zunächst von den Neuigkeiten, die Taim in der Dämmerung aus Caemlyn brachte, wie benommen gewesen, aber bald nachdem der Mann gegangen war, hatte er aufgehört, schweigend vor sich hin zu brüten und hatte … hiermit begonnen!

Sie stand auf, richtete ihre hellgrüne Jacke, kreuzte die Arme unter den Brüsten und stellte sich unmittelbar vor ihn. »Was sonst kann es sein?« fragte sie ruhig. Nun, sie versuchte, ruhig zu sein, und es gelang ihr beinahe. Sie liebte den Mann, aber nach diesem Morgen hätte sie ihn am liebsten kräftig geohrfeigt. »Du hast Mat nicht erwähnt, und du weißt nicht einmal, ob *er* überhaupt noch lebt.«

»Mat lebt«, murrte Rand. »Ich würde es wissen, wenn er tot wäre. Was meinst du damit, ich würde …!« Er biß die Zähne zusammen, als könnte er sich nicht dazu bringen, das Wort auszusprechen.

»Trotzen«, half sie ihm. »Und bald wirst du schmollen. Einige Frauen finden Männer hübscher, wenn sie schmollen. Ich gehöre nicht dazu.« Nun, genug davon. Seine Miene hatte sich verdüstert, doch er errötete nicht. »Hast du nicht dafür gesorgt, daß sie den Thron von Andor bekam? Der rechtmäßig ihr gehört, könnte ich noch hinzufügen. Hast du nicht gesagt, du wolltest, daß sie Andor ganz bekommt und nicht zerrissen wie Cairhien oder Tear?«

»Das habe ich gesagt!« brüllte er. »Und jetzt gehört es ihr, und sie will, daß ich es verlasse. Ich würde sagen, das reicht! Und sag mir nicht wieder, ich solle aufhören zu brüllen! Ich brülle nicht ...!« Er erkannte, daß er es doch tat, und schloß geräuschvoll den Mund. Ein lautes Grollen drang aus seiner Kehle. Morr betrachtete eingehend einen seiner Knöpfe und drehte ihn hin und her. Er hatte das heute morgen schon häufiger getan.

Min behielt eine ausdruckslose Miene bei. Sie würde ihn *nicht* schlagen, und er war zu groß, als daß sie ihm hätte den Hintern versohlen können. »Andor gehört ihr, genau wie du es wolltest«, sagte sie beinahe ruhig. »Keiner der Verlorenen wird sie jetzt noch behelligen, da sie dein Banner niedergerissen hat.« Ein gefährliches Leuchten trat in seine blau-grauen Augen, aber sie fuhr bestimmt fort. »Genau wie du es wolltest. Du kannst doch nicht wirklich glauben, daß sie sich auf die Seite deiner Feinde stellt? Andor wird dem Wiedergeborenen Drachen folgen, und das weißt du. Also bist du nur aus dem Grund verdrossen, weil du glaubst, sie wolle dich nicht sehen. Geh zu ihr, du Narr!« Die nächsten Worte fielen ihr am schwersten. »Sie wird dich küssen, bevor du auch nur zwei Worte gesagt hast.« Licht, sie liebte Elayne fast so sehr wie Rand – auf andere Weise vielleicht ebensosehr –, aber wie sollte eine Frau mit einer wunderschönen, blonden Königin konkurrieren, die auf Abruf eine mächtige Nation zur Verfügung hatte?

»Ich bin nicht ... verdrossen«, sagte Rand mit angespannter Stimme und begann erneut, auf und ab zu gehen. Min erwog, ihn fest in den Hintern zu treten.

Eine der Türen öffnete sich, und die weißhaarige Sorilea trat ein. Sie fegte Morr beiseite, noch während er zu Rand schaute, um festzustellen, ob dieser ihr Eintreten erlaubte. Rand öffnete den Mund – verdrossen, was auch immer er sonst behauptete –, während fünf Frauen in dicken schwarzen Gewändern, die vom schmelzenden Schnee feucht waren, der Weisen Frau in den Raum folgten, die Hände gefaltet, die Blicke gesenkt und die Kapuzen einen Teil ihrer Gesichter verbergend. Ihre Füße waren in Lumpen gewickelt.

Mins Kopfhaut kribbelte. Sie sah Bilder und Auren um alle sechs Frauen wie auch um Rand tanzen, wieder verschwinden und ersetzt werden. Sie hatte gehofft, er hätte vergessen, daß jene fünf noch lebten. Was, im Namen des Lichts, tat diese unberechenbare alte Frau?

Sorilea vollführte mit klirrenden Gold- und Elfenbeinarmbändern eine Geste, und die fünf stellten sich hastig in einer Reihe auf der in den Steinboden eingelassenen goldenen Aufgehenden Sonne auf. Rand schritt diese Reihe entlang, streifte Kapuzen zurück und entblößte so Gesichter, die er mit kaltem Blick betrachtete. All die schwarzgewandeten Frauen waren ungewaschen und ihr Haar vor Schweiß glatt und schmutzig. Elza Penfell, eine Grüne Schwester, erwiderte seinen Blick ungeduldig, einen seltsam inbrünstigen Ausdruck auf dem Gesicht. Nesune Bihara, eine schlanke Braune, betrachtete ihn ebenso aufmerksam wie er sie. Sarene Nemdahl, selbst in ihrem schmutzigen Zustand so wunderschön, daß er glaubte, ihre Alterslosigkeit sei natürlich, schien ihre Weiße Ajah-Kühle nur mühsam beibehalten zu können. Beldeine Nyram, welche die Stola noch zu kurz trug, um die alterslosen Züge aufzuweisen, versuchte ein unsicheres Lächeln, das aber unter seinem Blick dahinschmolz. Erian Boroleos, blaß und fast so hübsch wie Sarene, zuckte zusammen und zwang sich dann deutlich sichtbar, diesem eisigen Blick standzuhalten. Die beiden letzteren waren ebenfalls Grüne, und alle fünf hatten zu den Schwestern gehört, die ihn auf Elaidas

Befehl hin entführt hatten. Einige waren unter jenen gewesen, die ihn auf dem Weg nach Tar Valon gequält hatten. Rand wachte immer noch manchmal schweißgebadet und keuchend auf und murmelte etwas darüber, eingesperrt und geschlagen zu werden. Min hoffte, daß sie keine Mordgedanken in seinem Blick sah.

»Diese Frauen wurden zu *Da'tsang* gemacht, Rand al'Thor«, sagte Sorilea. »Ich glaube, sie empfinden jetzt zutiefste Schmach. Erian Boroleos bat als erste darum, so geschlagen zu werden, wie Ihr geschlagen wurdet, bei Sonnenaufgang und bei Sonnenuntergang, und inzwischen haben auch die anderen darum gebeten. Diese Bitte wurde gewährt. Sie haben auch alle darum gebeten, Euch nach besten Kräften dienen zu dürfen. Das *Toh* für ihren Verrat kann nicht erfüllt werden« – ihre Stimme klang einen Moment düsterer, denn für die Aiel war der Verrat der Entführung weitaus schlimmer als das, was sie danach getan hatten –, »aber sie wissen um ihre Schmach und möchten es zumindest versuchen. Wir haben beschlossen, Euch die Entscheidung zu überlassen.«

Min runzelte die Stirn. Rand die Entscheidung überlassen? Weise Frauen überließen Entscheidungen, die sie selbst treffen konnten, selten jemand anderem. Und Sorilea tat dies *niemals*. Die starke Weise Frau richtete sorgfältig die dunkle Stola um ihre Schultern und sah Rand an, als wäre diese Angelegenheit überhaupt nicht wichtig. Doch dann warf sie Min einen Blick aus kalten blauen Augen zu, und plötzlich war Min sich sicher, daß die harte alte Frau ihr das Fell über die Ohren ziehen würde, wenn sie hier das Falsche sagte. Es war keine Vision. Sie kannte Sorilea inzwischen einfach besser, als sie wollte.

Sie gab sich entschlossen der Betrachtung dessen hin, was rund um die Frauen erschien und wieder verschwand. Keine leichte Aufgabe, wenn sie so nahe beieinander standen, daß sie nicht sicher sein konnte, ob ein bestimmtes Bild zu dieser oder jener Frau gehörte. Zumindest waren die Auren einigermaßen beständig. Licht, mochte sie in der Lage sein, zumindest etwas von dem zu verstehen, was sie sah!

Rand nahm Sorileas Verkündigung kühl auf, wenn auch nur oberflächlich. Er rieb sich langsam die Hände und betrachtete nachdenklich die in seine Handflächen gebrannten Reiher. Dann betrachtete er nacheinander jedes der Aes Sedai-Gesichter und konzentrierte sich schließlich auf Erian.

»Warum?« fragte er sie mit sanfter Stimme. »Ich habe zwei Eurer Behüter getötet. Warum?« Min zuckte zusammen. Rand war vieles, aber selten sanft. Erian war eine jener wenigen, die ihn mehr als einmal geschlagen hatten.

Die blasse illianische Schwester richtete sich auf. Bilder tanzten, Auren flammten auf und erloschen, aber es war nichts, was Min lesen konnte. Mit schmutzigem Gesicht und langem, stumpfem schwarzem Haar nahm Erian all ihre Aes Sedai-Autorität zusammen und begegnete seinem Blick gleichmütig. Aber ihre Antwort war einfach und direkt. »Wir haben einen Fehler gemacht, als wir Euch gefangennahmen. Ich habe lange darüber nachgedacht. Ihr müßt in der Letzten Schlacht kämpfen, und wir müssen Euch helfen. Ich verstehe es, wenn Ihr mich nicht annehmt, aber ich werde Euch die nötige Hilfe zukommen lassen, wenn Ihr es erlaubt.«

Rand sah sie ausdruckslos an.

Er wiederholte seine aus einem Wort bestehende Frage vor jeder Schwester, und die Antworten waren so unterschiedlich wie die Frauen, die sie gaben.

»Die Grüne Ajah ist die Kampfajah«, belehrte Beldeine ihn stolz, und trotz der Flecken auf ihren Wangen und dunkler Schatten unter den Augen wirkte sie wie eine Königin der Schlachten. Aber andererseits schien dies die zweite Natur saldaeanischer Frauen zu sein. »Wenn Ihr nach Tarmon Gai'don zieht, muß die Grüne Ajah da sein. Ich werde Euch folgen, wenn Ihr mich annehmt.« Licht, sie würde einen Asha'man als Behüter binden! Wie …? Nein, das war jetzt nicht wichtig.

»Was wir getan haben, war zum damaligen Zeitpunkt folgerichtig.« Sarenes mühsam beibehaltene, kühle Klarheit wurde zu eindeutiger Sorge, und sie schüttelte den Kopf. »Ich sage das nur zur Erklärung, nicht als Entschuldigung. Die Umstände haben sich geändert. Für Euch mag der folgerichtige Verlauf vielleicht sein …« Sie atmete zitternd ein. Bilder und Auren. Ausgerechnet eine stürmische Liebesaffäre! Die Frau war Eis, wie wunderschön sie auch war. Und es nützte nichts zu wissen, daß irgendein Mann sie dahinschmelzen lassen würde! »… uns wieder in die Gefangenschaft zurückzuschicken«, fuhr sie fort, »oder uns sogar töten zu lassen. Für mich ist es folgerichtig zu sagen, daß ich Euch dienen muß.«

Nesune neigte den Kopf, und ihre fast schwarzen Augen schienen fast jede Einzelheit Rands zu speichern. Eine rot-grüne Aura erzählte von Ehren und Ruhm. Ein großes Gebäude erschien über ihrem Kopf und verschwand wieder. Sie würde eine Bibliothek gründen. »Ich möchte mich um Euch bemühen«, sagte sie schlicht. »Und das kann ich wohl kaum tun, wenn ich Steine schleppe oder Löcher grabe. Diese Tätigkeiten lassen einem viel Zeit zum Nachdenken, aber Euch zu dienen scheint mir ein fairer Tausch für das, was ich vielleicht lernen kann.« Rand blinzelte bei der Direktheit ihrer Worte, aber seine Miene veränderte sich nicht.

Die überraschendste Antwort kam von Elza, mehr

durch die Art, wie sie gegeben wurde, als durch die Worte selbst. Sie sank auf die Knie und schaute mit fiebrigen Augen zu Rand auf. Ihr ganzes Gesicht glühte vor Eifer. Auren flammten auf, und Bilder erschienen kaskadenförmig um sie herum, die aber nichts aussagten. »Ihr seid der Wiedergeborene Drache«, sagte sie atemlos. »Ihr müßt in die Letzte Schlacht ziehen. Und ich muß dabei helfen, daß Ihr in diese Schlacht ziehen könnt! Ich werde tun, was immer nötig ist!« Dann warf sie sich mit dem Gesicht auf den Boden und preßte die Lippen auf den blanken Stein vor seinen Stiefeln. Selbst Sorilea war überrascht, und Sarenes Mund stand offen. Morr starrte sie an und drehte dann rasch wieder an seinem Knopf. Min glaubte, ihn nervös kichern zu hören.

Rand wandte sich auf dem Absatz um und schritt auf den Drachenthron zu, auf dem sein Szepter und die Krone Illians auf seinem goldbestickten roten Umhang lagen. Sein Gesicht war so freudlos, daß Min zu ihm eilen wollte, gleichgültig, wer zusah, aber sie betrachtete dennoch weiterhin die Aes Sedai und Sorilea. Sie hatte noch niemals etwas wirklich Nützliches um diese weißhaarige alte Vettel herum gesehen.

Rand wandte sich jäh wieder um und schritt so rasch auf die Reihe der Frauen zu, daß Beldeine und Sarene zurückwichen. Eine scharfe Geste von Sorilea ließ sie ihren Platz augenblicklich wieder einnehmen.

»Würdet Ihr es akzeptieren, in eine Kiste eingesperrt zu werden?« Seine Stimme knirschte, Stein, der auf gefrorenem Fels mahlte. »Den ganzen Tag in einer Kiste eingeschlossen zu sein und geschlagen zu werden, bevor Ihr hineinsteigt und wenn Ihr wieder herauskommt?« Das hatten sie ihm angetan.

»Ja!« stöhnte Elza am Boden. »Ich werde tun, was immer nötig ist!«

»Wenn Ihr es verlangt«, gelang es Erian erschüttert

zu antworten, und die anderen nickten mit entsetzten Mienen zögerlich.

Min betrachtete die Szene erstaunt und ballte die Hände in den Jackentaschen zu Fäusten. Es schien nur zu natürlich, daß er sich auf gleiche Weise rächen wollte, aber sie mußte dem irgendwie Einhalt gebieten. Sie kannte ihn besser als er sich selbst. Sie wußte, wo er hart wie eine Dolchklinge und wo er verletzlich war, wie sehr er es auch leugnete. Er würde sich dies niemals vergeben. Aber wie sollte sie es verhindern? Zorn verzerrte sein Gesicht, und er schüttelte den Kopf, wie er es stets tat, wenn er mit dieser Stimme in seinem Kopf stritt, die er hörte. Er murmelte ein Wort laut genug, daß sie es hören konnte: *Ta'veren*. Sorilea stand ruhig da und beobachtete ihn ebenso aufmerksam wie Nesune. Nicht einmal die drohende Kiste erschütterte die Braune. Bis auf Elza, die noch immer stöhnte und den Boden küßte, starrten die Frauen ihn hohläugig an, als sähen sie sich bereits vor Schmerz gekrümmt und gefesselt, wie er es gewesen war.

Unter all den um Rand und die Frauen auftauchenden Bildern flammte plötzlich eine Aura auf, blau und gelb mit Grün, die sie alle einschloß. Min erkannte ihre Bedeutung. Sie keuchte, halb überrascht, halb erleichtert.

»Sie werden dir dienen, jede auf ihre Art, Rand«, sagte sie hastig. »Ich habe es gesehen.« *Sorilea* würde ihm dienen? Min fragte sich jäh, was genau ›auf ihre Art‹ bedeutete. Die Worte kamen mit dem Wissen, aber sie wußte nicht immer, was die Worte selbst bedeuteten. Aber sie *würden* ihm dienen, soviel war sicher.

Der Zorn wich aus Rands Gesicht, während er die Aes Sedai schweigend betrachtete. Einige von ihnen sahen Min mit gewölbten Augenbrauen an und wunderten sich offensichtlich darüber, daß nur wenige

Worte von ihr soviel Gewicht hatten, aber überwiegend beobachteten sie Rand, wobei sie kaum zu atmen schienen. Selbst Elza hob den Kopf, um zu ihm aufzuschauen. Sorilea warf Min einen raschen Blick zu und nickte kaum wahrnehmbar. Anerkennend, dachte Min. Also täuschte die alte Frau auf die eine oder andere Art nur vor, daß sie nichts kümmerte?

Schließlich sprach Rand. »Ihr könnt Euch mir verschwören, wie es auch Kiruna und die übrigen getan haben. Andernfalls müßt Ihr dorthin zurückgehen, wo die Weisen Frauen Euch festgehalten haben. Weniger werde ich nicht akzeptieren.« Obwohl seine Stimme fordernd klang, wirkte er, als wenn auch ihn nichts kümmerte, die Arme verschränkt, der Blick ungeduldig. Der von ihm geforderte Schwur wurde eiligst geleistet.

Min erwartete keine Ausflüchte, nicht nach ihrer Vision, und doch überraschte es sie, als sich Elza auf die Knie aufrichtete und die übrigen sich auf die Knie niederließen. In grobem Gleichklang schworen fünf weitere Aes Sedai unter dem Licht und bei der Hoffnung auf Erlösung, dem Wiedergeborenen Drachen treu zu dienen, bis die Letzte Schlacht geschlagen war. Nesune sprach die Worte aus, als erwöge sie jedes einzelne, Sarene so, als zitiere sie ein logisches Prinzip, Elza mit einem breiten, siegreichen Lächeln – aber sie alle leisteten den Schwur. Wie viele Aes Sedai würde er um sich versammeln?

Mit dem Eid schien Rand das Interesse zu verlieren. »Sucht Kleidung für sie und steckt sie zu Euren anderen ›Lehrlingen‹«, befahl er Sorilea geistesabwesend. Er runzelte die Stirn, was aber nicht ihr oder den Aes Sedai galt. »Wie viele wirst du letztendlich hinter dir haben?« Min zuckte beim Echo ihres eigenen Gedankens fast zusammen.

»Wie viele auch immer nötig sind«, sagte Sorilea

trocken. »Ich glaube, es werden weitere kommen.« Sie klatschte einmal in die Hände und vollführte eine Geste, und die fünf Schwestern sprangen auf. Nur Nesune wirkte überrascht, wie bereitwillig sie gehorcht hatten. Sorilea lächelte, ein sehr zufriedenes Lächeln für eine Aiel, und Min glaubte nicht, daß es dem Gehorsam der Frauen galt.

Rand wandte sich ab. Er begann bereits wieder, auf und ab zu schreiten und wegen Elayne finster die Stirn zu runzeln. Min ließ sich erneut auf ihren Stuhl sinken und wünschte, sie hätte eines von Meister Fels Büchern zum Lesen. Oder um es auf Rand zu schleudern. Nun, eines von Meister Fel zum Lesen, und das eines anderen zum Werfen.

Sorilea trieb die schwarz gekleideten Schwestern aus dem Raum, hielt dann mit einer Hand an der Tür inne und schaute zu Rand zurück, der von ihr fort auf den vergoldeten Thron zuging. Sie schürzte nachdenklich die Lippen. »Diese Frau, Cadsuane Melaidhrin, verweilt heute wieder unter diesem Dach«, sagte sie schließlich an seinen Rücken gewandt. »Sie glaubt wahrscheinlich, ihr hättet Angst vor ihr, Rand al'Thor, so wie Ihr sie meidet.« Mit diesen Worten ging sie.

Rand stand einen langen Moment nur da und starrte auf den Thron. Oder vielleicht auf etwas Jenseitiges. Dann schüttelte er sich jäh und trat auf das Podest, um die Schwerterkrone aufzunehmen. Als er sie sich jedoch gerade aufsetzen wollte, zögerte er und legte sie auf den Thron zurück. Er zog seine Jacke an und beließ Krone und Szepter an ihrem Platz.

»Ich beabsichtige herauszufinden, was Cadsuane will«, verkündete er. »Sie kommt nicht jeden Tag zum Palast, weil sie gern durch den Schnee läuft. Kommst du mit mir, Min? Vielleicht hast du dort eine Vision.«

Sie war schneller aufgestanden als alle diese Aes Sedai. Ein Besuch bei Cadsuane wäre wahrscheinlich ebenso angenehm wie ein Besuch bei Sorilea, aber alles war besser, als allein hier zu sitzen. Außerdem hätte sie dort vielleicht *wirklich* eine Vision. Fedwin schloß sich ihnen mit wachsamem Blick an.

Die sechs Töchter des Speers draußen in dem hohen gewölbten Gang erhoben sich, aber sie folgten ihnen nicht. Min kannte nur Somara, die Min kurz zulächelte und Rand einen mißbilligenden Blick zuwarf. Die übrigen blickten lediglich finster drein. Die Töchter des Speers hatten seine Erklärung zunächst akzeptiert, daß er ohne sie gegangen war, um mögliche Beobachter zu der Annahme zu verleiten, er befinde sich noch in Cairhien, aber sie verlangten noch immer zu wissen, warum er nicht im nachhinein nach ihnen geschickt hatte, und Rand hatte keine Antwort gewußt. Er murrte leise etwas und beschleunigte seinen Schritt, so daß Min Mühe hatte mitzuhalten.

»Beobachte Cadsuane genau, Min«, sagte er. »Und Ihr ebenfalls, Morr. Sie verfolgt irgendeinen Aes Sedai-Plan, aber ich sei verdammt, wenn ich erkennen kann, worum es geht. Ich weiß es nicht …«

Eine Steinmauer traf Min anscheinend von hinten. Sie glaubte ein Brüllen, ein Krachen zu hören. Und dann drehte Rand sie um – sie lag auf dem Boden? – und blickte das erste Mal, seit sie sich erinnern konnte, mit Angst in diesen morgenblauen Augen auf sie herab. Sie schwand erst, als sie sich hustend aufsetzte. Die Luft war voller Staub! Und dann sah sie den Gang.

Die Töchter des Speers waren von ihrem Platz vor Rands Türen verschwunden, und auch die Türen selbst waren verschwunden, zusammen mit dem größten Teil der Wand. Eine fast ebenso große, gezackte Öffnung klaffte in der gegenüberliegenden Wand. Trotz des Staubs konnte Min genau in seine Räume schauen, die verheert waren. Überall lagen große Haufen Schutt, und durch ein gähnendes Loch in der darüberliegenden Decke sah man den Himmel. Schnee wirbelte auf die im Schutt tanzenden Flammen herab. Einer der wuchtigen Schwarzholzpfosten von Rands Bett stak brennend in den Trümmern, und sie erkannte, daß sie bis ganz hinaus zu den Stufentürmen blicken konnte, die vom herabfallenden Schnee verschleiert waren. Es war, als hätte ein riesiger Hammer in den Sonnenpalast eingeschlagen. Wenn sie dort drinnen gewesen wären anstatt auf dem Weg zu Cadsuane … Min erschauderte.

»Was …?« begann sie unsicher und tat die nutzlose Frage dann ab. Jeder Narr konnte sehen, *was* geschehen war. »Wer?« fragte sie statt dessen.

Staubbedeckt, das Haar vollkommen wirr und mit Rissen in ihren Jacken, erweckten die beiden Männer den Eindruck, als wären sie den Gang entlang gerollt worden, und vielleicht war dem auch so. Sie befanden sich alle drei gute zehn Schritt weiter als zuvor von der Stelle entfernt, wo die Türen gewesen waren. In der Ferne erklangen besorgte Rufe, die durch die Gänge hallten. Keiner der Männer antwortete ihr.

»Kann ich Euch vertrauen, Morr?« fragte Rand.

Fedwin erwiderte seinen Blick offen. »Ihr könnt mir Euer Leben anvertrauen«, sagte er schlicht.

»Genau das *vertraue* ich Euch auch an«, sagte Rand. Er strich mit den Fingern über Mins Wange und erhob sich dann jäh. »Beschützt sie mit *Eurem* Leben, Morr.« Seine Stimme klang stahlhart. Grimmig wie der Tod. »Wenn sie noch immer im Palast sind, werden sie spüren, wenn Ihr ein Wegetor zu gestalten versucht, und Euch angreifen, bevor Ihr es beenden könnt. Lenkt die Macht nicht, wenn es nicht sein muß, aber haltet Euch bereit. Bringt Min zu den Dienstbotenquartieren hinunter und tötet jeden, der zu ihr zu gelangen versucht. Jeden!«

Mit einem letzten Blick zu ihr – oh, Licht, zu jedem anderen Zeitpunkt hätte sie gedacht, sie könnte glücklich sterben, wenn sie diesen Blick in seinen Augen sah! – eilte er im Laufschritt davon, fort vom Ort der Verwüstung. Fort von ihr. Wer auch immer ihn zu töten versucht hatte, würde ihn jagen.

Morr tätschelte mit einer staubigen Hand ihren Arm und grinste sie jungenhaft an. »Macht Euch keine Sorgen, Min. Ich werde auf Euch aufpassen.«

Aber wer würde auf Rand aufpassen? Kann ich Euch vertrauen? hatte er diesen Jungen gefragt, der als einer der ersten gekommen war und darum gebeten hatte, lernen zu dürfen. Licht, wer würde auf ihn aufpassen?

Rand umrundete eine Ecke und blieb dann mit einer Hand an der Wand stehen, um die Quelle zu ergreifen. Es war töricht, daß er nicht wollte, daß Min ihn taumeln sah, wenn jemand ihn zu töten versuchte, aber es war so. Nicht einfach irgend jemand. Ein Mann, Demadred, oder vielleicht Asmodean, der doch noch zurückgekehrt war. Vielleicht auch beide. Es war seltsam gewesen, als wäre das Gewebe aus verschiedenen Richtungen entstanden. Er hatte das Lenken der Macht zu spät gespürt, um etwas dagegen zu unternehmen. In seinen Räumen wäre er gestorben. Er war bereit zu sterben. Aber Min nicht, nein, Min nicht. Elayne sollte sich besser gegen ihn wenden. Oh, Licht, das tat sie!

Er ergriff die Quelle, und *Saidin* durchströmte ihn mit geschmolzener Kälte und gefrorener Hitze, mit Leben und Sanftheit, Schmutz und Tod. Sein Magen rebellierte, und der Gang vor ihm krümmte sich. Er glaubte einen Moment, ein Gesicht zu sehen. Nicht mit seinen Augen. In seinem Kopf. Einen Mann, schimmernd und unscharf, und dann fort. Er schwebte voller Macht im leeren Nichts.

Du wirst nicht siegen, belehrte er Lews Therin. *Wenn ich sterbe, sterbe ich selbst!*

Ich hätte Ilyena fortschicken sollen, flüsterte Lews Therin zurück. *Sie hätte überlebt.*

Rand stieß die Stimme von sich, wie er sich von der Wand abstieß, und huschte mit aller ihm möglichen Verstohlenheit die Palastgänge entlang, trat vorsichtig auf, glitt nahe an den mit Gobelins behangenen Wänden entlang, um goldverzierte Truhen und vergoldete Vitrinen mit zerbrechlichem Porzellan und Elfenbeinstatuetten herum. Sein Blick suchte seine Angreifer. Sie würden nicht eher ruhen, bis sie seine Leiche vor sich hätten, aber sie würden sich seinen Räumen sehr vorsichtig nähern, falls er durch irgendeinen *Ta'veren*-Wirbel überlebt hätte. Sie würden abwarten, um zu sehen, ob er sich regte. Im Nichts war er so sehr verbunden mit der Macht, wie ein Mann es nur ertragen konnte. Im Nichts war er, wie mit einem Schwert, eins mit seiner Umgebung.

Wilde Schreie und Lärm erklangen aus allen Richtungen, wobei einige lauthals wissen wollten, was geschehen war, und andere riefen, der Wiedergeborene Drache sei gewiß wahnsinnig geworden. Das Knäuel Enttäuschung in seinem Kopf, das Alanna war, bot einen kleinen Trost. Sie befand sich außerhalb des Palasts, wie schon den ganzen Morgen, vielleicht sogar außerhalb der Stadtmauern. Er wünschte, das gälte auch für Min. Manchmal sah er Männer und Frauen in den Gängen, hauptsächlich schwarz livrierte Diener, die rannten, hinfielen, sich wieder aufrappelten und weiterrannten. Sie sahen ihn nicht. Mit der ihm innewohnenden Macht konnte er auch das leiseste Geräusch hören. Einschließlich des Geräuschs weicher Stiefel in leichtfüßigem Lauf.

Er lehnte sich gegen eine Wand neben einem langen, mit Porzellan bestandenen Tisch, wob rasch Feuer und

Luft um sich und hielt sich in dem Umhüllenden Licht sehr still.

Ein ganzer Strom verschleierter Töchter des Speers erschien und lief, ohne ihn zu sehen, an ihm vorbei auf seine Räume zu. Er durfte nicht zulassen, daß sie ihn begleiteten. Er hatte es versprochen, aber nur, um sie kämpfen zu lassen, und nicht, um sie zur Schlachtbank zu führen. Wenn er Demandred und Asmodean fand, würden die Töchter des Speers sterben, und er mußte seiner Liste bereits fünf weitere Namen hinzufügen. Sorama von den Geneigte Bergspitze-Daryne befand sich bereits darauf. Es war ein notwendiges Versprechen gewesen, eines, das er halten mußte. Er verdiente schon für dieses Versprechen allein zu sterben!

Adler und Frauen können nur in Käfigen sicher gehalten werden, zitierte Lews Therin eine feststehende Redewendung und begann dann jäh zu weinen, als die letzte der Töchter des Speers verschwand.

Rand ging weiter und durchstreifte den Palast in weiten, sich langsam von seinen Räumen entfernenden Bögen. Das ihn Umhüllende Licht benötigte nur sehr wenig der Macht – so wenig, daß niemand die Benutzung *Saidins* hätte spüren können, der nicht unmittelbar darauf stieß –, und er benutzte es, wann immer jemand ihn womöglich sehen konnte. Seine Angreifer hatten den Anschlag auf seine Räume nicht zufällig ausgeführt. Sie hatten Augen-und-Ohren im Palast. Vielleicht war es sein Wirken als *Ta'veren* gewesen, das ihn aus seinen Räumen getrieben hatte, wenn ein *Ta'veren* auf sich selbst wirken konnte, und vielleicht war es auch nur ein Zufall, aber vielleicht konnte sein Zerren am Muster seine Angreifer in seine Reichweite führen, während sie ihn tot oder verletzt glaubten. Lews Therin kicherte bei dem Gedanken. Rand konnte fast spüren, wie sich der Mann erwartungsvoll die Hände rieb.

Er mußte sich noch drei Mal hinter der Macht verbergen, als verschleierte Töchter des Speers vorübereilten, und einmal, als er Cadsuane mit nicht weniger als sechs Aes Sedai auf den Fersen, von denen er keine erkannte, vor ihm den Gang entlang eilen sah. Sie schienen auf der Jagd zu sein. Eigentlich hatte er keine Angst vor der grauhaarigen Schwester. Nein, natürlich hatte er keine Angst! Aber er wartete, bis sie und ihre Freundinnen weit außer Sicht gelangt waren, bevor er sein ihn verbergendes Gewebe losließ. Lews Therin kicherte bei Cadsuane nicht. Er war totenstill, bis sie fort war.

Rand trat von der Wand fort, als sich unmittelbar neben ihm eine Tür öffnete und Ailil herausspähte. Er hatte nicht bemerkt, daß er sich in der Nähe ihrer Räume befand. Hinter ihrer Schulter tauchte eine dunkle Frau auf, mit breiten goldenen Ohrringen und einer mit Medaillons behangenen Goldkette, die über ihre linke Wange zu einem Nasenring verlief. Shalon, Windsucherin Harine din Togaras, die Gesandte der Atha'an Miere, die schon fast in dem Moment mit ihrem Gefolge in den Palast eingezogen war, als Merana ihm von der Übereinkunft berichtet hatte. Und sie traf sich mit einer Frau, die ihn vielleicht tot sehen wollte. Ihrer beider Augen traten bei seinem Anblick hervor.

Er war so freundlich wie möglich, aber er mußte sich beeilen. Nur wenige Momente, nachdem sich die Tür geöffnet hatte, versteckte er eine einigermaßen überrumpelte Ailil neben Shalon unter ihrem Bett. Vielleicht hatten sie keinen Anteil an dem, was geschah. Vielleicht. Es war jedoch besser sicherzugehen, als hinterher zu bereuen. Sie starrten ihn an, mit Knebeln im Mund, und wehrten sich gegen die Streifen Bettlaken, mit denen er sie an Händen und Füßen gefesselt hatte. Den Schild, der Shalon abschirmte, hatte er abgebunden. Es würde ungefähr einen Tag lang dauern, bevor sich der Knoten löste, aber bis dahin würde sie auch jemand finden und ihre übrigen Fesseln durchschneiden.

Da Rand sich wegen dieses Schildes sorgte, öffnete er die Tür einen Spaltbreit, so daß er den Gang überprüfen konnte, und eilte dann hinaus und den leeren Flur entlang. Er hatte der Windsucherin nicht die Möglichkeit lassen dürfen, die Macht zu lenken, aber eine Frau abzuschirmen erforderte mehr als nur ein Quentchen der Macht. Wenn einer seiner Angreifer ausreichend nahe gewesen war ... Doch er erblickte ebensowenig in den Quergängen irgend jemanden.

Fünfzig Schritt hinter Ailils Räumen öffnete sich der Gang zu einer quadratischen, mit Balustern versehenen, blauen Marmorgalerie mit breiten Treppen an beiden Enden, die auf einen quadratischen Raum mit einer hohen gewölbten Decke und derselben Galerie auf der anderen Seite hinausführte. Zehn Fuß hohe Wandteppiche mit in strengen Mustern dargestellten, dem Himmel entgegen strebenden Vögeln hingen an den Wänden. Unten stand Dashiva und sah sich um, wobei er sich unsicher die Lippen leckte. Gedwyn und Rochaid waren bei ihm! Lews Therin schwatzte vom Töten.

»... habe Euch gesagt, daß *ich* nichts gespürt habe«, sagte Gedwyn gerade. »Er ist tot!«

Dann erblickte ihn Dashiva oben an der Treppe.

Als einzige Warnung registrierte Rand, wie sich Dashivas Gesicht jäh boshaft verzerrte. Dashiva lenkte die Macht, und ohne Zeit zum Nachdenken zu haben, wob Rand etwas. Wie so oft, wußte er nicht was, denn etwas drang aus Lews Therins Erinnerungen empor. Rand war sich nicht einmal sicher, ob er das Gewebe vollkommen selbst gestaltete oder ob Lews Therin

Saidin ergriffen hatte, aber dennoch wob er mit Luft und Feuer und Erde einen Schild um sich. Feuer brach von Dashiva auf, zerschmetterte Marmor, schleuderte Rand in den Gang zurück und ließ ihn in seinen Kokon beschränkt umherrollen.

Dieser Kokon würde alles außer Baalsfeuer abhalten. Einschließlich der Luft zum Atmen. Rand ließ ihn keuchend los, während das Krachen der Explosionen noch immer nachklang, Staub in der Luft hing und geborstene Marmorstücke herabfielen. Außer wegen der Atemluft ließ er den Kokon auch los, weil das, was die Macht abhalten konnte, sie auch darin festhielt. Bevor er noch zum Stillstand gelangt war, lenkte er Feuer und Luft, wob sie aber vollkommen anders als für das Umhüllende Licht nötig. Dünne rote Drähte entsprangen seiner linken Hand und breiteten sich fächerförmig aus, während sie durch das sich dazwischen auftürmende Gestein zu der Stelle hindurch schnitten, an der Dashiva und die übrigen gestanden hatten. Aus seiner Linken schnellten Flammenkugeln, mit Luft verwobenes Feuer, schneller als er zählen konnte, und brannten sich durch das Gestein, bevor sie in jenem Raum explodierten. Ein beständiges, ohrenbetäubendes Brüllen ließ den Palast erbeben. Herabgesunkener Staub erhob sich abermals, und neue Steinsplitter stürzten herab.

Rand sprang jedoch fast augenblicklich auf und lief an Ailils Räumen vorbei wieder zurück. Ein Mann, der angriff und am Fleck verweilte, forderte seinen Tod heraus. Er war bereit zu sterben, aber noch nicht jetzt. Er knurrte lautlos, eilte einen weiteren Gang entlang, stieg eine enge Dienstbotentreppe hinab und landete im darunterliegenden Stockwerk.

Er arbeitete sich vorsichtig zu der Stelle vor, wo er Dashiva gesehen hatte, bereit, auch nur bei seinem flüchtigen Anblick tödliche Gewebe zu schleudern.

Ich hätte sie alle gleich zu Anfang töten sollen, schnaubte Lews Therin. *Ich hätte sie alle töten sollen!*

Rand ließ ihn wüten.

Der große Raum war vom Feuer verheert worden. Nur verkohlte Überreste, an denen noch Flammen züngelten, waren von den Wandteppichen geblieben, und gewaltige Vertiefungen von einem Schritt Durchmesser klafften im Boden und in den Wänden. Die Treppe, die Rand hatte hinabsteigen wollen, endete auf halber Höhe an einer zehn Fuß hohen Lücke. Aber es war kein Anzeichen von den drei Männern zu sehen. Sie würden nicht vollständig verbrannt sein. Etwas würde übriggeblieben sein.

Ein Diener in einer schwarzen Jacke streckte vorsichtig den Kopf aus einer kleinen Tür neben der Treppe an der anderen Seite des Raums. Als sein Blick auf Rand fiel, rollte er mit den Augen und sank vornüber. Eine Dienerin lugte aus einem Gang hervor, raffte dann ihre Röcke und rannte den Weg zurück, den sie gekommen war, wobei sie lauthals schrie, der Wiedergeborene Drache töte jedermann im Palast.

Rand verließ den Raum mit verzerrter Miene. Er war sehr gut darin, Menschen zu ängstigen, die ihm keinen Schaden zufügen konnten. Sehr gut im Zerstören.

Zerstören oder zerstört werden, sagte Lews Therin lachend. *Wenn das deine Wahl ist – gibt es dann einen Unterschied?*

Irgendwo im Palast lenkte ein Mann genug Macht, um ein Wegetor zu gestalten. Dashiva und seine Leute, die fliehen wollten? Oder die ihn dies glauben machen wollten?

Er durchschritt die Gänge des Palasts, ohne sich noch um Deckung zu kümmern, auch wenn jedermann sonst darum bemüht schien. Die wenigen Diener, die er sah, flohen schreiend. Er durchforschte jeden Gang, fast bis zum Bersten von *Saidin* erfüllt, voller Feuer und Eis, die ihn ebenso sicher vernichten wollten, wie Dashiva es gewollt hatte, voll des Makels, der sich den Weg in seine Seele wand. Er brauchte Lews Therins irres Lachen und seine Fieberphantasien nicht, um von dem Verlangen zu töten erfüllt zu sein.

Ein flüchtiger Blick auf eine schwarze Jacke vor ihm, und seine Hand schoß hoch, Feuer flammte auf, explodierte und riß die Ecke fort, an der zwei Gänge aufeinander trafen. Rand ließ das Gewebe verblassen, aber er ließ es nicht los. Hatte er ihn getötet?

»Mein Lord Drache«, rief eine Stimme jenseits des geborstenen Mauerwerks, »ich bin es, Narishma! Und Flinn!«

»Ich habe Euch nicht erkannt«, log Rand. »Kommt her.«

»Ihr seid wohl erzürnt«, rief Flinns Stimme. »Wir sollten vielleicht noch eine Weile warten, bis sich alle wieder beruhigt haben.«

»Ja«, sagte Rand zögernd. Hatte er wirklich versucht, Narishma zu töten? Er glaubte nicht, Lews Therin die Schuld geben zu können. »Ja, das ist vielleicht das beste. Noch eine Weile.« Es erfolgte keine Antwort. Hörte er sich entfernende Stiefelschritte? Er zwang seine Hände nach unten und wandte sich in eine andere Richtung.

Er durchsuchte den Palast stundenlang, ohne ein Zeichen von Dashiva und den anderen zu finden. Die Gänge und großen Säle, sogar die Küchen waren menschenleer. Er fand nichts und erfuhr nichts. Nein. Er erkannte, daß er etwas sehr wohl erfahren hatte. Vertrauen war ein Dolch, und das Heft war ebenso scharf wie die Klinge.

Dann fand er zum Schmerz.

Der kleine Raum mit dem gemauerten Gewölbe lag tief unter dem Sonnenpalast verborgen und war warm, obwohl kein Kamin vorhanden war, aber Min fror dennoch. Drei vergoldete Lampen auf dem kleinen Holztisch gaben ausreichendes Licht. Rand hatte gesagt, daß er sie von hier fortschaffen könnte, auch wenn jemand den Palast aus dem Boden zu reißen versuchte. Er hatte nicht geklungen, als hätte er gescherzt.

Min hielt die Krone Illians auf dem Schoß und beobachtete Rand, wie er Fedwin beobachtete. Ihre Hände legten sich fester um die Krone und lösten sich sofort wieder, als die kleinen, unter den Lorbeerblättern verborgenen Schwerter sie stachen. Seltsam, daß die Krone und das Szepter überlebt haben sollten, obwohl der Drachenthron selbst nur noch ein Haufen unter Schutt begrabener, vergoldeter Splitter war. Eine große Ledertasche neben ihrem Stuhl, an der Rands Schwertgürtel und das in der Scheide steckende Schwert lehnten, enthielt, was er noch hatte retten können. Ihrer Einschätzung nach eine überwiegend seltsame Auswahl.

Du gedankenloser Tolpatsch, dachte sie. *Nicht über das nachzudenken, was unmittelbar vor dir ist, wird es nicht vertreiben.*

Rand saß mit gekreuzten Beinen auf dem blanken Steinboden, noch immer von Staub und Splittern bedeckt und die Jacke zerrissen. Sein Gesicht war versteinert. Er beobachtete Fedwin, ohne einmal zu blinzeln. Der Junge saß ebenfalls auf dem Boden, die Beine von sich gestreckt. Die Zunge zwischen den Zähnen, konzentrierte er sich darauf, aus Holzklötzen einen Turm zu bauen. Min schluckte schwer.

Sie konnte sich noch immer an den Schrecken erinnern, als sie erkannte, daß der Junge, der sie ›beschützte‹, jetzt den Geist eines Kleinkinds besaß. Auch die Traurigkeit war geblieben – Licht, er war nur ein Junge! Es war nicht richtig! –, aber sie hoffte, daß Rand ihn noch immer abschirmte. Es war nicht leicht gewesen, Fedwin dazu zu bringen, mit diesen Holzklötzen zu spielen, anstatt mit der Macht Steine aus den Wänden zu ziehen, um einen ›großen Turm zu Eurem Schutz‹ zu bauen. Und dann hatte *sie* dagesessen und *ihn* beschützt, bis Rand kam. Oh, Licht, sie verspürte das Verlangen zu weinen. Noch mehr um Rand als um Fedwin.

»Ihr verbergt Euch anscheinend in den Tiefen.«

Die dunkle Stimme im Eingang hatte noch nicht geendet, als Rand auch schon aufgesprungen war und Mazrim Taim gegenüberstand. Der Mann mit der Hakennase trug wie stets eine schwarze Jacke mit blau-goldenen Drachen auf den Ärmeln. Anders als die Asha'man wies er weder Schwert noch Drachen an seinem hohen Kragen auf. Sein dunkles Gesicht war fast ebenso ausdruckslos wie Rands. Als Rand ihn ansah, schien er mit den Zähnen zu knirschen. Min befreite verstohlen einen Dolch aus ihrem Ärmel. Um beide Männer tanzten gleich viele Bilder und Auren, aber es war keine Vision, die sie plötzlich vorsichtig werden ließ. Sie hatte schon früher gesehen, wie ein Mann zu entscheiden versuchte, ob er einen anderen Mann töten sollte, und jetzt sah sie es wieder.

»Ihr kommt hierher und haltet *Saidin* fest, Taim?« fragte Rand viel zu sanft. Taim spreizte die Hände, und Rand sagte: »So ist es besser.« Aber er entspannte sich nicht.

»Ich befürchtete nur, ich könnte versehentlich erstochen werden«, sagte Taim entschuldigend, »wenn ich durch Gänge hier herabsteige, die voller Aielfrauen sind. Sie scheinen ziemlich aufgeregt.« Sein Blick ließ Rand nicht los, aber Min war sich sicher, daß er bemerkt hatte, wie sie ihren Dolch berührte. »Was natürlich verständlich ist«, fuhr er glatt fort. »Ich kann gar nicht sagen, wie sehr ich mich freue, Euch lebend vorzufinden, nachdem ich gesehen habe, was oben geschehen ist. Ich bin gekommen, um Abtrünnige zu melden. Normalerweise hätte ich mir die Mühe nicht gemacht, aber es handelt sich um Gedwyn, Rochaid, Torval und Kisman. Sie waren wohl wegen der Ereignisse in Altara verstimmt, aber ich hätte niemals gedacht, daß sie so weit gehen würden. Ich habe keinen der Männer gesehen, die ich bei Euch ließ.« Sein Blick zuckte einen Moment zu Fedwin. Nur einen Moment. »Es gab noch … andere … Verluste? Ich nehme den da mit, wenn Ihr wollt.«

»Ich habe den Männern befohlen, außer Sicht zu bleiben«, sagte Rand barsch. »Und ich werde mich selbst um Fedwin kümmern. Sein Name ist Fedwin Morr, Taim – nicht ›der da‹.« Er ging rückwärts zum Tisch und nahm den zwischen den Lampen stehenden Silberbecher auf. Min hielt den Atem an.

»Die Weise Frau in meinem Dorf konnte alles heilen«, sagte Rand, während er sich neben Fedwin kniete. Irgendwie gelang es ihm, dem Jungen zuzulächeln, ohne Taim aus den Augen zu lassen. Fedwin erwiderte sein Lächeln glücklich und wollte den Becher nehmen, aber Rand hielt ihn ihm selbst an die Lippen. »Sie weiß mehr über Kräuter als sonst jemand, dem ich jemals begegnet bin. Ich habe ein wenig darüber von ihr gelernt – welche Kräuter giftig sind und welche nicht.« Fedwin seufzte, als Rand den Becher fortnahm und den Jungen an seiner Brust barg. »Schlaf, Fedwin«, murmelte Rand.

Es schien, als schliefe der Junge wirklich ein. Seine Augen fielen zu, und seine Brust hob und senkte sich langsamer. Noch langsamer. Bis es aufhörte. Sein Lächeln verweilte.

»Es war etwas im Wein«, sagte Rand sanft, während er Fedwin hinlegte. Mins Augen brannten, aber sie würde nicht weinen. Sie würde es nicht tun!

»Ihr seid härter, als ich dachte«, murrte Taim.

Rand lächelte ihn mit festem, wildem Blick an. »Fügt Corlan Dashiva Eurer Liste der Abtrünnigen hinzu, Taim. Wenn ich die Schwarze Burg das nächste Mal besuche, erwarte ich, seinen Kopf an Eurem Verräterbaum zu sehen.«

»Dashiva?« wiederholte Taim mit überrascht geweiteten Augen. »Es wird Euren Wünschen gemäß geschehen. Wenn Ihr die Schwarze Burg das nächste Mal besucht.« So rasch erholte er sich, erneut aalglatt und gelassen. Wie sehr sie wünschte, sie könnte ihre Visionen von ihm entschlüsseln.

»Kehrt zur Schwarzen Burg zurück und kommt nicht wieder hierher.« Rand erhob sich und sah den anderen Mann über Fedwins Körper hinweg an. »Ich ziehe vielleicht eine Weile umher.«

Taim verbeugte sich kaum sichtbar. »Wie Ihr befehlt.«

Als sich die Tür hinter ihm schloß, atmete Min tief aus.

»Es hat keinen Sinn, Zeit zu verschwenden, und wir haben auch keine Zeit zu verschwenden.« Rand kniete sich vor sie hin, nahm die Krone und ließ sie zu den anderen Gegenständen in die Tasche gleiten. »Min, ich dachte, ich wäre das ganze Rudel Jagdhunde, das einen Wolf nach dem anderen zu Tode hetzt, aber anscheinend bin ich der Wolf.«

»Verdammt seist du«, flüsterte sie. Min verschränkte beide Hände in seinem Haar und sah ihm in die Augen. Jetzt blau, jetzt grau, jetzt ein Morgenhimmel unmittelbar vor Sonnenaufgang. Und trocken. »Du kannst weinen, Rand al'Thor. Du wirst nicht dahinschmelzen, wenn du weinst!«

»Ich habe auch keine Zeit für Tränen, Min«, sagte er sanft. »Manchmal fangen die Jagdhunde den Wolf und wünschten, es wäre ihnen nicht gelungen. Manchmal greift er sie an oder wartet im Hinterhalt. Aber zunächst muß der Wolf davonlaufen.«

»Wann brechen wir auf?« Sie ließ sein Haar nicht los. Sie würde ihn niemals loslassen. Niemals.

KAPITEL 11

Anfänge

Perrin hielt mit einer Hand seinen pelzverbrämten Umhang fest und überließ dem kastanienbraunen Steher das Tempo. Die Morgensonne spendete keine Wärme, und der von Furchen durchzogene Schnee auf der nach Abila führenden Straße machte das Vorankommen mühsam. Perrin und seine ein Dutzend Gefährten teilten sich den Weg mit nur zwei rumpelnden Ochsenkarren und einer Handvoll Bauern in einfachem dunklen Tuch. Sie alle schleppten sich mit gesenkten Köpfen voran, umklammerten Hut oder Mütze, wann immer sich Wind erhob, konzentrierten sich ansonsten aber auf den Boden unter ihren Füßen.

Hinter ihm hörte Perrin Neald leise einen zotigen Witz reißen. Grady brummte als Antwort, und Balwer rümpfte zimperlich die Nase. Keiner der drei schien in irgendeiner Weise durch das beeinträchtigt, was sie während des letzten Monats gesehen und gehört hatten, seit sie die Grenze nach Amadicia überquert hatten – oder auch durch das, was vor ihnen lag. Edarra schalt Masuri heftig, weil sie ihre Kapuze abgenommen hatte. Edarra und Carelle trugen zusätzlich zu den Umhängen ihre Stolen um Kopf und Schultern geschlungen, aber selbst nachdem sie die Notwendigkeit, reiten zu müssen, eingesehen hatten, hatten sie sich noch geweigert, ihre sperrigen Röcke zu wechseln, so daß ihre mit dunklen Strümpfen bekleideten Beine bis über die Knie frei lagen. Die Kälte schien sie nicht im geringsten zu stören, nur die Fremdartigkeit des Schnees. Carelle mahnte Seonid leise, was geschähe, wenn sie ihr Gesicht nicht verborgen hielte.

Natürlich wäre eine Tracht Prügel das mindeste, was sie zu befürchten hätte, wenn sie ihr Gesicht zu früh zeigte, wie sie und die Weise Frau nur allzu gut wußten. Perrin brauchte nicht zurückzublicken, um zu wissen, daß die drei Behüter der Schwestern, die in gewöhnliche Umhänge gekleidet die Nachhut bildeten, jeden Moment mit der Notwendigkeit rechneten, die Schwerter ziehen und sich den Weg freikämpfen zu müssen. So verhielten sie sich bereits, seit sie das Lager in der Dämmerung verlassen hatten. Perrin fuhr mit einem behandschuhten Daumen über die Streitaxt an seinem Gürtel und umfaßte dann den Saum seines Umhangs, bevor ein plötzlicher Windstoß ihn aufblähen konnte. Wenn dies schlecht ausging, könnten die Behüter vielleicht recht haben.

Zur Linken, kurz vor der Stelle, wo eine Holzbrücke über den zugefrorenen Fluß führte, der sich am Stadtrand entlangwand, ragten auf einer großen quadratischen Plattform, um deren Fuß sich Schneeverwehungen angehäuft hatten, verkohlte Balken aus dem Schnee. Da der ortsansässige Lord gezögert hatte, dem Wiedergeborenen Drachen die Treue zu schwören, hatte er Glück gehabt, nur ausgepeitscht und all dessen entledigt zu werden, was er besaß. Eine Gruppe an der Brücke stehender Männer beobachtete, wie die Reiter näher kamen. Perrin sah keine Helme oder Rüstungen, aber alle Männer umklammerten Speere oder Armbruste fast ebenso angespannt wie er seinen Umhang. Sie sprachen nicht miteinander, statt dessen beobachteten sie nur, während sich der gefrorene Atem vor ihren Gesichtern kräuselte. Überall um die Stadt herum waren weitere Gruppen Wächter zu sehen, an jeder auswärts führenden Straße, an jedem Freiraum zwischen zwei Gebäuden. Dies war das Land des Propheten, aber die Weißmäntel und König Ailrons Heer hatten noch immer große Teile davon inne.

»Es war richtig, daß ich Faile nicht mitgenommen habe«, murmelte er, »aber ich werde dennoch dafür bezahlen müssen.«

»Natürlich werdet Ihr bezahlen«, schnaubte Elyas. Er kam für einen Mann, der den größten Teil der letzten fünfzehn Jahre zu Fuß verbracht hatte, gut mit seinem mausgrauen Wallach zurecht. Kürzlich hatte er bei einem Würfelspiel mit Gallenne einen mit schwarzem Fuchspelz gesäumten Umhang gewonnen. Aram, der an Perrins anderer Seite ritt, betrachtete Elyas finster, aber der bärtige Mann ignorierte ihn. Sie kamen nicht gut miteinander aus. »Ein Mann muß immer früher oder später bezahlen, bei jeder Frau, ob er es verdient oder nicht. Aber ich hatte doch recht?«

Perrin nickte zähneknirschend. Es schien noch immer nicht richtig, von einem anderen Mann Ratschläge für die eigene Frau anzunehmen, selbst wohlüberlegte, verstohlene Ratschläge, und doch halfen sie anscheinend. Natürlich war es ebenso schwer, Faile gegenüber die Stimme zu erheben, wie sie Berelain gegenüber nicht zu erheben, aber er hatte letzteres recht häufig und ersteres einige Male geschafft. Er war Elyas' Rat getreu gefolgt. Nun, überwiegend, so gut er konnte. Dieser stechende Geruch der Eifersucht bestand beim Anblick Berelains noch immer, aber der Geruch des Verletztseins war verschwunden, während sie langsam gen Süden zogen. Er fühlte sich dennoch unbehaglich. Als er Faile heute morgen fest erklärte, daß sie nicht mitkommen könne, hatte sie mit keinem Wort widersprochen! Sie roch sogar ... erfreut! Unter anderem, einschließlich Bestürztsein. Wie konnte sie jedoch gleichzeitig erfreut und bestürzt sein? Nichts davon war auf ihrem Gesicht zu lesen gewesen, aber seine Nase betrog ihn niemals. Es schien ihm, als begriffe er immer weniger, je mehr er über Frauen lernte.

Die Brückenwächter runzelten die Stirn und betasteten ihre Waffen, als Stehers Hufe mit hohem Klang auf den Holzplanken auftrafen. Die Wächter bildeten die übliche seltsame Mischung von Gefolgsleuten des Propheten, Burschen mit schmutzigen Gesichtern in zu großen Seidenjacken, narbengesichtige Draufgänger und Neulinge mit rosigen Wangen sowie ehemalige Händler und Handwerker, die schon seit Monaten in ihrer ehemals edlen Kleidung zu schlafen schienen. Ihre Waffen machten jedoch einen gut gepflegten Eindruck. Einige der Männer hatten einen fiebrigen Glanz in den Augen. Die übrigen zeigten wachsame, hölzerne Mienen. Sie rochen nicht nur ungewaschen, sondern auch eifrig, besorgt, inbrünstig, ängstlich – alles gleichzeitig.

Sie machten keinerlei Anstalten, ihnen den Weg zu versperren, sondern beobachteten nur, wobei sie kaum blinzelten. Nach allem, was Perrin gehört hatte, kamen von Frauen in Seide bis zu Bettlern in Lumpen alle möglichen Menschen in der Hoffnung zum Propheten, zusätzlichen Segen zu erlangen, wenn sie sich ihm persönlich unterwarfen. Oder vielleicht zusätzlichen Schutz. Darum war er mit nur einer Handvoll Gefährten hierher gekommen. Er würde Masema in Furcht versetzen, wenn er es müßte und wenn Masema in Furcht versetzt werden konnte, aber es schien klüger, an den Mann heranzutreten, ohne eine Schlacht zu schlagen. Er konnte die Blicke der Wächter auf seinem Rücken spüren, bis sie die kurze Brücke überquert und die gepflasterten Straßen Abilas erreicht hatten. Perrin verspürte jedoch keine Erleichterung, als dieser Druck wich.

Abila war eine recht große Stadt mit mehreren

hohen Wachtürmen und vielen vierstöckigen Gebäuden, deren Dächer alle schiefergedeckt waren. Hier und dort füllten Steinhaufen und Holzbalken eine Lücke zwischen zwei Gebäuden aus, wo ein Gasthaus oder das Haus eines Händlers abgerissen worden war. Der Prophet mißbilligte durch Handel erworbenen Reichtum ebenso sehr wie Zechgelage oder das, was seine Gefolgsleute unzüchtiges Benehmen nannten. Er mißbilligte viele Dinge und ließ seine Meinung durch anschauliche Beispiele bekannt werden.

Die Straßen waren stark bevölkert, aber Perrin und seine Gefährten waren die einzigen Reiter. Der Schnee war schon längst zu halbwegs gefrorenem, knöchelhohem Matsch zertreten worden. Viele Ochsenkarren, aber nur sehr wenige Wagen und keine einzige Kutsche bahnten sich langsam ihren Weg durch die Menge. Bis auf jene, die zerschlissene, abgetragene oder vielleicht gestohlene Kleidung trugen, war jedermann in eintöniges Tuch gekleidet. Die meisten Menschen waren in Eile, aber ebenso wie die Menschen auf der Landstraße mit gesenkten Köpfen. Weniger eilig hatten es verschiedene Gruppen bewaffneter Männer. Es roch in den Straßen überwiegend nach Schmutz und Angst, was Perrin die Haare zu Berge stehen ließ. Zumindest würde es sich, wenn es nötig würde, nicht als schwieriger erweisen, eine Stadt ohne Mauer zu verlassen, als sie zu betreten.

»Mein Lord«, murmelte Balwer, als sie vor einen jener Schutthaufen gelangten. Er wartete kaum ab, bis Perrin nickte, bevor er sein Pferd zur Seite führte und in eine andere Richtung lenkte, im Sattel zusammengekauert, den braunen Umhang fest um sich geschlungen. Es bereitete Perrin selbst hier keine Sorgen, daß der hagere kleine Mann allein davonritt. Er erfuhr auf seinen Alleingängen für einen Schreiber erstaunlich viel und schien zu wissen, was er tat.

Perrin verbannte Balwer aus seinen Gedanken und wandte sich dem zu, was *er* hier vorhatte.

Nur eine Frage war nötig, an einen schlaksigen jungen Mann mit schwärmerisch leuchtendem Gesicht gerichtet, um zu erfahren, wo sich der Prophet aufhielt, und drei weitere Fragen an andere Menschen auf den Straßen, um das Haus der Händlerin zu finden, vier Stockwerke grauen Steins mit weißen Marmorkanten und Fensterumrahmungen. Masema mißbilligte es, Geld zu scheffeln, aber er nahm bereitwillig Unterstützung von jenen an, die sie ihm gewährten. Andererseits sagte Balwer, Masema habe ebenso häufig auf einem zugigen Bauernhof übernachtet und sei genauso zufrieden gewesen. Masema trank nur Wasser, und wo auch immer er hinging, stellte er eine arme Witwe ein und aß das Essen, das sie kochte, ob gut oder schlecht, ohne sich zu beklagen.

Die überall sonst die Straßen bevölkernde Menge fehlte vor diesem hohen Haus, obwohl eine Anzahl bewaffneter Wächter wie jene an der Brücke dies fast wieder wettmachten. Jene, die nicht unverschämt grinsten, sahen Perrin verdrießlich an. Die beiden Aes Sedai hielten die Gesichter tief in den Kapuzen verborgen und die Köpfe gesenkt, wobei weißer Atem wie Dampf aus den Kapuzen aufstieg. Perrin sah Elyas aus den Augenwinkeln mit dem Daumen über das Heft seines langen Dolchs streichen. Es fiel ihm schwer, nicht auch seine Streitaxt zu betasten.

»Ich komme mit einer Nachricht des Wiedergeborenen Drachen für den Propheten«, verkündete er. Als sich keiner der Männer regte, fügte er hinzu: »Mein Name ist Perrin Aybara. Der Prophet kennt mich.« Balwer hatte ihn ermahnt, er solle weder Masemas Namen nennen noch Rand als etwas anderes als den Wiedergeborenen Drachen bezeichnen. Er wollte hier keinen Aufruhr bewirken.

Die Behauptung, Masema zu kennen, schien die Wächter zu beleben. Mehrere wechselten erstaunte Blicke, und einer lief in das Gebäude. Die übrigen sahen Perrin abschätzend an. Kurz darauf trat eine Frau in den Eingang. Hübsch, mit etwas Weiß an den Schläfen, in einem hochgeschlossenen blauen Tuchgewand, das edel, wenn auch schlicht war, hätte sie die Händlerin selbst sein können. Masema warf diejenigen, die ihm Gastfreundschaft gewährten, nicht auf die Straße, aber ihre Diener oder Knechte landeten üblicherweise bei einer der Banden, die ›den Ruhm des Wiedergeborenen Drachen‹ verbreiteten.

»Wenn Ihr mir folgen wollt, Meister Aybara«, sagte die Frau ruhig. »Ich werde Euch und Eure Freunde zum Propheten des Drachen bringen, möge das Licht seinen Namen erleuchten.« Sie klang vielleicht ruhig, aber sie roch bestürzt.

Perrin befahl Neald und den Behütern, die Pferde zu bewachen, bis sie zurückkehrten, dann folgte er der Frau mit den übrigen Gefährten ins Haus. Im Inneren war es düster, nur wenige Lampen waren entzündet, und es war nicht wesentlich wärmer als im Freien. Selbst die Weisen Frauen schienen bedrückt. Sie rochen nicht wirklich ängstlich, aber ebenso annähernd wie die Aes Sedai, und Grady und Elyas rochen wachsam, nach zu Berge stehenden Haaren und angelegten Ohren. Aram roch seltsamerweise begierig. Perrin hoffte, daß der Mann nicht versuchen würde, das Schwert auf seinem Rücken zu ziehen.

Der große, mit Teppichen ausgelegte Raum, in den die Frau sie führte und an dessen beiden Schmalseiten Kaminfeuer loderten, hätte das Arbeitszimmer eines Feldherrn sein können, da alle Tische und die Hälfte der Stühle mit Landkarten und Dokumenten bedeckt waren. Es war so warm, daß Perrin seinen Umhang zurückschlug und es bedauerte, zwei Hemden unter seiner Jacke zu tragen. Masema, der in der Mitte des Raums stand, zog seinen Blick sofort auf sich wie ein Magnet Eisenspäne, ein dunkler, düsterer Mann mit rasiertem Kopf und einer hellen, dreieckigen Narbe auf einer Wange, der eine zerknitterte graue Jacke und abgetragene Stiefel trug. In seinen tiefliegenden Augen brannte ein dunkles Feuer, und sein Geruch ... Die einzige Bezeichnung, die Perrin für diesen stahlharten, messerscharfen und heftig und angespannt bebenden Geruch einfiel, war Wahnsinn. Und Rand glaubte, diesen Mann anleinen zu können?

»Ihr seid es also«, grollte Masema. »Ich hätte nicht gedacht, daß Ihr hier aufzutauchen wagt. Ich weiß, was Ihr vorhattet! Hari hat es mir vor über einer Woche erzählt, und ich habe mich auch anderweitig erkundigt.« In einer Ecke des Raums regte sich jemand, ein Bursche mit schmalen Augen und einer großen Nase, und Perrin schalt sich, daß er ihn nicht eher bemerkt hatte. Haris grüne Seidenjacke war weitaus edler als seine Kleidung bei ihrer ersten Begegnung. Der Bursche rieb sich die Hände und grinste Perrin boshaft an, aber er schwieg, während Masema fortfuhr. Die Stimme des Propheten wurde mit jedem Wort hitziger, nicht vor Zorn, sondern in einer Weise, als wolle er Perrin jede Silbe tief in die Haut einbrennen. »Ich weiß, daß Ihr Männer getötet habt, die zum Wiedergeborenen Drachen kamen. Ich weiß, daß Ihr versucht, Euer eigenes Königreich zu errichten! Ja, ich weiß von Manetheren! Von Eurem Ehrgeiz! Eurer Gier nach Ruhm! Ihr habt demjenigen den Rücken gekehrt ...!«

Masemas Augen traten plötzlich hervor, und er roch zum ersten Mal nach Zorn. Hari stieß einen erstickten Laut aus und versuchte gewissermaßen, durch die Wand zurückzuweichen. Seonid und Masuri hatten ihre Kapuzen abgenommen und standen mit ruhigen und kühlen Mienen da, für jedermann, der ihr Aussehen kannte, eindeutig Aes Sedai. Perrin fragte sich, ob sie die Macht festhielten. Er hätte gewettet, daß die Weisen Frauen es taten. Edarra und Carelle hielten schweigend nach allen Richtungen Ausschau, und obwohl ihre Gesichter ausdruckslos waren, waren sie eindeutig kampfbereit. Auch Grady war bereit. Vielleicht hielt er ebenfalls die Macht fest. Elyas lehnte neben den geöffneten Türen an der Wand, äußerlich ebenso gefaßt wie die Schwestern, aber er roch angriffsbereit. Aram stand da und starrte Masema mit offenem Mund an! Licht!

»Also entspricht dies ebenfalls der Wahrheit!« fauchte Masema geifernd. »Während schmutzige Gerüchte gegen den geheiligten Namen des Lord Drache verbreitet werden, wagt Ihr es, mit diesen … diesen …!«

»Sie haben dem Lord Drache die Treue geschworen, Masema«, unterbrach Perrin ihn. »Sie dienen ihm! Ihr auch? Er hat mich hierher gesandt, um das Töten zu unterbinden und um Euch zu ihm zu bringen.« Niemand bot ihm einen Platz an, so daß er selbst einen Stapel Papiere von einem Stuhl fegte und sich hinsetzte. Er wünschte, die anderen würden sich ebenfalls hinsetzen. Es war schwerer, sich anzuschreien, wenn man saß.

Hari stierte ihn an, und Masema bebte förmlich. Weil er ungefragt Platz genommen hatte? O ja.

»Ich habe menschliche Namen aufgegeben«, sagte Masema kalt. »Ich bin nur der Prophet des Lord Drache, möge das Licht ihn erleuchten und die Welt vor ihm niederknien.« Seinem Tonfall nach zu urteilen, würden die Welt und das Licht ein Versagen gleichermaßen bedauern. »Es gibt hier noch viel Großartiges zu tun. Alle müssen gehorchen, wenn der

Lord Drache ruft, aber im Winter kommt man nur langsam voran. Eine Verzögerung von einigen Wochen wird kaum einen Unterschied machen.«

»Ich kann Euch noch heute nach Cairhien bringen«, sagte Perrin. »Wenn der Lord Drache mit Euch gesprochen hat, könnt Ihr auf gleichem Wege zurückkehren und in wenigen Tagen wieder hier sein.« Wenn Rand ihn gehen ließ.

Masema schrak tatsächlich zurück. Er entblößte die Zähne und schaute zu den Aes Sedai. »Hat die Macht irgend etwas damit zu tun? Ich will nicht mit der Macht in Berührung kommen! Es ist lästerlich, wenn Sterbliche sie berühren!«

Perrin hätte ihn fast mit offenem Mund angestarrt. »Der Wiedergeborene Drache lenkt die Macht, Mann!«

»Der gesegnete Wiedergeborene Drache ist nicht wie andere Menschen, Aybara!« knurrte Masema. »Er ist das fleischgewordene Licht! Ich werde seinem Ruf folgen, aber ich werde mich nicht von dem Schmutz berühren lassen, den diese Frauen handhaben!«

Perrin lehnte sich auf seinem Stuhl zurück und seufzte. Wenn der Mann solche Furcht vor den Aes Sedai hatte – wie würde er sich dann erst verhalten, wenn er erfuhr, daß auch Grady und Neald die Macht lenken konnten? Er erwog einen Moment, Masema einfach niederzuschlagen und ... Männer gingen an dem Raum vorbei, hielten kurz inne und schauten herein, bevor sie weiter eilten. Es brauchte nur einer von ihnen einen Schrei auszustoßen, und Abila könnte zum Schlachtfeld werden. »Dann reiten wir, Prophet«, sagte er verärgert. Licht, Rand hatte ihn angewiesen, dies geheimzuhalten, bis Masema vor Rand stünde! Wie sollte er *das* bewerkstelligen, wenn sie den ganzen Weg nach Cairhien ritten? »Aber keine

Verzögerungen. Der Lord Drache möchte dringend mit Euch sprechen.«

»Ich möchte auch dringend mit dem Lord Drache sprechen, möge sein Name vom Licht gesegnet sein.« Sein Blick zuckte zu den beiden Aes Sedai. Er versuchte, es zu verbergen, und lächelte Perrin tatsächlich an. Aber er roch … grimmig. »Ich möchte ihn tatsächlich sehr dringend sprechen.«

* * *

»Möchte meine Lady, daß ich einen der Falkner bitte, ihr einen Habicht zu bringen?« fragte Maighdin Faile. Einer von Alliandres vier Falknern, ein Mann, der ebenso hager war wie ihre Vögel, drängte einen Habicht mit glänzendem Gefieder und einer Federkappe von der Holzstange vor seinem Sattel auf seinen schweren Handschuh und hob ihr den grauen Vogel entgegen. Der Falke, dessen Flügel blaue Spitzen aufwiesen, saß auf Alliandres grün behandschuhtem Handgelenk. Dieser Vogel war für sie reserviert, leider. Alliandre war sich ihres Platzes als Vasallin bewußt, aber Faile verstand, daß sie ihren Lieblingsvogel nicht aufgeben wollte.

Sie schüttelte nur den Kopf, und Maighdin verneigte sich im Sattel und führte ihre gescheckte Stute ausreichend weit von Schwalbe fort, um nicht aufdringlich zu wirken, blieb aber auch nahe genug, um zur Stelle zu sein, ohne daß Faile die Stimme erheben müßte. Die würdevolle blonde Frau hatte sich in jeder Beziehung als so verständige und fähige Dienerin einer Lady erwiesen, wie Faile es sich erhofft hatte. Zumindest war dem so gewesen, sobald sie merkte, daß Lini eine Vorrangstellung unter Failes Dienerinnen einnahm, welche vergleichbaren Positionen sie auch immer bei ihrer früheren Herrin innegehabt hatten.

Überraschenderweise war tatsächlich ein Zwischenspiel mit der Gerte nötig gewesen, aber Faile gab vor, nichts davon zu wissen. Nur eine ausgesprochene Närrin brachte ihre Diener in Verlegenheit. Aber da war auch noch die Angelegenheit mit Maighdin und Tallanvor. Sie war sich sicher, daß Maighdin seit geraumer Zeit mit ihm schlief, und wenn sie einen Beweis dafür fand, würden sie heiraten, und wenn sie Lini auf die beiden ansetzen mußte. Aber das war nur eine geringe Sorge und konnte ihr den Morgen nicht verderben.

Die Falkenjagd war Alliandres Idee gewesen, aber Faile hatte nichts gegen einen Ritt durch diesen spärlichen Wald einzuwenden gehabt, in dem der Schnee eine hohe Decke über alles gebreitet hatte und dick und weiß auf kahlen Zweigen lag. Das Grün der noch belaubten Bäume schien klarer. Die Luft war lebendig und roch sauber und frisch.

Bain und Chiad hatten darauf bestanden, sie zu begleiten. Die beiden hockten in der Nähe, die *Shoufa* um die Köpfe gewunden, und beobachteten sie mit verstimmten Mienen. Sulin hatte mit allen Töchtern des Speers mitkommen wollen, aber bei hundert überall in Umlauf befindlichen Geschichten von Aiel-Überfällen genügte der Anblick eines Aiel, damit die meisten Menschen in Amadicia davonliefen oder nach einem Schwert griffen. Es mußte etwas Wahres an diesen Geschichten sein, sonst würden *nicht* so viele Menschen einen Aiel erkennen, obwohl nur das Licht allein wußte, wer sie waren oder woher sie kamen.

Zwanzig von Alliandres Soldaten und ebenso viele mayenische Beflügelte Wächter bildeten so nahe an Abila gewiß eine ausreichende Eskorte. Die roten oder grünen Wimpel an ihren Lanzen hoben sich wie Bänder, wenn der Wind auffrischte. Der einzige

Wermutstropfen war Berelains Anwesenheit, obwohl es belustigend war, die Frau in ihrem pelzbesetzten roten Umhang, der die Dicke zweier Decken hatte, zittern zu sehen, denn in Mayene gab es keinen richtigen Winter. Er entsprach allenfalls den letzten Herbsttagen. In Saldaea konnte der tiefste Winter entblößte Haut so hart wie Holz gefrieren. Faile atmete tief ein. Sie verspürte das Verlangen zu lachen.

Durch irgendein Wunder hatte ihr Ehemann, ihr geliebter Wolf, begonnen, sich so zu verhalten, wie er es sollte. Anstatt Berelain anzuschreien oder vor ihr davonzulaufen, tolerierte Perrin die Schmeicheleien des Weibsstücks jetzt, tolerierte sie eindeutig auf die Art, wie er ein um seine Knie spielendes Kind dulden würde. Und das beste von allem war, daß sie ihren Ärger nicht mehr unterdrücken mußte, wenn sie ihn herauslassen wollte. Wenn sie schrie, schrie er zurück. Sie wußte, daß er kein Saldaeaner war, aber das Gefühl, daß er sie für zu schwach gehalten hatte, sich gegen ihn zu behaupten, hatte sie schwer belastet. Sie hätte ihn vor wenigen Tagen beim Abendessen beinahe darauf aufmerksam gemacht, daß Berelain aus ihrem Gewand fallen würde, wenn sie sich noch weiter über den Tisch beugte. Nun, so weit würde sie nicht gehen, nicht bei Berelain. Die Hure glaubte *noch immer*, sie könnte ihn für sich gewinnen. Gerade heute morgen war er gebieterisch gewesen, hatte keinen Einwand gelten lassen, die Art Mann, bei dem eine Frau wußte, daß sie stark sein mußte, um ihn zu verdienen, um ihm gleichzukommen. Sie würde ihn deswegen natürlich noch zur Rechenschaft ziehen müssen. Ein gebieterischer Mann war wunderbar, solange er nicht zu glauben begann, er könne stets befehlen. Lachen? Sie hätte singen mögen!

»Maighdin, ich denke, ich werde nach allem ...«

Maighdin stand sofort mit fragendem Lächeln an ihrer Seite, aber Faile brach beim Anblick von drei Reitern vor ihr ab, die so rasch, wie sie ihre Pferde antreiben konnten, durch den Schnee pflügten.

»Zumindest gibt es viele Hasen, meine Lady«, sagte Alliandre, während sie ihren großen weißen Wallach neben Schwalbe führte. »Aber ich hatte gehofft ... Wer sind sie?« Ihr Falke regte sich auf ihrem dicken Handschuh, so daß die Glocken an seinen Fußriemen klangen. »Es sind anscheinend einige Eurer Leute, meine Lady.«

Faile nickte grimmig. Sie erkannte sie ebenfalls. Parelean, Arrela und Lacile. Aber was taten sie hier?

Die drei verhielten ihre Dampfwolken ausstoßenden Pferde vor Faile. Parelean wirkte ebenso verstört wie sein Schecke. Lacile, deren blasses Gesicht in der tiefen Kapuze ihres Umhangs fast verborgen war, schluckte ängstlich, und Arrelas dunkles Gesicht schien grau. »Meine Lady«, sagte Parelean hastig, »wir bringen schlechte Nachrichten! Der Prophet Masema hat sich mit den Seanchanern getroffen!«

»Mit den Seanchanern!« entfuhr es Alliandre. »Er kann doch wohl nicht glauben, *sie* würden sich dem Lord Drache anschließen!«

»Es ist vielleicht viel einfacher«, sagte Berelain und drängte ihre auffällige weiße Stute an Alliandres Seite. Da Perrin nicht da war, den es zu beeindrucken galt, trug sie ein dunkelblaues, recht sittsam geschnittenes Reitgewand, das bis zum Hals geschlossen war. Sie zitterte noch immer. »Masema mag die Aes Sedai nicht, und die Seanchaner halten Frauen, welche die Macht lenken können, als Gefangene.«

Faile schnalzte verärgert mit der Zunge. Das waren wirklich schlechte Nachrichten, wenn sie zutrafen. Sie konnte nur hoffen, daß Parelean und die übrigen sich noch genug Verstand bewahrt hatten, wenigstens vorzugeben, sie hätten nur zufällig darüber reden hören. Aber auch wenn dem so war, brauchte sie Gewißheit – und zwar rasch. Perrin könnte Masema bereits erreicht haben. »Welchen Beweis habt Ihr, Parelean?«

»Wir haben mit drei Bauern gesprochen, die vor vier Nächten ein großes Flugwesen landen sahen, meine Lady. Es brachte eine Frau heran, die zu Masema geführt wurde und drei Stunden bei ihm blieb.«

»Wir konnten ihrem Weg bis zu Masemas Aufenthaltsort in Abila folgen«, fügte Lacile hinzu.

»Die drei Männer hielten das Wesen für Schattengezücht«, warf Arrela ein, »aber sie schienen ziemlich zuverlässig.« Wenn sie sagte, daß irgend jemand, der nicht zur *Cha Faile* gehörte, ziemlich zuverlässig war, dann war das genauso, als wenn andere sagten, sie hielten ihn für grundehrlich.

»Ich muß unverzüglich nach Abila reiten«, sagte Faile und nahm Schwalbes Zügel auf. »Alliandre, nehmt Maighdin und Berelain mit Euch.« Zu jedem anderen Zeitpunkt hätte es sie amüsiert, daß Berelain bei ihren Worten die Lippen zusammenpreßte. »Parelean, Arrela und Lacile werden mich begleiten ...« Ein Mann schrie, und alle zuckten zusammen.

Fünfzig Schritt entfernt stürzte einer von Alliandres mit grünen Jacken bekleideten Soldaten aus dem Sattel, und kurz darauf fiel auch ein Beflügelter Wächter, aus dessen Kehle ein Pfeil ragte. Aiel tauchten zwischen den Bäumen auf, verschleiert und im Lauf Bogen handhabend. Weitere Soldaten fielen. Bain und Chiad waren aufgesprungen, deren dunkle Schleier ihre Gesichter bis auf die Augen verbargen. Sie gingen geschickt mit ihren Bogen um, aber sie warfen Faile auch besorgte Blicke zu. Überall um sie herum waren Aiel, anscheinend Hunderte, eine große, sie umschließende Schlinge. Berittene Soldaten senkten ihre Lanzen und bildeten einen weiten Kreis um Faile und die übrigen, aber es entstanden sofort Lücken, als Aiel-Pfeile ihr Ziel trafen.

»Jemand muß diese Nachrichten über Masema Lord Perrin überbringen«, erklärte Faile Parelean und den beiden Frauen. »Jemand von Euch muß ihn erreichen! Reitet wie der Wind!« Ihr Blick schloß auch Alliandre und Maighdin ein. Und Berelain ebenfalls. »Ihr alle, reitet wie der Wind, oder sterbt hier!« Faile wartete kaum auf ihr bestätigendes Nicken, sondern ließ ihren Worten Taten folgen, indem sie Schwalbe die Fersen in die Flanken bohrte und den nutzlosen Kreis der Soldaten durchbrach. »Reitet!« schrie sie. Jemand mußte Perrin warnen. »Reitet!«

Sie beugte sich tief über Schwalbes Hals und trieb die schwarze Stute zu schnellem Lauf an. Flinke Hufe wirbelten Schnee auf, während Schwalbe leicht wie ihre Namensvetterin dahinschnellte. Hundert Schritt lang glaubte Faile, sie könnte entkommen. Doch dann schrie Schwalbe auf, stolperte und schlug mit dem scharfen Knacken eines gebrochenen Beins auf dem Boden auf. Faile flog durch die Luft und traf hart auf, wobei ihr der Atem aus den Lungen entwich, als sie mit dem Gesicht voran in den Schnee eintauchte. Sie rang nach Luft, kämpfte sich hoch und riß einen Dolch aus ihrem Gürtel. Schwalbe hatte geschrien, bevor sie gestolpert war, vor diesem schrecklichen Knacken.

Ein verschleierter Aiel ragte wie aus dem Nichts vor Faile auf und hieb mit starren Fingern auf ihr Handgelenk ein. Der Dolch entfiel ihren gefühllosen Fingern, und bevor sie mit der linken Hand einen weiteren Dolch zücken konnte, war der Mann schon über ihr.

Sie kämpfte, trat und schlug um sich, biß sogar, aber der Bursche war so breit wie Perrin und einen Kopf größer. Er schien ihr auch ebenso unerbittlich wie Perrin. Sie hätte vor Enttäuschung über die erniedrigende Leichtigkeit weinen können, mit der er sie überwältigte, indem er ihr zunächst alle ihre Dolche nahm und sie hinter seinen Gürtel steckte und dann eine ihrer eigenen Klingen benutzte, um ihr die Kleidung zu zerschneiden. Sie lag, fast bevor es ihr bewußt wurde, nackt im Schnee. Er hatte ihr die Hände mit einem ihrer Strümpfe auf dem Rücken gefesselt und den anderen Strumpf als Koppel um ihren Hals gebunden.

Sie hatte keine andere Wahl, als ihm zitternd und durch den Schnee stolpernd zu folgen. Sie bekam vor Kälte eine Gänsehaut. Licht, wie hatte sie diesen Tag jemals für etwas anderes als eiskalt halten können? Und Licht, wenn es nur jemandem gelungen war, mit den Nachrichten über Masema zu entkommen! Perrin würde natürlich auch von ihrer Gefangennahme erfahren, aber sie würde irgendwie entkommen können. Das andere war wichtiger.

Der erste Leichnam, den sie sah, war Pareleans; er lag auf dem Rücken, das Schwert in der ausgestreckten Hand, und überall auf seiner edlen Jacke mit den Satinstreifen an den Ärmeln war Blut. Es folgten noch viele Leichname, Beflügelte Wächter mit ihren roten Brustharnischen, Alliandres Soldaten mit den dunkelgrünen Helmen, einer der Falkner, wobei der Wanderfalke mit der Kappe vergeblich gegen die noch immer fest in der Faust des Mannes gefangenen Riemen anflatterte. Sie gab die Hoffnung jedoch nicht auf.

Die ersten anderen Gefangenen, die sie sah, zwischen einigen Aiel kniend, Männern und Töchtern des Speers, deren Schleier jetzt über ihre Brust herabhingen, waren Bain und Chiad, ebenfalls nackt, die ungefesselten Hände auf den Knien. Blut lief über Bains Gesicht und machte ihr flammendrotes Haar stumpf. Chiads linke Wange war blau und angeschwollen, und ihre grauen Augen wirkten ein wenig erstaunt. Sie knieten gerade aufgerichtet da, unbeteiligt und nicht beschämt, aber als der große Aiel Faile neben ihnen grob auf die Knie zwang, kamen sie wieder zu sich.

»Das ist nicht recht, Shaido«, murmelte Chiad verärgert.

»Sie folgt keinem *Ji'e'toh*«, erwiderte Bain barsch. »Man kann sie nicht zur *Gai'shain* machen.«

»Die *Gai'shain* werden friedlich sein«, sagte eine bereits ergrauende Tochter des Speers gedankenverloren. Bain und Chiad sahen Faile kummervoll an und verlegten sich dann wieder auf schweigendes Abwarten. Faile kauerte sich zusammen, versuchte ihre Nacktheit mit den Knien zu bedecken und wußte nicht, ob sie weinen oder lachen sollte. Dies waren die beiden Frauen, die ihr hätten helfen können zu entkommen, und keine würde es wegen *Ji'e'toh* auch nur versuchen.

»Ich sage es noch einmal, Efalin«, murrte der Mann, der sie gefangengenommen hatte, »dies ist töricht. Wir kommen auf diesem … Schnee viel zu langsam voran.« Er sprach das Wort seltsam aus. »Es gibt hier zu viele bewaffnete Männer. Wir sollten nach Osten ziehen und nicht noch weitere *Gai'shain* gefangennehmen, die uns noch mehr behindern.«

»Sevanna will weitere Gai'shain, Rolan«, erwiderte die bereits ergrauende Tochter des Speers. Sie runzelte jedoch die Stirn, und ihre harten grauen Augen schienen einen Moment Mißbilligung auszudrücken.

Faile blinzelte zitternd, als ihr die Namen ins Bewußtsein drangen. Licht, die Kälte beeinträchtigte ihren Verstand. Sevanna. Shaido. Sie waren doch in Brudermörders Dolch, so weit von hier entfernt, wie man nur sein konnte, wenn man nicht das Rückgrat der Welt überquerte! Aber sie befanden sich eindeutig nicht dort. Das sollte Perrin ebenfalls wissen, ein weiterer Grund, warum sie bald entkommen mußte. Es bestand wohl kaum eine Chance darauf, da sie hier im Schnee kauerte und sich fragte, welche ihrer Körperteile zuerst erfrieren würden. Das Rad wog ihre Belustigung über Berelains Zittern mit dieser Rache auf. Tatsächlich freute sie sich auf die dicken Tuchgewänder der *Gai'shain*. Ihre Gefangenenwärter machten jedoch keinerlei Anstalten zum Aufbruch. Offenbar sollten noch weitere Gefangene herangebracht werden.

Die erste war Maighdin, ebenso wie Faile all ihrer Kleidung beraubt und gefesselt und jeden Schritt des Weges sich widersetzend. Bis die Tochter des Speers, die sie vorwärts stieß, ihr jäh die Füße wegtrat. Maighdin tauchte mit dem Gesäß in den Schnee ein, und ihre Augen weiteten sich so stark, daß Faile vielleicht gelacht hätte, wenn sie kein Mitleid für die Frau empfunden hätte. Als nächste kam Alliandre, in dem Versuch, sich zu schützen, stark vornübergebeugt, und dann Arrela, die durch ihre Nacktheit halbwegs gelähmt schien und von zwei Töchtern des Speers beinahe vorangezerrt werden mußte. Schließlich erschien ein weiterer großer Aiel mit einer wie ein Paket unter dem Arm geklemmten, wild um sich tretenden Lacile.

»Die übrigen sind tot oder entkommen«, sagte der Mann und ließ die kleine cairhienische Frau neben Faile fallen. »Sevanna wird sich mit diesen begnügen müssen, Efalin. Sie legt zuviel Wert auf Leute, die Seide tragen.«

Faile wehrte sich nicht, als man sie drängte aufzustehen und sie dann an der Spitze der übrigen Gefangenen mühsam durch den Schnee stapfen ließ. Sie war zu benommen, um sich zu wehren. Parelean tot,

Arrela und Lacile gefangen, und Alliandre und Maighdin ebenfalls. Licht, jemand mußte Perrin vor Masema warnen. Irgend jemand. Es schien ein letzter Schlag zu sein. Doch sie war hier, zitternd und die Zähne zusammenbeißend, damit sie nicht klapperten, und bemühte sich nach besten Kräften vorzugeben, sie wäre nicht völlig nackt und gefesselt und auf dem Weg in eine ungewisse Gefangenschaft. Obendrein mußte sie noch hoffen, daß es dieser hinterhältigen Katze – dieser schmollenden Hure! – Berelain gelungen war, zu entkommen, damit sie Perrin erreichen könnte. Abgesehen von allem anderen schien dies das schlimmste.

Egwene führte Daishar die Kolonne der Neulinge entlang, Schwestern auf ihren Pferden zwischen den Wagen und Aufgenommene und Novizinnen trotz des Schnees zu Fuß. Die Sonne schien hell, und es standen nur wenige Wolken am Himmel, aber es stieg dennoch Dampf aus den Nüstern ihres Wallachs. Sheriam und Siuan ritten hinter ihr und unterhielten sich leise über von Siuans Augen-und-Ohren erfahrene Neuigkeiten. Egwene hatte die Frau mit dem feuerroten Haar schon für eine tüchtige Behüterin der Chroniken gehalten, als sie sich damit abgefunden hatte, daß sie nicht die Amyrlin war, und Sheriam schien ihren Pflichten von Tag zu Tag emsiger nachzukommen. Chesa folgte auf ihrer stämmigen Stute, und sie murrte, was ihr nicht ähnlich sah, darüber, daß Meri und Selame davongelaufen waren, diese undankbaren Geschöpfe, und ihr die Arbeit für drei überließen. Sie ritten langsam voran, und Egwene mied es sehr sorgfältig, die Kolonne zu betrachten.

Ein Monat der Aushebungen, in dem das Novizinnenbuch jedermann offenstand, hatte eine erstaunliche Anzahl Frauen zu ihnen geführt, die danach strebten, Aes Sedai zu werden, Frauen jeden Alters, von denen einige Hunderte von Meilen weit gereist waren. Es befanden sich jetzt doppelt so viele Novizinnen in der Kolonne wie zuvor. Fast eintausend! Die weitaus meisten würden niemals die Stola tragen, und doch erregte ihre bloße Anzahl Aufsehen. Einige würden vielleicht hin und wieder Schwierigkeiten bereiten, und eine Frau, eine Großmutter namens Sharina mit einem noch größeren Potential als Nynaeve, hatte gewiß jedermann verblüfft, aber es war nicht der Anblick einer Mutter und einer Tochter, die miteinander stritten, weil die Tochter eines Tages die weitaus Stärkere sein würde, den Egwene zu meiden versuchte, oder adlige Frauen, die zu glauben begannen, sie hätten die falsche Wahl getroffen, als sie darum baten, geprüft zu werden, und auch nicht Sharinas beunruhigend direkte Blicke. Die grauhaarige Frau befolgte jede Regel und zeigte allen angemessenen Respekt, aber sie hatte ihre große Familie durch die reine Macht ihrer Anwesenheit geführt, und selbst einige der Schwestern behandelten sie mit Vorsicht. Was Egwene nicht sehen wollte, waren die jungen Frauen, die sich ihnen vor zwei Tagen angeschlossen hatten. Die beiden Schwestern, die sie hierher gebracht hatten, waren äußerst bestürzt gewesen, Egwene als Amyrlin vorzufinden, aber ihre Schützlinge konnten es schlichtweg nicht glauben, nicht Egwene al'Vere, die Tochter des Bürgermeisters von Emondsfelde. Sie wollte niemanden bestrafen lassen, aber sie würde es tun müssen, wenn noch jemand ihr die Zunge herausstreckte.

Gareth Bryne hatte sein Heer ebenfalls in einer langen Kolonne Aufstellung nehmen lassen, Kavallerie und Fußsoldaten alle in Reih und Glied und sich durch den Wald außer Sicht erstreckend. Die fahle Sonne schimmerte auf Brustharnischen, Helmen und den Spitzen der Langspieße. Pferde stampften im Schnee ungeduldig mit den Hufen.

Bryne führte seinen robusten Kastanienbraunen zu Egwene heran, bevor sie die Sitzenden erreichte, die auf einer großen Lichtung vor beiden Kolonnen auf ihren Pferden warteten. Er lächelte sie durch sein Visier an. Ein beruhigendes Lächeln, dachte sie. »Ein schöner Morgen für diesen Zweck, Mutter«, sagte er.

Sie nickte nur, und er ritt hinter sie neben Siuan, die ihn nicht sofort anfauchte. Egwene war sich nicht ganz sicher, welche Anpassung Siuan mit dem Mann erreicht hatte, aber sie grollte in Egwenes Hörweite nur noch selten über ihn und niemals, wenn er dabei war. Egwene war froh, daß er jetzt dabei war. Der Amyrlin-Sitz durfte ihrem Feldherrn nicht vermitteln, daß sie von ihm beruhigt werden wollte, aber sie spürte, daß es heute morgen nötig war.

Die Sitzenden hatten ihre Pferde am Waldrand in einer Linie aufgereiht, und dreizehn weitere Schwestern saßen ein Stück entfernt auf ihren Pferden und beobachteten die Sitzenden sorgfältig. Romanda und Lelaine trieben ihre Tiere fast gleichzeitig vorwärts, und Egwene konnte nur mühsam ein Seufzen unterdrücken, als sie auf sie zugaloppierten, wobei die Umhänge hinter ihnen herflatterten und die Pferdehufe wie bei einem Angriff Schnee versprühten. Der Saal gehorchte ihr, weil er keine andere Wahl hatte. Bei Angelegenheiten, die den Krieg gegen Elaida betrafen, gehorchten sie jedenfalls, aber Licht, wie sehr sie darüber streiten konnten, was den Krieg betraf oder was nicht. Wenn es ihn nicht betraf, war es sehr schwer, etwas aus ihnen herauszubekommen! Von Sharina abgesehen hätten sie vielleicht eine Möglichkeit gefunden, damit aufzuhören, Frauen jeden Alters aufzunehmen. Aber selbst Romanda war von Sharina beeindruckt.

Die beiden verhielten ihre Pferde vor ihr, aber bevor sie den Mund öffnen konnten, ergriff sie das Wort. »Es wird Zeit, daß wir weiterkommen, Töchter. Wir dürfen keine Zeit mit müßigem Geschwätz vergeuden. Beginnt also.« Romanda rümpfte die Nase, wenn auch kaum vernehmlich, und Lelaine wollte es ihr offensichtlich gleichtun.

Sie wirbelten ihre Pferde gleichzeitig herum und sahen einander dann einen Moment an. Die Ereignisse des vergangenen Monats hatten ihre gegenseitige Abneigung nur noch verstärkt. Lelaine warf verärgert den Kopf in den Nacken, und Romanda lächelte leicht. Egwene hätte beinahe ebenfalls gelächelt. Diese gegenseitige Feindseligkeit war noch immer ihre stärkste Kraft im Saal.

»Der Amyrlin-Sitz befiehlt Euch zu beginnen«, verkündete Romanda und hob mit einer theatralischen Geste eine Hand.

Das Licht *Saidars* flammte um die dreizehn in der Nähe der Sitzenden befindlichen Schwestern auf, um sie alle zusammen; ein breiter Silberschlitz erschien inmitten der Lichtung und wurde dann, sich drehend, zu einem zehn Schritt hohen und hundert Schritt breiten Wegetor. Schneeflocken schwebten von der anderen Seite heran. Laute Befehle erklangen unter den Soldaten, und die erste schwerbewaffnete Kavallerie ritt durch das Tor. Der Schnee wirbelte jenseits davon zu dicht umher, als daß man weit hätte sehen können, und doch bildete Egwene sich ein, die Leuchtenden Mauern Tar Valons und die Weiße Burg selbst zu erkennen.

»Es hat begonnen, Mutter«, sagte Sheriam und klang beinahe überrascht.

»Es hat begonnen«, stimmte Egwene ihr zu. Und wenn das Licht es wollte, würde Elaida bald gestürzt werden. Egwene sollte warten, bis Bryne der Meinung war, es seien genügend viele Soldaten durch das Wegetor hindurch gelangt, aber sie konnte sich nicht zurückhalten. Sie stieß Daishar die Fersen in die Flanken und ritt durch das Wegetor in herabfallenden Schnee auf die Ebene, über der schwarz und rauchend der Drachenberg vor einem weißen Himmel aufragte.

KAPITEL 12

Danach

Winterstürme und hoher Schnee behinderten den Landhandel, wo er nicht bis zum Frühjahr eingestellt wurde, und von drei ausgesandten Brieftauben fielen zwei Falken oder dem Wetter zum Opfer, aber wo die Flüsse nicht vereist waren, fuhren noch Schiffe, und Gerüchte gelangten blitzschnell voran. Eintausend Gerüchte, jedes tausend Samen säend, die sprossen und in Schnee und Eis ebensogut gediehen wie in fruchtbarer Erde.

In Tar Valon, so besagten einige Gerüchte, seien große Heere aufeinander gestoßen, die Straßen schwämmen in Blut, und aufständische Aes Sedai hätten den Kopf Elaida a'Roihans aufgespießt. Nein. Elaida hatte Ernst gemacht, und jene, die unter den Aufständischen überlebt hatten, krochen zu ihren Füßen. Weiter hieß es, es habe weder Aufständische noch eine Spaltung der Weißen Burg gegeben. Die Schwarze Burg sei durch die Macht der Aes Sedai vernichtet worden, und Asha'man jagten Asha'man durch alle Nationen. Die Weiße Burg sollte den Sonnenpalast in Cairhien zerschmettert haben und der Wiedergeborene Drache selbst als Marionette und Werkzeug an den Amyrlin-Sitz gebunden sein. Einige Geschichten berichteten, Aes Sedai seien wiederum an ihn gebunden und an die Asha'man, was aber nur wenige glaubten, die zudem verspottet wurden.

Artur Falkenflügels Heere sollten zurückgekehrt sein, um sein längst verschwundenes Reich zurückzufordern, und die Seanchaner fegten alle Hindernisse aus dem Weg und vertrieben sogar den Wiedergeborenen Drachen aus Altara. Die Seanchaner waren gekommen, um ihm zu dienen. Nein, er hatte die Seanchaner ins Meer getrieben und ihr Heer vollkommen vernichtet. Sie hatten den Wiedergeborenen Drachen fortgebracht, damit er vor ihrer Herrscherin knien sollte. Nein. Der Wiedergeborene Drache war tot, und es gab ebenso viel Trauer wie Feiern, ebenso viele Tränen wie Freudenrufe.

Die Geschichten verbreiteten sich wie Spinnennetze über das Land, und Männer und Frauen planten in dem Glauben, die Wahrheit zu kennen, die Zukunft. Sie planten – und das Muster nahm ihre Pläne in sich auf und wob die vorhergesagte Zukunft.

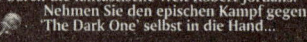